毕飞宇文集

平原
PLAIN

毕飞宇 著

人民文学出版社

图书在版编目(CIP)数据

平原/毕飞宇著.—北京:人民文学出版社,2022(2024.6重印)
(毕飞宇文集)
ISBN 978-7-02-016224-6

Ⅰ.①平… Ⅱ.①毕… Ⅲ.①长篇小说—中国—当代 Ⅳ.①I247.5

中国版本图书馆 CIP 数据核字(2020)第 069605 号

责任编辑	徐子茴　向心愿
装帧设计	陶　雷
责任印制	王重艺

出版发行	人民文学出版社
社　　址	北京市朝内大街 166 号
邮政编码	100705
印　　刷	北京盛通印刷股份有限公司
经　　销	全国新华书店等
字　　数	280 千字
开　　本	880 毫米×1230 毫米　1/32
印　　张	11.375　插页 1
版　　次	2012 年 4 月北京第 1 版
印　　次	2024 年 6 月第 2 次印刷
书　　号	978-7-02-016224-6
定　　价	62.00 元

如有印装质量问题,请与本社图书销售中心调换。电话:010-65233595

新 版 序

人民文学出版社版的《毕飞宇文集》初版于 2015 年。感谢人民文学出版社对我的厚爱,2020 年,他们打算做一些订正和增补,给读者朋友们送去一个更好的新版。但 2020 年是特殊的,许多事情都在 2020 年改变了它的轨迹,一套文集实在也算不了什么。

现在是 2021 年的秋天,感谢人民文学出版社;感谢读者朋友。除了感谢,我特别想在这里留下这样的一句话:2020 年,2021 年,它们是那样深刻地留在了我的记忆里。

毕飞宇
2021 年 9 月 17 号于南京龙江

序

这套文集收录了我从1991年至2013年之间的小说,是绝大部分,不是全部。事实上,早在2003年和2009年,江苏文艺出版社和上海文艺出版社就分别出版过我的文集。江苏文艺的是四卷本;上海文艺的是七卷本;此次人民文学出版社出版的这套文集则有九卷。递进的数据附带着也说明了一件事,我还是努力的。

我曾经说过这样的话:小说不是逻辑,但是,小说与小说的关系里头有逻辑,它可以清晰地呈现出一个作家精神上的走向。现在我想再补充一句,在我看来,这个走向有时候比所谓的"成名作"和"代表作"更能体现一个作家的意义。

感谢人民文学出版社,他们愿意为我再做一次阶段性的小结。老实说,和前两次稍有不同,这一次我有些惶恐。写作的时间越长,我所说的那个走向就越发地清晰,——我的写作是有意义的么?——它到底又有多大的意义呢?

我写小说已经近三十年了,别误会,我不想喟叹。我只是清楚了一件事,以我现在的年纪,我不可能再去做别的什么事情了,也做不来了。我只能写一辈子。说白了,我只能虚构一辈子。可再怎么虚构,我还是有一个基本的愿望,我精神上的走向不是虚构的,我渴望它能成为有意义的存在。

毕飞宇
2014年6月7日于南京龙江

第 一 章

　　麦子黄了,大地再也不像大地了,它得到了鼓舞,精气神一下子提升上来了。在田垄与田垄之间,在村落与村落之间,在风车与风车、槐树与槐树之间,绵延不断的麦田与六月的阳光交相辉映,到处洋溢的都是刺眼的金光。太阳在天上,但六月的麦田更像太阳,密密匝匝的麦芒宛如千丝万缕的阳光。阳光普照,大地一片灿烂,壮丽而又辉煌。这是苏北的大地,没有高的山,深的水,它平平整整,一望无际,同时也就一览无余。麦田里没有风,有的只是一阵又一阵的热浪。热浪有些香,这厚实的、宽阔的芬芳是泥土的召唤,该开镰了。是的,麦子黄了,该开镰了。
　　庄稼人望着金色的大地,张开嘴,眯起眼睛,喜在心头。再怎么说,麦子黄了也是一个振奋人心的场景。经过漫长的、同时又是青黄不接的守候之后,庄稼人闻到了新麦的香味,心里头自然会长出麦芒来。别看麦子们长在地里,它们终究要变成包子、馒头、疙瘩或面条,放在家家户户的饭桌上,变成庄稼人的一日三餐,变成庄稼人的婚丧嫁娶,一句话,变成庄稼人的日子。是日子就不光是喜上心头,还一定有与之相匹配的苦头。说起苦,人们时常会想起一句老话:人生三样苦,撑船、打铁、磨豆腐。其实这句话不是庄稼人说的,想一想就不像。说这句话的一定是城里人,少说也是镇子里的人。他们吃饱了肚子,站在柜台旁边或剃头店的屋檐下面,少不了说一两句牙疼的话。牙疼的话说白了也就是瞎话。和庄稼人的割麦子、插秧比较起来,撑船算什么,打铁算什么,磨豆腐又算得了什么?麦子香在地里,可终究是在地里。它们不可能像跳蚤那样,一蹦多高,碰巧又落到你们家的饭桌上。你得把它们割下来。你得经过你的手,一棵一棵地,把浩浩荡荡的麦子割下来。庄稼人一手薅住麦子,一手拿着镰刀,他们的动作从右往左,一把,一把,又一把。等你把这个动作重复了十几遍,你才能向前挪动一小步。人们常用一步一个脚印来夸奖一个人的踏实,对于割麦子的庄稼人来说,跨出去一步不知道要留下多少个脚印。这其实不要紧,庄稼人有的是耐心。但是,光有耐心没有用,最要紧的,是你必须弯下你的腰。这一来就要了命了。用不了一个上午,你的腰就直不起来了。然而,这仅仅是一个开始。当你抬起头来,沿着麦田的平面向远方眺望的时候,无边的金色跳荡在你的面前,灼热的阳光燃烧在你的面前,它们在召唤,它们还是无底的深渊。这哪里是劳作,这简直就是受刑。一受就是十多天。但是,这个刑你不能不受,你自己心甘情愿。你不情愿你的日子就过不下去。庄稼人只能眯着眼睛,张大了嘴巴,用胳膊支撑着膝盖,吃力地直起腰来,喘上几口气,再弯下腰去。你不能歇。你一天都不能歇,一个早晨的懒觉都不能睡。每天凌晨四点,甚至是三点,你就得咬咬牙,拾掇起散了架的身子骨,回到麦田,把昨天的刑具再捡起来,套回到自己的身上。并不是庄稼人贱,不知道体恤自己,不知道爱惜自己,不是的。庄稼人的日子其实早就被老天爷控制住了,这个老天爷就是"天时"。圣人孟老夫子都知道这个。他在几千年前就坐着一辆破牛车,四处宣讲"不误农时",说的就是这个意思。"农时"是什么?简单地说就是太阳和土地的关系,它们有时候离得远,有时候靠得近。到了近的时候,你就不能耽搁。你耽搁不起,太阳可不等你。麦收的季节你要是耽搁下来了,你就耽误了插秧。耽搁了插秧,你的日子就只剩下一半了,过不下去的。所以,庄稼人偷懒了可不叫偷懒,而叫"不识时务",很重的一句话了,说白了就是不会过日子。都说庄稼人勤快,谁勤快?谁他妈的想勤快?谁他妈的愿意勤快?都是叫老天爷逼的。说到底,庄稼人的日子都被"天时"掐好了生辰八字。天时就是你的命,天时就是你的运。为了抢得"天时",收好了麦子,庄稼人一口气都不能歇,马上就要插秧。插秧就更苦了。你的腰必须弯得更深。你的身子骨必须遭更大的罪。差不多就是上老虎凳了。所以说,一旦田里的麦子黄了,庄稼人望着浩瀚无边的金色,心里头其实复杂得很。喜归喜,到底也还有怕。这种怕深入骨髓,同时又无处躲藏。你只能梗着脖子,迎头而上。当然,谁也没有把它挂在嘴唇上。庄稼人说不出"人生三样苦,撑船打铁磨豆腐"那样漂亮的话来。说了也是白说。老虎凳在那儿,你必须自己走过去,争先恐后地骑上它。

不怕的人有没有?有。那就是一些后生。所谓愣头青,所谓初生的牛犊。端方就是其中的一个。端方是利用忙假的假期回到王家庄的,其实还是一个高中生,眼见得就要毕业了。端方在中堡镇念了两年的高中,并没有在书本上花太多的力气,而是把更多的时光耗在了石锁和石担子上。端方话不多,看上去不太活络,却在中堡镇结交了一些镇上的朋友,都是舞拳弄棒的里手。端方跟在他们的后头,其实是冲着那些石锁和石担子去的。虽说身子单薄,没什么肉,但端方天生就有一副开阔的骨头架子,关键是嘴泼,牙口壮,一顿饭能咽下七八个大馒头。高中两年,端方换了一个人,个子蹿上来不说,块头也大了一号,敦敦实实的,是个魁梧稳健的大男将了,随便一站就虎虎生风。端方带着他一身的好肉和一身的好力气回到了王家庄,同时带回来的还有一床被褥、一只木箱子和两把镰刀。端方是知道的,忙假一完,一眨眼就是毕业考试。考过试,掖好毕业证书,他就是王家庄的社员,一个正式的壮劳力了。

端方在镇子上拼了命地练身体有端方的理由。端方和父亲的关系一直不对,有时候还动到手脚。端方得把力气和体格先预备着,说不定哪一天就用得上。端方的父亲不是亲的,是他的继父。端方是作为"油瓶"随他的母亲"拖"到王家庄的。那一年他刚刚十四岁。由于发育得晚,端方又瘦又蔫,基本上还是个秧子。在此之前他不仅不是王家庄的人,甚至都不是兴化县的人。他被他的母亲寄养在大丰县,白驹镇,东潭村,他外婆的家里。那其实也不是端方的家。他的家应该在白驹镇的西潭村,他生父的尸骨至今还沉睡在西潭村的泥土下面。端方寄养在外婆的家里,嘴上说是被外婆养着,真正养他的还是小舅舅。但是小舅舅成家了,小舅妈过门了,嘴上没说什么,端方到底碍着人家的手脚。母亲沈翠珍赶了一天的路,从王家庄来到了东潭村,领着端方四处磕头。先是给活人磕,磕完了再给死人磕。端方木头木脑的,从东潭村一直磕到西潭村,再从东潭村一直磕到兴化县的王家庄。端方一到王家庄就有爹了,姓王,王存粮。沈翠珍把端方领到王存粮的面前,叫他跪下,叫他喊爹。端方喊不出。跪在地上,不开口,不起来。最后还是王存粮的大女儿红粉把端方从地上拽起来了。红粉刚刚从地里回来,放下锄头,解开头上的红格子方巾,对端方说:"这是我弟弟吧,起来,起来吧。"端方第一次在王家庄开口喊人既不是喊爹,也不是喊妈,而是喊了红粉"姐姐"。母亲沈翠珍听在耳朵里,心里头涌上了无边的失望。

继父王存粮其实是个不坏的男人,对沈翠珍好,没有什么说不出口的坏毛病。就是有一样,嗓门大,出手快。最要命的是,他管不住自己的手。王存粮最不能忍受的就是别人顶他的嘴,你要是顶嘴了,他的巴掌就跟你的回音似的,立即反弹过来了。有一次王存粮的巴掌终于捆到沈翠珍的脸上,端方正在厨房里烧火。他听到了天井里脆亮的耳光,他同时还听到了母亲的失声尖叫。端方走出来,绕着道逼近了他的继父,突然扑上去,一口咬住了王存粮的手腕。甲鱼一样,怎么甩都脱不开手。王存粮拽着端方,在天井里头四处找牛鞭。端方瞅准了机会,松开嘴,跑回了厨房。他从灶膛里抽出烧火钳,红彤彤的,几近透明。端方提着通红的烧火钳,对着继父的屁股就要戳。翠珍高叫了一声"端方",声嘶力竭。端方立住了脚。翠珍指着天井里的井口,大声说:"儿,你要再上去一步,你妈就下去!"端方拿着烧火钳,就那么喘着气,定定地望着他的继父。王存粮直起身子,把流血的伤口送到嘴边,舔了两口,出去了。沈翠珍看见端方对着烧火钳吐了一口唾沫。烧火钳"嗞"了一声,唾沫没了,只在烧火钳上留下一个白色的斑点。翠珍走到端方的跟前,想抽他。鼻子却突然一阵酸。她看到了儿子的这份心了。端方到底不是她带大的,这么多年不在身边,多少有些生分。当妈妈的总归亏欠了他。这是心里的疙瘩,成了病。现在看起来亲骨肉就是亲骨肉,就算打断了骨头,到底连着筋。孩子大了,得了这孩子的济了。翠珍望着她的大儿子,泪水在眼眶里打漂,突然就是一声号啕。翠珍一把夺过端方手里的烧火钳,冲儿子说:"你拉屎把胆子拉掉了哇?啊?!"

端方终于在王家庄有了自己的家了。可这个家很特别,有相当复杂的错综。一个姐姐,红粉,是继父原先的女儿。两个弟弟,大弟弟端正,随母亲的改嫁"拖"过来的"小油瓶";小弟弟网子,翠珍嫁过来之后和王存粮生的。比较下来,端方的处境有点四面不靠,是长江里的一泡尿,有他并不多,没他也不少。不过刚进了家门不久,端方就看出一个不好的苗头来了,那就是母亲有她的忌讳,怕红粉。红粉利落,和她死去的娘一样,说话脆,办事脆,做任何事情都有去无回,当然也就有头无尾,一把下去,三下五除二,扯着藤又拽着瓜。红粉还有一个特点,那就是她的性子叫人拿不准,没有一个恒定的分寸。好起来什么都好,甚至有点过分,但坏得突然。一旦坏起来,具有无可比拟的爆发性,具有大面积的杀伤力。只要她的疯劲上来了,什么都碍她的手脚,连板凳的四条腿都不能放过。看准了这一条,母亲的忌讳实际上也就成了端方的忌讳,端方尽可能不招惹她。端方其实并不惧怕红粉,但是,为了母亲,端方还是让着,咽得下去。好在红粉对待端方还算不错,她的冤家是沈翠珍,又不是端方,犯不着了。在人多的地方,红粉反过来还会念着端方的好。她就是要让别人听听,她红粉并不是不通情理的人。和沈翠珍处不来,完全是那个当后妈的不是东西。

端方来到王家庄什么都没有学会,却学会了一样,那就是不说话。给端方的嘴巴贴上封条的不是别人,恰恰是端方的母亲。只要家里发生了什么意外,沈翠珍的第一个反应就是给端方递眼色:少说话,不关你的事。沈翠珍这样做有沈翠珍的理由,端方没爹没娘这么多年,好不容易安稳下来,不能再让他委屈。少说话总是好的。端方就不说。但是端方不说话的意思却和母亲的不一样,端方还是为了母亲好。母亲和红粉不对劲,这是明摆着的。哪一个做女儿的能和后妈贴心贴肺呢?端方要是太向着自己的亲妈,红粉的那一头肯定就不好交代。和红粉处不好,到头来受夹板气的只能是自己的母亲。可是,端方不说话并没有讨到什么好。王存粮就非常不喜欢端方的这一点。天地良心,王存粮这个后爹做得不错了,明里、暗里都没有什么偏心。可你这个小东西怎么就那么不知好歹,一天到晚阴着一张脸,什么话都不说,冲着谁来的呢?王存粮恨就恨他这一点,你小东西偏着自己的母亲,咬人,提着烧火钳子冲过来,没事。你小子有种,有血性。可你不能三棍子、六棍子、九棍子都打不出一个闷屁来。就好像他这个当后爹的不是人,怎么虐待了你这个孩子了。这是哪里说的呢。别的远了,不说它。就说前年,上高中这件事,王存粮真是耗尽了心思,就算是亲爹也不一定做得比他好。依照王存粮的意思,端方究竟不是他亲生的,当初不让他读初中,脸面上说不过去。现在初中都念下来了，算是对得住他了，就是他的死鬼老子站在王存粮的跟前，他王存粮也抬得起头来。红粉七岁就死了娘，只念到初小，也就是小学的三年级，这么多年着实是不容易。出嫁也就是近两年的事了。能给红粉置多少陪嫁，先不说，喜酒总要给她办几桌，这样也算是给女儿一个交代，给她死去的亲娘一个体面。端正还在念书，网子也还在念书，端方再念高中，光靠自己和翠珍的四只手，无论如何是供不起了。但是翠珍在这个问题上死了心眼，一定要让端方上。她把"敌敌畏"放在马桶的盖子上，只要王存粮不松口，她的嘴就要对着瓶口仰脖子。她做得出。这个女人哪里都好，屋里屋外都没什么可以挑剔，就是有一样，喜欢把事情往绝路上做，动不动就会把事情弄到死活上去。就好像她生得比刘胡兰还要伟大，死得比刘胡兰更加光荣。真是犯不着。王存粮的第一个老婆是病死的，自己差不多赔进去半条命。娶了第二个，居然是一个喜欢寻死觅活的祖宗。你说怎么弄？不能死第二个，不能。可钱呢？王存粮只能黑下脸来抽网子的屁股。网子是他的亲儿子，他打得。王存粮把他拉过来，使劲地抽，下手特别地重。他就是要用这种古怪的方式做给沈翠珍看。但是王存粮忽视了一点，网子是他王存粮的种，可同时也是她沈翠珍的肉。沈翠珍把网子抢过来，搂在怀里，拿起剪刀就要戳自己的喉咙。要不是王存粮眼睛快、手快，翠珍已经下土了。存粮心一软，答应了，让端方读高中。嘴上说不出，心底里对这个做补房的女人还是畏惧。那就依了她吧。王存粮好事做到底，亲自把端方送到了镇上。不过王存粮把话留给了端方，他在中堡中学的操场上对端方说："你就在这儿天天喝西北风，我看你两年以后能拉出什么来。"端方什么也没有说，不声不响地从继父的手上接过网兜，转身走了。王存粮望着端方尖削的背影，心里实在有些古怪，很累，很背气，又委屈又冤枉，只能在肚子里骂一声："个狗日的！"也不知道到底是骂谁。

端方带着被褥、木箱和镰刀回到了王家庄,已经是傍晚。这是一个无比晴朗的黄昏,西天上烧着晚霞,一片绚烂。天很低,晚霞仿佛搁在大地上,嫩嫩的夕阳像一个蛋黄,娇气得很,一惹它,它就要散。端方回到家,家里没有人,端方放下自己的家当,从被窝里取出两把镰刀。这是他在中堡镇新买的。端方扒掉褂子,蹲在天井里,给两把镰刀开刃。他把两把镰刀的刀刃磨得跟红粉姐的口齿一样,一副说一不二的样子。用大拇指试了试它的锋芒,刀刃响了,像动人的吟唱。

第二天端方起了个大早,不知道是几点钟,反正天还没有亮。母亲已经起来了,预先做好了早饭。早饭不是粥,而是干饭,用糯米煮成的干饭。过于奢侈了。端方以为这是母亲专门为他预备的,其实不是。割麦子是一个耗人的苦活,喝粥肯定不行,几泡尿就没了,只有干饭才顶得住。但是,到了麦收的光景,正是青黄不接的时候,家家户户都没大米了。会过日子的人家总要在过年的时候留下一些糯米,到了这个时候再拿出来,所谓好钢要用在刀刃上。等麦子一出地,日子自然就接上了。每年都一个样。只不过端方以前还小,起得没这么早,不知道罢了。糯米饭上桌了,父亲、母亲、红粉、端方在饭桌的四边坐下来,对着一盏小油灯,四张嘴不停地吧唧。端方就着咸菜,一口气扒下去两大碗。对着小油灯打了两个很响的饱嗝。端方抹了抹嘴,拴上草鞋,从母亲的手上接过一只小瓦罐,是刚刚烧好的开水。端方一手提着瓦罐,一手操起镰刀,跟在父亲的后头,红粉跟在端方的后头,母亲则跟在红粉的后头。父亲开门,外面黑咕隆咚的,上工去了。

生产队的劳力们一起汇聚在队长家的后门口,大伙儿闷不吭声,一起往田里走。野外还有一丝寒气,关键是露水太重,到处都湿漉漉的。村子里的鸡叫开始热闹了,此起彼伏。天也放亮了,来到麦田的时候东边已经吐白,有了几丝丝的红,是那种随时都会喷发的样子。没有人说话,谁也不知道从什么时候开始劳作的,反正就这么开始了。端方把手里的镰刀放在手心里转了两圈,第一个跳进麦田,有点争先恐后的意思。镰刀在端方的手里很轻,端方有力气,在中堡镇的时候,他能把一百九十斤的石担子举过头顶,一把小小的镰刀算得了什么。大概一顿饭的工夫,太阳晃了两下,跳出来了。鲜嫩的太阳就像铁匠砧子上烧得透明的铁块,在铁锤的敲击下,所有的光芒都喷薄而出。大地说亮就亮。端方在麦田里一马当先,已经把他的继父甩出去一大截子了。端方存心了。他要让继父看看,他到底是不是一个光会吃不会拉的软蛋子。端方的动作开始还有点生涩,后来好了,越来越利索,有了机械的、可以无穷反复的流畅,想停都停不下来。因为利索,他的豪情迸发出来了,脱掉了褂子,一把掼在了地上。背脊上全是汗。初升的太阳照亮了端方的背脊,他的背脊油光闪亮,中间凹下去一道很深的沟,这是年轻的背脊,肌肉发达的背脊,开阔,厚实,线条分明——到了腰腹那儿,十分有力地收了进去。王存粮的手脚却是悠闲的,并不忙,利用喘气的工夫,轻描淡写地瞟了一眼前面的端方,心里头叹了一口气。你这个冒失鬼,这哪里是干活,简直就是屙屎,硬的都顶在了前头。割麦子哪里能这样?它是个耐力活,得悠着点,哪能把一身的力气都压在最前头?庄稼人最要紧的事情是把自己的身子骨泡在汗水里,用盐腌过了,腌成咸肉,这才硬挣,这才有嚼头。鲜肉有什么用?软塌塌的只配烧豆腐。你一身的细皮嫩肉,还敢打冲锋,还敢打赤膊,作死!割麦子是能打赤膊的吗?那么多的麦芒戳在身上,不痒死你,不疼死你!王存粮原打算提醒端方一两句,看他骚得厉害,不说他了。不让他吃足了苦头,他永远不知道鲜肉是怎样变成咸肉的。将来结了婚他就知道了,做任何事情都跟和婆娘上床差不多,一上来就用蛮,软得格外快。怎么说远路没轻担的呢。不说他,年轻人的耳朵反正也塞不进别人的舌头。由他去。由着他孟浪。到了明年的这个光景,他就没这么骚了,他吃馒头的时候就知道第一口往哪里咬了。——你胳膊粗,胳膊粗有什么用?胳膊粗,去杀猪,胳膊细,做会计。

午饭是在田埂上吃的,是面疙瘩。正午时分太阳已经挂在头顶了,格外地有劲道,在端方的皮肤上绽开了麦芒,开始撩拨人了,痒得出奇,刺戳戳地往肉里钻。端方的皮肤像是被人扒了,翻了过来,鼓起了粗大的毛孔,红红的,指甲一抓就疼,太阳一烤也疼。要是有个地方能够避一避毒辣的太阳就好了。但是,庄稼人是无处躲藏的,有本事你变成一条蚯蚓。端方的难受还有另外的一个方面,那就是腰。端方有力气,就是小腰那一把有些不做主了,酸得厉害,胀得厉害。弯着难受,直起来也难受,坐下来还是难受。端方拖过一个麦把,垫在腰弓底下,躺上去,舒坦了。只是一会儿,更难受了。一定是刚才吃得太饱,腰部放松下来了,肚子又撑得吃不消,只能再站起来,坐卧不安了。王存粮只吃了一个半饱,把剩下来的那一半放在田埂上,点起了旱烟锅。端方就在他的不远处,在那里折腾,王存粮不看。王存粮守着瓦罐,叼着旱烟锅,眯起了眼睛。额头上挂着汗珠子,喝一口,抽一口,抽一口,再喝一口,什么也不想,像在享福了。烟真是个好东西,很深地吸下去,再很长地呼出来,还哼唧一声,所有的累都随着那口气叹出去了。对抽烟的人来说,解馋只是其次,最主要的作用是歇口气。这一点不抽烟的人是体会不出来的。有烟叼在嘴边,吧嗒吧嗒的,慢慢地,就歇过来了。要不然,总有一件事情没做,心里头空了一块,没有盼头,人就不踏实。存粮远远地望着端方,如果是兄弟,他兴许就把旱烟锅递到端方的手上去了。但端方毕竟是他的儿子,王存粮不能。说到底烟还是个坏东西,吸进去,再呼出来,钱就变成了烟。端方要是想吸烟,等成了亲、分了家再说。上高中都供他了,吸烟不能再供。没这么一个说法。

　　割麦的时候沈翠珍和端方隔得比较远。一般来说,只要没有特殊情况,端方都和母亲离得比较远,话也少。端方对所有的人都客客气气的,但是,对母亲却不,口气相当地冲。再顺当的话都要横着从嘴里拽出来。还特别地简洁。"知道了。""别啰嗦了。""烦不烦?"诸如此类。说话就这么回事,一简洁就成了棍棒,呼呼生风的。唉,男孩子就这么回事,一到了岁数就学会给母亲抖威风了。怎么说女儿好的呢,等她自己做了妈,疼儿女的时候就知道疼娘了,女儿就成了妈妈的小棉袄。男孩子胳膊粗了,大腿粗了,嗓子粗了,心也必然跟着粗。全一样。细想想,多多少少有些怨。端方要是个女儿就好了。她沈翠珍这辈子没生出女儿,没那个福了。要是端方是个女的,红粉一定不敢这样嚣张。女儿家别的本事没有,可哪一张嘴巴不是机关枪?

　　到了下午端方的手上起了许多泡,开始是水泡,后来居然成了血泡。端方练了两年的石锁、石担子,满巴掌的硬茧,没想到掌心那一把还是扛不住。到了这个时候端方才发现自己失算了,不该用新买的镰刀。新镰刀的把总是不如旧的那么养手,糙得很。晌午过后端方再也不能像上午那样生猛,节奏也慢了。端方想停下来,躺到田埂上好好歇歇,一回头看见了自己的父亲。王存粮就在后头,都快撑上来了。看着他慢,其实一点也不慢。王存粮的脸上没有表情,看不出子丑寅卯。端方心一横,把镰刀握得格外地紧。端方最后的这一把力气一直支撑到天黑,幸亏天黑了,要不然端方实在使不出一丝力气了,而端方的血泡也破了,才一天的工夫,巴掌全烂了。

　　吃晚饭端方用的是左手,他只能用左手拿筷子。右手疼得厉害,能看得见里面的肉。端方一直把他的右手藏在桌子底下,他不想放到桌面上来,不能在王存粮的面前丢了这个脸。这一切都没有逃过母亲的眼睛。这一次沈翠珍倒没有心疼端方。她也割了一天的麦子,腰也快断了,回到家里还是要上锅下厨。谁让你是庄稼人的呢,庄稼人就必须从这些地方挺过来。你一个男将,迟早要亲历这一遭。

这一夜端方不是在睡觉,其实是死了。他连澡都没有洗,身子还没来得及躺下来,脑袋还没来得及找到枕头,就已经睡着了。如同一块石头沉到了井底。时间也极短,一会儿,屁大的工夫,堂屋里又有动静了。这就是说,新的一天又开始了。端方想翻个身,动不了。挣扎着动了一下,动到哪里疼到哪里,整个人像一个炸了箍的水桶,散了板了。端方想起床,就是起不来。这时候继父在天井里干咳了一声,端方听得出,这是催他了。端方对自己说,再睡一分钟,就一分钟,一分钟也是好的。

但王存粮已经是第二次咳嗽了,必须起床了。重新回到麦田的端方不再是昨天的端方,身上的肉都锈了,像泡在了醋缸里。关键是,心里的气泄了。端方出门之前带了一块长长的布条,上工的路上已经在手上缠了几道,手上的疼倒是好些了。但是端方忽略了一个最要紧的细节,昨天晚上偷懒,忘了磨刀了。"磨刀不误砍柴工",真的是至理名言哪。刀很钝,要了端方的命。大清早的麦子到底不同于平时,平时在太阳底下,麦秸秆被太阳晒得酥酥的,嘎嘣脆,一刀子下去就见了分晓。这会儿露水重,麦秸秆特别地涩,有了不可思议的韧性,相当缠人了。昨天清晨端方正在兴头上,力气足,没有留意,所以不觉得。现在好了,刀子钝了,手掌破了,身子锈了,端方就格外地勉强。但人到了勉强的光景难免要发驴。端方使足了力气,"呼噜"一下,猛地一拽,镰刀的刀尖却被什么东西卡住了,一拔,才发现是从自己的小腿上拔下来的。一股暖流涌向了脚背。端方没有喊,放下刀,连忙去捂。血这个东西哪里捂得住,像泥鳅,咻溜一下就从你的手指缝里溜走了。疼在这个时候上来了,一上来就很猛,有些扛不住,端方只能不停地哈气。不远处的王大贵听到了动静,他走过来,拉过端方的手,全是湿的,放下来捻了捻指头,很滑。知道了,是血。大贵在迷蒙的晨光里大声喊道:"存粮,存粮!"

大贵和存粮把端方背到合作医疗,天已经大亮了。赤脚医生王兴隆刚刚起床。兴隆用双氧水把端方的伤口洗了,双氧水一碰到伤口立即泛起了蓬勃的泡沫,像螃蟹吐气那样。血还没有止住,不声不响地往外洇。兴隆睡眼惺忪,拿着镊子,手指头还跷在那儿,看上去有点像巧手女人。兴隆慢腾腾地评价端方的伤势,说:"蛮大的,蛮深的,要拿针线了。"王存粮说:"碍着骨头没有?"兴隆说:"没有。伤口蛮大的,蛮深的。"端方很急促地说:"先用酒精消消毒。"兴隆说:"放屁。你以为只是擦破一点皮?这么深的伤口,怎么能用酒精,还不疼死你。"端方有些固执,说:"用酒精消消毒,好得快。"兴隆点酒精炉子去了,他要煮针线。利用这样的空隙端方解下了手上的绷带,取过酒精药棉,把所有的药棉全部倒在手掌上,对准伤口用力一握,酒精被挤出来了,滴在了伤口上。端方弓起腰,倒吸了一口凉气,拼了命地张大嘴巴。小腿的伤口上着火了,火烧火燎。端方没有看见火苗,但是,烈火熊熊。

兴隆给端方拿了六针。一打上绷带端方就回到麦田去了。小腿上的绷带十分地招眼,在阳光的照耀下放射出耀眼鲜艳的白光,有些刺目,中间还留下一大摊的红。端方一回到田埂上就操起了镰刀,他要争分夺秒。王存粮瓮声瓮气地说:"行了。"端方没有理会,继续往麦田里走。王存粮把他的嗓门提高了一号,说:"你能!就你能!"端方听出来了,这是劝他了,便不再坚持,退回到田埂,闭上眼睛躺下了身子。端方注意到这会儿太阳有两个,都在他的身上。一个在他的眼皮子上,另一个则在他的小腿上,疼痛就是这个太阳的光芒,光芒四射,光芒万丈。

虽说疼,但端方倒头就睡。一觉醒来的时候又开午饭了,一大堆的男将们和女将们都靠在了田埂边,休息了。大伙儿闹哄哄的,都在喊腰酸,喊腿疼,一个个龇牙咧嘴,于是开始扯咸淡,说说笑笑。这是劳作当中最快乐的时刻,当然,是短暂的。因为来之不易,所以格外珍贵。男将们和女将们的身子闲了下来,嘴巴却开始忙活了。说着说着就离了谱,其实也没有离谱,那其实是他们必然的一个话题。扯到男女上去了,扯到奶子上去了,扯到裤裆里去了,扯到床上去了。他们的身子好像不再酸疼了,越说越精神,越说越抖擞。他们是有经验的,只要坚持下去,高潮一定就在不远的未来,在等候他们呢。他们一边吃,一边说,他一句,你一句,像嘴巴与嘴巴的交配,进进出出的,流畅得很,快活得很。田埂上发出了狂欢的浪笑,也许还有那么一点点的下流。床上的事真是喜人,做起来是一乐,说起来又是一乐,简单而又引人入胜,最能够成为田间或地头的爆料。广礼家的是此中的高手,她是四个孩子的妈,一个牙都不缺,满嘴的牙就是管不住自己的舌头,好端端的话能被她说得一丝不挂,挺着奶子又撅着屁股,一顿饭的工夫就能够儿孙满堂。广礼家的还是个麻利人,端着饭碗,扒得快,嚼得快,伸长了脖子,咽得更快。丢下饭碗,广礼家的开始拿队长开心。在桂香的嘴里,队长就是三月里的一只公猫,再不就是三月里的一条公狗,声嘶力竭的不说,还上跳下跳,就好像队长"办事"的时候她桂香就站在床边,全听见了,全看见了。队长沉着得很,并不慌张,嘴巴自然是不吃素了,反过来拿广礼家的开心。队长把广礼家的身板子说得嘎嘣嘎嘣响,把广礼家的身子骨说得特别地骚。说完了广礼家的,队长总结说:"女人哪,就这样,厉害。三十如狼,四十如虎,站着吸风,坐着吸土。广礼家的,风和土都让你弄走了,你不简单呢你!"大伙儿一阵狂笑。广礼家的被别人笑话过了,并不生气,并不着急,慢悠悠地站起来了,走了。绕了一个大圈子,绕到了队长的身后,趁队长不备,从身后扳倒了队长。广礼家的一定先用眼睛和女将们联络过了,建立了临时的、秘密的统一战线。所以就有了统一的意志和统一的行动。统一战线具有无坚不摧的力量,可以说无往而不胜。四五个女将一起扑上去,拽住队长的手脚,给了队长一个五马分尸。队长嘴硬,嬉皮笑脸地继续讨她们的便宜:"你们别这样,别起哄,一个一个的,我和你们一个一个的。"队长的话引起了一阵尖叫,他的话把轻松的、快乐的公愤给激发出来了。民愤极大。女将们的泼辣劲上来了,疯野起来了,浪了。她们啸聚在队长的身边,呼噜一下就把队长的长裤子扒了,呼噜一下又把队长的短裤子扒了。队长现眼了。裆里的东西哪里见过这么大的世面,没有,它耷拉着,歪头歪脑,可以说无地自容。广礼家的尖声叫道:"快来看蘑菇啊!来看队长的野蘑菇!"队长急了,无奈胳膊腿都被女将们拽在手心,身子都悬空了,动不得,又捂不住。队长的蘑菇软塌塌的,嘴上却加倍地硬。广礼家的拿起一根麦穗,撩拨队长。什么样的蘑菇能经得起麦穗的开导?除非你是木头,除非你是铁打的。麦穗上头有麦芒呢。没几下,队长的蘑菇来了人来疯,生气了,也可以说高兴了,硬硬地越来越粗,越来越长,一副愣头愣脑的样子,同时又是一副酩酊大醉的样子。真是缺心眼。队长拿它一点办法也没有,它不听话,队长硬是做不了它的主。队长这个同志真的很有意思,蘑菇软的时候嘴硬,现在好了,蘑菇硬了,嘴软了。开始求饶。晚了。到了这样的光景谁还肯听他的?女将们笑岔了,队长被她们丢在了地上,不管他了。男将们也笑岔了,一个劲地咳嗽,满脸都憋得通红。没有一个男将上去帮队长的忙。这样的忙不好帮。说到底哪一个男将没有被女将们捉弄过?谁也不帮谁。谁也不敢。谁要是帮了谁就得光屁股卖蘑菇。虽说这样的事经常发生,但每一次都新鲜,都笑人,都快乐,都解乏。不过闹归闹,笑归笑,世世代代的庄稼人守着这样一个规矩,这样的玩笑只局限于生过孩子的男女。还有一点就更重要了,女将们动男将们不要紧,再出格都不要紧。但男将不可以动女将的手,绝对不可以。男将动女将的手,那就是吃豆腐,很下作了,不作兴。下作的事情男将们不能做。祖祖辈辈都是这样一个不成文的规矩。

女将们开着天大的玩笑,那些没有出阁的黄花闺女们就在不远处,隔了七八丈,并没有回避。其实她们还是回避了。她们不看一眼。眼前的一切和她们没有一丝一缕的关系。虽说她们的耳朵都知道不远处发生了什么,但是,听而不闻,就等于什么事都没有发生了。依然是一脸的庄重,还有一脸的紧张。她们当然是听见了。但听见了不要紧,谁能证明你听见了?主要是不能弄出听见了的样子,尤其是,不能弄出听懂了的样子。听懂了就是你不对了。所以,一般来说,闺女们再害羞也不会站起身来走开,一走开反而说明你听懂了,反而把自己绕进去了。你怎么能懂呢?很不光彩、很不正经了。闺女们心平气和地围在一起,该说什么还是说什么。只不过都低着头,谁也不看别人的脸。其实是不敢看。她们的脸都红了,是那种没头没脑的涨红,我也红,你也红。大家都不看对方,也就避免了尴尬。是集体的心照不宣。为什么闺女们到了出嫁的时候在一些细节上都能够无师自通?都是在劳作的间歇听来的。早就懂了。等她们过了门,下过崽,奶过孩子,她们就有权利和她们的前辈一样掺和进去了。说到底,这也不是什么大的学问,不就是裤裆里头的那个东西,不就是裤裆里头的那么回事嘛。

端方躺在田埂上,一言不发。他从麦田里拔下了一株野豌豆,把豌豆放到了嘴里,嚼碎了,咽进了肚子,再用豌豆的豆壳做了一只小小的口哨,放在嘴里,慢悠悠地吹起了小调调。虽说端方也是个男将,终究没有成亲,也不好掺和什么。没有结婚的童男子在这样的时候如果不晓得持重,将来找媳妇就会出问题。

端方侧过头去看了几眼,又把眼睛闭上了。好在这会儿小腿上的疼松动多了,可以忍了。女将们的笑闹都在他的耳朵里,她们无比地快乐,终于讨了一个天大的便宜,快活得发疯。这样的笑闹端方见多了。庄稼人就这样,一辈子就做两件事:第一,种庄稼,第二,收庄稼。庄稼人要不给自己找一点乐子,谁还会把乐子送到你的家门口,从门缝里硬塞进去?所以,要靠自己。端方想,用不了几天,自己也就这样了,除了种庄稼,收庄稼,也就是拿自己的裤裆给别人开开心,要不就是拿别人的裤裆给自己开开心,只能这样了。小学五年有什么念头?初中两年有什么念头?高中两年又有什么念头?还不如一开始就趴在这块泥土上。端方躺着,嘴里头吹着小调调,心底里却对背脊底下的泥土突然产生了一丝的恐惧。还有恨。泥土,它不是别的,说到底它就是泥土,没心没肺,把你的一生一世都摁在上头,直到你最后也变成了一块泥土。端方突然听见队长大声说话了,队长气呼呼地说:"上工了上工了,妈拉个巴子的,操,上工!"说笑的声音顿时安静下来,队长说话的口气带了很大的冤屈,气息一收一收的,想必在系裤带子。慰问演出到此结束。凭空而来的安静对端方似乎是一个意外的打击,端方想,看起来我这一辈子也就这样了。端方的心里涌上来一阵沮丧,一股没有由头的绝望袭上了心头,酸楚了。嘴里的口哨也停了下来。端方没有睁开眼睛,突然听见父亲的一声干咳。父亲又是一声干咳。端方一个激灵,想起来了,该干活了。端方深深地叹了一口气,上工吧,上工。

第 二 章

忙假结束的时候金色的大地不再是金色的了,它换了一副面孔,变成了平整崭新的绿。麦子一棵也没有了,它们被庄稼人一把一把地割下来,一颗一颗地脱粒下来,晒干了,交给了国家。庄稼人不知道"国家"在哪里,"国家"是什么。但是他们知道,"国家"是一个存在,一个指定的、很大的、无所不在的、却又是与生俱来的存在。这个存在是什么样子呢?庄稼人就想象不出来了。它带有传说与口头传播的神秘色彩,也就是说,它是在嘴里,至少,是在部分人的嘴里。但是有一点庄稼人是可以肯定的,"国家"是一个终点,是麦子、稻谷、黄豆、菜籽、棉花和玉米的终点。粮食运到哪里,哪里就是国家。相对于王家庄来说,公社就是国家;而相对于公社来说,县委又成了国家。总之,"国家"既是绝对的,又是相对的。它是由距离构成的,同时又包含了一种递进的关系,也就是"上面"和"下面"的关系。"国家"在上面,在期待。它不仅期待麦子,它同样期待着大米。所以,麦收之后,庄稼人把原先的金灿灿变成了现在的绿油油。就在同一块土地上,庄稼人又用自己的双手把秧苗一棵一棵地插下去,到了夏至的前后,中稻差不多插完了,而梅雨季节也就来临了。十分准时。从表面上看,这只是一种巧合,其实不是。是庄稼人在千百年的劳作当中总结出来的,是庄稼人的选择,暗含着一代又一代庄稼人的大智慧。在庄稼人一代又一代的劳作中,他们懂得了天,同样也懂得了地。就在天与地的关系中间,庄稼人求得了生存。通过他们的智慧,天与地变得像左臂和右膀一般协调,磨豆腐一样,硬是把日子给磨出来了。当然,是给"国家"磨豆腐。

还是在麦收的时候沈翠珍就多了一份心思。做母亲的就这样,总有无穷无尽的心思。了去了一样,又添上了一样,滔滔不绝的永远是儿女心肠。沈翠珍的心思当然是端方了。要说两年前,她最大的心思是看到端方念到高中,为什么要这样死心眼呢?有缘故的,这是她必须完成的任务。端方的生父是一个高中毕业生,他在咽气之前给翠珍留下了一句话,让他的两个孩子念完高中。这是他的遗言。一般来说,遗言就是命令,没有讨价还价的余地。遗言永远是一把双刃的剑,对说的人来说无比地锋利,对听的人来说同样无比地锋利。这么多年来,沈翠珍的日子其实就是从这把剑的剑刃上走过来的。端正还小,先不去说他。端方反正是读完高中了,这里头就有了无限的宽慰。沈翠珍望着麦田里的端方,心里头长长地舒了一口气。沈翠珍远远地打量着端方,走神了,眼眶里凭空就是一阵湿润。沈翠珍不是伤心,而是高兴,是那种很彻底、很松软的高兴。端方到底高中毕业了。他的块头那么大,比他死去的老子还高出去半个脑袋,完全可以说,她这个母亲功德圆满了。等闲下来,王存粮不在家,沈翠珍一定要买上几刀纸,到河边上好好哭几声。这么一想沈翠珍的心里有了力气,手上也有了力气。但是,沈翠珍突然明白过来了,端方大了,这等于说,转眼又到了成家立业的时候了。这么一想沈翠珍的手又软了。新的心思来了。是的,该给他说一门亲事了。看起来端方这一头的心思还没有完,还得熬。路还远着呢,日子还长着呢。

从插完秧算起,到阳历的八月八号(或七号)立秋,这一段日子是庄稼人的"让档期"。所谓"让档期",说白了就是春忙和秋忙之间的空当。庄稼人可以利用这段日子喘口气,好积蓄一

19

些体力,对付接下来的秋收。因为是夏季,庄稼人便把这些日子称作"歇夏"。但"歇夏"并不意味着庄稼人真的就"歇"下来了,不是的。一般来说,媒婆们会利用这一段空闲的日子四处走动,帮年轻的男女们说说亲,替他们牵上线、搭上桥,好让他们在冬闲的日子里相亲、下聘礼。所以说,歇夏虽然是清闲的日子,对于年轻的男女们来说,反而手忙脚乱,成了心动的时刻。当然,那些职业性的媒婆在一九四九年之后就已经给扫除干净了。她们不干活,就靠一张嘴,生拉硬配,吃了男方的好处,再吃女方的好处,无疑是剥削,属于寄生的阶级。旧社会有一个说法,把她们叫做"小人行",是三百六十行里头的一样,好歹也是一只饭碗。新社会打倒了所有的寄生虫,职业性的媒婆自行消亡了。然而,这并不等于说媒婆就没有了,相反,多了出来,人人都可以做。那些干部的娘子,那些乡村女教师,她们用不着下地干活,手脚闲下来了,所有的勤快都集中到了嘴上。除了家长里短,少不了做媒。当然,这只是一般的情况。事实上,许多到了岁数的女人们私下里都有做媒的愿望,都有那么一点隐秘而又怪异的激情。就喜欢给人家"配"。她们对着小伙子瞅几眼,心活络了;再对着大姑娘瞅几眼,心又踏实了——觉得他们合适。于是乎,逮着男方拼了命地说女方的好处,再逮着女方不要命地说男方的长处。成不成都无所谓的。要是成了,那是她们的功劳。讨一杯喜酒还在其次,关键是有了成功的范例,自然有了信誉,等于为下一次说媒开了一个好头。不成也没关系,男方一条线,女方一条线,依然在那儿,再往别处说。另外的一路情况也有,那就是男方和女方已经眉来眼去了一段日子,私下里都亲过嘴了,甚至躲在草垛或麦田里把坏事都做了——所谓"坏事",说白了也就是"好事"。只不过女人们习惯于往"坏"处说,而男将们呢,则统统往"好"的地方说。不管是"坏事"也好,"好事"也好,有一样,这种事不做则罢,一做就上瘾,越做越想做,恨不得早饭一吃天就黑,天黑了之后就上床。姑娘的肚子里有了货,怎么办呢?相互抱怨,手足无措了,找一个体面的人帮他们撮合一下吧。这样的媒婆最好做了,吃一顿现成的饭,喝一杯现成的酒,完事了。这样的媒婆还最容易得到巴结。你要是不巴结,那就是你不仁。你不仁她就不义。嘴巴一掉过头来她就成了机关枪,嘟嘟一梭子,把你的丑事全抖搂出来,你的脸用裤衩子遮挡都来不及。

沈翠珍闲来无事的时候脑子里全是村里的姑娘,让她们在脑子里排队,一个一个地放在心眼里筛。好姑娘有没有? 有。但是沈翠珍还是觉得她们不配。不是这里缺斤,就是那里少两,总归是不如意。倒不是做母亲的心高气傲,像端方这样的小伙,除了她翠珍,谁还能生得出第二个来? 摆在那儿呢。你要是不相信你自己睁开眼睛慢慢地看。说起给儿子挑媳妇,那可是一点也马虎不得。第一要对得住儿子,第二要对得住她这个婆婆。要不然,过了门,麻烦在后头。前面的日子又是麦收又是插秧,翠珍一直没能腾出手来,现在好了,歇夏了,有了空闲,沈翠珍开始了她的张罗。

这一天的下午翠珍提着酱油瓶出去打酱油,绕了一圈,走到了大队会计王有高的屋后。翠珍渴望能碰见大辫子。大辫子是大队会计的娘子,四十多岁的人了,还像小姑娘一样留着一条大辫子,一直拖到小腰那儿。到了夏天,大辫子一偷懒头上就有点馊。那些多嘴的女人就会对大辫子说:"大辫子,这么大的岁数了,拖上那么一条大尾巴,烦不烦哪,你焐躁不焐躁?"大辫子总要这样回答:"他不肯哎。"口气里头很无奈了。所谓"他",就是她的男将,大队会计王有高。"他不肯哎",这里头隐藏着外人难以猜测的私密。王有高在做房事的时候喜欢拽着老婆的长辫子,把它绕在自己的手腕上,手上用劲了,身子才使得出力气。

这完全是一个十三不靠的怪毛病,可他就是喜欢这一口。大辫子的头发被男将拽在胳膊上,很疼,十分想叫。但是不能够,只好忍住。偶尔叫一声,反而特别地亢奋,有了别样的味道,是说不出来的好。大女儿出生之后,大辫子剪过一回辫子,是新式的短发,运动头,英姿飒爽了。大辫子自以为很时髦,没想到她的新式发型对大队会计却是意外的一击,王有高在床上蔫了。很生气,到了关键的时刻光知道咬人。大辫子从此知道了,长辫子剪不得,重新开始蓄。说起来大辫子从心底里头感谢自己的长辫子,是自己的长辫子帮她"拿住"了自己的男将。有一阵子有高迷上了赌,偷偷摸摸爱上了推牌九。大辫子知道了,不说什么,突然把男将从牌桌上拖下来,一直拖到自己的家,一直拖到床头边,拿起剪刀就架到脑后,说:"你再赌我就薅干净,我让你天天和尼姑睡。"有高软了,说:"就是玩玩,看看自己的手气,哪里是真的赌。"大辫子看见男将的模样心里有数了,心里头得了寸,嘴上就进了尺,说:"玩玩也不许。手痒了我拿刷子替你刷。"有高说:"不许就不许,不玩就是了。舞刀弄枪做什么。"大辫子凶归凶,对待男将,有了自己的心得,把床上的事情打点好了,别的都好商量。大辫子有大辫子的智慧,明白了一个道理,千万不能让男人在床上发了毛。所谓男将们耳根子软,怕老婆,惧内,都是假的,说到底是男将们在床上贪。一个大男将,如果床上不贪,再好的女人也拿不住他。天仙都没用。就是这么一个理。

　　沈翠珍提着酱油瓶,拐了三四个弯,来到了大辫子家的家门口,隔着天井的院墙,听到了缝纫机的咕噜声。知道大辫子在家了。翠珍在门口喊:"大辫子!"大辫子从洋机上下来,看见沈翠珍已经进门了。沈翠珍把酱油瓶立在天井里的地砖上,扶稳了,说:"大辫子,家里有几件破衣裳,我也懒得拿针,有空你帮帮忙吧。"大辫子堆上笑,说:"拿来喏。"沈翠珍说:"我可没钱给你,回头我叫三小给你拿几个鸡蛋。"大辫子说:"没得事啊,拿来噻。"这么招呼过了,沈翠珍在堂屋里坐稳了,坐直了,就在大辫子的对面。放眼把大辫子的家里考察了一遍,直夸大辫子"能",家里拾掇得眉清目秀。大辫子听出来了,沈翠珍不像是来补衣裳,是有事央求于她。无缘无故的,她奉承自己做什么?那就不用客气了。大辫子说:"早上都忘了烧水了,也没得水给你喝。"翠珍说不渴,一双眼睛又开始研究起大辫子的洋机了,心里头想,怎么开口呢。翠珍夸了几句洋机"真好",突然说:"天哪,要是哪一个姑娘跟我们家端方要洋机做聘礼,我可怎么置得起啊。"大辫子是一个精细的女人,却误会了,以为端方看上了他们家的大女儿,自己家有洋机,自然就不会要这份彩礼了。大辫子说:"你慌什么?端方不是才毕业嘛。"翠珍说:"大辫子,不小啦。我们家的形势你又不是不晓得,端方念书晚,虚二十的人啦。"大辫子一听更有数了。心里头笃定了,嘴上却加倍地模糊,说:"真快哈。真是的哈。"翠珍忙说:"是的呢,屎头子都逼到屁股眼了哇。"听到翠珍这样说,大辫子不敢再捉迷藏了,屎头子都逼到屁股眼了,下一步必然是抢茅坑了。大辫子决定立即把话挑到明处。大辫子说:"妹子,不是我不给你面子,我家那丫头你可不晓得,给她老子惯得不像样子,你说说看,疯得还有个人样?"沈翠珍怔了半天,明白过来了,大辫子她弄岔了。虽说自尊心受了伤害,沈翠珍反过来却拿眼睛抱怨起大辫子来了,说:"大辫子,就我,哪里有胆量动那份心思,好像我韭菜大麦都分不清了。就算五根指头长得一样齐,端方也配不上做你大辫子的女婿。"沈翠珍欠过上身,拍了拍大辫子的膝盖,小声说:"你嘴巴会说,人又体面,我是请你张罗张罗,有合适的,胡乱帮我们寻一个。"大辫子明白了。这个枝杈岔远了,都岔到树巅的喜鹊窝上去了,不好意思了,连忙说:"翠珍你真是,兔子嘴,一开口就豁。端方多好的小伙,王家庄找不出第二个——姑娘家又不瞎。你不用愁,包在大辫子的身上了。"沈翠珍合不拢嘴了,自顾自,笑了。只要听到有人夸端方的好,简直就是夸自己,满嘴的冰糖化开来了,一直流淌到心窝子。沈翠珍不停地抿嘴,就是抿不上,嗓子也小了,很客气地谦虚了,说:"端方一般。就这个样子。一般般。"这么说着大辫子已经站起身来,沈翠珍的心里也踏实了。沈翠珍来到门口,回头对大辫子说:"大辫子,我就厚脸皮了,赖在你身上了。"大辫子说:"再坐坐噻,水都没喝。"沈翠珍依然笑眯眯的,还是说不渴,弯下腰去拿酱油瓶。心里想,就你那个女儿,又馋又懒,内心世界就不好。除了老子当大队会计,还有什么?你大辫子还不肯,想得起来的。不要说我们家端方,就连我都看不上。你想得起来的你。

　　沈翠珍私下里在替端方忙活,端方却不知情,悠闲得很。其实端方的悠闲是假的,说郁闷也许更恰当一些。他的心里有事,相当地严重,是单相思了。前些日子农活太忙,端方顾不上,现在好了,闲下来了,一个女孩子的面庞就开始在端方的脑海里来回地晃悠了。是一个中堡镇的姑娘,端方的高中同学,赵洁。端方和赵洁同学了两年,其实也没什么,端方却总是牵挂她,牵挂她闪亮的眉眼,还有她闪亮的笑。别的就再也没有什么了。要是细说起来的话,在中堡中学,男女之间要想闹出一些什么,还真的不可能,为什么呢?中堡中学有一个十分优良的传统,男生和女生从来不说话,更不用说有什么来往了。谁也没有要求,谁也没有规定,但每个人一进校就很自觉,维护和保持了这样的一个传统。所以说,校风特别地好,从来不出事。最出格的举动也只有一样,就是深夜里男同学为女同学毫无保留地遗精。这个好办,洗一洗就干净了。没想到临近毕业,不知道是谁出了一个主意,买来了硬面的笔记本,请同学们相互留言。虽说只有三四天的工夫了,但男女生的界限一下子打破了,一个个都像是喝了鸡血,兴奋得不知道怎样才好。端方没有买笔记本,越发地苦闷了。她相信赵洁是不会为他写些什么的。她那么骄傲,两年里头都没有好好看端方一眼。每一次和端方对视,赵洁都要把高傲的下巴挪开去,想起来就叫人伤心。其实端方心里头有数,对赵洁,他是高攀不上的。除了梦遗,他实在也想不出什么有效的办法来了。

春雷一声震天响。最后一个下午,赵洁居然把她的笔记本递到端方的面前来了,就在学校的黑板报的旁边。端方被打了一个措手不及,近乎痴呆了。赵洁的这一头却落落大方。端方的心思她当然知道,一个女孩子家,再笨,对小伙子的目光都有足够的演算能力,更何况赵洁根本也不笨。赵洁一路走到端方的跟前,连脸上的笑容都预备好了,说:"老同学,我等着你呢。"端方的魂都不在身上了。愣了半天,明白了赵洁的意图,接过笔,对着笔尖哈了一口,在手掌心上试了试笔,很流畅。但是端方的流畅到此为止。他的脑子被什么东西堵死了,不知道该写什么。笔还没有动,心里头早有了千言万语。说千言万语并不确切,最恰当的状况应该叫千头万绪。端方写了一个"赵洁",写得太工整,呆头呆脑,不好,撕了,重新写了一遍,过于潦草,更不好,又撕了。端方的字是端方最为骄傲的地方,历来拿得出手。端方正要写第三遍,不幸的事情发生了。他撕掉的那两页刚好连着校长和主任的题字。这边撕了,那一边自然要脱落下来。赵洁看着地上的两页纸,很有涵养地说:"没事。"心里已经不高兴了。端方看在眼里,侧过脸,鼻尖正对着墙报上一幅巨大的标语。标语是黑色的,上面用巨大的刷子写了六个黑体的大字:"翻案不得人心",后面是三个巨大的惊叹号。那是清明节之后毛泽东主席批判邓小平的时候所说的话。端方看见三个惊叹号变成了三把锄头,砸向了自己。咚!咚!咚!刚刚出现的一点点小小的希望就这么被砸碎了。他把笔记本还给赵洁,痛心疾首。说："我一辈子对不起你。"驴头不对马嘴了。

事实上，端方给赵洁的毕业留言其实并没有完成，赵洁没有再提，端方自然不好再说什么。就这么毕业了。实在是遗憾了。直到返回到王家庄，端方一直都在想，如果不是撕了两页，端方会在"赵洁"的下面写什么呢？端方想不出。这是最叫端方伤怀的地方。端方的心思实在不能用一两句话说清楚。但是，再说不清楚，在她的笔记本上留下一丝一缕的痕迹也好哇。哪怕就留下一个签名，好歹是个想头，回首往事的时候也有个落脚的地方。端方没有。这个机会永远也不会有了。这么一想端方不只是对不起赵洁，在自己的这一边，有了不可挽回的遗憾。端方的遗憾是一支箭，对着端方的心，穿了过去。想起来就是一个洞。

会写什么呢？这个下午端方蹲在大槐树的底下，问树根旁边的蚂蚁。蚂蚁什么也没有说，却越聚越多，越聚越挤，越聚越黑。端方的心思很快就从赵洁的身上转移到蚂蚁的这边来了。它们把树根当成了广场，在广场上，它们万头攒动——似乎得到了什么紧急通知，集中起来了，组织起来了，正在举行一场规模浩大的游行。天这么热，它们忙什么呢，一副群情激愤的样子？它们很积极，很投入，很亢奋，究竟是为了什么？天热得近乎疯狂，但更疯狂的还是蚂蚁。它们并没有统一的目标，却依照固定的线路，排好了队，一部分从左向右冲，另一部分则从右往左冲，你踩着我，我踩着你，呼啸而去，又呼啸而来。端方终于看得腻味了，看了看四周，没人，当即从裤裆里掏出家伙，对准蚂蚁的大军呼啦一下尿了下去。蚂蚁窝炸开了，一小撮拼了命地逃，更多的即刻就陷入了汪洋大海。这是真正的汪洋大海，宽阔，无边，深邃。端方瞄准了那些逃跑的蚂蚁，跟踪追击，穷追不舍，它们逃到哪里惊涛骇浪就翻卷到哪里。端方肌肤无伤，一眨眼的工夫就痛痛快快地打了一场漂亮的歼灭战。完了，端方看了一眼，抬腿走人。

往哪里去呢？是个问题了。这么热的中午，庄稼人一般都躲在家中，村子里反而空荡了，连一个扯扯闲话的人都找不到。端方在大太阳的底下，精力充沛，却又百无聊赖，只能趿拉着拖鞋，开始晃荡。巷子里的地面都已经被太阳晒得松动了，面粉一样的土灰浮在路面上。端方的拖鞋像两只马蹄，一脚下去就尘土飞扬。这个有趣了。端方干脆赤了脚，提着拖鞋在巷子里狂奔。巷子太短了，端方就开始折返，来回了四五趟，巷子里的尘土弥漫起来，像经历了千军万马，有了大场面的迹象。端方对自己的行为相当满意，一头的汗，是有所成就的喜悦。没想到三丫的母亲孔素贞突然在这个时候出现了。孔素贞拐着篮子，望着端方，笑眯眯地说："端方，你蛮会玩的嘛！"端方怔了一下，回过脸来望着孔素贞，满脸都羞得通红，再看看地上，遍地都是歪歪扭扭的脚印。是端方的脚印。孔素贞微笑着走开了，巷子里又一次空了。寥落了。端方再也没有了兴致。望着地上的身影，粗粗短短的，像一个怪物。阳光在汹涌，飞流直下，却又万籁俱寂。这是标准的盛夏的中午，寂静得像额头上的汗。端方嘘了一口气，眯起眼睛看了一眼巷子的尽头，巷子的尽头是一座水泥桥。水泥板被正午的阳光烧着了，燃起了白色的热焰。端方无处可去，就在太阳底下用脚拇指写字，是"赵洁"，还有一个冒号。最终却抹去了。回过头，晃来晃去，晃到了合作医疗。

赤脚医生王兴隆倒是在。他这个赤脚医生反而没有赤脚，非常地自在，正蹲在地上洗刷盐水瓶。兴隆刚刚睡过一场午觉，左边的半张脸上还清晰地印有草席的纹路。看见端方来了，兴隆蛮高兴的样子，抿着嘴笑了，笑起来腮帮子的两侧还有一对幸福的酒窝。他瞄了一眼端方腿上的伤，已经结了一层紫色的痂。看起来不会再有什么问题了。兴隆甩甩手上的水，打开了柜子，拿出一只盐水瓶，递到端方的面前。端方不知道兴隆让他喝注射液做什么，没有接。兴隆的脸色鬼得很，拔掉盐水瓶的橡胶塞,一串白色的泡沫立即从瓶口喷涌出来了。兴隆说:"喝一口。"端方丢掉拖鞋,接过来了,却是汽水。这太意外了。端方笑着说:"你怎么会有汽水?"兴隆自豪地说:"自己做的。"兴隆补充说:"其实很简单的。先把水烧开,等它凉了,放好柠檬酸,再配上苏打,就行了。简单得很。"端方拿着盐水瓶,慢慢地喝,说:"从哪儿学来的?"兴隆说:"部队上。"兴隆慢言慢语地说:"在部队上做卫生员,看病没有学会,放枪也没有学会,做汽水倒学会了。"端方一边喝,一边听,突然打了一个嗝。兴隆说:"听我说端方,晃荡什么?当兵去!就你这条件,怎么说也能弄一支步枪玩玩,混好了还能弄一把手枪玩玩。"端方还没有来得及回话,却从隔壁听到了动静,是口琴的声音。端方说:"谁呀?"兴隆没好气地回答说:"还能是谁?混世魔王。"端方知道了,是南京的知青,提着盐水瓶就打算过去聊聊。兴隆追上来,压低了声音关照说:"喝完了!喝完了你再过去。"

　　知青的宿舍原先是一个大仓库,最多的时候住过七八个男知青,热闹过一阵子。可眼下只剩下混世魔王一个了。混世魔王躺在地上,地上是一张草席。混世魔王的脑袋枕在胳膊上,而左腿正跷在右腿上。浑身上下就一条裤衩。闭着眼睛,一只手拿着口琴,有一搭没一搭地吹,一刻儿有气,一刻儿无力。端方走进来,因为赤着脚,所以没有一点动静。混世魔王闭着眼,口琴还在嘴边上拉锯,心里头却在抒情,脸上的样子无限地陶醉,眉头还一挑一挑的。端方也不打搅他,在他的对面躺下来了。脑袋枕在胳膊上,左腿跷在右腿上,一只脚在半空中晃。又听了一会儿,口琴的声音停下来了,混世魔王坐起了身子,一把推开端方的脚,说:"我说呢,怎么这么臭。"端方说:"你的脚也臭。"

　　混世魔王的口音一点都没有变,听上去还是一口南京腔。蛮好听的。端方对着混世魔王瞅了半天,总觉得他的脸上有哪里不对。到底看出来了，是嘴巴。他的嘴角对称地鼓出来一块，想来是茧子，一天到晚让口琴磨的。端方和混世魔王就么坐着，想说点什么，可是也说不出什么来。大仓库里静悄悄的，在炎热的中午反而像深夜，是阳光灿烂的下半夜，静得像一个梦。墙角慢慢爬出来几只老鼠，它们贼头贼脑，到处嗅，每一个细小的动作里都包含了前进与逃跑的双重预备。端方和混世魔王面带微笑，望着地上的老鼠，像看电影。老鼠们三五成群，胆子越来越大，都走到端方的脚趾边上来了，尖细的鼻头还对着端方的臭脚丫嗅了几下，十分地失望。端方恶作剧了，突然学了一声猫叫。老鼠们都"弹"了起来，在仓库里乱窜，最后，却又像子弹那样准确无误地击中了墙角的洞穴。电影散场了。正午的时光夜深人静。

　　动静来了。透过大仓库的门，端方看见大太阳下面晃来了五六个身影，十分地耀眼。是佩全、大路、国乐和红旗他们。佩全是他们的老大，这一点从他们走路的样子和次序上就可以看出来了。同样可以看出来的还有一点，大路和国乐是佩全最得力的干将，属于出生入死的角色。说起佩全，那可是太著名了，端方一来到王家庄就听说了这个伟大的祖宗。他有一个光辉的事迹，听说，那还是佩全读小学五年级的时候，王家庄召开批斗会，牛鬼蛇神在高高的主席台上站了长长的一溜子。顾先生也夹在里头。顾先生是谁呢？一个下放的右派，所以不姓王，那会儿在学校里头代课。批斗会开得好好的，大伙儿正高呼着口号，佩全一个人悄悄走上了主席台。小东西扑到顾先生的面前，拔出菜刀，对着顾先生的脑袋就是一下子。顾先生脑袋上的血不是流出来的，而是喷了出去。顾先生眼睛眨巴了几下，一头栽下了主席台。要不是佩全的力气小，顾先生的脑袋起码要被他削掉大半个。为了什么？就因为顾先生在课堂上得罪他了。山呼海啸的批斗会被佩全的这一刀砍得死气沉沉，一点声音都没有。顾先生好不容易捡回了一条命，死活不肯到学校里去，直到今天还在王家庄放鸭子。偶尔遇上佩全,顾先生都要低下脑袋,蛇一样绕开去。佩全的那一刀给王家庄留下了心惊肉跳的记忆,所有的人都怕了他。村子里的老人们怀着无限遗憾的口气叹息说,佩全生错了时候,要是早生三十年,佩全绝对是一个抗日的英雄,是狼牙山上的六壮士。家长们一再关照自己的孩子,对佩全一定要好一点,对佩全不好那就不好了。事实也正是这样,谁要是得罪了佩全,那就不只是得罪了佩全,而是得罪了大路、国乐,某种意义上说,得罪了整个王家庄。用不着佩全出面,你家的鸡就会飞,你家的狗就会跳。端方当年不是没有巴结过佩全,巴结过的,巴结不上。原因也不复杂,端方不姓王。不姓王是不可以的。佩全发话了:"除非你跟我姓。"所以端方一直躲着他。游离在王家庄的外面。骨子里是怕。佩全进门了,大路和国乐进门了,红旗他们进门了。每个人都光着背脊,光着膀子,肩膀上挂着一条湿漉漉的毛巾。比较下来红旗反倒特别了,他没有打赤膊,周周正正地穿着一件衬衫,两边的肩膀上对称地扛着两块补丁,针脚却相当地整齐,相当地细密,一看就知道他的母亲孔素贞是个讲究的人。红旗穿着衬衣,举止里自然就少了一分剽悍。虽说他在这一伙人里头年纪最大,可一眼就看出来了,红旗什么也不是,只是一个小跟班,属于喽啰的角色。他们走进了大仓库,却堵在门口,只有佩全一个人走到了端方的跟前。佩全用他的脚尖捅了捅端方的屁股,端方仰起头,望着佩全的脸。佩全说:"听说你有力气啊?"端方不停地眨巴眼睛,回过头来看了国乐一眼,想起来了。昨天下午闲得无聊,在剃头店里头和国乐扳了一回手腕。这也是乡下的年轻人常玩的游戏。国乐输了,没想到佩全却当了真。

端方说:"哪儿,是国乐让我呢。"

红旗走进里屋,拿了一张凳子,放在了佩全的身边。佩全蹲下来,什么也不说,把他的胳膊架在了凳子上。他要掰手腕。

端方笑笑,说:"算了,这么大热的天。"

佩全却不想"算了",他的胳膊就那么架着,在等。这时候红旗从佩全的肩膀上取下湿毛巾,叠起来,垫在了佩全的胳膊底下。端方想走,回过头来看了看门口,知道走不掉的。操他奶奶的,没想到扳了一回手腕还扳出了这样的麻烦。端方不想惹麻烦,想服个软。端方是知道的,佩全这个人其实没别的,就喜欢别人服软,你服了,就太平了。端方看了红旗一眼,又看了大路一眼,他们的脸上没有任何表情。端方刚想说些什么,国乐却笑了。还不好好地笑,就在嘴角那儿。端方不喜欢这样的笑,转过身,伸出胳膊,交上手了。佩全的确有力气,抢得又快,一下子占了上风。可端方稳住了。这一稳端方的信心上来了,他知道佩全使出了全力,心里头反而有了底。他已经称出佩全的斤两了。端方吸了一口气,重新把胳膊拉回到正中央的位置。两个人的胳膊保持在起始的位置,就那么僵着。端方想,将来要是有什么好歹,至少在力气上不会吃他的亏。两个人僵持了一两分钟的工夫。端方的脸上很涨,而佩全的脸已经紫了。端方知道,只要再使一把力气,就一定能把佩全摁下去。一定的。端方没有。端方要的就是这样。没想到佩全在这个时候却使起了损招,他把他的指甲抠到端方的肉里去了。端方的血出来了,红红的,在往下淌。端方望着自己的血,心里头乐了。用扬眉吐气去形容都不为过。一个人想起来使损招,原因只有一个,他知道自己不行了。在心气上就输了。端方把佩全的手握得格外地紧,不撒手。他要让佩全先放弃。他不放弃,端方就陪他,一直陪到第二天的天亮。血还在流,顺着端方的胳膊,一直流到了板凳上。最后还是混世魔王说话了,混世魔王说:"算啦。算啦。一比一。算啦!"佩全松开了,端方也松开了。两个人的手上全是对方的手印。佩全说:"你还可以。"是在夸端方了。端方笑笑,不语。抬起胳膊,送到嘴边去,伸出舌头把手背上的血舔干净。

紧张化开了，接下来就有了热闹。他们开始东扯西拉。七嘴八舌之后，话题慢慢扯到了吃。这是必然的。主题终于出现了，话题终于集中起来了。这就是民主集中制的好处。民主集中制有一个十分天然的次序，先民主，然后再集中。而集中起来的就不单单是话题，还包括说话的人，也就是把一个话题集中在某一个人的嘴上。现在，端方和佩全他们都安静下来了，只剩下混世魔王一个人在说。他不再是闲聊，而成了关于"吃"的回顾与展望，类似于形势报告。混世魔王在作报告。空荡荡的仓库里有了特殊的气氛。唯一缺少的只是麦克风的回声。混世魔王的报告着重论述了南京的冰棒。冰棒共有四种，浅绿色的，是香蕉口味，橘红色当然是橘子口味了，咖啡色的呢，却不是咖啡的口味，而是赤豆。它们四分钱一根，虽说比五分钱一根的奶油冰棒还便宜一分钱，口味却不差，也许还要好，一口下去嘴巴里立即就是天寒地冻，能吓舌头一大跳。

严格地说来，混世魔王的报告并不是回顾过去与展望未来。作为一个南京人，他实在也没有吃过什么，无非就是冰棒，再不就是臭豆腐。臭豆腐有什么好回顾的呢？没有什么展望的潜力。但是，这不要紧。说穿了，回顾过去和展望未来就是编故事，他考验的不是你的经验，而是你的想象力，还有胆量。越是有想象力，越是有胆量，故事就越是精彩、神奇。有时候，越是无中生有，越是接近虚无，故事才越是有意义，同时，才越是真实。神奇与虚无意味着过去的辉煌，同时也意味着未来更加引人入胜。说的人解馋，听的人更解馋。这是双向的滋补，是共同的愿望。混世魔王一边咽，一边说。端方他们一边咽，一边听。吃，是多么美好，多么令人憧憬，多么可望而不可即。真正迷人的恰恰是可望而不可即，甚至是不可望又不可即。还有什么比吃不到的滋味更好吃、更解馋的呢。这正好印证了王家庄的一句老话："龙肉最鲜，唐僧肉最香。"

第 三 章

　　三伏天的夜晚,巷口的水泥桥,也就是"洋桥"上躺满了人。洋桥实在是夏夜最好的去处。天井里没有风,巷子里没有风,但是,桥上有。风行水上,哪一个庄稼人不懂得这个?风很小,只有一丝一缕,可那毕竟是风,反而加倍地珍贵,从身上滑过的时候分外凉爽,几乎就是一次小小的惊喜。来到洋桥上的大多是孩子,还有年轻人,十分地拥挤。洋桥其实很窄,只有三块预制板那么宽,躺上人,桥面上其实就塞满了。不过不要紧,不影响行人。纳凉的人统统把脑袋靠在一边,另一边都是腿,腿与腿之间反正是有空隙的,行走的人小心一点跨过去就是了。一点也不影响行走。人们躺在桥面上,一边供蚊子咬,一边说说话,再不就是仰望着星空。三伏天里的星空真是太好看了,夜空分外地晴朗,每一颗星斗都像棉花那样硕大,那样蓬松,一副憨样子,静悄悄地在天上疯。星空广阔无垠,简直就是丰收的棉花地。还有流星,它们把夜空突然照亮了,像一把刀,在黑布上划开了一道雪亮的口子。流星飞远了,这就是说,很远很远的地方有一个人咽下了最后的一口气。每一颗流星都是一个故事,是一个死亡的故事。然而,因为死亡离自己太远,与悲伤无关了,成了瞬间的风景。不能不说的则是银河。银河真的就是天上的一条河,它由密密麻麻的星星积累起来,一颗星就是一滴水,星光浩瀚,波光粼粼,成了名副其实的一条河,静悄悄地流淌着银光。银河是庄稼人的时钟,不同的是,它是一座大时钟,报告的不再是一天的二十四个小时,而是一年的四季。银河是一对巨大的指针,如果正对着南北,那就是秋收了。挂角斜过来呢,那一定是中秋,该是吃菱角的时候了。而银河一旦正对着东西,冬天就要来到啦。这个连孩子们都懂。他们这样唱道:

> 银河南北,
> 收拾仓屋。
> 银河挂角,
> 鸡头菱角。
> 银河东西,
> 收拾棉衣。

银河在天上,无限地遥远。其实也不远,就在鼻子的上面。如果你的手向上伸一下,再伸一下,再伸一下,也许就能摸到了。至少看起来是这样。银河安安静静地淌在天上,人们安安静静躺在桥上,王家庄的夏夜就是这样一个基本的格局。其实三伏天的夜间并不安静,反而比白天喧闹多了,为什么呢?是因为稻田里的那些青蛙们。天一黑,青蛙就鼓噪起来。毕竟有些远,澎湃,却渺茫,然而,青蛙实在太多了,比天上的星星还要多。它们拥挤,没心没肺,就会拼了命地喊叫。仿佛热热闹闹,其实还是寂寞。它们的叫声汇聚在一起,有了开阔的纵深,从四面八方包围过来,又朝四面八方传递而去。——三伏天的夏夜正是这样,天上的星星在热闹,地上的青蛙也在热闹,而村子里反倒安静了,称得上枯寂。每个人的身影都黑咕隆咚的,像一口井,每一口井都有自己的吊桶,上,或者下,深不见底。

那些老人和妇女们大多不愿意到洋桥上去。他们更愿意守护在家门口的巷子里,这里更自在。尤其是妇女们。只要生过孩子,她们会待在漆黑的巷子里,像男人一样光起了背脊。她们把自己的上身脱光了,光着胸脯,端坐在黑暗里头,手里拿着芭蕉扇,一边扇,一边拍蚊子,嘴里还嚼着舌头。她们的奶子挂在胸前,十分秘密地跟随着扇子左摇右荡。她们戏称自己是卖茄子的。小本的生意,一共只有两个。也没人买,所以天天卖。

三丫的母亲孔素贞也是这样,每天晚上坐在天井里卖茄子。孔素贞是一口特别的井,水格外地深。更糟糕的是,她这口井里有两只桶。第一只是她的儿子,红旗,一大把的岁数了,至今还讨不到老婆。第二只是一个闺女,三丫,年纪也不小了,到现在还没有婆家。这两只桶每天就悬在孔素贞的心里,不是它上去,就是你下来。唉,闹心了。对红旗,孔素贞基本上是死心了,脑子少零件,都这个岁数了还跟在佩全的屁股后头鬼混,不说他了。指望不上的。三丫则不一样。三丫是孔素贞心头的肉,孔素贞所有的牵挂都在她的身上了。三丫近来的举止有些怪,再也不到洋桥上去了,每天天一黑就进屋了,上床了。孔素贞毕竟是过来的人,有数得很,这丫头骚了,发情了,一定是看上什么人了。这是素贞最为担心的时刻。素贞摇着扇子,想起了自己年轻的光景。孔素贞年轻的时候倒是享过几天的福,生在一个本分、勤快的人家。家底子殷实,有十几亩的水田。素贞的父母是那种能吃苦又节俭的庄稼人,吃穿上头一直都不犯愁,每一年都有所盈余。哪知道一解放,家里的那十几亩水田要了他们家的命,等划过阶级,坏事了,是地主。素贞还好,心里头有佛,想得开,反正这个岁数了,年轻时到底过过几年好日子,也不亏。难就难在儿女。他们吃过什么?穿过什么?什么也没有。都是自己前世的孽。孔素贞没有作过孽,但她过完的好日子就是孽。别人冬天没有棉鞋,她有。别人不识字,她认得《三字经》,还背过几十首唐诗和宋词。这些都是孽。是孽就必有报应,万万没有料到,报应到自己的骨肉上去了。这是孔素贞最揪心的地方。满脑子都是血。现如今儿女大了,得娶吧,得嫁吧,困难了。说起来三丫是不用愁的,一个丫头家,横竖嫁得出去,更何况三丫有这般的模样。其实最难的恰恰是这个丫头。依照孔素贞的意思,原打算用三丫给红旗换一门亲的,在施家桥,都说好了。三丫却不答应。她看不上。三丫什么都不说,一双好看的眼睛就盯着天井里的那口井,意思都在那儿。素贞看见了,心都凉了,直发毛。狠不下心来了。素贞心一软,退回去了。这一退不要紧,两个人的大事到现在都没有着落。要是细说起来,倒不是偏心,素贞真心喜欢的还是自己的丫头。丫头像自己。红旗傻一点,丑一点,都不让孔素贞伤心,孔素贞伤心就伤心在儿子的身上永远也脱不了一副下作的奴才相,贱,一点血性都没有。既不像妈,又不像爸,不知道从哪里学来的。三丫呢,反过来了,血性又嫌旺了一点,心气又嫌高了一点。这一点都随她这个当妈的。当年的孔素贞也是一个说一不二的主,她的父母给她说过一回亲,在中堡镇上,一个柳姓的裁缝家。素贞死活不依,就是喜欢长工的儿子王大贵,最终还是下嫁了。知女莫如母,素贞是知道的,三丫这孩子和自己一个样,不是什么样的男将都可以随便将就。看不上眼,就岔不开腿。要是"那时候",无所谓了,当妈的由着你。可三丫你"现在"能犟吗?都什么年代了?你是个什么东西?你三丫的裤裆不香啊。

利用歇夏的光景,三丫向她的妈妈要了几块钱,扯了一块十分便宜的洋布,水红的底子,蝴蝶花瓣的花色,替自己缝了一件花褂子。虽说是便宜货,到底是新的,鲜括,三丫的针线又好,上了身很得体,还是称心如意了。三丫穿上花褂子,一天里头在村子里转悠了好几个圈,其实也不是现宝,而是有她的小九九,想碰见端方。想让端方看一眼。三丫拿针线的时候自己给自己下了一个赌注,要是新褂子上身的时候一出门遇上端方了,就算有了盼头,遇不上,那就不好了。三丫没有如愿,一开头就不顺遂。其实是碍不上的。可女孩子家到了这样的岁数总难免有一些怪异的念头,神神道道的了。三丫没有碰到端方,十分地挫败。要是细说起来,三丫喜欢上端方的时间并不长,就是在麦收的时候。端方勤力,壮实,一点都不怕苦,不摆知识分子的臭架子,一下地就给了王家庄的姑娘们一个别样的印象。其实三丫并没有动过端方的心思。三丫很知趣。以她自己这样的条件,对于条件太好的小伙子,三丫是不敢的。哪里能轮到她呢。可事情有时候就是这样,越是不敢,就越是会撞上。那一天三丫正站在跳板上,往水泥船上装麦把。端方挑着麦把过来了。端方的身子沉,脚重,一脚下去跳板就晃荡起来,三丫没留神,差一点被跳板颠到水里去。端方一把揪住了三丫的胳膊,这才站稳了。三丫在回头的时候看见了端方的笑,他笑得太特别了,事后想起来,只能用"干净"去形容。端方笑得真是干净,和好看不好看没有关系,就是干净。三丫喜欢。端方一把拉住三丫的胳膊,说:"对不起了三丫。"三丫在王家庄这么多年了,还从来没有人对她说过"对不起"。这样的言谈举止也透着一股子干净。三丫喜欢。"对不起",就三个字,太动人了,简直具有催人泪下的魔力。三丫的眼珠子到处躲,再也不敢看端方。最后,却鬼使神差,一双眼睛落在了端方的胸脯上。端方胸脯上的两大块肌肉鼓在那儿,十分地对称,方方的,紧绷绷的。三丫的目光就那么不知羞耻地落在端方赤裸的胸前,失神了,痴了。下巴也失去了力量。心口突然被划开了一道口子,有一样东西流淌过去了。很晕。到底是丫头家,三丫知道,自己出事了。是大事。一回家就哭了一夜。

哭完了,三丫的自觉性和自制力还是占得了上风。她是不配的。端方刚刚毕业,还有无尽的前景在等着人家,不能用自己的成分去拖住人家。无论心里头冒出什么芽来,三丫都要把它掐了。三丫有三丫的办法,每天拼了命地干活,只要还有一丝力气,三丫都把它耗在麦田里,然后,拖着自己的尸体回家,这样就好多了。而到了干活的时候,三丫总是离端方远一点。可这样做三丫又有几分的不甘心,那就在沈翠珍的身边吧。在沈翠珍需要帮手的时候,三丫就悄悄跟上去,帮一把。等于是给沈翠珍做下手了。沈翠珍偶尔和别人开玩笑,三丫在言语上也要帮上两句腔,但是,不过分。不能过分。以三丫的身份,她是不能过分的。沈翠珍不知道三丫的心思有多深,对三丫,她是喜欢了。女人一旦到了沈翠珍这个岁数,看得顺眼的姑娘其实不多了。但三丫是一个例外。这丫头懂事,手脚又不懒,是一个周正的姑娘。沈翠珍有时候想,这孩子,怎么就生在孔素贞家里呢?不过,细一想也对,人哪,就这样,不管你有多称心,总有一只手要拽着你,得把你拉回来。要不然,人人都在天上飞,那还了得。

  回过头来看看,麦收的时候反倒是一段快乐的时光。现在歇下来了,三丫不好了。很不好。每天都想哭,又哭不出来。就是堵不住自己的心思。人都蔫了,没着落。但是,扯完了花布,从中堡镇一回来,三丫好了。手里头有了针线,三丫安定了,踏实了。三丫一针一线的,不再是为自己,而是在替端方拿针线了。这么一想三丫把自己吓了一大跳,心里头对自己说,你这个人哪,疯野得很,鲁莽得很,这都是哪儿对哪儿。——你呀,也蛮贱的呢!这样骂完了自己,三丫高兴起来。一颗心像风一样,一点也不着边际,信马由缰了。虽说还没有和端方好好地说过一顿话,可三丫的这一头对端方的用情却已经很深了。不停地走神。平白无故地酸甜苦辣。很伤。人也瘦了。反而好看了。

  花褂子终于上身了。三丫却没有遇见端方,白忙了。不好的兆头涌向了三丫。三丫的委屈说不出,没法说。到了晚上,三丫到底不死心,又出去走了一圈,这一回倒是碰上端方了,她听见端方从混世魔王的那头走了过来。她听得出端方的脚步声。那是与众不同的。三丫突然就是一阵怕,紧张得透不过气来。她立住脚,大声说:"是端方吧,吃过啦?"端方很客气地说:"是三丫啊,吃过了,你呢?"三丫说:"吃过了。"端方并没有停下来,走过去了。三丫站在原来的地方,悄悄拽了拽花褂子的下摆。突然明白过来,天已经黑透了,哪里还有什么花褂子,无非就是一块黑布。端方什么也没有看见。三丫回到家,脱下花褂子,叠好了,放在枕头的下面,放下蚊帐,躺下了。身子在出汗。一身的汗。热归热,其实也是凉了。

一般说来,端方不到水泥桥上去。原因很简单,他的两个弟弟端正和网子都在桥上。端方不想和他们掺和。年龄的差距是一个方面,却还不是最主要的。这里头有这样一个区别:端方和端正是同父同母的兄弟,网子呢,同母异父,不一样了。从骨子里说,端方当然要对端正亲一点,而王存粮和沈翠珍则对网子更好一些。这也是该派的。从名字上也可以看得出,网子,不论有怎样的祸水,网一收,就提上来了。从外面看,这个家是一个家,暗地里其实还是两个家。平安无事的时候,一切都山清水秀,一旦生了事,枝枝杈杈的就出来了。端正和网子毕竟小,哪里能明白这一层,自己玩还玩不过来呢。两个人动不动就要吵,就要打,就要闹,有时候一顿饭就能闹上好几回。其实都是无心的,但是,大人一插话,那就是有心的了,有了复杂的歧异。一句话不留意就生出了是非。所以,到了万不得已的时候,端方反而会护着网子,没头没脑地呵斥自己的亲弟弟。而红粉则要反过来,乔模乔样地护一护端正。谁都知道这是假的,但是,人就是这样,不能太实诚,太实诚就傻了。有一次端正在饭桌上对网子动了手,一把把网子的饭碗打在了地上。没等继父说话,端方骂了一声"狗日的东西",一巴掌把端正推开了,不让他吃,饿他。后来还是红粉出面打了圆场,给端正送去了一碗红薯饭。母亲不高兴了,第二天的上午她专门找了一个空隙,关照端方说:"自己的亲弟弟,打几下不要紧。不能骂狗日的。"端方知道了,"狗日的"是母亲的忌讳,等于骂了自己的亲爹。不能够。端方闷了半天,说:"知道了。"这又给了端方一个小小的教训,他们小弟兄两个人的事,少去问总是好的。越问事情越多。

可是,有些事情你躲不过去,该来的它还是要来。傍晚的前后,端方正躺在家里看连环画,网子从外头回来了。一回来就吓了端方一大跳。网子全身都是水,神态极度地慌张,异常了。网子站在端方的身边,一句话不说,下巴那一块不停地抖,牙齿都数起了快板。端方看了半天,说:"怎么了?"网子说:"死人了。"端方说:"谁死了?端正呢?"网子说:"不是端正,是大棒子。"端方松了一口气。大棒子端方认识,是佩全的侄子,大前天的下午还和网子在天井里玩弄老鼠夹,不小心夹了手,哭着回去了,很敦实的一个小子。端方说:"怎么死的?"网子说:"淹死的。"端方说:"尸首呢?"网子说:"不知道,没上来。"端方说:"是你喊他下河的还是他喊你下河的?"网子不说话了。端方说:"说!"网子还是不说。端方挺出手指头,厉声说:"说!"网子说:"是我喊他的。"端方不说话了。端方坐下来,突然伸出手,捏住了网子的耳朵,往上拉。端方说:"从现在开始,除了我,对谁都不许说话——谁都不许说!听见没有?"网子歪着脑袋,吊着,不能点头,说:"听见了。"端方放下网子的耳朵,网子的耳朵上立即就是两个紫色的指印。端方对着网子的耳朵关照了几句,最后说:"家里头待着,出去一步我打断你的腿。听见没?"网子说:"听见了。"

大棒子的尸体是被渔网捞上来的,河边上站满了王家庄的人,连树枝上都是,院墙上都是。王家庄的人差不多全部出动了。大棒子一捞上来他的母亲就倒下去了,怎么喊都喊不醒。佩全抱着大棒子,大棒子软软的,胳膊和腿都挂下来了。榆木疙瘩是大棒子的爹,他从佩全的手上接过自己的骨肉,抖动他的儿子,喊他的儿子,声音和模样都不像人。这时候已经是夕阳西下的时候了,残阳如血。黑压压的人群一起闭起了嘴巴。佩全想起来了,突然想起来了,他问孩子们,大棒子和谁一起玩的?答案立即就出来了,是网子他们几个。佩全走到榆木疙瘩的旁边,对叔父耳语了一些什么。随即从叔父的怀里接过尸体,出发了。河边上的人群挪动起来,他们跟在榆木疙瘩与佩全的身后,浩浩荡荡拥向了端方家的家门口。

红粉刚刚放工,也挤在人群中,没走几步,预感到了什么。她冲出队伍,绕了一个弯,抢先回到了家。父母都在,端方在,端正也在。家里没有一点人气,王存粮蹲在猪圈旁边,闷了头吸烟。红粉只看了一眼不好的预感就得到证实了,转过身子就关门。然后,靠在门后大口大口地喘息。端方走过来,一言不发,把红粉拉开了,重新打开天井的大门。端方把扁担、鞭子、锄头和钉耙放在顺手的地方,说:"我不动,你们一个都不要动。"这句话是说给王存粮的。话音刚落,不远处的拐角就传来了骇人的脚步声。

端方第一眼看见的不是黑压压的人群,而是大棒子。大棒子躺在佩全的怀里,还是湿的。胳膊和腿都在晃。端方的心突然被一只手揪住了,拎了起来。端方愣了片刻,跨上去一步,满脸都是狐疑的表情,不解地问:"怎么回事?"佩全高声说:"网子呢?"端方说:"在家。怎么回事?"佩全说:"怎么回事?死人了!是网子喊他下河的!"端方堵在门口,大声吼道:"网子!网子!!"网子出来了,看见天井的大门已经被堵死了,不敢动。端方喊了一声:"过来!"网子走了过来,端方抡起他的大巴掌,当着所有的人,当然包括王存粮和沈翠珍,捆了网子一个大嘴巴。端方的出手极重,网子直退,一直退到天井的正中央。等于给打回去了。端方大声说:"是不是你?是不是你喊人家大棒子下河的?!"网子捂着脸,没哭,说:"不是。"端方说:"你大声点!"网子就大声了,说:"不是!"端方说:"是谁喊的?"网子说:"谁也没喊,都是自己下去的,你去问大棒子。"网子的话所有的人都听见了,没有人敢在这样的时候出面作证,除了问大棒子。端方回过头,看着佩全,说:"佩全,你都听见了?"佩全起先只是伤心,这一刻满腔的怒火已经冲上来了,一直烧到了头顶。佩全把大棒子的尸体交到榆木疙瘩的手上,大骂了一声,抬起脚来就要往天井里冲。端方一把拉住佩全的手腕,用足了力气,拦住了。红粉走了上来,尖声对佩全叫道:"干什么?网子是我的亲弟弟,你冲我来!"端方侧过脑袋,挡住红粉,呵斥说:"没你的事,走开!"端方回头对佩全说:"谁都跑不掉,佩全,我们就在这里说。"榆木疙瘩看了一眼网子,又看了一眼大棒子,网子是活的,而他的儿子已经什么都不是了,越发地伤心,绝望了,突然闷了脑袋撞过来,嘴里面喊道:"狗日的网子!你来抵命!"端方挤上来一步,用脚把门关了,一条腿却卡住榆木疙瘩。端方说:"大叔,这刻儿你说谁不伤心?要抵命,事情弄清楚了,有我。"榆木疙瘩说:"是网子喊他们下河的!"端方说:"大叔,人命关天,这句话可不能乱说。有谁看见了?"榆木疙瘩被端方问住了,不会说话了,光会抖。佩全知道自己斗嘴斗不过他,挣开端方的手,怒火中烧,对着端方的脸就是一拳。端方晃了一下,闭上一只眼睛,另一只眼睛却睁得格外圆,鼻孔里的两条血热腾腾地冲了下来。端方没有还手。这样的时候端方是不会还手的,面前围着这么多的人,总得让人家看点什么。人就是这样,首先要有东西看,看完了,他们就成了最后的裁判。而这个裁判向来都是向着吃亏的一方的。端方现在最需要的就是这些裁判。还有佩全的打。被打得越惨,裁判就越是会向着他。这是统战的机会,不能失去。佩全看了端方一眼,又是一顿拳打脚踢。人群里发出了叫声,骚动起来了,呼啸着向外面退,让开来一块空地。这块空地是让给端方和佩全的,让他们在这里决战。当然了,大路和国乐还有红旗站在最里面的那一层,他们首先要把所有的闲人挡在外面,如果端方吃亏了,他们就不动。反过来说,万一佩全招架不住,他们就要上去,一人抱住端方的腰,一人抓住端方的左手,一人抓住端方的右手,嘴里说"别打了,别打了",端方就再也别想动了。这时候天井的大门又打开了,红粉冲到端方的身后,说不出话来,脚尖一踮一踮的,不停地撸袖子。端方回头踹了红粉一脚,瞪起眼睛,第一次认认真真对红粉虎下脸来。端方大声骂道:"滚一边去!男人说话,没你的事!"端方掉过头来,对佩全说:"佩全,我知道我打不过你。你打。"端方扒掉上衣,佩全又是一顿拳打脚踢。只是一刻儿,端方脸上和胸前都红成了一片,血淋淋的,一张脸也变形了。佩全看着端方血红的身子,下不去手了,不好再打了,关键是,不敢了。佩全对榆木疙瘩说:"叔叔,把大棒子放到他们家的堂屋里去。"这是最厉害的一招,端方害怕的正是这个,佩全到底还是把这句话说出口了。有一点端方是清楚的,依照乡下人的规矩,尸体一旦放进了堂屋,那就什么也说不清楚了。榆木疙瘩抱着大棒子的尸体直往门口挤,一心要把大棒子的尸体送进去。但毕竟伤心过度,早已是力不从心。端方伸开两条胳膊,死死地撑在门口。榆木疙瘩挤不动,只是贴在端方的身上。这时候人群的外围传过来一声号叫,大棒子的妈来了。密密匝匝的人群十分自觉地让开来一道缝隙。大棒子妈直接扑到端方的跟前,端方喊了一声"大妈",大棒子的妈已经把眼泪、鼻涕抹到了端方的身上,在端方的身上拍得噼噼啪啪,反倒弄得一手的血,到处都是血。大棒子的妈说不出一句话来,只是跳,披头散发地跳,呼天抢地。端方撑住门,望着大棒子的妈,不敢看她的眼睛,心如刀绞,眼眶子一热,眼泪下来了,嘴里不停地喊"大妈",却什么也说不出。大棒子的妈只跳了几下,又倒下去了,躺在地上,嘴巴一张一张,只有进气,没有出气。端方想去扶她,但是两手撑在门上,不敢松手。大棒子妈的到来把事态推向了顶端,某种意义上说,控制住了,把事态局限在悲伤的境地上。人群安静下来了。到了这个光景,人们才明白过来,最火爆的打闹已经告一段落。人们唏嘘不已,一起流泪了,想起了大棒子活蹦乱跳的样子。

天慢慢地黑了,双方僵持在端方家的门口,谁也没有后撤的意思。天越来越黑,满天都有了星光。人群慢慢地散去,群情激愤的场面淡下来了。王存粮和沈翠珍一直都没敢出面,他们是知情的,伤心而又愧疚。多亏了端方在门口撑住,要不然,尸体进了门,他们又能做什么?也不能把网子打死。天已经黑透了,王存粮和沈翠珍几次要出面,都被端方用脚后跟蹬了回来。端方今天把家里的人都打了,算是六亲不认了。沈翠珍疼在身上,心里头反而有数了。端方是他们家的一道墙,只要有这堵墙堵在门口,什么也进不来的。可转一想,想到了大棒子,想到了大棒子的娘,越发伤心了,用尽了力气在天井里号啕。沈翠珍还是要出面,端方不让,不管母亲在他的后背上怎么捶、怎么掐,端方不松手。沈翠珍急了,说:"端方,再不松你妈就撞死!"端方仔细看了一眼门口,佩全他们黑咕隆咚的,全部坐在地上,想必他们也没有力气了。端方松开了,沈翠珍拿着被面,找到了躺在地上的大棒子,一边号哭,一边替大棒子裹上。这一来大棒子的妈又被撩起来了,两个女人的啼哭传遍了王家庄的每一个角落。大棒子妈一把揪住了沈翠珍的头发,终于没了力气,滑下来了。端方喊过红粉,小声让她把家里的鸡蛋全部拿出来,放在篮子里。端方提着篮子,走下来了。他把篮子放在佩全的脚边,从地上抱起大棒子,对榆木疙瘩说:"大叔,先让大棒子回家吧。"

大棒子躺在了自家的堂屋里,头对着大门,平放在门板上,脑袋旁边放着两盏长明灯。端方站在大棒子的身边,长明灯的灯光自下而上,照亮了端方的脸。端方的脸被佩全打得不轻,全部肿胀起来了,眼眶子鼓得老高,既不像端方,也不像别人,几乎不像人。而身上的血早就结成块了,又被汗水泡开了,一小块一小块地粘在胸前。看着都让人害怕。屋子里挤的全是闲人。十分地闷热,懊糟得很。而门口也被人堵死了,屋子里不通风,实在透不过气来。端方望着门板上的大棒子,已经用被面子裹得严实了,只露出一张脸。大棒子平时看起来不高,现在躺下了,差不多也是个大人了。可这孩子就这么没了。端方望着大棒子的脸,突然就是一阵难过,想抽自己的耳光。端方在心里说:"大棒子,哥哥不是东西,哥哥对不住你了!"心里头正翻腾,胳膊被人捅了一下,是三丫。三丫给端方递上来一块毛巾,端方接过来,把上身擦擦。三丫又递上来一件褂子,看起来是三丫特地替他回家拿来的。端方的心思不在这里,连看都没看她一眼。

夜已经很深了,所有的闲人都走光了,榆木疙瘩、大棒子妈、大棒子的弟弟、妹妹、佩全、端方、端方的父母,枯坐在堂屋的四周,中间躺着什么都不是的大棒子。除了大棒子的母亲有一搭没一搭地哭,再也没有一点动静。想来大棒子的母亲也哭不动了。没有人说话。长明灯亮着,所有的眼睛都望着长明灯,视而不见,散了光,忧郁而又木讷。就这么干坐着,不吃,不喝,光出汗。端方想,看来不会再有什么大的动静了,人累到一定的时候,就会特别地安静,想来不会再有什么举动了。

天亮了。伴随着天亮,佩全突然来了精神。他提出了一个要求,一定要网子过来,给大棒子磕头,要不然不下葬。端方其实也没力气了,脑子里一片空白。可佩全刚刚开口,端方的脑子一个激灵,清醒过来了。端方说:"不行。"端方说得一点都不含糊,不行。除非有人出面作证,是网子把大棒子喊下河的。僵局再一次出现了,佩全坚持,端方不让。端方是不会让的,即使佩全用他的菜刀对着他的脑袋劈过来,端方也不会让。这一步要是让下来,所有的努力就白费了。关键是,等于认了。这就留下了后患。端方不能。

三伏天的天气实在是太热了,僵持到下午,大棒子的身上已经飘散出很不好的气味了。气味越来越重,实在令人揪心。端方咬着下嘴唇,咬得很紧,没有任何松口的意思。端方在等,他在等待裁判。裁判一定会出现的,这个用不着担心,端方有底。转眼又到了傍晚,裁判终于出现了,是四五个德高望重的老人。他们来到大棒子家的天井,反过来劝大棒子的爹,劝大棒子的妈。天太热,不能再拖了。可怜可怜孩子吧,不能再拖了。大棒子妈在听。不知道有没有听明白。但是,她侧着脸,在听。大棒子的妈很长地吸了一口气,用她最后的力气发出了一声号啕。这一声无比地凄凉,真的是撕心裂肺。所有的人都哭了,端方,德高望重的老人,都哭了。端方流着泪,知道事情了结了。彻底了结了。他叫过了母亲,让她回去,让她回去搬运木料,他要送大棒子一口棺材。母亲快到门口的时候,端方叫住母亲,让她再从鸡窝里捉两只下蛋的老母鸡来。母亲照办了。木料和两只芦花鸡刚刚进了大棒子家的大门,大棒子的妈就软了。端方喊来了木匠。又一个残阳如血。王家庄的上空突然响起了斧头的敲击声,斧头的敲击声巨大而又沉闷,丧心病狂。

晚饭之前端方从乱葬岗回来,天色已是将黑。天井刚刚扫过,洒上水了,是那种大乱之后的齐整,十分清爽。桌凳放在天井的正中央,是晚饭前的光景。王存粮失神地坐在那儿。端方走进厨房,母亲正在锅灶的旁边,往牛头盆里头舀粥,怔怔地看着儿子的脸。端方什么都没说,拿起葫芦瓢,在水缸里舀了一瓢水,一口气灌进了喉咙。喝完水,端方回到天井,差不多虚脱了,再也挣不出一点力气。端方没有走到桌边,而是靠着厨房的墙,滑下去了,一屁股坐在了墙角。王存粮走到端方的身边,蹲下来,不知道说什么,却掏出了香烟。不是烟锅,是纸烟,丰收牌的。九分钱一盒。存粮拆了烟盒的封,抽出一根,叼上了,又抽出一根,放在地上,就放在端方的两只脚中间。端方望着地上的纸烟,停了片刻,接过继父手上的洋火,给继父点上了,自己也点上了。这是端方有生以来的第一支香烟。吸得太猛,呛住了。父子两个都点上了烟,再也没有说什么,就在墙角,一口一口地吸。

网子一直躲在屋子里,竖着耳朵,听天井里的动静。听了半天,安稳了,壮着胆子走出了堂屋。王存粮望着他的亲儿子,突然吼叫了一声:"跪下!"网子不是自己跪下的,而是被爹爹的那一声吼叫吓得跪下的。网子跪在天井里,瞪着眼睛,无助地望着他的母亲。母亲正站在厨房的门框里面,神情木讷,也不敢动。王存粮盯着网子,越看越替大棒子伤心,越看越为自己的儿子生气,突然站起来了,要动手。王存粮从来没有碰这个小儿子一巴掌。舍不得。今天他要动手。今天他要给他来一点家法。网子颤抖了。母亲也颤抖了。端方望着手里的香烟,说话了,说:"爹,不要打他。"王存粮停住了,回头瞅了一眼端方,端方的眼睛肿得只剩下最后的一道缝隙。端方说:"不要打他。"他的声音很轻,然而,在这个家里,第一次具备了终止事态的控制力。端方对网子说:"起来。"网子看了看他的父亲,又看了看他的大哥,不知道该听谁的,不敢动。王存粮瞪起了眼睛,高声说:"个小畜生!哥叫你起来,还不起来!"网子起来了,一个人悄悄走进了厨房,站在了母亲的身后。母亲端上牛头盆,来到了天井,顺眼看了一眼墙角的父子。沈翠珍注意到端方夹着烟,却没有吸,脑袋枕在墙上,嘴巴张得老大,已经睡着了。王存粮把端方手里的半截子香烟取了下来,在地上掐掉,叹了一口气,小声说:"龙生龙,凤生凤。"沈翠珍听见了,懂他的意思了。心口一热,要哭。手里晃了一下,被稀饭烫着了。沈翠珍放下牛头盆,把大拇指头送到了嘴里,说:"吃晚饭了。"王存粮弓了腰,拍拍端方的膝盖,说:"吃晚饭了。吃了再睡。"

第 四 章

一直努力着为端方做媒的大辫子带来了好消息,却不是时候。女方的母亲也是,别的倒不急,一定要先把端方拉过来,"相"一下。沈翠珍有些为难。眼下的端方鼻青脸肿的,脸上的伤还淤在那儿,怎么见面呢。沈翠珍说,端方现在的模样"绝对不是他真实的水平"。大辫子不说话,想了想,说:"起码要看一眼相片吧。"这可把沈翠珍难住了,端方哪里有相片?他这样的家境,哪里拍得起。好在沈翠珍是一个活络的女人,有主意了,立即把端方的高中毕业合影翻了出来,用指甲在端方的下巴那儿划了一道很深的痕。大辫子接过毕业照,虽说一眼就找到了端方,毕竟是合影,小模小样的,脸上的七孔也不清晰,看不出什么来。大辫子接过端方的高中毕业照,笑了,说:"翠珍哪,你真是有主意,做女人真是屈了你这块料了。"

但是女方就是死心眼,在"先看人"这个问题上不肯通融。大辫子把端方的毕业纪念照退回到翠珍的手上,重复了女方的意思。翠珍自言自语说:"怎么会有这样不通物理的人家?"心里头已经冷了一大半。大辫子看着翠珍的脸色,心里说,你沈翠珍光生了三个儿子,到底没有亲生的闺女,哪里能懂得丈母娘找女婿的谨慎。翠珍不放心地说:"大辫子,你没有说端方挨打的事吧?"大辫子说:"那件事多晦气,提它做什么?没提。一个字都没提。"翠珍想,大辫子到底是大辫子,说话办事就是牢靠,是个妥当人。大辫子说:"见还是不见?我要回话呢。"翠珍没有说话,回房间去抓了十个鸡蛋,塞到了大辫子的手上,笑着说:"大辫子,下次还要麻烦你。"大辫子客气了一回,听出意思来了,这件事拉倒了,就撂在这儿了。翠珍这个人她大辫子是知道的,别看她嫁过两次男人,回头草她还不吃。是一头母犟驴子呢。

端方现在的模样的确不是他"真实的水平",一身一脸的伤,难免要往合作医疗那边跑。跑多了,换药反而是其次,倒成了喝汽水了,顺便再和兴隆聊聊。兴隆好歹当过兵,见过大世面,谈吐里头总有一些与众不同的地方。概括起来说,就是一门心思建议端方去当兵。总是待在王家庄,"不是把自己待成一棵树,就是把自己待成一头猪",兴隆这般说。还有一句话也是兴隆一直挂在嘴上的:"好歹弄一把冲锋枪玩玩,弄好了还能弄一把手枪玩玩。"这句话端方爱听,主要是好玩。兴隆偏偏不说"提干",就是要说"弄一把手枪玩玩"。一来二去,端方的心思慢慢地被他说动了。是啊,弄一把手枪玩玩,挺好的。

没想到吴蔓玲在这个下午走到合作医疗来了。吴蔓玲和混世魔王一样,也是南京来的知青,可现在人家已经是王家庄的支部书记了。要是细说起来的话,端方和吴蔓玲并不怎么熟,几乎没有单独地说过什么话。为什么呢?因为这两年端方一直在中堡镇,又不怎么回家,打交道的机会自然就少了。两年前呢?两年前端方的个头还没有蹿上来,看上去就是一个营养不良的少年,又瘦又小,吴支书哪里能注意到他。所以,虽说都是王家庄的人,两个人其实很生分。吴蔓玲是挺着她的手指头进来的,她的手指被什么东西划破了,正在流血。吴蔓玲的脸上一直在微笑,看起来这一点点小伤对她这个铁姑娘来说实在也算不上什么,家常便饭了。吴蔓玲跨过了门槛。引起端方注意的却不是她手上的血,而是吴蔓玲的脚,准确地说,是吴蔓玲的脚丫。她赤着脚,脚背上沾了一层泥巴,一小半已经干了,裤管一直卷到膝盖的上方。端方注意到,吴蔓玲乌黑的脚趾全部张开了,那是打赤脚的庄稼人才会有的状况。吴蔓玲的脚丫给了端方无比深刻的印象。端方站了起来,恭恭敬敬地说:"吴支书。"

吴蔓玲瞥了一眼端方,笑起来,说:"是端方吧?——个端方伙,学的哪块的,不喊吴大姐,还无支书有支书的呢。"

端方吓了一大跳。倒不是吴蔓玲一口喊出了他的名字,而是她的口音、她说话的口气。吴蔓玲一点南京腔都没有了,一嘴王家庄的话,十分地道,简直就是王家庄土生土长的一个村姑。吴蔓玲看了一眼端方脸上的伤,说:"佩全这个狗东西,下手那么重。好长时间不说他了。"端方连忙说:"都过去了。"吴蔓玲笑眯眯的,轻声说:"不学好。有力气不下田干活,打架!什么时候给你们办个学习班,好好给你们紧一紧发条,收收你们的贱骨头。"端方知道吴支书这是在批评了,但是,口气是亲的,带有家长里短的热情,是软绵绵的一巴掌,心里头反而很受用。没想到吴蔓玲这么平易近人,一说话就春风扑面,能给人留下难忘的印象。就这么说着话,吴蔓玲已经亲自给伤口消过毒,撒上消炎药,蒙上纱布,自己给自己包裹好了。一点也没有麻烦兴隆。一切都妥当了,端方以为吴蔓玲会坐下来,慢慢说两句闲话的。却没有。吴蔓玲没那个闲工夫。风风火火地进来的,风风火火地又走了。端方望着吴蔓玲的背影,突然想起来了,吴蔓玲其实比自己也大不了几岁,可人家说话办事已经像一个长者了,可以说很威严,也可以说很慈祥,不仅不讨厌,反而更轻松、更活泼、更有趣。端方以前一直以为吴蔓玲是一个傲慢的人,现在看起来一点也不。一口地道的乡下口音已经充分说明这个问题了。但是,有一个问题倒把端方迷惑住了,吴蔓玲好听的南京话哪里去了呢?还有,她好看的模样又是到哪里去了呢?

看见吴蔓玲走远了,兴隆拿出汽水,自己一瓶,端方一瓶。兴隆喝了两口,脸上挂上了意味深长的微笑,突然说:"端方,你可要对人家好一点。"

这句话有点没头没脑了,不知道从哪里冒出来的。

端方问:"对谁好一点?"

兴隆的嘴巴往外努了努,显然是指吴蔓玲了。

端方不明就里,问:"为什么?"

兴隆说:"你还想不想当兵去?"

端方说:"想啊。"

兴隆说:"还是啊。人家不松口,你当什么兵?傻小子你记住了,你的命就在她的嘴里,可以是她嘴里的一句话,也可以是她嘴里的一口痰。"

为了更加直观地解释这一点,兴隆咯了一口,吐向了门外。兴隆的痰没能飞远,在门槛的内口掉下来了,趴在地上,像一摊鸡屎。

吴蔓玲是一九七四年的三八妇女节当上王家庄的大队支部书记的。说起来也真是,王家庄在二月二十一号那一天出了一件事,原来的支部书记在二月二十一号被人堵在了床上。吴蔓玲三月八号就续上去了,一切都水到渠成。原先的支部书记叫王连方,一个男将,面相蛮厚道的一个人。然而,老话是怎么说的?男人的面相有两张,一张挂在脸上,一张躲在裤裆。一般来说,可以相信的并不在脸上,反而躲在裤裆。就说王连方吧,王连方的那张脸特别地老实,很本分,甚至还有那么一点憨。谁也想不到他是个"憨脸刁",裤裆里的小二子可刁滑了。王连方在女人面前有一手,从不使蛮,不玩霸王硬上弓的那一套,相反,可怜巴巴的。他要是喜欢上哪个新媳妇了,往往会特别地客气,方方面面都照顾。逮准了机会,笑眯眯地对人家说:"帮帮忙,帮帮忙哎。"所谓"帮帮忙",说白了,其实就是叫妇女们脱裤子。"帮帮忙"是王连方的一个口头禅,十分地文雅、十分地隐蔽,听上去像从事正经八百的工作。事实上,在某些特定的时候,妇女们就是"工作",赤条条的,颤抖抖的,放在被窝里面,让王连方去"忙"。王连方究竟让多少妇女"帮"过"忙",谁也不知道。有一首顺口溜在私下里是这样流传的:

> 王连方,实在忙,
> 到处都是丈母娘。
> 丈母娘,也姓王,
> 名字就叫王家庄。

可是,王连方被胜利冲昏了头脑。作死了。你的小二子再忙,你也不能叫军嫂给你帮啊。那不是往枪口、往炮口、往坦克上撞吗?他偏偏撞上了。结果呢,被军嫂的婆婆堵在了床上。王连方的政治生命当即就粉身碎骨。

王连方"下去"了,吴蔓玲呢,"上来"了。说起吴蔓玲来,乡亲们的话可就多了,她的事迹可以说上一箩筐、一笆斗,说不完的。刚刚来到王家庄,吴蔓玲就喊出了一句口号,也就是最著名的"两要两不要":要做乡下人,不要做城里人;要做男人,不要做女人。吴蔓玲是这样说的,也是这样做的。随便举一个例子,第一年的冬天,队长安排生产队的男将们去挑大粪,吴蔓玲不同意,站起来了。她也要挑。生产队长难办了。其实队长这样做是有道理的,挑大粪可不是一般的活,累不说,关键是太脏。大粪哪里是什么好东西?别看它在茅坑里头不显山、不露水,你要是真的动了它,粪舀子一搅和,它的厉害出来了,能臭出去三里地,张牙舞爪,狗都不理。女人们哪里吃得消。吴蔓玲偏偏不信这个邪,她坚持说:"男同志能做到的,我们女同志也一定能够做到。"这句话其实是毛主席说的,可是,经吴蔓玲这么一说,你感觉不到她在背诵毛主席语录,就像是她说的,脱口就出来了。这起码能说明两个问题:第一,毛主席这个人说话向来是靠船下篙的,要么不说,要说就说出广大妇女同志的心里话;第二,吴蔓玲学习毛主席语录已经学到骨子里,她并没有把毛主席的话当做山珍海味和大鱼大肉,就是家常便饭,所以,落实在了平平常常的行动上。吴蔓玲真的去了,就一个女将,夹在男人堆里,在臭气熏天的道路上健步如飞。当然,事情也是不凑巧,也许是用力过猛,也许吴蔓玲自己也没有当回事,她的身上提前了,来了。吴蔓玲浑然不觉,还在和男将们竞赛呢。还是一个小男孩发现了吴蔓玲的不对,他叫住了吴蔓玲,说:"姐,你的脚破了,淌血呢。"吴蔓玲放下粪桶,回过头去,看到了大地上血色的脚印。大伙儿都围过来了,吴蔓玲脱下鞋,看了半天的脚,没有发现不妥当。队长这才注意到血是从吴蔓玲的裤管里流下来的。队长是个已婚的男人,猜出了八九分,却又不好挑明了,只能含含糊糊地关照吴蔓玲,让她先回去。吴蔓玲的小脸羞得通红,可是,听听人家是怎么说的?吴蔓玲说:"轻伤不下火线。走,把这一趟挑完了再说。"队长后来逢人就念叨吴蔓玲的好,说小吴"这丫头是个泼皮"!

　　小吴才不是泼皮。在王家庄,小吴其实是一个最和气、最好说话的人了,对每一个人都好。不论是老的还是小的,见人就笑,没话也有话说。即使在路上遇到了,她也要招呼一声:"阿吃过啦?"亲切,热乎,完全是一家子的模样。小吴不只是热情,为了尽快地拉近"和贫下中农的距离",她开始学习了,学习王家庄的土话。在别的知青因为语言不通还在用手比画的时候,吴蔓玲早就融入进来了,她的舌头也悄悄地拉直了。"是"不再是"是",而是"四","吃"不再是"吃",而是"刺"。她把"统统"说成了"哈巴郎当",把小男孩说成了"细麻症"。她还学会了骂人,会说你这个"倒头东西"。偶尔还出粗口。她的粗口极可爱,不仅不讨厌,不下流,相反,是不见外,是亲,完全是童言无忌的好玩。同样是一句粗话,别人说了,会翻脸,弄不好还会动手。可小吴说了不会,不仅不会,人家还会笑,乐出一脸的鱼尾纹和牙花。就觉得这孩子生错了地方,她怎么能是南京人呢,不可能哪。她是我们王家庄的亲闺女哎。

反过来,乡亲们在小吴的面前一样是口无遮拦,有时候都到了七荤八素的地步,想说什么就说什么,想拿谁开玩笑就拿谁开玩笑。"小吴"又不是外人,再客套反而说明自己把人家看外了。有时候还拿小吴的婚姻大事来逗乐子。人多的时候,气氛好的时候,上了岁数的女人们就会拿小吴来逗乐子:"小吴啊,该嫁人了吧,该有对象了吧?别看王家庄没有别的好东西,好小伙还是有的。你挑,随你挑!挑剩下来的再给别人。"大伙儿其实都是有数的,小吴怎么可能嫁在王家庄?怎么可能呢,王家庄这个小鸡盛不下的。但小吴在这样的时候显得特别地懂事,虚晃一枪,反而低调了。小吴说:"谁会要我呀,我们的队长不是说了嘛,我是个泼皮,母老虎呢。谁肯要我呀。"这样说得多好,把问题踢回去了,又不伤乡亲们的脸面,要不乡亲们怎么就喜欢她的呢。不怕不识货,就怕货比货。你再看看混世魔王,同样是知青,同样是南京来的,有一次人家和他开玩笑,要把村子东边的王海英说给他。混世魔王一点表情都没有,好半天才用南京话慢悠悠地说了三个字:"歇歇吧。"气得人家海英子差一点上了吊。海英子从此添出了一个十分不光彩的绰号,"歇歇吧"。太伤人了,一家人到现在都不理他。

小吴的婚事当然是不用愁的。她的条件摆在这儿。可话也不能这么说,放到过去,这句话是对的。可是,小吴当上大队支部书记之后,情形还是有点变化了。一、这几年知青们大都走了,返城的返城,当兵的当兵,进工厂的进工厂。王家庄的知青也就剩下两个人,吴蔓玲,还有混世魔王。她和谁谈去?早几年小吴倒是可以谈的,可人家一门心思扑在政治前景上,恋爱当然只能放下来了。这个是必须的,哪有一边谈着恋爱一边要求进步的呢,那不是脚踩两只船嘛。这一来在知青的这一头小吴其实也就断了线了。二、农家的子弟肯定配不上。这是明摆着的,不用说了。三、城里人配城里人。可小吴在王家庄有这样的前景,现在返城,亏了,那么多年的苦可不就白吃了?四、这一条最重要了,小吴毕竟做上了村支书,没有相应的条件,谁有资格娶她?噢,一个支书,嫁给一个普通党员,或者说,一个党员,嫁给一个普通老百姓,谁敢娶呀?吃了豹子胆了。下了台的王连方有一次说起吴蔓玲,讲了一句肺腑之言。王连方说:"就算是吴蔓玲脱光了,躺在那儿,王家庄也没几根鸡巴能硬得起来。"王连方这个人就这样,下台了,说话就怪。但是,在这个问题上,他说得倒也实在。话粗,理不粗。

吴蔓玲当上支部书记之后,有关婚姻问题的玩笑就没有人再给她开了。倒不是小吴当了支书有了架子,不是。小吴这样的人是不会端架子的,相反,是王家庄的人不忍心了。谁能想得到,那么开朗、那么热情的小吴会在这个问题上出那么大的洋相呢。

那还是去年春节的事了。依照吴蔓玲的计划,她原本该回一趟南京。然而,志英要出嫁了。说起来志英和吴蔓玲可不是一般的关系。好到什么程度呢?在一张床上睡过三个冬季。可以说是一对亲姊妹。平日里吴蔓玲都已经喊志英她妈"四姨娘"了。刚刚过了元旦,志英到吴蔓玲的这边,问吴蔓玲过春节的时候回不回南京。吴蔓玲说,今年当然要回去了。志英的那一头就不说话了。吴蔓玲以为志英要请她从南京捎什么东西,志英光摇头,还是不说话。吴蔓玲说,是不是没钱?没钱我叫我妈寄过来就是了。志英说,不是的。志英说,她要出嫁了,男方已经把日子定下来了,就在大年初二。志英低着头,说,她出嫁,怎么说也要请蔓玲姐去"坐桌子"。"坐桌子"就是吃喜宴的意思。志英是个实在的人,说,倒也不完全出于咱们两个的交情,还有一个说不出口的原因。志英说,她妈说了,一个姑娘家,结婚的喜宴上连一个村干部都没有,菜再多、酒再好,总是寒碜,总觉得理不直、气不壮。过门之后被婆家人欺负也说不定。吴蔓玲是村支书,有她在"桌子"上"坐"着,这个阵就压住了,当然是别样的风光。志英的妈不好意思对小吴说,还是叫志英来了。这一层意思一定要关照到,要不然,小吴走了,这个婚就结得寡味了。吴蔓玲一口就答应下来了。应当说,志英结婚的那一天场面非常地大,一边是新娘子,一边是村支书,可以想见了。最关键的是,因为吴蔓玲的出席,所有的村干部都来齐了,像召开了一次村委扩大会。主席上全是村干部,可以说是一个超级豪华的阵容。人都到齐了,村干部按照职务的高低各自找到了自己的席位,坐好了。吴蔓玲在热烈的掌声之后发表了讲话。她说,她本来是回南京的,但是,志英的喜宴,她不能不来;她说,她本来是不喝酒的,但是,志英的喜酒,她不能不喝。吴支书端起酒杯,支委都端起了酒杯,向志英的爸爸、妈妈、新郎官、新娘敬酒。这样的场景是一个兆头,一杯酒没下肚,就已经是高潮了。敬过酒之后吴蔓玲特地把"四姨娘"扯到一边,拉到房间里去,从中山装的上衣口袋里掏出五块钱,算是给志英的"份子"。吴蔓玲的身上原本只有一张五块的纸币,想了想,还是把大队会计叫过来,换成了五张一块的。这样一来就有了厚度,好看多了。志英的妈妈哪里肯要。吴支书为了喝志英的喜酒,连南京都没有回,她对志英的这份情谊可以说深重了,哪里还能再要她的份子。不能够哇!更何况又是这么大的数额。"四姨娘"的胳膊乱动,怎么说也不能要。就这么僵持住了,吴蔓玲一方面念着志英妈这么多年来对她的好,一方面也真的想家,动了真情了,故意拉下脸来,说:四姨娘!在王家庄,你就是我的妈了。吴蔓玲说,拿着。志英的妈怔了一下,眼眶子当即就红了。拿了。志英妈突然握住了吴蔓玲的手,捂在掌心里,捂紧了,说,闺女,这些年你受苦了,当妈的都看在眼里,心疼啊闺女!吴蔓玲笑着,转过了脸去。志英妈说,闺女,将来你就是嫁到天边去,我也要拖着我的老腿去吃你的喜酒。这是一个母亲对女儿婚姻大事的牵肠挂肚才有的誓言。她的手是那样地紧,有了母亲的千叮咛,万嘱咐。是苦口婆心的托付了。吴蔓玲没有说话,她知道自己一说话就会哭出来的。她点了点头。想了想,又点了点头。唉。她说。

这是吴蔓玲作为支部书记第一次坐桌子,热闹了。事实上,吴蔓玲很快就成为这场喜宴的主角了。新娘子被撂在了一边,成了她的绿叶。所有的人都向她敬酒,一拨又一拨。又因为她是个女同志,现场人们就编出了女人特别能喝的顺口溜,诸如"女人上马,必有妖法","女人喝酒,胜人一筹"。王家庄的人喝酒就是这样,喝酒是次要的,主要是利用酒向别人表达"敬意"。所以,就要不停地"敬"。打冲锋一样。既然是"敬",那就不是一般地喝了,你就必须得接受。否则是不好的。而一个"敬"了,别人就不好不敬。换句话说,你接受了一个人的"敬",你就不能拒绝别人的"敬"。吴蔓玲不能喝,主要还是缺少酒席上的经验,对王家庄的"喝酒经"又不熟悉,喜宴还没到一半,吴蔓玲就高了。满脸都是逼人的红光,两眼亮晶晶的,像做了贼,可一点都不心虚。而脸上挂着毫无内容的笑,想收都收不回去。现在,志英来了。志英把新郎官一直拉到吴支书的面前,他们要"共同敬支书"一杯。吴蔓玲捏着酒杯,站起来了。依然在笑。她突然提高了嗓子,问了新郎官一个问题:"能不能对我们志英好?"新郎官是个憨实的小伙子,也没有见过这么大的场面,满脸同样被酒烧得通红。被吴蔓玲这么一问,愣住了。窘得厉害。不停地抿嘴。吴蔓玲却不依不饶,追着问:"能不能?!"新郎官偷偷地瞥了一眼志英,这一瞥有意思了,目光又自豪又满足,又奉承又巴结,近乎愚蠢,近乎低能。是痴呆的那一类。就好像志英是一个下凡的仙女,被他逮着了,简直得了天大的便宜,幸福得不知道怎样才好。新郎官突然仰起了脖子,十分莽撞地一饮而尽,大声说:"忠不忠,看行动!"口气里头有了不着边际的披肝沥胆,是无限的忠诚,发自真心的豪迈。大伙儿爆发出一阵哄笑。吴蔓玲没有笑,没有。小伙子偷看志英的那一瞥被吴蔓玲看见了,全在吴蔓玲的眼里。吴蔓玲看出来了,小伙子喜欢志英,很爱,不要命的那种爱,把志英当成宝贝疙瘩了,肯为志英去死。志英长得实在不怎么好,也不是一个多么出色的姑娘,比自己差得太多了。可小伙子怎么就那么宝贝她,那么在乎她?还要偷偷地看她。吴蔓玲感动了。有了嫉妒的成分,有了自我缠绵的成分。相当地刺骨,一下子戳到了心口。这么多年了,从来没有小伙子用这样的目光看过自己。从来没有。吴蔓玲那颗高傲的心被什么东西挫败了,涌出了一股忧伤,汪了开来。周围的人哪里能知道吴支书琐碎的心思,仗着酒性,还在那里起哄。吴蔓玲端着酒杯,目光却已经散了。酒已经上来了,吴蔓玲还在那里缠绵,把自己绕进去了。越绕越紧,越绕越深。一屁股坐了下去。仿佛遭到了重重的一击。一个人陷入了恍惚。孤寂,而又颓唐。眼眶里凭空汪开了一层厚厚的泪。很厚,很危险。志英看在了眼里,知道吴蔓玲醉了。放下酒杯,走到蔓玲的身后。志英摁住了蔓玲的肩膀,说:"蔓玲姐。"酒席突然就寂静下来。志英说:"蔓玲姐?"所有的人都放下了酒杯,一起望着吴蔓玲。吴蔓玲早已是旁若无人,眼泪夺眶而出。吴蔓玲没有哭,一点声音都没有,就在那里流泪。泪珠子特别地大,掉得特别地快,断了线一样。

吴蔓玲什么都没有说,这个铁姑娘什么都没有说,但是,当着这么多的人,其实什么都说了。她不是一个铁姑娘。她不是男的。她是女的。她是一个姑娘。她是个南京来的姑娘。好在王家庄的乡亲们都喜欢吴支书,知道她的心口有伤。其实呢,吴蔓玲酒一醒,把什么都忘了。可是,王家庄的人不能忘。他们还是和以往一样和她说笑,但是,"那个"话题再也不提了。大伙儿都从"那儿"绕过去了。约好了似的。这一点吴蔓玲反倒是不知情了。

当上支部书记之后,吴蔓玲把她的床铺搬到了大队部。大队部设立在第二生产队的打谷场后面,和打谷场只隔了一条河,其实是一个大会堂。最顶端有一个舞台,每年的冬天,尤其是春节的前后,舞台上都要上演文艺节目,三句半,对口词,或表演唱,当然主要还是为了配合宣传。中央的精神每年都要变,其实这也不要紧。再怎么变,无非是有几个政治人物倒霉了。无所谓的,演出的时候把他们的姓名换掉,剩下来的都一样。一样地演,一样地唱。

与东边的舞台相对,最西边则是一间厢房,是大队里存放扩音设备的地方。吴蔓玲的家现在就在西厢房了。村子里有高音喇叭,支部书记做指示,发通知,处理重大的问题,吴蔓玲一般都在家里进行。作为王家庄新一代的领路人,吴蔓玲更注重教育。毛主席说,重要的问题是教育农民。吴蔓玲便把她的工作集中在了教育上。所以说,从当上支部书记之后,她就把农民组织起来了,不是看戏,而是办起了扫盲夜校。扫盲夜校的主要工作是识字,识字当然就要喊"万岁"。整整一个冬季,大队部里淮剧和扬剧的唱腔没有了,二胡和笛子的声音没有了,经常响起的却是"万岁"的呼声。从人万岁,到政党万岁,从国家万岁,到军队万岁。反而比早几年还热闹。

大队部的前面有一块不小的空地,有几棵很高、很老的槐树。一到夏天,地上就有大片大片的阴凉。这一来就成了左邻右舍聚集的地方。比方说,吃中饭的时候,许多人都会捧着他们的饭碗,来到老槐树的下面,蹲下来,一边吃,一边说,像一个食堂。一般来说,端着饭碗站在阴凉里吃饭的不外乎这样几个人,广礼、广礼家的、金龙、金龙家的、八爪子、八爪子家的,都是大队部的邻居。老主顾了。吴蔓玲刚搬过来的那阵子还是在西厢房里吃饭,吃着吃着,觉得不妥当。这样做等于把自己和群众隔离开来了,属于自我孤立。便也端着饭碗,来到了阴凉下面。因为碗小,进进出出地盛饭不方便,吴蔓玲干脆换了一只大海碗,夹上咸菜,这一来方便多了。吴蔓玲端着大海碗,和乡亲们一起蹲在地上,几乎像一个叫花子。开始当然不习惯,许多动作不是一下子就能做出来的。但是吴蔓玲有一个长处,什么都能够学习,什么都能够克服,慢慢地也就习惯了。习惯了,就特别地自然。

吴蔓玲蹲在地上,吃得相当快,比一般的庄稼人吃得还要快。在吃饭这个问题上,吴蔓玲已经练就了一身过硬的本领,可以用多、快、好、省进行理论上的概括。吴蔓玲干活不惜体力,可以和最强壮的男将拼个高低,所以,这几年的饭量已经到了惊人的地步。这就要求她吃得快。吴蔓玲这一身过硬的功夫还是她在农忙的季节练成的,农活那么忙,哪有时间在饭桌上磨蹭?但是,吃饭就是这样,只要你快起来了,即使你什么事都没有,你也慢不下来,你的吃饭就是一次小小的战斗。吴蔓玲一手捧着大海碗,一手拿着筷子,在大海碗里进行地道战、麻雀战、运动战、歼灭战,四处出击,四面开花,一边吃,一边转。满满尖尖的大海碗,三下五除二,一转眼就被吴蔓玲消灭了。而吃完了过后,吴蔓玲并不急于回到西厢房,而是撑着自己的大腿,站起来,打两个饱嗝,再把右手握成空拳头,跷出小拇指,剔剔牙。一边剔,一边和乡亲们聊聊天。因为吃得过饱,吴蔓玲会把大海碗放在地上,把筷子架上去。这一来好了,两只手空了下来。那就撑在腰的后头吧,两条腿做出"稍息"的姿势,舒服了。这是吴蔓玲一天当中最清闲的时刻,也是最满足的时刻。

大中午的,天特别地热。这一天的中午大伙儿正在树荫的底下吃中饭,广礼、广礼家的、金龙、金龙家的、八爪子、八爪子家的、吴蔓玲,还有一些孩子,都蹲在地上,闲聊,说一些有咸有淡的话。非常地悠闲了。吴蔓玲已经吃好了,正在剔牙。这时候不远处走来一个过路的,身上背了一块很大的玻璃镜匾。陌生人来到树荫下面,松了一口气,十分小心地把玻璃镜匾斜靠在树根上。镜匾上画了一对喜鹊,还有一行红字:"上梁志禧"。金龙开始和陌生人搭讪了,打听清楚了,原来是李家庄的,亲戚家起房子,送贺礼去的。广礼和过路人说着闲话,吴蔓玲走上去了。吴蔓玲平日里从来不照镜子,吴蔓玲不喜欢。可今天吴蔓玲倒要看看,自己是不是又黑了。镜子里有一个人,把整个镜匾都占满了,吴蔓玲以为是金龙家的,就看了一下旁边,打算叫她让一让。可是,吴蔓玲的身边没有人,只有她自己。回过头来,对着镜子一定神,没错,是自己。但是,吴蔓玲不相信,重新确认了一回。这一回确定了,是自己,千真万确了。吴蔓玲再也没有料到自己居然变成了这种样子,又土又丑不说,还又拉挂又邋遢。最要命的是她的站立姿势,分着腿,叉着腰,腆着肚子,简直就是一个蛮不讲理的女混混!讨债来了。是什么时候变成这种样子的?哪一天?吴蔓玲的心口当即就凉了,拉下了脸来。这时候金龙家的靠了过来。这个缺心眼的女人对着镜匾的喜鹊说:"小吴,你这个母喜鹊到现在还没有公喜鹊呢。"天地良心,吴蔓玲其实并没有听见她的话。可吴蔓玲倏地转过身,掉头就走。一个人回大队部去了。

吴蔓玲的举动让金龙家的下不了台了。小吴这个人历来厚道,从来不对人这样的。显然,是金龙家的冒失了,说话说走了嘴。金龙端着饭碗,闷了半天,歪着脑袋责问自己的婆娘:

"你发的什么骚?"

金龙家的知道自己的嘴巴惹了祸,不敢吭声。但是当着这么多的人,脸面上下不来,小声说:"吃屎了,一开口就喷粪。"

金龙一听到这话更来气,走上去一步,说:"你发什么骚?"

过路人看了他们一眼,背上镜匾,走了。广礼歪在树根上,怕他们夫妻俩真的伤了和气,只能出面打圆场。广礼一边嚼一边说:"金龙,也不怪你老婆。就一句玩笑话。算了。"

金龙就觉得自己对不起吴支书,正在火头上,对广礼说:"什么算了?关你屁事!"

广礼怔了一下,说:"金龙,你老婆说得不错,我看你真的吃屎了,不知好歹嘛你。"

金龙家的听见广礼这样数落自己的男将,连忙接过广礼的话,理直气壮了,冲着广礼说:"你才吃屎!是你在吃屎!"

广礼家的蹲在一边,一直没有动静。听见金龙家的把屁放到了丈夫的脸上,终于开口了,慢声细语地对着金龙家的说:

"还说什么呀。自家的男将都说你骚,不冤枉。别人冤枉你,他不会冤枉你。还说什么呀。"

金龙只打算教训一下自己的老婆,眼见得别人都来奚落她了,哪里咽得下去。自己的老婆口齿笨,哪里能有广礼家的那样光鲜,急忙调转了枪口,对广礼家的说:"广礼家的,你说清楚,到底谁骚?"

广礼家的四两拨千斤了,说:"还说什么呀。你都说得清楚了。你也是的,家丑不可外扬,怎么能这样说自己的老婆!"

这话气人了。金龙火冒三丈,大声喊道:"她是我婆娘,这话我说得,你说不得!"

广礼家的不和金龙比嗓门,轻飘飘地说:"你当然能说。你最了解情况嘛。"

这句话把金龙噎住了,说不出话来。金龙撇下广礼家的,对着广礼挺出了手指头,警告说:"广礼,你听见了?你婆娘说的可是人话?"

广礼反而笑了,说:"是你了解情况嘛。你不了解谁了解?"

金龙这一回真的急了,瞪起了眼睛,说:"我打你个狗日东西!"

广礼往后退了一步,一脸的坏笑。

金龙恼羞成怒,说:

"我打你个狗日东西!"

听到了动静,吴蔓玲重新走出来了。头发已经梳理过了。然而,心情很不好。但越是心情不好,越是像村支书。吴蔓玲堵在金龙的面前,说:"你给我住手。"

哪里还劝得住,金龙还要往上扑。吴蔓玲严厉地说:"金龙!你给我住手!"

金龙不动了,又说不出什么,气得直喘,只是眨巴眼皮子,眨巴了半天,说:"小吴,对不起你,你别往心里去。"

吴蔓玲糊涂了,说:"什么对不起我?谁对不起我了?"

金龙用手指了指树根底下,想把话题扯回到"喜鹊"上去,给吴支书解释一下。却发现玻璃镜匾已经不在了,而过路的人早就走远了。金龙越发不知道说什么了,直跺脚,对着自己的老婆厉声呵斥道:

"还不去洗碗!"

广礼是一个机灵的人,当即给自己的老婆使了一个眼色。广礼家的拽了拽金龙家的,说:"走吧。"金龙家的甩开广礼家的,却还是跟着广礼家的走了。

吴蔓玲一脸的疑惑,对广礼说:"怎么回事?"

广礼说:"没事了。"

吴蔓玲却犟了,其实是多心了,她认准了他们在说她的坏话,说她难看了。吴蔓玲说:"广礼,你不说实话是不是?"

广礼随口就扯了一个谎,说:"嗨,和你没关系,是说闹鬼的事情。"

吴蔓玲说:"哪里闹鬼?"

广礼说:"大队部闹鬼。"

吴蔓玲说:"大队部闹什么鬼?"

广礼想了想,笑笑,打哈哈了,说:"都是胡说。嗨,胡说。"

第 五 章

榆木疙瘩养成了一个毛病,每天都要花很长的时间盯着沈翠珍送过来的那两只芦花鸡。只要闲下来,榆木疙瘩就要点上他的旱烟锅,坐在门槛上,对着那两只芦花鸡发愣。榆木疙瘩没什么本事,人老实,要不然大伙儿怎么会喊他榆木疙瘩呢。可有一样,榆木疙瘩在侍弄家禽方面是个行家。对鸡的脾性,榆木疙瘩很了解。鸡喜欢合群,所有的家禽都喜欢合群。别看它们整天散落在外面刨食,其实是"一家一家"的。白天里刨完了食,天一黑,它们自己会往"家里"走,永远都错不了。一旦来了新伙伴,你不能放,一放就跑了。关键是要摆在家里"闷"。"闷"上一些日子,就好了。在这一点上家畜就不一样。家畜们生性孤傲,自尊而又自大,往往守得住寂寞。比方说,牛,比方说,驴,它们自得其乐。该忙的时候忙,该闲的时候闲,真正做得到独来独往。

大棒子去了,但两只芦花鸡来了。刚开始的那几天,两只芦花鸡有点怯,光知道躲在角落里,侧着脑袋,一愣,又一愣,不敢和别的鸡抢食。慢慢地熟悉了,好了。现在已经合群了。对榆木疙瘩来说,它们不光是两只鸡,也还是大棒子。望着它们,也等于看见大棒子了。榆木疙瘩对这两只芦花鸡特别地爱惜,甚至都到了护短的地步。要是有哪只鸡敢欺负它们,榆木疙瘩会把那只惹事的鸡捉过来,刷它的尖嘴巴。一边打还一边骂,日亲妈妈的。

这两只芦花鸡算是被榆木疙瘩"闷"过来了,但是,却不愿意在榆木疙瘩的家里下蛋。一有空就偷偷跑回端方家的草垛子上,下完了蛋再回来。回来就喊:咕咕嘎——咕咕嘎——咕咕、咕咕嘎——这是告诉它的主人,它下了蛋了。榆木疙瘩的心很细,花了一整天的工夫盯梢它们,答案找到了,就在端方家的草垛子上。这两个东西吃里爬外了。榆木疙瘩特别地恨。他拿着温热的鸡蛋,来到佩全的面前,把情况向佩全说了。佩全什么都没有说,佩全那一天把端方打成那样,端方一直不肯还手,心里头对端方反而有了几分的怵。佩全说:"算了。把两只鸡卖了吧。"榆木疙瘩的脖子歪了,说:"不卖。"

红旗却咽不下这口气。老实说,在处理大棒子的事情上,红旗就一直没有咽得下这口气。大棒子死了,网子还活蹦乱跳,凭什么呀?少说也得让他吃点苦头。红旗对佩全一直都是忠心耿耿的。没有理由,红旗就喜欢这样。红旗喜欢对一个人忠心耿耿,这样心里头舒服,日子过起来也踏实。红旗永远都要跟在佩全的后头,做佩全手下的积极分子。红旗决定为佩全做点什么,当天下午就把网子收拾了。红旗用麻袋悄悄套住了网子的脑袋,摁在墙角,一顿拳打脚踢。谁都没有看见。网子的鼻子和脑袋都破了,哭着回家了。王存粮把网子拉到自己的跟前,瓮声瓮气地问:"谁干的?"网子说不出。网子说他的脑袋被人用麻袋蒙住了,什么也看不见。王存粮憋了三四口气,到底憋不住了,冲到墙角就操起了扁担。好在端方在家,一把拽住了。死死地摁住了。

端方说:"你找谁去?"

王存粮说:"我找榆木疙瘩!"

端方说:"不是他。"

王存粮说:"不是他是哪个?"

端方说:"不是他。"

王存粮梗起脑袋,说:"不是他是哪个?"

端方说:"反正不是他!"

网子被人暗算了,最伤心的当然还是沈翠珍。对网子来说,这样的处境其实很危险了。沈翠珍望着网子头上的血,冲到了天井的外面,突然就是一声号哭。她对着空无一人的巷口,一边哭,一边骂。红粉也出来了,站在后妈的旁边,没有哭,嗓子却比后妈还要大。这一对平日里不和的母女终于走到了一起,齐心协力。她们对着天,对着地,对着空洞洞的巷口诅咒痛骂。红粉的诅咒刻毒而又凶猛,威力巨大,却没有一个人出面,没有一个人接她的话茬。连一个劝的人都没有。

到了晚饭时分沈翠珍和红粉才平息下来。不平息下来又能怎么样呢?其实她们有数,这件事和榆木疙瘩家有关。一定有关。但是,没有证据,你就不能血口喷人。王存粮不吭声了,红粉不吭声了,沈翠珍也不吭声了。但是不吭声并不等于事情过去了,相反,只是一个开始。一家子都明白这样的道理,这件事要是处理不好,麻烦的日子还在后头,说不定网子或端正还会有什么凶险。老话说得好,不怕贼偷,就怕贼惦记。要是总被人惦记着,日子是没法过的。端方没有说话,却有了坚定的主张。这件事不能就这么算了。他一定要让王家庄的人看看,惹到他端方的头上,究竟能落到什么好。这件事必须了断,今天就了断。

吃晚饭的时候端方给网子盛了一碗稀饭,自己也盛了一碗,交代了几句,出去了。沈翠珍看了一眼端方,心里头极不踏实,说:"你做什么去?"端方什么也不说。沈翠珍又追了一句:"你做什么去?"端方还是什么都不说。端方带着网子,手里头端着碗,四处瞎逛,最终来到了河边。端方终于看见了佩全了,大路、国乐和红旗他们都在。这就好,端方对自己说。佩全他们围成了一小圈,每个人都端着各自的晚饭碗,正在说话。端方走上去,笑着和佩全打了一个招呼。佩全没有料到端方会和自己这般客气,有些诧异,连忙笑了笑。端方顺便和大路也打了招呼,还有国乐,还有红旗。端方注意到一个小小的细节,端方和红旗打招呼的时候红旗向佩全的身后挪了一小步。端方看在眼里,都看见了。佩全刚想和端方说些什么,却看到了网子脑袋上的伤。网子伤得不轻。佩全眨巴了几下眼睛,虽说不知情,却猜得出发生了什么,拿眼睛看四周的几个人。端方顺着佩全的目光打量过去,佩全和端方的目光在每个人的脸上扫了过去。一遍扫下来,佩全的心里有了几分的数,端方的心里同样有了几分的数。但是,谁都不提,就当没这档子事。端方吃完了,把手里的碗筷递到网子的手上,叫网子拿回去。端方看着网子走远了,来到佩全的身边,一只手搭在佩全的肩膀上,好像有什么重要的事情要商量似的。端方和佩全一起走出去四五步,从佩全的手上取下饭碗,放在了地上。佩全不知道端方要做什么,很不自在地笑了笑,说:"做什么?"端方说:"佩全,你也看见了,我们家网子被人打了。"

佩全说:"不是我。"

端方说:"我知道不是你。这种事你做不出。"

佩全说:"那你来找我做什么?"

端方说:"我们家网子是被狗咬的。"

佩全笑了,说:"你找狗去啊。"

端方没有再说话,突然弓起膝盖,十分凶猛地撞在了佩全的小肚子上。大路、国乐和红旗都还没弄明白发生了什么,佩全已经倒在地上了。端方的这一下可是使足了力气,佩全又是饱肚子,疼得说不出话,气都喘不出。"找狗去?"端方大声喊道,"找狗去我丢不起那个人!——老子要打的就是狗的主人,老子打你!狗咬一次人,我打你一次,咬两次人,我打你两次!"

端方喘着气,说:"佩全,不服气你起来。"

大路、国乐和红旗都围上来了。端方没有走,就站在他们的中央。他在等。他是有准备的,腰里头带了家伙。他想好了,不管是谁,不管吃了谁的苦头,他都不理。他今天只盯着一个人,那就是佩全。他在等佩全站起来。佩全终于起来了,他没有扑到端方的身上去,只是弓着腰,在那里喘气。看起来他一时半会儿是还不了手了。端方也没有再动手,却把纸烟掏出来了,叼了一根,给了红旗一根,给了大路一根,给了国乐一根。最后,给了佩全一根。佩全没接。端方的手就举在那儿,最终,还是接过去了。红旗从端方的手上抢过火柴,帮大伙儿点上了。没有人说话。一帮人就那么闷着脑袋,认认真真地吸烟。香烟真是个好东西,是男人就应该叼上它。

就这么抽着烟,端方把话题岔开了,开始了说笑,网子的事一个字都没有再提。端方对佩全客客气气的,佩全对端方也客客气气的,都像多年的朋友了。不过周围的人看得出,端方今天在佩全的头上拉屎了。不仅把屎拉了,甚至把尿尿了,甚至把屁放了。佩全这一回完全跌软了,是个蜡烛坯子,散了一裤裆的。

临了,端方把烟头掐灭了,丢在了一边。端方说:"佩全,过去的事我们都不再提。我对天发誓,从今往后,我不惹你。你呢,也不要惹我。"端方通情达理了,说,"我们就算清了。好不好?"

佩全说:"好。"

端方说:"你想好了,我再问你一遍,好不好?"

佩全看了看四周,斩钉截铁了,说:"好!"

端方说:"你们都姓王,——大伙儿说呢?"

大伙儿说:"好。"

王存粮一直站在一棵树的后面,没有出面。但是,他都看见了,他都听见了。王存粮无比地宽慰,突然就想起了一句老话,养儿如羊,不如养儿如狼。

端方在外面逛了一圈,回到家的时候天已经黑了。没想到三丫在他的家里,正在和红粉说话。沈翠珍和红粉今天傍晚在巷子里骂了半天,没有一个人出面,没有一个人来串门,没想到三丫过来了,看起来这孩子倒是一个热心肠的人。沈翠珍刚刚和三丫说了几句网子的事,红粉却从箱子底下把自己的衣裳端出来了。三丫是知道的,红粉今年的年底要出嫁,这些日子一直忙她的嫁衣,便对沈翠珍笑了笑,把话题转到针头线脑上去了。沈翠珍瞥了一眼红粉的衣裳,一个人到天井去了。说起红粉的嫁衣,沈翠珍蛮伤心的。到底母女一场,沈翠珍从心底里希望自己能够替女儿把好这一关。红粉不让。就是不让。沈翠珍趁红粉不在家的时候偷偷地瞄过几眼,针线粗得像狗啃的。唉,女儿的嫁衣太难看了,她这个做母亲的脸往哪里放。沈翠珍不好说,也不敢说。就觉得丢人。

三丫跑到端方的家里来,是因为她和母亲又吵架了。当然还是因为三丫的婚事。三丫又把一个提亲的人给回了。看还没看,也不知道人家能不能看上她,她就把人家回了。从歇夏开始,孔素贞就一直在外面托人,好不容易又说了一个,三丫轻飘飘地就打发了。做女儿的哪里能体会做母亲的心思。做母亲的没有别的,无非是希望自己的孩子有个着落,赶紧把终身的大事定下来。可三丫这一头也有三丫的苦衷,主要是自尊心被伤得太深了。给三丫做媒的一般都知道三丫家的情况,商量好了似的,介绍过来的不是地主的儿子,就是汉奸的侄子,再不还乡团团长的外甥。三丫有一个感觉,天底下所有做媒的人都不是在给她说媒,而是合起伙来把她三丫往粪坑里推。好,你推,我还不见了!统统不见!孔素贞急了,问三丫:"你当你是谁呀?"声音虽然小,挖苦的意思全有了。三丫说:"还能是谁,你孔素贞的闺女。"话里头有怨了。孔素贞说:"不是吧,我看你是金枝玉叶。"三丫说:"全托了你的福了。"这句话露骨了,孔素贞想,怪罪自己的意思全有了。——可这句话她能够说吗？做母亲的又不是阴阳先生，哪里能知道哪一块云底下是风，哪一块云底下有雨？早知道是这样，就是把×缝起来也不会生出你们来。孔素贞伤心了，说话的声音虽轻，但是，话重了。孔素贞说："人之初，性本善。丫头，你的心喂狗了。"三丫知道自己的母亲冤，可最冤的还是自己。这么一想也伤心了，话也一样地重了。三丫说："你的心喂了我，你怎么知道我就不是一条狗。我生下来就是一条狗。"这句话是一巴掌，打在了孔素贞的脸上。孔素贞气急败坏，说："你是狗就好了。你要真的是狗，公狗会追着你的屁股转。何至于我来操这份心？"母亲看来是气急了，终于戳到了三丫最疼的地方。三丫盯着自己的母亲，眼眶里闪起了泪花，突然笑了，说："我求你别说了，妈，你别说了，帮帮忙吧。"三丫的话是有出处的，点在了孔素贞的死穴上。多年以前父亲王大贵上了水利工地，前脚出去，支书王连方后脚就跟进来了，请孔素贞给他"帮帮忙"。素贞帮了。帮了许多次，三丫撞上过一回。这会儿三丫把"帮帮忙"这三个字端出来，嗓子虽然不大，在孔素贞的那一头却是如雷贯耳。孔素贞愣在那里，点上了大贵的烟锅。孔素贞望着手上的烟，好半天，说：

"丫头，等你真的做了女人，当了妈，你会到我的坟上去，为你的这句话专门给我磕九个响头。"

三丫捧着红粉的嫁衣，嘴里头一直在夸赞红粉的针线，却有些心不在焉了。她不停地往外瞟，端方就是不进来。三丫已经看出来了，端方就像没有三丫这个人似的。他是故意的呢还是忽略了呢，他是骄傲呢还是害羞呢，三丫没有把握。没有把握其实也没什么，端方的骄傲是迷人的，端方的害羞就更加地迷人了。

一个人到了走投无路的时候，往往会走险。赌。拿一生去赌。三丫想了三四个晚上，决定赌。赌输了她这一辈子就决定不嫁了。去他妈的,无所谓了。事关命运,三丫做得出。其实三丫并不是一个拘谨的姑娘,小时候又特别地受宠,能说,会跳,活泼得很。上树,下河,男孩子敢做什么,三丫就敢做什么。但是,刚刚懂事,刚刚知道家世,三丫就彻底泄了气。也好,三丫倒成了一个文静的姑娘了,也省得别人再说她是假小子。然而说到底,文静是做给别人看的。女孩子的内心,毕竟还是由别人看不见的那个部分组成的,到了绽放的时刻,你以为她的一枝一叶都羞答答的,其实,是横冲直撞。

三丫没有偷偷摸摸,直白得近乎抢劫。大白天的,她把端方拦在了合作医疗的大门口。三丫叫过端方的名字,没有绕弯子,轻声说:"晚上我在河西等你。"色胆包天了。不亚于晴天里的霹雳。三丫一说完就走。端方一个人站在合作医疗的门口,像一个白痴望着三丫的背影。三丫已经走远了,端方永远都不会知道,三丫的心脏在巷口的拐角已经跳成了什么样,用巴掌捂都捂不住,用绳子捆都捆不住。

端方站在合作医疗的大门口,在某一个刹那,脑子里并不是三丫,突然跳出来的却是他的高中同学赵洁。这个感觉特别了。像初愈的伤口,不痛了,却痒得出奇。端方渴望伸出手去挠一挠身上的痒,却找不到。但是有一点是肯定的,伴随着这一阵的痒,赵洁的形象一点一点地模糊了,取而代之的是三丫。那个让他魂牵梦绕的赵洁,就这么轻易地打发了。晚上,我在河西,等你。

吃完了晚饭端方就跳到了河里,他要在河里洗一个澡。屋后的这条大河现在不再是河,对端方来说,它成了巨大的澡堂,属于端方一个人。河水被夏天的太阳晒了一整天,表面上已经很温热了,在夜色降临的时分升起了一层薄薄的雾,这一来就更像一个澡堂了。而河底的深处依然十分地清凉,这就是说,端方洗了一个热水澡,同时又洗了一个凉水澡,这个感觉相当地酣畅,近乎奢侈,有了放浪的迹象。端方在水里头折腾,其实是在消磨时间,等天黑。天黑得相当慢,其实也相当地快。天到底黑下来了,端方带着一身的肥皂气味,悄悄来到了河西。河西是一条笔直的大堤,大堤的两侧栽满了泡桐,仿佛一条黑洞洞的地下隧道。天慢慢地黑结实了,头顶上的泡桐树叶沙啦啦地响个不停,地上却没有一丝一毫的风。哪里是树欲静而风不止,完全是风欲静而树不止,像不可收拾的颤抖。

三丫突然出现在端方的面前,准确地说,三丫粗重的鼻息出现在端方的面前。她的鼻息像小母驴的吐噜。两条浓黑的身影就那么立在大堤上,谁也不敢贸然做出任何的举动,都有些骇人了。两个人就这么站着,就好像他们的生活一直都在等待,等待的就是此时,就是此刻。三丫的果断和勇敢在这个时候体现出来了,她不想再等了。三丫直接扑进了端方的怀抱。一点过渡都没有,直接把等待变成了结果。三丫的脸庞贴在端方的胸前,一把搂住端方的腰,箍死了,往死里抠。

这是端方的身体第一次和女孩子接触,端方不敢动。端方已经找不到自己的呼吸。找不到不要紧,那就用嘴呼吸。三丫仰着脸,她的小母驴一样的吐噜打在端方的脸上。端方用他粗粝的大手把三丫的脸蛋子托起来了。这是三丫的脸,像一个椭圆的蛋子。端方把三丫的脸蛋子托在掌心,不知道下一步该怎样才好了。突然闷下脑袋,把嘴唇摁在了三丫的嘴唇上。端方自己也没有料到自己的动作会如此地精确,比雪花击中大地还要精准。他们忙里偷闲,开始呼唤对方的名字。三丫。端方。三丫。端方。三丫。端方。端方不知道自己究竟要说什么、究竟要干什么。不知道。不知道就用力气。端方蛮了,三丫喘不过气来。她要换气,只能张开了嘴巴。三丫把她的嘴巴一直张到了极限,附带发出了绝望的却又是忘乎所以的叹息。她想叫。她要叫。三丫的嘴巴刚刚张开,端方却无师自通,他的舌头以最快的速度占领了三丫的嘴巴。他们的舌尖像两条困厄的黄鳝,搅和起来了,充满了韧性和爆发力。他们立即从对方的舌尖上发现了一个永远都无法揭示的秘密,这是一个惊人的秘密,惊天动地的秘密。奇异的感觉一下子钻进了端方的心窝。几乎在同时,两个人都打了一个激灵,这是一个高度危险的感受,着实把他们吓着了。他们停顿下来。然而,危险并没有发生,好好的,什么危险也没有。虎口脱险了。死里逃生了。劫后余生往往会反过来激发人们的勇气,只想着再来。再来。再来一次,再危险一次。再惊天动地一次,再死里逃生一次。他们不再是亲嘴了,几乎是搏斗。他们张开嘴,像撕咬,恨不得把对方一口叼在嘴里,嚼碎了,咽下去。他们在轻轻地咬,恶狠狠地吮吸,好像不这样就不能说明任何问题。

"端方,为了这个晚上,死都值得!"

"怎么能死。还有明天,还有后天,还有大后天!"

第二天的晚上他们没有到河西去。不管怎么说,河西毕竟是露天,他们不喜欢。现在,他们最喜欢和最需要的是一间房子,只要有四面墙,哪怕是牛棚,哪怕是猪圈,能够把自己十分妥当地包围起来,那就好了。端方到底是端方,有主意了,他把三丫带到了王家庄小学的教室,他当年读小学的地方。眼下正是暑假,学校里空旷得很,寂静得很,像一块墓地,所有教室的门窗都封得死死的。端方悄悄潜入了学校,决定爬窗户。推了几下,没耐心了,一拳头就把窗户上的玻璃捅开了。玻璃的破碎声突兀而又悠扬,在寂静的黑夜里划开了一道道不规则的长口子。端方蹲下身子,机警地听了一会儿,什么动静也没有。端方悄悄拉开了插销,抱起三丫,把她塞进了教室,然后,猫着腰,进去了。整个过程神不知,鬼不觉。端方重新关上窗户,现在,一切都妥当了。教室变成了天堂,是漆黑的、无声的天堂。在天堂里,漆黑是另一种绚丽,另一种灿烂,是看不见的光彩夺目。

端方和三丫都看不见对方,但是,脸上都挂上了胜利的微笑,因为无声,理所当然地就成了夜的一个部分。他们又开始亲嘴了。迫在眉睫。却没有找对位置。也就是三四下,找准了。一上来就全力以赴,有点像最后的一搏,是那种鞠躬尽瘁的劲头。他们不是亲嘴,是吃。可是,吃不饱,越吃越饿。端方毫无缘由地揪住了三丫的奶子。端方揪住它们,就好像三丫的奶子不再是奶子,而是救命的稻草,一撒手就没命了,一撒手就掉进了无底的深渊。三丫听到了端方吃力的喘息,知道了,端方他喜欢这个地方,端方他需要这个地方。三丫捂住端方的手,把端方的双手挪开了,低下头,开始解她的纽扣。三丫的胸脯光洁挺拔,是她骄傲的地方,是她最为光荣的隐秘,只可惜,端方看不见。如果端方看见了,他一定会加倍地喜爱,加倍地珍惜。三丫的这一块地方是她的圣地,既然端方喜欢,三丫就给他。她什么都舍得。三丫把她的花褂子脱了下来,挂在了端方的肩膀上。端方虽然看不见,但是,知道了,三丫的上身已经是一丝不挂。端方害怕了,三丫的举动太过珍贵了。三丫把嘴唇一直送到端方的耳朵边,不是用声音,而是用颤抖的气息问他:"端方,喜欢不?"端方用同样颤抖的气息做出了动人的响应:"喜欢。"三丫特别地感动,可以说喜极而泣。端方的回答使三丫得到了格外的鼓舞,三丫说:"都是你的。"这句话大胆了。可以说义无反顾。端方依靠三丫的语气清晰地看见了三丫的表情,是大无畏才有的镇定。三丫的镇定有感人心魄的震撼力,端方的心里突然害怕了。端方说:"三丫,你怕不怕?"

三丫说:"我怕。你呢?"

端方说:"我也怕。"

三丫仰起头,说:"其实我不怕。只要有你,我什么也不怕。"

三丫替端方把上衣扒开了。她爱这个地方,这是她情窦初开的地方。他们的胸口贴在一起了。这是一次绝对的拥抱。它更像拥有。不可分割。是血肉相连。如果分开来,必然会伴随着血流如注。他们心贴心,激荡,狂野,有力。然而,两个人都觉得安宁了,清澈了,感伤了,无力了。他们的胳膊是那样地绵软,有了珍惜和呵护的愿望。他们感觉到了好。想哭。沁人心脾。端方抚着三丫的两个奶子,对这个好了,就担心冷落了那个,刚刚安慰了那个,又担心冷落了这个。手忙脚乱了。宁静重新被打破了,清澈同样被打破了,激荡和狂野又一次占得了上风。端方用他的嘴巴含着三丫的奶头,顽强地吮吸。端方每吸一口三丫都要感到自己的身体被抽出去一样东西,慢慢地空了,飞絮那样,成了风的一个部分,有了瘫软或迷失的迹象。而端方越来越有力气,浑身的力气都集中在了某一个特殊的地方。端方一把就把三丫的裤子扯开了,压在了三丫的身上。三丫知道,时候到了,这样的时候终于到了,到了自己用自己的身子去喂他的时候了。三丫什么都没有,只有自己的身子。只有身子才是三丫唯一的赌注。三丫不会保留的,她要把赌注押上去,全部押上去。但三丫并没有马上配合他。她把两条腿并在了一处,弓起来,用膝盖死死地护住了下身。三丫把她的嘴巴一直送到了端方的耳边,想对端方说些什么,想了半天,还是不知道说什么。三丫悄声说:"端方,亲我一下。"

端方就亲了一下。

三丫说:"再亲我一下。"

端方又亲了一下。

三丫的泪水夺眶而出。三丫说:

"端方,再亲我一下。"

可端方等不及了。他掰开了三丫的大腿,摁住了,顶了进去。三丫死死抓住了端方的胳膊,说:"哥,三丫什么都没有了。你要对她好。"

第 六 章

是沈翠珍发现端方身上的红疙瘩的。最先是在脸上,一脸。脱下衣服一看,沈翠珍慌了,端方浑身上下没有一块好地方,全是密密麻麻的红疙瘩。一张皮简直就是一个马蜂窝,瘆人了。沈翠珍的头皮一阵发麻,额头上暴起了鸡皮疙瘩,以为端方得了什么急病了。沈翠珍摸了摸儿子的额头,并不烫。问他哪里不舒服,端方不耐烦了,脸也红了,把母亲掸在了一边:"没你的事。"沈翠珍只能闭嘴,什么也不再说,什么也不再问了。寻思了一下,想起来了,这孩子差不多一夜都没有回来,看来是让蚊子咬的了。沈翠珍放心了,心里头也就有了底了。沈翠珍是过来的人,一个人被蚊子叮成这样了,他都能熬得住,他都不知道痒,答案只有一个,做贼了。不是偷鸡,就是摸狗。

和谁呢。沈翠珍一边喂猪,一边想。心里头说不上是生气还是高兴,蛮矛盾的,蛮复杂的。按理说,儿子有这般的能耐,当妈的倒是小瞧了他了。可是,和谁呢?也没见着这孩子和哪个姑娘有来往啊。也就是三丫来过几趟。不会是三丫吧?不会的。端方再糊涂,算得清这笔账。沈翠珍费思量了。让村子里的姑娘在脑子里头排队。排了一遍,又排了一遍,没捋出什么头绪。怎么一点点的苗头都没有的呢。沈翠珍突然歪过了脑袋,不停地眨巴眼睛。等她把这几个月来的日子放在指头上扳过一遍,结论出来了,三丫。是三丫。只能是三丫。上了这个小狐狸精的当了。别看她那么老实,越是老实的丫头就越是有主张,是闷骚的那一类。老实的丫头要是媚劲上来了,胆子大得能吓你一个跟头,没几个男人能扛得住。沈翠珍直起腰来,对自己说,个小婊子,下手倒是快,三下五除二就得手了。你也不看看你自己是个什么东西,配不配?!这么一想沈翠珍冤枉了,自己吃了千般罪、万般苦,好不容易把端方拉扯到这么大,眼睛一眨,居然给她弄跑了,都替她忙了!个×丫头!沈翠珍动了肝火,顺手给了猪圈里的小母猪一巴掌,嘴里头骂道:"饿死鬼投的胎呀!"

儿子一定是上当了,一定的,上当了。一定是中了小骚货的迷魂阵了。端方你糊涂哇,就算你想偷个腥,解个馋,你也不能碰三丫啊。公狗上母狗的身还知道先闻一闻呢,三丫你能碰吗?啊,躲都来不及。那是个毒蘑菇,是个瘟神,碰上她你要倒八辈子的霉,能碰吗?啊!不行,得叫过来,问问。但是,话到了嘴边,沈翠珍又咽了回去。急吼吼地拷问自己的儿子做什么?儿子是清白的。自己的儿子自己有数,端方一定是清白的!要找就找那个狐狸精!沈翠珍解开自己的围裙,拔腿就往外走。走到一半,理出头绪来了,问什么?到三丫的家里看一眼就全清楚了。如果三丫的脸上没有特殊情况,那就不是她了,也免得冤枉了人家。如果是,三丫,也别怪我沈翠珍不想成全你。这么一想沈翠珍的心里踏实多了。不过转念一想,沈翠珍还是不放心了,万一呢?万一是的呢?还麻烦了。年轻人偷鸡摸狗这种事,你要是硬撮合,那真是小母狗配公牛,这边不下腰,那边不起蹄;反过来说,他一旦尝到了甜头,你想再拉住他,他这个牛鼻子就不一定能拽得过来了。

沈翠珍捋了捋头发,拽了拽上衣的下摆,走进三丫家的天井。一般来说,沈翠珍是不到别人的家里串门的,更不用说到孔素贞的家里了。突然站在孔素贞的家门口,就有点事态重大的样子,容易使人想起"无事不登三宝殿"这样的古话。孔素贞正坐在苦楝树的阴凉底下剥毛豆,一抬头,看见沈翠珍站在天井的门口,已经猜出了八九分。因为双方都明白,又都是做母亲的,所以客气得就有点过度,有了比较虚的成分。其实是拘谨了。两个女人都从对方的客气里产生了极其不好的预感,但是笑得太仓促,笑容一时也收不回去,只能挂在脸上。沈翠珍是假装路过才走进天井的,真的进了门,倒发现自己冒失了。许多话原来还是说不出口的。你总不能刚刚见了素贞的面,劈头就问,素贞哪,我们家端方昨天夜里被蚊子咬了,你家三丫也被蚊子咬了吧?你喊出来让我看一看好不好?说不出口。要是细说起来,沈翠珍和孔素贞平日里的交道并不多,但孔素贞这个女人沈翠珍是知道的,说话办事向来都讲究板眼,又识字,是懂得人情物理的人。虽说成分不好,村子里的人对她还是敬重的。沈翠珍对她当然也就要高看三分。亲家可以不做,但屁只能放在自家的裤子里,不能喷到人家的脸上去。

沈翠珍和孔素贞都坐在苦楝树的底下,双方都谦和得很,显然是没话找话。但是,所有的话又都是绕着走的,反而像是回避。既然沈翠珍不肯首先把话题挑破了,孔素贞也就顺着杆子爬,和翠珍一起装糊涂。但是孔素贞嘴上糊涂,心里却不糊涂,知道了,三丫昨天晚上会的是端方,这一点是确凿无疑的了。三丫呀,你心比天高,也不怕闪了脖子?心比天高不要紧,你不能身为下贱;身为下贱也不要紧,你就不能心比天高。两头都摊上,三丫,你的活路就掐死了。这么一想孔素贞的心就沉到了醋缸底,有了说不出的酸。千不该,万不该,她三丫不该生在这样的家里。苦了这孩子了。孔素贞想,还是把话挑破了吧,等着沈翠珍把这门亲事给退回来,伤了和气在其次,脸也就没地方放了。

孔素贞说着话,脸上和嘴里都十分地周到,心里头却已是翻江倒海。素贞想,翠珍,都是当妈的人,你也用不着急,你的意思我都懂。承蒙你和我说话的时候脸上还带着七分笑,算是给了我脸面,我不会让你白跑这一趟。我不会答应三丫和你们家端方好的。这个主我还能做得。别说你不肯,我也不肯。我们没那个命,我们讨不起这样的晦气。又扯了一会儿咸淡,孔素贞终于把话题绕到了红粉的身上去了。孔素贞装着想起了什么,笑起来,说:"翠珍哪,听说红粉冬天就要出嫁了,嫁得蛮远的,是不是这样?"话题一扯到红粉,沈翠珍禁不住叹了一口气,说:"是啊。瞎子磨刀,看见亮了。"孔素贞诚心诚意地说:"翠珍,你这个后妈也真是不容易。"听见孔素贞说这样的话,沈翠珍总算找到了一个知音,伸出手去在孔素贞的膝盖上拍了两三下。沈翠珍说:"是啊,从小就听老人说,可怜天下父母心,就是不懂。这父母的心怎么就可怜的呢?不到了这一步,哪里能晓得。可怜见的。做父母的最操心的就是儿女的婚事了,就怕有什么闪失。"孔素贞把话接过来,话中带话了,说:"翠珍哪,还是你有眼光。要我说,是女儿家就该嫁得远远的,越远越好!嫁远了,反而亲。放在眼皮底下做什么?"孔素贞说到这儿,沈翠珍就全明白了,心放下了,目光也让开了。人家素贞把话都说到这个份上了,她沈翠珍还听不明白,那可真是吃屎了。素贞,你的情我领了。沈翠珍眼眶子一热,反倒不知道说什么好,想再说几句,实在又找不出合适的话。胸口里头反而涌上了一股说不出的滋味。心里想,真是个通情达理的人。好人,好人哪。要不是成分不好,这样的亲家母打着灯笼也找不到。沈翠珍清了清嗓子,说:"大妹子,到时候一定来吃红粉的喜酒。"就打算离开了。沈翠珍刚走到门口,孔素贞想了想,说:"大妹子,那就什么都不用说了。"沈翠珍听得出来,孔素贞这是让她保密了。这个沈翠珍当然知道,又不是什么光芒万丈的事,还说它做什么。沈翠珍答应了,说:"不说了。到时候来吃红粉的喜酒。"

沈翠珍从孔素贞的那里得到了承诺,走了。好像什么事都没有发生,只是早早预约了一个吃喜酒的客人。其实是有了收获,放心了。孔素贞说话向来算数,说一句顶一句,这一点沈翠珍是知道的。沈翠珍最敬重素贞的其实正是这个地方。有些人说话一句顶十句,顶百句,顶千句,又是电闪又是雷鸣,牛气烘烘,其实是放屁,熏了耳朵还能再臭鼻子。素贞就不一样了,丁是丁、卯是卯,一字一句都红口白牙。这么一想沈翠珍反倒有些心酸了,有了说不出的愧疚,觉得自己对不起人了,脚板底下格外地快,三步两步就离开了。

孔素贞一个人枯坐在天井里,就那么望着地上的毛豆壳,点上了旱烟锅,很深地吸了一大口。想起这些日子自己的女儿又是剪、又是缝、又是照镜子、又是拿肥皂咯吱咯吱地搓,真有点欲哭无泪。三丫,我苦命的孩子,你枉费了心机了你。

孔素贞灭了烟锅,来到了东厢房。三丫还躺在床上,背对着床沿。她的眼睛睁在那儿,眼睫毛一眨一眨的,看得出,是在回味她的心事,正做着睁眼梦呢。孔素贞静静地扶住床框,坐下来,不知道该说什么才好,鼻子却已经酸了。只能伸出手去,拍了拍三丫的屁股。"三丫,"素贞说,"你起来。"

三丫的那头没有一点动静,孔素贞又在三丫的屁股上拍了一巴掌,说:

"妈和你说说话。"

三丫就是不愿意回头。她一脸的红疙瘩,怎么见人?她不愿意让人看见,哪怕是自己的亲妈。

孔素贞吸了一回鼻子,说:"三丫,妈和你说说话。——听见没有?"

三丫说:"不要烦我。"

孔素贞说:"三丫,你要是不愿意,你就当没你这个妈,就拿我当一回姐,听我说一句。"

这句话三丫不能不听了,只能转过身来。一脸的红疙瘩就那么呈现在孔素贞的眼皮子底下。孔素贞闭上眼睛,侧过了下巴。孔素贞把三丫的手拿过来,放在手掌心里,反反复复地搓。说不出话。终了,还是直截了当,把话挑明了。孔素贞对着女儿的手说:"三丫,听我一句话,不要和端方好。"

三丫的胳膊颤了一下,缩回去了。三丫再也没有料到母亲一开口就说出了她的秘密,满脸都涨得通红,两颗眼珠子闪闪发亮,到处躲,极度地恐慌。孔素贞瞥了一眼,心里说,天杀的,是真的了。心里禁不住念佛,没敢看第二眼。心口像是被什么捅了。

孔素贞说:"三丫,不要和端方好。"

三丫沉默了好半天,知道瞒不过去,最终抬起了眼睛,盯住了自己的母亲,说:"我不。"

孔素贞央求说:"不要和端方好。"

"为什么?端方哪里不好?"

孔素贞说:"端方好。"

"那为什么?"

那为什么?你说那为什么?这丫头真是昏了头了。孔素贞还能说什么。孔素贞说:"丫头,你起来,你看看窗外的河,再看看河里的浪。"这句话岔远了。她和端方的事怎么会扯到河里去?怎么会扯到浪上去?三丫头没有抬,孔素贞却说话了。孔素贞伸出一根指头,指着三丫,说:"三丫,听我说。自打我嫁到王家庄的那一天起,这条河就在这里了。河里的浪天天在往岸上爬,我没看见一条浪爬到岸上来。你问我为什么,我现在就告诉你,端方在岸上,你在水里!知道吗,你在水里!"

三丫紧紧地盯着她的母亲,一动不动。

"丫头,你还不明白?"

"我不。"

"我求求你了。"

三丫一屁股坐了起来,说:"我不。"

孔素贞豁出去了,大声说:"三丫,你可不知道这里头的苦——到时候你就来不及了。"

三丫闷了半天,也豁出去了,没头没脑地说:"已经来不及了。"

"来得及。听我的话,来得及的。"

三丫的心一横,说:"我已经是他的人了。"

"什么时候?"

"昨天夜里。"

这一回满脸涨得通红的不是三丫,而是孔素贞。孔素贞的脸立刻涨红了,慢慢又青紫了。孔素贞扬起巴掌,一股脑儿就要抽下去。只抽了一半,却狠歹歹地落在了自己的脸上。孔素贞说:"阿弥陀佛!阿弥陀佛!菩萨,菩萨!你开开眼,你救救我的女儿!"孔素贞突然站起身,手指头直挺挺地顶住了女儿下作的鼻尖,上气不接下气。咬牙切齿了。孔素贞用鼻孔里的风说:"丫头,你再不夹得紧紧的,看我撕烂了你!"

三丫和端方睡过了,孔素贞出格地心痛。孔素贞了解自己的女儿,这丫头死心眼,只要被谁睡了,就铁了心了,认准了睡她的男人将是她终身的依托。要是落了空,即使再嫁人,心里头也要为这个男人守一辈子的寡,再也别想拐得过弯来。孔素贞真正揪心的正是这个地方。

还有一点也是孔素贞不能不担心的,女孩子家,不管熬到多大的岁数,只要没被男人碰过,再骚也骚不到哪里去。睡过了,尝到了甜头,那就坏了。大白天孔素贞并不担心,担心的是晚上。别看这丫头大白天四平八稳的,她会装,装得出来,也装得像。到了晚上,一旦不想装了,她的疯劲和骚劲就全都上来了。疯劲和骚劲一上来,没有三丫做不出的事情。

难就难在深夜。孔素贞抱起她的枕头,睡到三丫这边来了。

两个人不说一句话,躺在草席上,其实都难眠了。却装着睡得很香。为了有效地看住三丫,孔素贞让三丫睡在里口,而自己则睡在外沿。某种意义上说,三丫其实是睡在母亲的怀里了。要是细细地推算起来,自从三丫会走路之后,母女两个就再也没有在一张床上睡过了,现在倒好,又活回去了。在漆黑的夜里,孔素贞时常会产生一丝错觉,认定了三丫还是一个吃奶的孩子。小时候的三丫是一个多么招人怜爱的孩子,每一次吃奶都吼巴巴的,解纽扣稍慢一步都来不及,张大了嘴巴,小脑袋直晃,一口叼住了,鼻子里还呼噜呼噜的。吃完了也不撒嘴,直到一头的汗,衔着孔素贞的奶头就睡着了。睡着了就睡着了吧,还一脸的不买账,一副白吃白喝的干部模样,豪迈死了,霸道死了,真是死样子。这样的回忆让孔素贞心碎,想想三丫的年纪,想想三丫的婚姻,再想想三丫眼前的处境,孔素贞就忍不住伸出手去,用心地抚摩女儿的后背。然而,这样的举动在三丫的那一边绝对是不讨好的,三丫认定了母亲是在查她的岗,没安什么好心。三丫抓起母亲的手腕,不声不响地,把母亲的胳膊挪到了一边。孔素贞算是看见了她们这一对母女的命脉了,是前世的冤家。冤家呀!

　　是的,难就难在深夜。一到了深夜,三丫特别地思念端方,想他。不光是心里想,身子也在想。三丫想忍,身子却很不听话,倔强了,就好像身子的内部有了一头小母牛,为了一根草,完全不会顾惜鼻子上的那块肉。三丫悄悄伸出手去,抚住了自己的奶子,轻轻地、仔细地、全心全意地,搓。奶头即刻就翘起来了,硬硬的,想要。要什么呢?说不上来。是一种盲目的、执拗地要。这样的滋味真的叫人绝望,它是那样地切肤,却又是那样地遥不可及,它热烈,凶猛,却空洞得厉害,你愈是努力你就愈是虚妄,失之毫厘,却谬以千里。三丫在黑暗当中张开了嘴巴。她在喘息。她的喘息有点吃力,腹部的起伏也有了难以忍耐的态势,而两条腿也不安稳了,十分秘密地扭动,不知道是叉开来好还是夹紧了好,没主意了。僵硬而又蓬勃。

孔素贞念了一声佛,突然起来了。点上了煤油灯。煤油灯的灯芯像一个小小的黄豆瓣,微弱得很,却照亮了三丫的脸。三丫的瞳孔迸发出奇异的光芒,咄咄逼人。三丫只看了母亲一眼,眼珠子立即让开了,上眼皮也垂了下去,睫毛挂在那儿。孔素贞一把抓过三丫的手腕,说:"丫头,妈带你到一个地方去。"三丫不知道母亲在说什么,脱口问:"带我到哪儿?"孔素贞却笑了,说:"一个所有的人都想去的地方。"

母亲拉着三丫,走进了堂屋,一直走到条台的边上。孔素贞搁下油灯,随即从条台的正中央把神龛搬出来了。神龛里供着毛主席的石膏像。孔素贞用双手把毛主席请了出来,裹好了,挪到了一边。母亲看了女儿一眼,却又从神龛的背后抽去了一块木板,秘密出来了,木板的后背露出了一尊佛像。母亲变戏法似的,对着佛像悄悄燃上了三炷香,插上了,拉着三丫退了下来。孔素贞搬出两张蒲团,示意女儿坐。三丫望着她的母亲,母亲陌生了,像换了一个人,微笑着,一脸的安定,一脸的慈祥。三丫警惕起来,说:

"你要干什么?"

母亲"呼"的一下熄了灯,坐在了蒲团上,盘好了。轻声说,丫头,听妈的话,闭上你的眼睛。母亲说,我带你去一个好地方。母亲说,那是一个干净的地方,一尘不染,到处都是金光,到处都是银光。你知道那里的大地是用什么铺起来的?是七样宝贝,金、银、琉璃、水晶、海贝、赤珠、玛瑙,那里的楼阁也都是用金、银、琉璃、水晶、海贝、赤珠、玛瑙装饰起来的。那里还有一个用七种宝贝修建起来的水池子,水清见底,池子里种满了莲花,莲花有轮子那么大,能发光——丫头,你看见了吗?还香。真是香啊——丫头,你闻见了吗?那地方还有许许多多的鸟,白鹤、孔雀、鹦鹉,还有一身两头的共命鸟,它们不停地唱,都是最好听的歌——丫头,你听见了吗?那地方不分白天黑夜,天天都下雨,雨珠子就是花瓣,那可是曼陀罗的花瓣哪。到了那儿,一切烦恼就全都没有了。——那是哪儿呢?那就是极乐世界。

母亲说,丫头,我要带你去。

母亲说,彼佛国土常作天乐黄金为底昼夜六时雨天曼陀罗华其土众生常以清旦各以衣裙盛众妙华供养他方十万亿佛即以食时还到本国饭食经行舍利弗极乐国土成就如是功德庄严。

三丫站了起来,轻声,却无比严厉地说:"孔素贞!"

母亲说,罪过。你怎么能打断我,我在诵经。

三丫说:"你搞封建迷信,我要到大队部告你去!"

母亲说,你是假的。我是假的。大队部是假的。王家庄也是假的。今天是假的。明天还是假的。只有佛才是真的。

当然,孔素贞并不敢大意,当天夜里就把三丫锁起来了。

第 七 章

第四生产队的打谷场在河东。过了河东,就没有住户了。然而,顾先生的家就安置在那里。把顾先生的小茅棚说成"家",显然是一个过于堂皇的说法了。顾先生没有家,就他一个人。说起来顾先生还是一九五八年来到王家庄的,都十八年了。刚来的时候还是一个小伙子呢。居然是右派。"右派"是什么样的一个科技手段呢,王家庄的人弄不清楚了。还是年轻的顾后,也就是后来的顾先生了,他自己解释清楚的。顾后站在棉花地里,伸出了他的巴掌,十分耐心地把他的五个手指头一根一根地合成了拳头:"地、富、反、坏、右。"而后,又十分耐心地把他的拳头一根一根地扳回到巴掌:"地,地主。富,富农。反,反革命。坏,坏分子。右呢,就是我,右派。"噢——王家庄的人明白了,原来是个坏东西。还细皮嫩肉的呢。

王家庄的人对顾后最深的印象当然不是细皮嫩肉,而是他的字。自从顾后来到王家庄之后,王家庄到处都是字。是标语。在积极劳动之余,顾后定期要到大队部去,提着一个石灰水的水桶,翻一翻《人民日报》,从《人民日报》上挑出七八句话来,看见墙就刷。天地良心,庄稼人是不怎么关心国家大事的,北京发生了什么,庄稼人不知道。其实也不想知道。但是,自从有了顾后,好了。"国家"一有了运动,围墙上的标语就体现出来了。顾后这个人使王家庄和北京的距离一下子就拉近了。别的就不说吧,就说今年的春天,"反击右倾翻案风",那几个字就是顾后写的。顾后写的是魏碑,那个"反"字写得尤其漂亮。"反"这个字有一个特点,基本上都是由"撇"和"捺"这两个笔画构成的,天生就有一股子杀气,静悄悄地就呼呼生风了。再加上魏碑霹雳的棱角,像大刀一样,像利剑一样,是烧光杀光、片甲不留的气概。顾后的字写得实在是好哎。

为什么要把顾后叫成"顾先生"呢?有原因的。一九六五年,也就是顾后来到王家庄的第七个年头,王家庄小学的一位女教师回家生孩子去了。经王家庄小学申报,王家庄支书批准,决定了,女教师的课由顾后来代。顾后一得到这个消息就泪流满面。这不是代课,是新生。一、党愿意把教书育人这样光芒四射的任务放在了顾先生的肩膀上,是天降的大任。可见党对知识分子是并没有赶尽杀绝,还是爱护的。二、顾先生的改造是自觉的、努力的、刻苦的,顾后自己也渴望能得到一个评判的标准,就是苦于找不到。现在好了,顾后走上了讲台,答案有了,看起来党对顾后的改造是肯定的。等于是给顾后发放了一张合格证。顾先生失眠了。床前明月光,疑是地上霜,举头望明月,低头思念党。顾先生擦干了眼角的泪,肩膀上的担子沉重了。

这么多年来顾先生一直在低头劳动,心无旁骛。他一点都不知道自己对教育事业是多么地热爱,现在,知道了。他"忠诚党的教育事业",执着,死心眼,疯狂。一做上教师之后顾先生就有了使不完的力气,比鬺泥、挖墒、挑粪、耕田还要勤力,神经质了,怎么使也使不完。顾先生平时是不说话的,是一个闷葫芦。只要能不说,他决不多说一句话,决不多说一个字。现在,换了一个人,换了人间。他是一头驴,拉起自己的两片嘴唇就跑,从不松套。他的嘴唇现在就是两扇磨盘,什么东西都能磨碎了。他恨不能拿起一只漏斗,对着孩子们的耳朵,把磨碎了的东西一股脑儿灌到孩子们的耳朵里去。顾先生教的是复式班。所谓复式班,就是一个班里有好几个年级。顾先生先用十五分钟教一年级的加法,再用十五分钟教五年级的语文。临了,再拿出十五分钟来做机动,把话题扯到课本的外面去,做科普,说理想,谈未来,批判并诅咒美国和苏联。顾先生还把学生拉到课堂的外面去,借助于阳光的影子,运用"勾股定理"来测量梧桐树和苦楝树的高度。由于顾先生不懈的努力,王家庄的每一棵树都得出了科学的、准确的身高。当然,顾先生最关心的还是孩子们的思想。这才是重中之重。他要给他们灌输马克思主义:但对于社会主义的人,这全部所谓世界历史不外是人类经过人的劳动创造了人类,作为自然底向人的生成,所以他关于他经过自己本身的诞生、关于他的发生过程有着直观的无可反驳的证明。因为人类和自然底实在性,因为人类对人类作为自然底定在和自然对人类作为人类底定在已经实践地、感性地、直观地生成了,所以对一个异样的存在的疑问,对那在自然和人类之上的存在的一个疑问——这个疑问包含着自然和人类底不存在——已经在实践中成为不可能了。无神论作为这种不存在并且通过这个否定来设定人类底定在;但社会主义作为社会主义再也不需要这样一个媒介了;它从人类底理论地实践地感性的意识和从自然作为本质开始。它是人类底积极的不再经过宗教底扬弃来媒介的自己意识,如同那现实的生活是积极的,不再经过私有制扬弃即共产主义来媒介的人类的现实性一样。共产主义是肯定作为否定底否定,所以是人的解放和复元底现实的、对于后继的历史发展必要的基因。共产主义是最近将来底必然的形象和强劲的原理,但共产主义照这样现在还不是人的发展底目标——人类社会的形象。一讲到马克思主义,顾先生成了传道士。他在布道。婆婆妈妈地竭尽了全力。可孩子们不懂。真的不懂。不懂那就重复,一遍不行两遍,两遍不行十遍,十遍不行七十遍。"真理是不怕重复的",顾先生对流着鼻涕的孩子们说:"真理就是在重复当中显现并确认其本质的。"这一来课堂上的纪律就成了问题。顾先生管不住。流汗了。管不住顾先生就做家访,找家长去。"我要告诉你爸爸!"顾先生说,"我要告诉你妈妈!"当着孩子的面,他在家长的面前哭了。顾先生的泪水惊心动魄,具有心惊肉跳的效果。孩子们觉得他可怜,乖巧了。可孩子们还是不懂。"这样吧,"顾先生说,"你们先背,先把它存放在脑子里,等你们长大了,它就是你们身上的血。它会在你们的血管里熊熊燃烧,变成火把和灯塔。你的一生将永远也不会迷失。"经过漫长的、艰苦卓绝的努力,好了,终于有人背诵出来了。让顾先生百思不得其解的是,能够背诵出来的反而是低年级的孩子,那些一年级和二年级的同学。这是反常识、反逻辑的。然而,是事实。顾先生把这些孩子组织起来,成立了一个小小的"马克思主义宣传小分队"。顾先生把孩子们带到了田头、路边、打谷场的周围。他迫不及待。他要让他的孩子们"表演马克思主义"。孩子们的声音很小,主要是害羞,背得又太快,声音就含糊了。可再含糊也不要紧,要紧的是,孩子们的声音是最正宗的马克思主义。它原汁原味,来自遥远的德意志,来自隆隆的十月炮声和无数革命先烈的鲜血,它使不可企及变成了生活里的一个场景,就在孩子们的嘴里,带有吟咏和讴歌的况味,带有洗礼和效忠的性质。家长们震惊了。他们站在一边,把丰盛的鱼尾纹眯在了眼角,张开了缺牙的嘴巴。固定住了。那是喜上心头的表情,是望子成龙的最终成就,愚昧,但满足。孩子们在他们的眼里欣欣向荣。要知道,那可是马克思主义哦,就连公社书记、县委书记也不一定背得出。不一定的。而他们的孩子们却早已是滚瓜烂熟。这是铁的现实。惊天地,泣鬼神。家长们来到了学校,对校长说:"不管女教师什么时候回来,这个右派不能走。"

顾先生作为"先生"的生涯其实并不长,终止于一九六七年的冬天。为什么呢?清理阶级队伍了。顾先生不知道,他其实还是赚了,在学校里多待了一些日子。早在一九六六年之前,毛主席就非常沉痛地告诫全党和全国各族人民:"千万不要忘记阶级斗争。"从毛主席说话的口气就应该听得出来,他老人家苦口婆心了。他老人家早已是仁至义尽,迟早要动手。听得出来的。不知道他老人家有没有拍桌子。到了一九六七年的夏天,毛主席撸起了袖口。可为什么顾先生还能在王家庄小学一直待到冬天呢?这就是你们不了解毛主席了。毛主席不光是中国人民和世界人民的伟大领袖,他还是一等一的庄稼人。夏天庄稼还青在地里,毛主席怎么也不会让庄稼人的两只手闲下来的。等大米进了仓,棉花进了库,他老人家的心也就踏实了。这个时候再抓革命,一抓就灵。

顾先生被清理了。所谓清理,说白了也就是批斗。起码,在王家庄是这样。批斗会是在王家庄小学的操场上召开的,一开始气氛就相当地好,像热闹的、庆功的酒宴,喝酒大家都喝过的,一开始总是谦让着,客客气气的。其实呢,每个人都做好了后发制人的积极准备。到了关键的时刻,再端起酒杯,给予最后的一击。等每个人都喝得差不多了,这时候有意思了,人人都觉得别人醉了,只有自己一个人清醒,少说还有半斤酒的酒量。这个时候的人最爱动感情,好的感情和坏的感情都来得快。一会儿是报答不完的恩情,一句话不对,又成了彻骨的仇恨,顺着酒的力量气吞山河。白刀子进,红刀子出。都是凭空而来的,影子都没有。但酒让虚妄变得真实。是真的,到了催人泪下和遏止不住的地步,不说出来就闹心,一辈子都对不起自己。要说。要大声地说。要抢着说。要抢着说。要流着眼泪呼天抢地地说。要拍桌子、打板凳地说。毛主席说过一句话:"革命不是请客吃饭。"这句话说得不好。在王家庄的人看来,革命和喝酒其实是差不多的。一回事。

批斗会开得好极了。就是没有人注意到佩全。其实小东西已经走到台子上来了。顾先生跪在地上,低着头,胸前挂着一块小黑板,肩膀上还撮着两根擀面杖。佩全来了,他从孔素贞、王世国、王大仁、于国香、杨广兰的面前从容地走过去,最终,在顾先生的面前停住了。什么都没有说,直接从怀里抽出菜刀,对着顾先生的脑袋就是一下。操场上立时安静下来了。人们看着顾先生的血高高地喷了出去,像一道单色的彩虹。顾先生没有立即倒下去,他抬起了头来,睁着眼睛,红艳艳地望着佩全。眨巴着,望着他,就好像刚才一直在做梦,这一刻,醒过来了。好像一点也不晓得疼。顾先生的嘴巴动了一下,看起来是想对佩全交代些什么,到底也没说成,栽下去了。直到这个时候人们才想起来把佩全撮住。可小东西是泥鳅,哪里撮得住。佩全一边挣扎一边尖叫:"我背不出!我不背!我就是背不出!!我就是不背!!"

顾先生没有死。却死活不肯回到学校,放鸭子去了。虽说不再做老师了,有一样,顾先生对自己的要求一点也没变,还是和以往一样地严。说苛刻都不为过。举一个简单的例子,放鸭子当然是和鸭蛋联系在一起的,说起来也许都没人相信,顾先生从来没有吃过集体的一只鸭蛋。从来没有。顾先生馋不馋?馋。可每当顾先生嘴馋的时候,他就要举起一只鸭蛋,对着阳光提醒自己:这不是一只普通的鸭蛋,它是集体的,是公有制一个椭圆的形式,它所体现出来的是公有制伟大和开阔的精神。一吃,它的"性质"就变了,成了私有的、可耻的个人财产,变成了糜烂的感观享受。所以不能吃。馋是敌人,身体也是敌人。改造就是和敌人——也就是自己,做坚持不懈的斗争。

关于鸭蛋,不幸的事情还是发生了。

顾先生刚刚放鸭不久,一个人突然出现在了顾先生的面前。姜好花,女,一个寡妇。说起来姜好花和顾先生的事情真的不一般,浪漫。先看看开头吧。那一天顾先生正在小舢板上放鸭,河的对岸突然出现了一个人,手里拿着一面水红色的方巾,对着顾先生摇晃。故事的开头先声夺人了。顾先生知道,是有人要过河了。放鸭的替路人摆个渡,原也是极其平常的事。顾先生把小舢板划过去,看清楚了,原来是姜好花。顾先生和姜好花并不熟,从来没有说过话。可毕竟是王家庄的人,好歹还是认识的。那就帮一帮人家吧。整个摆渡的过程都波澜不惊。小舢板靠边了,姜好花站直了身子,打算上岸。戏剧性的场面就是在这个时候出现了,姜好花突然扬起了拳头,对准顾先生的后背就是一下。"咚"的一声,相当重,跟复仇似的。顾先生吃了一惊,回过头,姜好花的胳膊还扬在那儿,笑着,拳头捏得紧紧的,下嘴唇同样咬得紧紧的,做虚张声势的威胁,却没有再打。这个举动特别了,款款的,别致起来了。是那种急促的、同时又悠扬的调子。顾先生从来没有领略过。顾先生还没有来得及仔细地领会,姜好花纵身一跃,上岸了。走了。小舢板在左晃右动,顾先生也在左晃右动。红杏枝头春意闹。王国维说得没错,这一"闹"字,意境全出矣!最有意思的是,从头到尾没有一句话、一个字。还是王国维说得好:不着一字,尽得风流。

  顾先生"闹"了。相当"闹"。接下来的日子却再也没有了姜好花的踪影。这就更"闹"了。顾先生的心里起码放了九百只鸭子。"闹"了好几天,顾先生也就在水面上照着自己的影子,苦笑笑,不"闹"了。五天之后,姜好花却以一种更加迷人的方式出现了,几乎是乡村传说中小狐仙才有的方式。这个传说是这样的,说,一个光棍,讨不到老婆,却从猎人的手中救了一只火红色的小狐仙。等他回到家,却发现火红色的小狐仙早已待在他家的灶膛里了,一滚,米饭有了,再一滚,菠菜豆腐汤又有了。从此,光棍汉和这个火红色的小狐仙一起过上了幸福的日子,幸福的日子万(呀)万年长。五天之后,没想到顾先生也遇到这样一只火红色的小狐仙了,刚进了小茅棚,顾先生打开锅盖,意外地发现了一个惊人的秘密——米饭已经煮好了。热烫烫的米饭伴随着锅盖的打开,发出了轻微的"啊"的一声。像深情的叹息。而菠菜豆腐汤也是现成的。顾先生放下锅盖,四处看,连灶膛里都看了,没人。顾先生再不解风情,这里的奥妙他也能猜出几分。顾先生感动了,关键是,姜好花不是一般的女人,是一个寡妇。这就更加地不同寻常了,带上了同是天涯沦落人的温暖和凄凉。顾先生不"闹"了,心口里是踏踏实实的幸福,还有感伤。饭是咽进去了,泪水却淌了出来。

当天晚上顾先生就用肥皂洗了澡,静静地守候着姜好花的到来。真是一波未平,一波又起,姜好花,她没有来。八天之后,顾先生早已是心灰意冷,峰回路转,姜好花却"轰"的一声出场了。她是在深夜时分摸到顾先生的小茅棚的。为伊消得人憔悴,踏破铁鞋无觅处,那人却在灯火阑珊处。顾先生点上灯,注意到姜好花的头发梳过了,通身洋溢着用力清洗和精心拾掇的痕迹。这一来她的身上就带上了一种无畏和坚毅的气质,容易使人联想起电影上那些正面的、地下的、不屈不挠的巾帼英豪。姜好花看了顾先生一眼,到底是个利落的人,上来一步,"呼"的一下,灯灭了。黑夜的颜色一下子膨胀开来。

"书呆子,说实话,想不想?"

"想。"

"想什么?"

"想你。"

"想我什么?"

顾先生不敢说了。

"看来你是不想。"

"我想!"

"想什么?"

"想你的身子。"

"想它做什么?"

顾先生又不敢说了。

"想它做什么?"

"想睡。"

"真想假想?"

"真想。"

"敢不敢?"

"敢。"

"真敢假敢?"

"真敢。"

姜好花不吱声了,站在顾先生的面前,静静地等。等了半天,顾先生还是没有动静。姜好花说:"顾先生,我看你真是个放鸭的,光剩下嘴硬。"

话已经说到这个份上了,水到渠成了。顾先生在黑暗之中把姜好花搂过来了。一搂过来顾先生就有了一个惊人的发现,姜好花光溜溜的,两只茄子对称地挂在那儿,一个比刀山还要高,一个比火海还要烫。别看姜好花长得不怎么样,一对奶子却有无限好的风光,拥有不可思议的震撼力。顾先生的手指捏着姜好花的奶头,刚刚鼓起来的勇气却又怯了,手指头不停地哆嗦。姜好花说:"顾先生,你这是发电报哪?"顾先生被姜好花的这句话逗得开心了,顿时放松了。别看这个女人没文化,却懂得幽默,说明人家脑子灵光。顾先生一把抱起姜好花,平放在床上,急吼吼的,恨不得立即就遂了心愿。姜好花却把大腿收了起来,死活不依。这一下顾先生就不知道怎么办了。这里头没有逻辑,同样没有科学和思想,顾先生不知道怎么办了。姜好花已经看出来了,别看这个书呆子一肚子的学问,床上可是个外行,可以说是一个白痴。姜好花只好再一次张开了她的大腿。顾先生就趴上去了。可姜好花立即又夹紧了。姜好花说:"顾先生,你先答应给我一件事。"这是顾先生意料之中的,他知道姜好花想说的是什么。顾先生的裆部硬邦邦的,心却已经软了,背诵课文一样说:

"我都答应你。我都调查好了,你三代贫农,不识字,五年前死了男将。我不嫌你是寡妇,我对你七岁的儿子好,我对你五岁的女儿好,我娶你。我保证娶你。"

姜好花躺着,却把一只手搭在了顾先生的肩膀上。姜好花说:

"我不要你娶我。"

"那也行。你要什么?"

"我要鸭蛋。"

顾先生说:"你说什么?"

姜好花说:"你给我鸭蛋。"

这一回顾先生听清楚了。不说话。一直不说话。顾先生突然一拍床板,大义凛然了。顾先生说:

"我宁可不日!"

这是姜好花万万没有想到的。谁能想到呢?黑暗里的气氛尴尬了。有点无法收场的意思。姜好花多少有些惭愧,慢慢地,抬起了她的屁股,在往上顶。一下又一下的,在往上顶。而每一下都能碰到顾先生最致命的地方。这样的滋味顾先生从来没有尝过,眉梢都吊起来了,毛发都竖起来了,嘴里头直哈。想下床,又舍不得。伴随着姜好花的颠簸,顾先生的眼睛一点点地直了,最后,张大了嘴巴。说时迟,那时快,顶不住了,一股脑儿就射了出去。伸出手去一摸,姜好花的肚子上汪了热热的一大摊。顾先生傻了。出大事了。顾先生懊丧已极,说不的!说不的!!说不的!!!

泄了精也就泄了气。顾先生再也没有了刚才的豪迈,恍惚了。他小心翼翼而又结结巴巴地问姜好花:"你,不会,怀上吧?"这句话气人了。好笑了,好玩了。真是个书呆子,二百五!姜好花正是难忍的时候,又气又恼,没好气地说:"不知道。你做的事,怎么问我。"这么一听顾先生没底了,一身的汗。仿佛不是他把精液射了出去,而是相反,是精液依靠疯狂的后坐力把他给扔了出去,像一颗炮弹,飞了出去。顾先生一屁股瘫在了床上。姜好花没有擦,从床上爬起来,点上灯,直接拿鸭蛋去了。顾先生发现姜好花不是在拿,而是在拔。是连根拔起的印象。

顾先生坐在床上,心情极其地沉痛,当即总结出两条:第一,心应该硬,不能软。第二,鸡巴应该软,不能硬。这是两个基本的经验,任何时候都不能忘。

顾先生为他的这一次体外射精付出了九个月的精神负担。就在这九个月的前五个月当中,姜好花隔三岔五地来拿鸭蛋。还好,并不多,每次也就是四五个。顾先生没有阻拦。他不敢。他在这个连自己的名字都不会写的女人面前畏惧和卑微得像一条蚯蚓。可耻啊,可耻。悲惨哪,悲惨。他妥协了,投降了,背叛了。他是叛徒。他不仅仅在个人的生活作风上陷入了泥淖,他还背叛了集体、信任与公有制。可耻啊,可耻。五个月之后,姜好花不来了。但是,损失是惨重的,代价是巨大的。总共是一百四十六个鸭蛋。这就是说,顾先生投降了一百四十六次,背叛了一百四十六次,而堕落,却是一百四十七次。死有余辜,死有余辜!顾先生想到过死,可是,对顾先生来说,这个时候的死亡是可耻的。如果现在死了,谁来赎罪?洗刷灵魂的工作将交付给谁?他在堕落。这堕落是清醒的,因而是双重的堕落。如果用死亡去逃避这种清醒的堕落,则是三重的堕落!洗刷的途径只有一个,那就是阅读,阅读马、恩、列、斯、毛。光阅读是不够的,要背诵。

端方和三丫刚刚开了一个头,还睡了,可总共也就是两天。

两天之后,三丫不见了。三丫像秋后的蚂蚱一样,在王家庄的大地上彻底地消失了。你就是变成蜘蛛,趴在地上,也找不到她的踪影。"我喜欢三丫吗?"端方这样问过自己,端方不知道。端方不想在这个问题上太伤脑筋。但端方的身子要她。他要睡她。想来这就是喜欢了。然而,又睡不到。这一来急人了,端方宛如一只无头的苍蝇,到处飞,却再也找不到那只有缝的鸡蛋。

端方就想找一个人聊聊,好好聊聊。鬼使神差,端方来到了河东。他来到了小茅棚的前面。顾先生却还没有回来。还好,顾先生小茅棚上的锁已经坏了,只是一个假象,端方一拽就拽下来了。那就坐下来,慢慢地等着吧。茅棚相当矮小,没有窗户,所以暗得很,闷热得很,却格外地整洁。每一样东西都有它固定的位置,既有为上一次家务做总结的痕迹,又有为下一次家务做等待和做预备的迹象。让端方感到惊奇的还是那些鸭蛋,它们被顾先生码得十分地规整,大头向下,小头向上,横平竖直,仿佛照片上我人民解放军的仪仗队,有了肃穆和森严的气象。仅仅从这么一个小小的细节就可以看出来,顾先生对集体的鸭蛋怀有多么深厚的感情。当然,最显眼的还是顾先生的书,都是革命领袖的著作。端方拿起来,翻了几页,又放下了。

顾先生再也没有想到端方会在家里等他。家里来客人了。虽然都在王家庄,对顾先生来说,差不多是天外来客,是越过了千山万水的艰难跋涉才过来的。顾先生很高兴。但同时又有些疑虑。好好的,端方为什么要到我这儿来呢?逻辑上缺少最起码的依据。他来干什么呢?顾先生小心了。当然了,高兴还是主要的,顾先生就笑。不过顾先生的笑容有些特别,来得快,去得也快,来去匆匆的,呈现出愚鲁、荒蛮和控制不住的迹象。想来还是孤独得太久了,心情和表情一时半会儿还对不上号。顾先生就这么一抽一抽地笑着,心里面却透亮,什么也不说。

端方突然觉得自己今天真的冒失了,有点病急乱投医的意思。怎么想起来来找顾先生的呢？顾先生高兴归高兴，就是不说话。即使说了，也就是几个字。连不成句子。端方一门心思都在三丫身上，就想和顾先生聊聊三丫，怎样开口呢？难了。他不说话，自己也不好说什么了。两个人就这么坐着，憋着。憋了半天，端方冷不丁说："顾先生，你谈过恋爱吧？"顾先生愣了一下，突然就有了风云突变的警觉。他盯着端方，两只眼睛里是那种和他的神情不相配套的机警。他开始担心端方是姜好花派过来的了。好半天，顾先生嗫嗫嚅嚅地说："一百四十六。"完全是驴唇不对马嘴了。

"什么一百四十六？"

顾先生再一次不吭声了。这一次的时间特别地长。最终，顾先生站了起来，抬起头，扬起了眉毛，说：在这里外在性不应当作为自己表现着的并且对光明、对感性的人类洞开了的感性世界来了解，这个外在性在这里应当采取其抛出或脱让的意思，即不应当存在的一个错误、一个缺陷的意思。因为真实者永远仍是这理念。自然只不过是理念的另样存在的形式。并且因为抽象的思维是本质，所以，凡对思维是外在的，那么，按它的本质来说，是一个仅仅外在的东西。同时这位抽象的思维者承认可感性是自然的本质，和在自己里面纺织着的思维相对立的外在性。但同时他把这个对立说成这样，就是说，自然底外在性是自然和思维的对立，是自然的缺陷，就是说，只要自然自己和抽象区别着，它就是一个有缺陷的事物。一个不仅对我、在我的眼睛里有缺陷的、一个自己本身有缺陷的事物，在自己外面有着它所缺乏的东西。这就是说，它的本质是一个和它本身不同的东西。所以自然对抽象的思维者必须因此扬弃它自己本身，因为自然已经被思维设定为一个按潜能说来是被扬弃的事物。

精神对我们有自然做它的前提，而精神是这个前提底真实性，因而是这个前提底绝对的第一性的东西。在这个真实性中自然消失了,并且精神把自己作为那个达到了自己的向已存在的理念来表达了,这个理念底客体和主体都一样是概念。这个同一性是绝对的否定性,因为在自然里面概念有着它的完全外在的客观性,但把它的这个外在性扬弃了,并且这个概念在这个外在性里面成了自己和自己同一,所以概念只有作为从自然中复归才是这个同一性。端方被顾先生的这一大段话弄得云里雾里。端方轻声地问:"顾先生,你在说什么?"

顾先生转过身去,从书架上抽出了一本书,递到了端方的手上。是马克思的著作,《经济学—哲学手稿》,一九六三年,北京,人民出版社出版。定价:0.42元。封面上有马克思的侧面像。他卷曲的头发。他浓密的胡须。他紧蹙的眉头。他忧虑的目光。他饱满的天庭。他明净的额。

顾先生说:"一百六十四。我说的就是这本书的第一百六十四页。"

这一个大段落的背诵挽救了顾先生,端方还没有来得及说话,顾先生一下子活络了,他的热情从天而降,如黄河之水天上来。既然黄河之水天上来,那就必然是奔流到海不复回。顾先生的口齿利落了。他对恋爱不感兴趣。他对女人不感兴趣。他感兴趣的是人类、国家、社会、政党和阶级,也许还包括军队。他的谈话一下子带上了政治报告的色彩,带上了普及与提高的严肃性与迫切性。端方就弄不明白顾先生的记性怎么那么好,他的谈话一直伴随着这样的插入语:马克思说、普列汉诺夫说、卢森堡说、斯大林说、毛主席说,甚至,胡志明说、金日成说。这就是引用了。因为大量的引用,端方相信,顾先生虽然在说,其实什么也没有说,他只是在背诵。但领袖的声音是迷人的,充满了耐力,充满了爆发力,有硝烟的气味,有TNT的剧烈火光。顾先生壮怀激烈。顾先生还特地提到了未来。顾先生说:"马克思说:'我们得到的将不是自私而可怜的幸福,我们得到的将是整个世界。'"

顾先生激情澎湃的讲话大约有四十五分钟。四十五分钟之后,他停下来了,坐下来了。脸上的表情却意犹未尽。笑眯眯的。沉醉了,嘴角在含英咀华。顾先生最后说:"我要感谢党把我送到王家庄来。我相信,再给我在王家庄待上十年,我将成为一个百分之百的、党外的布尔什维克!"

端方离开之后顾先生并没有立即就睡,他要做一项工作。虽然顾先生平日里几乎不说话,可顾先生还是养成了一个良好的习惯,不管和谁交流过了,对谁说了什么,事后都要回忆一番,检讨一番。想一想,有没有哪句话有问题。他的记忆力是惊人的,只要是自己说过的,哪怕是一个喷嚏,他都能够回忆得起来。用马克思——也许是黑格尔——的话说,这就叫"自我观照",用曾子的话说,这就叫"三省吾身",用孔夫子的话说,这就叫"慎独"。顾先生呢,给自己的秘密行为取了一个相当军事化的名字,叫做"给思想排地雷"。

顾先生的"排地雷"是仔细的、严格的。像一个受命的军人,完全符合一个被改造的人应有的姿态。顾先生把自己和端方的话重新回顾了一遍,放心了,没有任何问题,没有一颗地雷。顾先生睡着了,这个十年之后百分之百的、党外的布尔什维克,十分放心地睡着了。

第 八 章

三丫被反锁在家里,安稳了。但三丫的安稳是假的,反而使斗争升级了。她有她斗争的哲学与武器。三丫不吃了,不喝了,绝食了。这是最没有用的办法,却也是一个死心塌地的撒手锏,我就是不吃,你看着办。你总不能眼睁睁地看着我饿死。孔素贞的这一头倒没有慌张,素贞想,好,丫头,你不吃——拉倒!不是我不让你吃的,是你自己和灶王爷过不去。我倒要看看,是你硬,还是灶王爷的手腕子硬。想和灶王爷唱对台戏,你板眼还没数准呢。饿一饿也好。古人是怎么说的?饱暖思淫欲,等你耗空了,饿瘪了,你再想骚也就骚不动了。到那时我再收拾你也不迟,迟早要杀一杀你的锐气。不吃?你不吃我替你吃,我就不相信我还撑死了。我还不信了我。

三丫不吃不喝,孔素贞不愁。孔素贞愁的是怎样尽快地把三丫拉到佛的这条路上来。只要三丫见了佛,信了佛,她的心里就有了香火,慢慢地就安逸了,接下来什么事都会顺遂。孔素贞能把日子一天一天地熬到现在,靠的就是心中的香火。要不然,这么些年的羞辱,早死了几十回了。虽然国家严令不许信佛,但佛还是有的,佛还是要信的。可是,无论孔素贞怎样偷偷地磕头、烧香、许愿,三丫就是不信。油盐不进。看起来这丫头的缘分还是未到,要不就是她没有慧根了。这样拖到第三天的下午,三丫的动静来了,好好的,无端端地微笑了,还十分地诡秘,甜滋滋的。孔素贞以为丫头想开了,说:"丫头,想吃了?妈给你做一碗面疙瘩。"三丫支起自己的胳膊,要起来,却没有起得来。三丫望着自己的手指头,文不对题地说:"我该喂奶了。"孔素贞愣了一下,说:"丫头你说什么?"三丫却笑,细声细气地说:"乖。"孔素贞心里头一凛,趴到三丫的跟前,把自己的脑袋一直靠到三丫的鼻尖。孔素贞慌慌张张地说:"丫头,你看着我。"三丫缓慢地抬起眼睛,瞳孔却不聚光,就这样和孔素贞对视了,十三不靠,像烟。孔素贞倒抽了一口冷气,拉紧三丫的胳膊,连声说:"丫头啊,不能吓你妈妈。"三丫在微笑,幸福得缺心眼了。

　　三丫被鬼迷住了,一定是被鬼迷住了。这个鬼不是别的,只能是狐狸精。孔素贞平日里只相信佛,佛是正念,按理说不应该相信这些,可事到如今,信与不信都很次要了,当务之急是赶紧在家里把狐狸精捉住,赶走。这样三丫才能有救。情急之下还是想到了许半仙。这还难办了。

　　孔素贞和许半仙不和。用孔素贞的话说:"押的不是一个韵。"要说,许半仙在王家庄可是一个乒乒乓乓的人物了。这个女人一个大字都不识,却有一肚子花花绿绿的学问,黑、白、红、黄,什么都懂,什么样的道理她都可以对你说一通。尤其精通的是天、地、鬼、神。要是细说起来,这些都是她的童子功了。许半仙年幼的时候就跟在她的父亲后面浪迹江湖,没有一分地,没有半间屋,就靠一张嘴巴养活了自己的嘴巴。她什么都不是,唯一的身份就是人在江湖。江湖哺育了她。许半仙从小就磨炼出了一种常人罕见的卓越才华,除了睡觉,一张嘴永远在说,一直在说。见人说人话,见鬼说鬼话,上什么山,砍什么柴,下什么河,喝什么水。王家庄还有谁没有听见过许半仙说话呢?她不只是利索,还正确,永远正确,完全可以胜任县级以下的党政干部。既然许半仙一直站在正确的一面,那错的只能是别人。而这一点她"早就看出来了","早就说过了","你们就是不信"。所以,这么多年来,许半仙一直是王家庄的积极分子,什么事都参与,什么事都少不了她。但是,许半仙对人间的事其实是不感兴趣的,只能说,是强打精神。她真正感兴趣的不是人,而是鬼,是神,是九天之上和五洋之下。在与人斗的同时,许半仙与天斗,与地斗,与鬼斗,与神斗,与夜间出没的赤脚大仙和狐狸的尾巴斗。许半仙呼风唤雨,驭雷驾电,从八千里高的高空一直斗到八千里深的地狱,从五百年前一直斗到三百年后,最关键的是,许半仙依靠难以理喻的、空前绝后的智慧,神秘地、不可思议地、无师自通地掌握了斗争的武器,也就是语言。她精通天语,能够与上苍说话,她精通地语,能够与泥土说话,她同时还精通鬼语、神语。经过她的开导、劝说、许诺、威逼和恐吓,赤脚大仙与狐狸精屁滚尿流,一直躲在某一个黑暗的角落。在许半仙长期的和愉悦的斗争中,王家庄一天一天地好起来了,而狐狸精和赤脚大仙们则一天一天地烂下去了。许半仙战无不胜,是一个常胜将军。某种意义上说,许半仙的存在捍卫并保证了王家庄,她使王家庄的许多人有了寄托,有了安全,有了私下的、秘密的精神保障。

孔素贞偏偏瞧不起许半仙。甚至可以说,结下了梁子。在孔素贞的眼里,这个女人"不是他娘的正调",一点周正的样子都没有。四十开外的人了,没做过一样正经的事体。完全是一个女混混、女流氓。把式样子,连走路都走不好,横七竖八,胳膊和腿东一榔头西一棒,不是母螳螂,就是雌螃蟹。孔素贞看不惯。不理她。在孔素贞看来,这个女人一不下地,二不务农,三不顾家,是一个连讨饭都讨不好的邋遢货。还好吃懒做,坑蒙拐骗,完全靠装神弄鬼来骗吃骗喝,天生就是一个寄生虫,属于地痞,应当受到国家和人民的专政。可是,有一样孔素贞是比不了的,许半仙穷。比贫农还更胜一筹,在划分成分的时候被定为了"雇农"。这一来她在政治上就有了先天的优势,成了人上人了。最让孔素贞忍受不了的是许半仙在批判孔素贞的大会上胡吹、乱说。一有批斗会,她就来了,唱戏一样,数来宝一样,活呕屎,乱放屁。还有鼻子有眼的,弄得像真的一样。她就是有这样的本领,就算是放屁,她也能比旁人放得响,还合辙押韵,臭,悠扬,有要命的鼓动性。大伙儿都喜欢。可别看许半仙那样风光,孔素贞又是这样不济,在做人的这一头,孔素贞比许半仙还是多了一口气。这个没办法,打娘胎里头带来的。这一点底气孔素贞是有的,许半仙想必也知道。

孔素贞和许半仙真正结下梁子还是在"文化大革命"刚刚开始的那会儿。那会儿破四旧抓得紧,佛事一下子做不起来了。但是,在王家庄,一直有个地下的组织,在还俗和尚王世国的带领下,偷偷摸摸地坚持做佛事。他们有秘密的串联,每过一些日子,他们就要鬼鬼祟祟地集会,鬼鬼祟祟地约定了夜里的时辰、地点,再鬼鬼祟祟地燃香,鬼鬼祟祟地化纸,鬼鬼祟祟地磕头,鬼鬼祟祟地做供奉。许半仙不知道从哪里嗅到了蛛丝马迹了,要参加。许半仙说,她也是闻着香火长大的。孔素贞心里头一阵冷笑,心里头说,你听听,她也是"闻着香火长大的",香火是供奉给佛的,你怎么能闻?旁门左道的马脚露出来了。孔素贞在稻田里找到了王世国,把他拉到了水渠的边上,表态了,不能够。这里头孔素贞其实是夹了一点私心的。孔素贞拉下脸来,说,许半仙心底子龌龊,不是一个虔诚的人。可以说是赌气了。说到底也不是赌气,而是怕这个女人的舌头太长,把好端端的事情给败露了。那就什么也做不成了。

孔素贞这辈子也不想与许半仙这样的邋遢婆娘搭讪。一句话都不想和她搭讪,瞧不起她。可是,世事难料哇,谁能想到三丫给鬼迷住了心窍呢。老话是怎么说的?山不转,它水转。有什么办法呢?孔素贞厚上脸,求她去了。人的脖子为什么要长这么细?就是为了好让你低头。那就低吧。许半仙在巷口,又在一条凳子上,两条腿分得很开,正吼巴巴地啃着玉米秆子。玉米的秆子有什么好啃的呢?这就要看了。如果光长秆子不结玉米,养料就跑到秆子里去了,很甜,滋味比甘蔗也差不到哪里去。许半仙一边咬,一边嚼,渣子吐得一地。可能是牙缝被塞住了,正在用指甲剔牙,吊着鼻子,歪着眼睛,满脸的皱纹都到一边开会去了。孔素贞望着她,想起了三丫,敛住一身的傲,开口了。孔素贞尊了一声"大妹子"。许半仙张大了嘴巴,左看看,右看看。孔素贞笑着说:"喊你呢。"许半仙吐了一口,十分麻利地从板凳上蹦起来,一脸的笑,抽出屁股底下的凳子,用衣袖擦了一遍,递到孔素贞的身边。孔素贞说:"大妹子你坐。"孔素贞到底讲究惯了,人倒了,架子不散,即使在低声下气的时候也还是拿捏着分寸。孔素贞说:"大妹子,有事情要请你帮忙呢。"许半仙说:"只要能做得到。"

　　孔素贞叹了一口气,不知道怎么开口。

　　许半仙说:"身子不爽?"

　　孔素贞说:"非也。"

　　许半仙琢磨了孔素贞半天,不明白。

　　孔素贞说:"怕是家里头不干净,有了脏东西。"

　　许半仙把眼皮子翻上去,眨巴过了,明白了。——"脏东西"是什么,别人不明白,她一听就懂了。许半仙丢下半截子玉米秆,挺出手指头,指了指巷口,说:"带路。"

　　许半仙刚走进孔素贞的院子,孔素贞即刻就把天井的大门掩上了,闩了。进了东厢房,孔素贞说:"是三丫。"许半仙走到三丫的跟前,看了两眼。孔素贞说:"已经两三天不吃东西了。净说胡话。"许半仙问:"是吃不下还是不肯吃?"孔素贞说:"不肯吃。"许半仙问:"为什么?"孔素贞不说话了。许半仙的表情早已经很严厉了,几乎是命令,说:"姓孔的,可不能瞒我。说出来听。"孔素贞只好说了,事情也不复杂,端方想和三丫好,孔素贞不同意,丫头就不吃饭。就这样。许半仙听着,听着,好好的,却来了大动静,腰杆子却慢慢地僵了,直了,直往上挺。最要命的还是她的眼皮子,全翻了上去,眼珠子白得吓人。"哗啦"一声,瘫在了地上。这一切来得太过突然,一点预备都没有,一点过渡都没有,厉鬼实实在在地已经附在许半仙的身上了。许半仙在三丫的东厢房里四处打滚,疼极了的样子,快要死了。刹那之间孔素贞就相信了,不是自己多疑,家里头确实"不干净",是真的有鬼。恐惧一下子袭上了孔素贞的心头。

许半仙躺在地上,打滚。但这一刻儿她已经再也不是许半仙了,你既可以把她看成这个世界的终结,又可以把她看成另一个世界的起始。她是阴阳两界神秘的交汇,一半属于阳间,一半属于地府。一半属于人,一半属于神。一半属于鬼,一半属于仙。复杂了。但有一点可以肯定,许半仙开始了她的殊死搏斗。她低声地呼叫着另一个世界的口号,那是一种类似于猫叫和驴叫的语言,阴森,并且颤抖。她不光叫,同时还用烟火、芝麻、草纸、大麦、麻绳、筷子、鞋底、唾沫、马桶盖和各种各样离奇古怪的手势做武器,把它们团结起来了。团结就是力量。许半仙用这股宏伟的、无坚不摧的力量与"脏东西"开始了一场猛烈的拼杀。堂屋里烟雾缭绕,撒满了乱七八糟的碎末。许半仙把孔素贞家的大米舀了出来,白花花地撒在了地上,然后,用火钳子在大米上比画,画出了许多古怪的、神秘的线条和图案。依照这个图案,许半仙精确地破译了厉鬼的方向和位置——在一个墙洞里,就靠近房门的左侧。从表面上看,那只不过是一个普通的老鼠洞,其实不是。许半仙捂紧了墙洞,慢慢张开了巴掌,运足了力气,全力以赴,依靠掌心强有力的吸引,厉鬼被一点一点地、却又是无影无踪地吸出来了。从许半仙的动作来看,厉鬼的身体是条状的,类似于一根绳,类似于一条蛇,或者黄鳝。当然,要长得多。许半仙把厉鬼的身体绕在胳膊上,开始了她的诅咒。她的诅咒同样类似于猫叫或者驴叫,其实是宣判了。从许半仙的表情和语气来看,她判处的是死刑。绑赴刑场,不需要验明正身,立即执行。她的瞳孔里流露出了专政的坚决。许半仙突然跳了起来,打太极拳一样,把厉鬼的身子拉长了,拉得更长。然后,把它的身子打成了一个结。是死结。牢牢地,打上了。厉鬼在地上呻吟,孔素贞已经听到厉鬼的尖叫了,因为许半仙正在为厉鬼的呻吟配音。许半仙一不做、二不休,她拿出了一根针,把厉鬼的嘴缝上了。经过一番高科技的挤压,厉鬼的身体一点一点地变小了,小到一只纽扣的程度。许半仙从衣服上面扯下一只纽扣,手里的针线在纽扣的四只洞眼里迅疾地穿梭,最终,厉鬼被活生生地缝到纽扣的洞眼里去了。到了这个时候,许半仙歇下来了。她打了一个嗝,这个嗝是一个标志,说明她恢复人形了。她又是人了,又是许半仙了。一头的大汗。孔素贞极不放心,十分巴结地说:"大妹子,大妹子?"许半仙坐到凳子上,跷好二郎腿,说:"倒茶。加糖。加红糖。"

这是人话,孔素贞听懂了,立即照办。许半仙却没有喝,而是把嘴里的红糖茶喷了出去,雾一样,洇开来了。孔素贞的注意力现在在那只纽扣上。不放心地问:"大妹子,把纽扣烧了吧。"许半仙说:"糊涂。不能烧。不能用一般的火。有专门的火。一般的火越烧它的力气越大,反而留下了后患。"

许半仙把纽扣放进口袋,准备治疗三丫了。这是一项更为细致、更为繁杂的工作。孔素贞到底不放心,指了指老鼠洞,提醒许半仙,说:"要不要堵上?"许半仙说:"不要。那是一间空房子。"孔素贞还是不放心,又不好多说,面有难色的样子。许半仙从头上拔下了一根头发,烧了,对准老鼠洞吹了一口气。许半仙说:"行了。"

三丫正在昏睡。许半仙看了三丫一眼,当场就找到了问题的症结,三丫的头被厉鬼"动了气",很疼。所以迷住了。许半仙后退了一步,站得远远的,她要给三丫"拔"。简单地说,就是把三丫脑袋里的"疼"给"拔出来"。许半仙的双手在空中对准三丫的脑袋摸了几下,找准位置了。开始了。她拔一下,甩一下,再拔一下,再甩一下。就这样拔了上百下,甩了上百下,三丫脑袋里的"疼"被许半仙拔出来了,甩得满满的一地。孔素贞立一旁,十分担忧地看着。许半仙命令她出去。孔素贞不肯。许半仙说:"小心我把'疼'甩到你的身上去。"孔素贞想了想,还是出去了。许半仙端起了茶碗,把她的嘴巴一直贴到三丫的耳边,悄悄说:"三丫,端方叫我来。他让我给你送红糖来了,你尝尝,甜不甜。"许半仙把手指头伸到了红糖茶的茶碗,蘸了一下,随即把指头塞到三丫的嘴里。三丫咂了咂嘴,甜的。三丫的眼睛一点一点地睁开了,一点力气都没有了,喘着气,说:"端方呢?"许半仙抹了一把眼泪,说:"好闺女,他好好的。"许半仙抱起三丫,把三丫的脑袋搁在自己的胳膊弯里,说:"端方让我告诉你,你要听话。来,咱们喝。丫头,你怎么也不想想,你死了,端方还怎么活?"许半仙伤心了,眼泪吧嗒吧嗒的,直往三丫的脸子上砸。三丫一阵揪心,撑起身子,努力了,用她的嘴唇找碗,竭尽全力,喝了。

　　孔素贞进门的时候三丫正躺在许半仙的怀里,一口一口地,静悄悄地,喝。乖得像一个婴孩。三丫喝完了,正在喘息。孔素贞的眼睛就这么和女儿的目光对视上了。一个小时之后,三丫望着自己的妈妈,吐出了两个字:"妈,吃。"

　　孔素贞熬的是面糊糊,满满地盛了一海碗。端了进来。许半仙看见了,把大海碗重新端回了厨房,回锅了。许半仙对着大铁锅吐了一口唾沫,再一口,又一口,一共九口。搅拌过了。这是有讲究的,她的唾沫里头有深刻的保障和神秘的安全性。许半仙这才盛了小半碗,严厉地对孔素贞说:"就这些。你要数好了,分七十二口吃下去,多一口不行,少一口也不行。"孔素贞的心口一阵热,反而把碗放下了。回到房间,从床底下掏出了一张一块钱的现钞,已经发霉了。孔素贞把发霉的一块钱现钞塞到了许半仙的手上。许半仙拉下脸来,说:"素贞你这是哪一出?"孔素贞说:"大妹子,你的大恩大德,我没法谢你。"许半仙推开了,说:"收起来。"孔素贞急了,连忙说:"你这是做什么?"许半仙淡淡地说:"普度众生,就是为人民服务,怎么好收你的钱!"

许半仙从厉鬼的手上把三丫的性命抢了过来。三丫到底年轻,没几天的工夫也就恢复了。但是,恢复过来的也不只是力气,还有她满腹的心事。三丫倒是肯吃饭,骨子里头却是这样的一种心思,她吃饭不是为了自己,说到底还是为了端方。许半仙说得对:"你死了,端方怎么活?"为了端方,三丫什么都可以做,又何况几碗饭呢。然而,好几天过去了,三丫再也没有端方的消息。而端方也没有托许半仙带话过来,这就很叫人惆怅了,越想越叫人不安。三丫又开始了致命的焦躁。三丫终于忍不住,趁着许半仙过来探望,她把许半仙拉到了一边,悄悄说:"许姨,端方呢?他怎么样了?怎么也不带个话儿过来?"许半仙什么都没有说,却命令孔素贞出去。等孔素贞走远了,许半仙从三丫的家里找出了两样东西,菜刀,还有锥子。"咣当"一下拍在三丫的面前。三丫说:"许姨,你这是做什么?"许半仙大声说:"你不是想死吗?"许半仙巨大的脾气可以说突如其来,一点征兆都没有。三丫说:"许姨你这是做什么?"许半仙说:"呆丫头,你还当真了?你死!我帮你,是劈死你还是捅死你?!——反正比饿死痛快!我可告诉你,你死了,这个世界什么也不缺,天还在高处,地还在低处,哪儿都是好好的。你死,往脖子上一抹就行了。我要是拦着你我是你生的!"三丫坐在床框上,盯着许半仙,慢慢地,似乎被说"动"了。三丫的目光一点一点地暗淡下去,胸脯却活跃起来,鼓动了,迅速地挺出来,又迅速地沉落下去。与之相配的是三丫的鼻息,粗得很,直往外喷。三丫把手扶在了箱子上,许半仙以为三丫要动刀子了,三丫却没有,站起了身子。三丫一个人走出房间,却去了厨房。揭开锅盖,操起锅铲,就着锅,铲起锅里的山芋饭。一股脑儿捂在了嘴上。三丫拼了命地往嘴里塞,噎住了,眼泪水都溢出来了。三丫回过头来望着许半仙,突然笑了。橙黄色的山芋粘在三丫的嘴上、脸上,酷似一条正在吃屎的狗。三丫含含糊糊地说:"我偏不死。我要吃。我偏偏就不死。"

"丫头,我告诉你,"许半仙靠在厨房的门框上,说,"我偏不死。我就是要吃。我偏偏就不死!"许半仙像数快板一样,说一声,拍一下巴掌,"天作孽,尤可活,自作孽,不可活。愿在世上挨,不往土里埋。好男不和女斗,好女不和饭斗。富贵不能淫,威武不能屈。人在岸上走,船在水中游。舍得一身剐,敢把皇帝拉下马。进一步地动山摇,退一步海阔天空。男人嘴馋一世穷,女人嘴馋裤带松。做一天和尚撞一天钟。车到山前必有路,船到桥头自然直。一万年太久,只争朝夕。偏不死。我气死你!丫头我告诉你,好死不如赖活,寻死不如闯祸!我偏不死,就要吃。我就要吃,我偏不死!"

三丫被锁在家里,一点都不知道王家庄发生了什么。其实,一件大事正在向王家庄逼近:要地震了。伴随着地震的来临,王瞎子突然成了王家庄的风云人物了。村子里的人一下子想起来了,可不是吗,王家庄是有个王瞎子的,老光棍,五保户呢。要是细说起王瞎子这个人,有意思了。这个人相当地具体,即使是一个孩子都可以准确地、生动地描述他的形象:肩膀斜斜的,弓着背脊,两只眼睛宛如脸上的两个洞,深深地凹陷在鼻梁的两侧。而眉毛离得很远,很高,有事没事都要一挑一挑的。可是,这个人同时又是那样地模糊,近乎虚无,你要是问他叫什么名字,没有人知道,似乎天生就叫"王瞎子";你要是再进一步,问他多大岁数了,这个就更难了,反正也就是五十出头,八十不到吧,有一把岁数了。王瞎子在王家庄属于这样的人：有，也像没有，没有，其实又有。他要是哪一天死了，你会说："死啦？"于是大家都知道了，王瞎子死了。

不过王瞎子还没有死，活得好好的。人们怎么突然议论起王瞎子来的呢？主要还是有关地震的消息传来了。消息一到，王瞎子就出现了。反过来说也一样，王瞎子刚刚出现，地震的消息就传播开来了。王家庄的人们始终有这样的一个印象：王瞎子是和天文与地理，也就是和地震紧密联系在一起的，就好像这么些年王瞎子一直在外面飘荡，一直在从事天文与地理的研究，一有了成果，就回来了。当然了，这只是一般性的感觉，事实上，王瞎子哪里也没有去，一直就在王家庄。但人们还是集中在洋桥的桥头，把王瞎子围住了，听他讲地震的事情。

关于地震，王瞎子有一套完整的、系统的理论，可以分成地质、地貌、地表、运动等几个逻辑严密的学术分章。简单地说，王瞎子认为，大地最早是中国人发明的，并不大，然后，一点一点往外长。因为越长越宽，越长越长，这样就生长出了许许多多的国家，也就是"外国"。现在还在长着呢。每长到一定的时候，最中心的地段——也就是中国——就会承受太大的力量，"咔哒"一声，就是地震了。地震是好事，它表明了中国对世界又作出了一份伟大的贡献。这就是地震的原因。那么，地震来了是什么样子的呢？王瞎子问。王瞎子自答了。他说，地震来的时候，大地就会像水面一样，哗啦啦哗啦啦地波动。这个时候你不能慌，你要躺在地上，鼻子朝上，大口大口地吸气。如果你不会游泳，不要紧，你跟在牛的后面，抓住牛的尾巴，一切就都好了。没事的，没事。

王瞎子的理论仅仅用了一个小时就在王家庄传播开来了。人们是惊慌的，但同时又特别地自豪。道理很简单，王瞎子的学说伴随着强烈的民族感情，具有爱国主义的倾向，这一来王家庄的人们就喜欢了。一般来说,不管是什么东西,只要和民族感情与爱国主义扯上边,王家庄的人们就坚决拥护。在这一点上决不含糊。地震在大的方向上是革命的、进步的、先进的。王瞎子的学说已经充分地阐明了地球的来历,揭示了历史的真相:地球不是别的,它是中国人民勤劳、智慧的结晶;地震是中华民族为人类所作的牺牲;地震悲凉,高尚,具备了国际主义的胸怀。作为一个中国人,承受地震是值得的。如果英特纳雄耐尔一定能够实现,那么,就让地震来得更猛烈些吧!

吴蔓玲刚刚从中堡镇开完了地震工作电话会议,一回到王家庄就听到了遍地的谣言。经过一个下午的传播、加工,王瞎子的新理论已经面目全非了。比方说,关于地震,村民们是这样说的,前不久刚刚在北京召开了一个国际会议,会议决定地震。就在作出地震这个重要决定的时候,中国代表举手发言了,中国代表再三恳求把地震放在中国。因为中国的地大;因为中国人民在与天斗、与地斗的过程中积累了丰富的斗争经验。这个工作必须要由我们来承担。中国人民只要团结起来,完全可以把地震打倒在地,再踏上一只脚,叫它永世不得翻身。吴蔓玲听到这样的传言非常生气,经过及时有效的排查,找到根由了,谣言的总司令是王瞎子。吴蔓玲拍了桌子,叫人把王瞎子"抓起来","带到大队部!"考虑到王瞎子是个瞎子,没有绑他。正因为没有绑,王瞎子得意了,款款的,不慌不忙的,把自己弄成了奔赴刑场的革命烈士。他的身后跟了一大群的人,像拥挤而又肃穆的游行队伍。王瞎子走到吴蔓玲的跟前,就像是看见了一样,停住脚,站稳了。大队部围满了人。当着众人的面,吴蔓玲对着王瞎子就是一阵厉声呵斥。她警告王瞎子,他要是再敢"胡说八道",就把他"关起来"!王瞎子抬起头来,闭着眼睛笑了。他的笑容里有了挑衅的内容,同时还有了打持久战的精神准备。王瞎子反问吴蔓玲,说:"请问吴支书,那你说说看,地球是从哪里来的?"这个问题大了,带有空穴来风的性质。吴蔓玲一时没能说得上来。好在吴支书是一个处乱不惊的人,她穿过大队部门前的广场看了看河里,顾先生划着他的小舢板,过来了。吴蔓玲派人把顾先生叫上来了,拖到了王瞎子的面前。

听完了情况介绍,顾先生开口了,一开口就显示出了他的立场。他是坚决站在小吴支书这边的。顾后说,王瞎子的话"是错误的"。顾先生抬起头来,开始科普了,他打起了手势,把双手抱成了一个球,说:"简单地说,科学地说,地球,它是圆的。"

王瞎子说:"放屁!"

顾先生的脸一红,说:"你不要骂人。"

王瞎子说:"我没有骂人,你就是放屁。"

顾先生说:"这是科学,你是不懂的。"

王瞎子转过脸来,他要争取群众。他问大伙儿:"他说地球是圆的,谁看见了?"

人群里一阵骚动。顾后在等。他要等大伙儿安静下来。顾后说:"你不知道,这个是看不见的。谁也看不见。"

王瞎子轻描淡写地说:"看不见你还说什么?眼见为实。没看见就是放屁。"

顾先生的自尊心受到了伤害,这有点有理说不清了。他瞥了一眼吴支书。顾先生怎么也弄不明白,他的理论水平不低,怎么和贫下中农一交锋他就被动了呢?顾先生很生自己的气,同时也生王瞎子的气,嗓门大了:"地球就是圆的!你说地球不是圆的,你看见了?"

吴支书背着手,笑了。这就对了嘛。这就叫以其人之道,还治其人之身。不过顾先生的这句话有点不厚道了,对一个瞎子,这样说总归是不厚道的。看起来这个书呆子是气急败坏了。

王瞎子沉默了,慢慢抬起了下巴。因为眼睛是闭着的,所以,他的下巴就格外地傲慢,格外地有力,体现出捍卫真理的绝对勇气与绝对的决心,是誓不罢休的。王瞎子平静地说:"我看见了。"

顾先生没有料到王瞎子会说出这样的话来,这不是耍流氓吗?这不是滚刀肉吗?这不是耍泼皮吗?顾先生很尴尬了,越发不厚道了,连说话的口气都挖苦了。顾先生也要争取群众,对王瞎子说:"你看见了,那你告诉大伙儿,我是胖子,还是瘦子?——你说!"

王瞎子挑了挑眉毛,说出了一句石破天惊的话来:"我看见你的身上有鸭屎的气味!"

人群里爆发出了笑声。是开怀的大笑。这就是说,王瞎子的统战成功了,同时,把现场的气氛推向了高潮,一下子占据了上风。在王家庄,有这样的一个传统,谁说得对,谁说得错,这个不要紧,一点都不要紧。要紧的是,谁有能力把说话的气氛掌握在自己的手中。谁掌握了气氛,谁的话就是对的。真理就是气氛。真理就是人心。王瞎子知道自己胜利了,却得理不饶人,痛打落水狗了。他追问说:

"你身上有没有鸭屎的气味?有没有?有没有?"

王家庄的人们一起起哄了。顾先生站在那里,又羞,又气,又急,不会说话了,不知道该说什么才能够回应王瞎子。这个问题马克思没有说过,就连毛主席也没有说过。吴蔓玲放下胳膊,抱起来了。她把眼前的一切都看在眼里,失望极了,摇了摇头,失望极了。心里头想,知识分子不行,指望不上的。秀才造反,十年不成,看起来一点也不错。

吴蔓玲接过话来,冲着王瞎子大声说:"现在的首要任务是防震、抗震,是党的任务,全国的任务,听你的,还是听上级的?"

王瞎子四两拨千斤了,低声反问说:"我什么时候说不防震、不抗震的?我什么时候说的?我是个五保户,是王家庄养活了我。就算是地震把我震到了美国去,我还是要说,王家庄好!"

　　王瞎子的这几句话说得好,还动了感情,深入人心了。吴蔓玲审时度势,带头鼓起了掌。大伙儿也一起鼓掌。大队部的门前响起了热烈而又持久的掌声。这次自发的群众会议在意想不到的情景下达成了一致,无疾而终。大会到此结束。

　　这次会议之后王瞎子成了真正的权威。在未来的日子里,人们时常能看到这样的情景,关于地震,人们并没有团结在大队部的周围,罕见了——而是自发地、自觉地来到了王瞎子的茅棚子前面。他们更愿意相信王瞎子。这一来吴蔓玲被动了,她的指示没有人响应。不管吴蔓玲在高音喇叭里怎样号召社员同志们搭防震棚,人们就是不听。——他们会游泳,当地震来临的时候,从家里头"游"出去就是了。吴蔓玲没有办法,只能召开现场大会,效果还是不显著。这么大热的天,谁愿意在防震棚里头活受罪呢?当然,时间久了,也没有震,人们对地震也就进一步淡漠了。吴蔓玲想了想,还是搬回到大队部去了。

第 九 章

搬是搬回来了,吴蔓玲却也把自己的心病搬进了大队部。这个心病就是"闹鬼"。前些日子因为住防震棚,大伙儿的日子过起来也就没那么精细,有事没事就喜欢坐在一起,拉呱,夜深人静的,难免把话题扯到"鬼"上去了。这也是庄稼人的传统了,一边纳凉,一边聊"鬼",挺好的。居然把大队部闹鬼的事给翻了出来。这件事是怪不得广礼的,是吴蔓玲自己把这件事挑起来的。吴蔓玲说:"广礼呀,那一天你说大队部闹鬼,吞吞吐吐,真的还是假的?"广礼说:"当然是真的。"吴蔓玲说:"说过来听听嚏。"广礼说:"你怕不怕?"吴蔓玲笑了,说:"我可是唯物主义者,不信鬼,不怕鬼,说过来听听。"其实话题说到这儿广礼家的给广礼递过一个眼色的,不巧,是在夜里头,广礼没有看见,话匣子一下子就打开了。

闹鬼的事情说起来话长了,还是解放前了。那时候还没有大队部呢,是一个土地庙。怎么会闹鬼的呢?土地庙的门前杀了一个人:王二虎。当年王家庄的一个暴发户。王二虎有多少钱呢?这么说吧,你到赤脚医生王兴隆家走一趟就知道了,那三间大瓦房就是王二虎留下来的。王二虎这个人,怎么说呢,人倒也不坏,就是太有钱,太活络,胆太大,什么生意都敢做。日本人来了,他也不避讳,还跟高丽棒子们拍拍打打的。一九四五年,日本人投降了。日本人一走,仗还得接着打呀。为了调动穷苦人的积极性,怎么办呢?打土豪,分田地。土改了。一土改王二虎坏了，除奸小分队得到了密报，王二虎原来是汉奸。小分队当天夜里就把王二虎摁在被窝里，嘴里塞了一块抹布，五花大绑，拉到了土地庙的门前，一拉过来就用铡刀铡了。王二虎的脑袋在地上滚了四五个圈，最后被一块砖头挡住了。还皱着眉头，咂嘴。

后来有人说，王二虎冤。他这个汉奸其实也就是卖给了日本人二百斤大米。因为冤，就变成鬼。这个鬼特别了，只有脑袋，没有身子。到了下雷雨的夜晚，只要天上的闪电一亮，鬼以为是铡刀，就出来了。就一颗脑袋，还有一张脸，悬在半空中，随风飘。一见到人，它就要盯着你，问："我的身子呢？"好多老人都见过。但你不能对他说实话，你要说："被狗吃了！"王二虎就走了。

吴蔓玲搬回到了大队部，一到了夜里总是想着王二虎，那颗孤零零的脑袋也就飘进来了。是的，吴蔓玲是一个唯物主义者，不信鬼。但是，吴蔓玲显然忽略了这样的一个基本事实，唯物主义只有在太阳的下面才有它的爆发力，一到了夜晚，当"物质"被黑暗吞噬之后，唯物主义也就成了夜的颜色。像魂，不像"物"。大队部是巨大的，这巨大的、黑色的空洞会强烈而又有效地把吴蔓玲包裹起来，像她的皮肤。这一来吴蔓玲的恐惧就切肤了，洋溢着阴森森的气息，很抽象。但阴森就是这样一种东西，越抽象，才越具体。有时候能具体到王二虎的表情上去，他紧皱的眉头，还有他的咂嘴。更加糟糕的是，大队部做过临时的仓库，存放过粮食，墙角的四周几乎全是老鼠洞。完全可以这么说，是绵延不断的老鼠洞支撑了大队部坚固的基础。一到了夜间，老鼠们出来了，神情庄重，气宇轩昂。它们聚集在一起，先是开大会，再是开小会，然后就是分组讨论。这讨论是公开的，又是秘密的，叽叽喳喳，轰轰烈烈。它们争吵、哄抢、囤积、磨牙、厮杀，附带还要从事繁忙的性活动，大呼小叫。几乎就是"闹鬼"

的声音。吴蔓玲恐惧已极,却又没法说。一个唯物主义者怎么可以说自己"怕闹鬼"呢。吴蔓玲就买来了一支手电,放在了枕头边上。每一天临睡之前还要把高音喇叭的麦克风拉到床前。万一有什么风吹草动,吴蔓玲就会立即打开她的手电,同时打开高音喇叭的开关,对着麦克风大声地喊一声:"被狗吃了!"

闹地震的日子里混世魔王一直待在房间里,没有搭防震棚。主要还是因为懒。混世魔王也真是好本事,这么大热的天,他在房间里就是待得住。这里坐坐,那里躺躺,瞪着一双大而无光的眼睛,不晓得他在想什么。到了吃饭的时候,他就拿点米,拿点山芋,加上水,烧熟了,然后,就着盐,把山芋饭咽下去。每天要做的事情也就是这么多了。这个人真是懒得出奇,一身的懒肉,一身的懒筋,一身的懒骨头。其实混世魔王以前倒不是这样。刚刚来到王家庄的时候,混世魔王蛮利索的,挺活泼的一个小伙子。又积极,又肯干,性子也开朗。闲下来了,混世魔王就要到王家庄小学的操场上去打篮球。他在篮球场上的身手和他干农活的身手一样敏捷,唯一不同的是,打篮球的时候他又多了一份俊朗。他的运球、过人、远投、三步篮,每一样都做得精准有力,同时还舒展大方,是进攻与防守的核心。人们一定还记得,当年有好多人捧着饭碗看混世魔王打球,为他叫过好,为他喝过彩呢。可是,日复一日,月复一月,也就是一两年的光景,小伙不行了,狐狸的尾巴露出来了。是个假积极。混世魔王不是在一个上午变成这样的,这里头有一个逐渐的过程,很漫长。总的来说,经过了长时间的量变,然后才有了质的蜕变。老话是怎么说的?路遥知马力,日久见人心。一点都不假。日子长了,他这匹活蹦乱跳的小马驹终于变成了一头最懒的驴,做什么都磨叽,光知道混。社员群众的眼睛是雪亮的,给了他一个很不名誉的绰号:混世魔王。从现在的状况来看,混世魔王连一头驴都比不上，简直就是一只乌龟，一天到晚把自己缩在乌龟的壳子里，连脑袋都缩进去了。缩头乌龟，说的就是他。

　　说起来混世魔王也没有什么大的毛病，不沾烟酒，不偷鸡摸狗，不吊膀子，严重的作风问题他都没有，家庭出身也不算差。就是一门心思地懒、混，做什么事情都要慢上好几个节拍。他的头发留得相当长，说起话来拖泥带水，想半天才能有一句，前不着村，后不着店；走路也慢，脚后跟踢踢踏踏的，就好像两只脚后跟让鬼拽住了。这个人就连眨巴眼睛也慢，他眨巴眼睛可费劲了，你能够看见他先是无精打采地把眼睛闭起来，停当一会儿，再无精打采地睁开来。这样很不好。是瞧不起人的样子。最要命的还要数他的笑。他的笑很有特点，别人笑得嘎嘣脆，仰起脖子，哈哈哈几下，完事了。他呢，蔫不拉唧，也没有声音，就那么不声不响地把笑容挂在脸上，胸口一抖一抖的。话题都转到别的地方去了，再来看看混世魔王吧，他的笑容还歪在嘴角，吊在那儿。由于时间太长，那就不再是笑，凭空就有了怀疑的意味，甚至还有挖苦和讥讽的歹毒，容易让人多心，总觉得拖欠了他什么。总之，他的肉笑了，皮就不笑，皮笑了，肉又不笑，很阴，一副非常不买账、想和谁对着干的样子。王家庄的人最看不惯的就是这号人的阴，一天到晚藏着天大的心机。你这是对谁呢？谁对不起你了？谁还亏待你了？没有哇。这样的人不要指望别人对他有什么好。说话留半句，阴阳怪气，慢慢吞吞，要死不活，都是致命的毛病。这些毛病混世魔王都有，尤其和吴蔓玲一比较，显著了。格外地招眼。你说说，还让广大贫下中农怎么喜欢他？

　　王家庄的人不喜欢混世魔王。他自己也知道。这一来他的群众基础就出了问题，变得很薄弱。不来往了，那就不来往吧。闷得无聊，干什么呢？吹口琴。天天吹，两只嘴角都让口琴磨出茧子来了。你说一个破马蜂窝你一天到晚地塞在嘴里做什么？又不甜，又不咸。混世魔王这个人少一窍。

王家庄的人其实都是知道的,混世魔王这样落魄,有一个十分要紧的原因,懒只是一半,还有一半,是嫉妒。知青们一个接着一个走了,上大学的上大学,返城的返城,病退的病退,进工厂的进工厂,他倒好,走不掉。混世魔王看在眼里,暗地里和别人作了比较。一比较就彻底泄了气。这是能比的吗?老话是怎么说的?缸不能比盆,人不能比人,人比人,气死人。走不掉就走不掉吧,混世魔王偏偏不这样想。他想不通,采取了一种近乎下三烂的抗争方式:破罐子破摔。那你就摔吧。王家庄是一个广阔的天地,这么大的地方,还怕你摔一个破罐子不成?你吓唬谁呢。天底下所有的人都知道一个简单的道理:越是破罐子,你还越是不能破摔。你一摔,碎得更彻底,稀里哗啦地散得一地,等你再想捡起来,你就凑不了一个整,不是这里缺一角,就是那里豁一边。混世魔王就是不懂得这一点。吃山芋都不晓得从哪里扒皮,你还摔呢。找死啊。

混世魔王就是觉得亏。走不掉也就算了,最关键的是,和别人比起来,他的苦头并没有少吃。刚刚来到王家庄的那会儿,混世魔王可以说是下了血本。那哪里叫干活,简直就是拼性命。为什么呢?就是为了落得一个"表现"。知青们对"表现"这个东西是有标准的,那就是看谁更不要命,看谁拿自己的身子骨更不当东西。谁敢作践它,敢把它往死里整,谁才算有了"表现"。那阵子混世魔王吃苦头吃大了。有一句口号是怎么说的?"要问累不累,想想革命老前辈;要问苦不苦,想想红军两万五。""老前辈",还有"两万五",它们是一个标志,一个尺度,一个永远也没有极限的极限。这个极限不是空的,有诗为证:"下定决心,不怕牺牲,排除万难,去争取胜利。"什么叫不怕牺牲?人只有活着才能够不怕牺牲。反过来说,只要你还有一口气,你就不能叫不怕牺牲,你就有努力和提高的余地。混世魔王的"不怕牺牲"可以用惨烈去形容,两年多一点,他的胃就坏了,而关节也坏了。

混世魔王这样卖命,这样出风头,却没有瞒得过吴蔓玲。有一点吴蔓玲看得还是很准的,混世魔王这样积极,动机就不健康,隐藏了许多致命的问题。作为一个小店员的后代,混世魔王的身上具有浓郁的投机心态,他真正迷恋的还是一锤子买卖。换句话说,他这样过分地卖命,目的是为了早一点离开。这才是他与生俱来的真本性。他的积极是假的,他的热情是假的,他的不要命也是假的。这些都只是一个表象,变相的投机才是真的。骨子里还是贪婪,在最短时间内捞足本钱罢了。吴蔓玲在知青团支部的生活会上毫不留情地指出了这一点。吴蔓玲同时还指出,混世魔王在篮球上的动机同样有问题,那不是为了锻炼身体,是出风头!篮下都空了,你为什么不立即投篮,而要等防守的队员上来了你才出手?吴蔓玲的话说到了点子上。后来的事实也证明了这一点,当混世魔王失去了上大学的机会之后,他由最初的冒进一下子蜕化到后来的逃跑与消极。所谓的胃病,所谓的关节炎,都是借口。"谁没有胃病?谁没有关节炎?"疾病在精神之外,在革命之外。说到底,疾病是可耻的,它是软弱和无用的挡箭牌。懈怠和懒惰才是病。不良的动机是一个知识青年的不治之症。

到了一九七六年,王家庄的知青都走了,就剩下两个人:吴蔓玲,混世魔王。这里需要强调一下,同样是留下了,在意义上是有高下的。混世魔王是走不掉,而吴蔓玲是不想走。不能混淆了。按理说,一男一女,年纪轻轻的,又是老乡,理当格外地体恤才是。你帮帮我呀,我再帮帮你。然而,不,是面和心不和的。当然是混世魔王不是他娘的东西!而吴蔓玲一当上村支书,两个人的关系急遽地恶化,乌眼鸡了,居然发展到撞破了鼻子都不说话的地步。话也得说回来,小吴这个人没什么挑剔的,对谁都让三分,可就是对这个知青老乡寸土不让。

要是细说起来,吴蔓玲当上了村支书,混世魔王虽说嫉妒,私下里还是挺高兴的。他看到了希望。混世魔王偷偷摸摸地给自己算过一笔账:一、下一次再有什么机会,吴蔓玲已经是村支书了,她是王家庄的核心力量,自然不能走,剩下来的,除了自己,再也找不到第二个了;二、混世魔王前几次没走成,问题出在"群众基础"上,但是,那只是个漂亮的借口,根子还在"支部"那儿。现在,吴蔓玲是支书了,再怎么说,终究是"自己人",顺水的人情她一定会做的。所以,综合起来看,混世魔王的形势是利大于弊了,正朝着越来越好的方向发展。机会说来就来,吴蔓玲当上支部书记不久,兴化县中堡公社的砖瓦厂招工了。混世魔王用书面的形式正式提出了请求,他要到公社的砖瓦厂去当工人。吴蔓玲拦住了,没有签字。不同意。吴蔓玲是一个爽直的人,没有找任何借口,一针见血,不同意。她在支部大会上说:"问题的关键是,混世魔王知不知道什么叫砖头?什么叫瓦?一个人,连他自己都不想做一块砖头,都不想做一片瓦,你还能指望他做什么?"吴蔓玲说,砖头,还有瓦,说到底还是泥土,然而,不同于一般的泥土。砖头和瓦是上规矩、成方圆的泥土,是经过烈火考验的泥土。对混世魔王来说,他最需要的是从模子里走一遭,从烈火中滚一遭。他最需要的不是变成砖瓦,是做好泥土。这是一个基础。这一次的打击对混世魔王来说是致命的。这就是说,他不仅没有资格成为砖头,成为瓦,他连做一把泥土的资格都没有具备。前面的努力算是白费了。混世魔王终于看清了一个最基本的事实,他这一辈子是走不掉了。比较起"别人"来,被"自己人"踩在脚底下,那才是最糟糕的。什么叫"自己人踩自己,踩得两头都冒屎"?这就是了。混世魔王一下子就明白了,吴蔓玲是舍不得放他走的。他必须作为吴蔓玲的陪衬生活在王家庄,没有混世魔王的道高一尺,哪里有她吴蔓玲的魔高一丈?不怕不识货,就怕货比货嘛。这一比,就把吴蔓玲的光芒万丈给衬托出来了。吴蔓玲多机灵的一个人,怎么肯放他走?人家舍不得哪。那就待着吧。混世魔王死心了,踏实了。不能到公社里做一块砖,一片瓦,还不能在王家庄做一根草吗?做草好。做草好哇。野火烧不尽,春风吹又生。喝西北风都能够一绿一大片。这么一想混世魔王反而高兴了,明白了,心里想,操你奶奶的,我走不了,你不也走不了?那咱们两个就这么耗着。你是卖鲜鱼的,我是卖咸鱼的,我倒要看看是你这条鲜鱼经得起耗,还是我这条咸鱼经得起耗。

  端方是一只无头的苍蝇,找不到人说话。大中午的,还是扑到合作医疗这边来了,却扑了一个空。合作医疗的门居然锁上了。那就到混世魔王那边坐坐吧。也只有到那边坐坐了。混世魔王还是那样,躺在地上,脑袋枕在胳膊上,小腿跷在大腿上,闭着眼睛,一门心思吹他的口琴。其实混世魔王天天都是这样的。端方望着混世魔王的口琴,心里头想,三丫要是一把口琴就好了,捂在手上,想一口就是一口。就这么想着,混世魔王却把口琴丢在了草席上,依旧闭着眼睛,说:"端方,知道我在想什么?"还没等端方做答,混世魔王已经坐起来了,睁开眼,歪着嘴,兀自发笑。混世魔王说:"我就想步行回南京,喝一口汽水,再步行回来。就算走上八天八夜,能喝上一口汽水,也值得。"混世魔王就那么点着头,把刚才的话又重复了一遍,转过脸来,对端方说:"端方,你要是能让我喝一口汽水,我情愿钻你的裤裆。"混世魔王这是说笑了,带有没话找话的意思,附带拿端方打打趣。端方知道什么是"汽水"呢?他哪里能体会到汽水进嘴之后万箭齐发的滋味?对牛弹琴了。但混世魔王还是坐正了,伸出了一根指头。他打算好好给端方讲一讲"汽水",讲一讲上海的汽水与南京的汽水之间那种微妙的、动人的区别。端方伸出了手,把混世魔王的胳膊连同他的那根指头一同摁了下去,端方说:

  "我给你一瓶汽水,你把口琴送给我。"

混世魔王笑了,是出声的那种笑,难得了。混世魔王的笑声在大仓库里头回荡。混世魔王把手里的口琴递到端方的手上,说:"去拿汽水。"

端方把口琴放下了,表情是认真的。他站了起来。混世魔王躺下身子,重新闭上了眼睛,开始哼唧,还用跷着的脚尖打起了拍子。混世魔王说:"你要是能让我喝上汽水,我还把我的舌头割下来送给你。"端方在门口说:"舌头我自己有。"

兴隆的家真是气派了,不只是在王家庄,就算扩大到方圆几十里,也能称得上是最著名的建筑。虽说旧了,气象还在。砖是砖,瓦是瓦。在砖头与砖头之间,则是工工整整的勾勒。没有一处潦草的痕迹。青黑色的,高大,巍峨,是森严的派头。让周围低矮的草房子一比较,简直可以用壮丽来形容,带有拔地而起,或者从天而降的突发性。说起兴隆家的这三间瓦房,不能不提的是兴隆的父亲老鱼叉。老鱼叉在王家庄可以说是个顶级的人物了。要是认真地数一数,王家庄一共有两个积极分子,一个是许半仙,另一个就是老鱼叉了。可许半仙毕竟是一个邋遢的婆娘,她的功夫只局限于嘴皮子上,雷声大,雨点小,无风三尺浪,见到风就是雨,带有戏子的成分,是戏台上的丑旦。让大伙儿寻个开心罢了。老鱼叉则不一样。老鱼叉剽悍,具有中流砥柱的力量。无论有什么事,他一声不吭,却能冲在最前面。这就是榜样和示范的作用了。不过,这个榜样是蛮横的,动嘴动不过人家就动手,动手动不过人家就动棍子,动棍子动不过人家就动刀子。所以说,这个榜样具有无比的坚固性和侵略性,霸道,硬挣。而他的积极不是心血来潮的、有一搭没一搭的。他的积极有非常完整和清晰的脉络,土改、镇反、统购统销、互助组、初级社、高级社、人民公社、"四清"、"文化大革命",样样都冲在前面,每一步都站在风口浪尖上。所以说,土改之后,解放区抗日民主政府把王二虎的三间大瓦房奖给了老鱼叉,眼光很准了。老鱼叉在土改之后住进了大瓦房,得到了鼓舞,愈加积极了。老鱼叉没有做过一天的村干部,然而,谁也不能否认,老鱼叉永远是特殊的,他过去、现在和将来永远是王家庄"最高级的"社员。

端方来到兴隆家的门口,他要向兴隆要一瓶汽水。兴隆会给他这个面子的。当然,端方绝对不会把兴隆会做汽水这样的秘密告诉混世魔王,这个秘密还是要守的。烈日当头,兴隆家的大门却是紧闭的,和合作医疗一个样。端方侧过头去,听了一会儿,天井里头没有一点动静。端方推了一把,没推开。这个就奇怪了,大白天的,闩上门做什么呢。端方就伸出手去,在门板的大铁环上用力地拍打。王二虎当初砌这三间大瓦房的时候实在是考究,仅仅从门板的大铁环上就能够感觉出来了。加上大门上整整齐齐的半圆形的门钉,兴隆家的大门是那样的霸实,一副有恃无恐的样子。

兴隆从门缝的中间露出了半个脑袋,脸上的神情看起来相当地凝重。家里头好像发生什么要紧的事了。端方是一个知趣的人,要是换了平时,端方也许就不进去了。然而,端方的心思都在那把口琴上,还是侧着身子,挤了进去。过了天井,进了堂屋,端方才知道自己冒失了。兴隆的家里真的出了大事。堂屋里全是人,闷着头。条台上燃了两炷香,屋子里全是烟雾,闻得出来,刚刚化过纸钱。是匆匆做过法事的样子。端方已经进来了,只能堆上笑,对着兴隆的母亲、哥哥、嫂子们点头,算是招呼过了。端方注意到兴隆的父亲老鱼叉正躺在床上,头上缠满了绷带,鼻孔里全是粗气。端方小声问:"怎么回事?"兴隆把端方拉到了一边,不说话,却把嘴巴对着屋梁上歪了歪,端方仰起头,看见屋梁上还吊着半截子麻绳,另外的半截子放在了条台上,用红色的头绳扎起来了。端方的目光把老鱼叉、悬梁、麻绳和条台看了一遍,晓得了。老鱼叉想寻死,上吊了,被人从屋梁上割了下来,摔破了脑袋。

端方的嘴里倒吸了一口气,"咝"了一声,纳闷了。老鱼叉怎么会上吊的呢?这太不可思议了。上吊是女人的事。只有最没有用的怨妇被人欺负了,找不到说理的地方,才会把自己吊死在桠丫上,让风吹起衣角,让头发撒满了面庞,让无助的三寸金莲在空中摇荡。老鱼叉这样火烈的人,就是死,除了寿终正寝,他只能死在刀山上,死在火海里。他再也不能死在屋梁上啊。是被谁欺负了?在王家庄,只有老鱼叉这个"高级社员"欺负别人的份,谁还有胆子欺负老鱼叉?没这个说法。不能够哇。

"怎么会的呢?"端方不相信,低声说。

"哪个晓得。已经是二回了。"兴隆忧心忡忡地说。

"究竟为什么?平白无故的,老爷子没这么软过。——问问他呢。"

"问过。"兴隆说,"他不说。什么都不说。"兴隆拧着眉毛,抬起头说,"你也不能撬他的嘴。"

端方说:"那也是。"

老鱼叉躺在床上,很粗地进气,出气。看起来性命不会有什么问题了。兴隆突然想起来了,问:"你找我有事的吧?"端方说:"哪儿,没事。想和你说说话,看你不在那边,就过来了。"屋子里热得很,也挤得很。端方觉得自己碍眼了,人家家里出了这么大的事,自己是一个外人,塞在这里总归不好。端方就顺着次序对着一屋子的人点头,告辞了。兴隆一直把他送到天井的门口,关照说:"端方,这件事在外面就不说了。"端方拍了拍兴隆的肩膀,替兴隆把门关了,听见兴隆闩上了。

端方没有从原来的道路回去,而是绕了一小段。主要是想把混世魔王绕开去。一瓶汽水是没有问题的,可这会儿遇上,就尴尬了。没想到这一绕反而绕出麻烦来了,在狭长的巷子口,端方看见对面走过来一个人,是三丫她妈,是孔素贞。端方想避开,来不及了,只能硬着头皮顶上去。端方想,她也不一定知道

127

的吧。其实孔素贞的这一头也已经看见端方了,蛮别扭的,蛮难办的。主要是话没法说。没法说那就不说,装看不见吧。也还是蛮别扭的,巷子实在是太窄了些。两个人各怀着各的心思,在又窄又长的巷子里越来越近,越来越近了。孔素贞反倒是打定了主意了,自己好歹是长辈,不开口也是情有可原的。就这么一路走过去。跟端方又有什么好说的!孔素贞目不斜视,一张脸早已经涨得通红。两个人的距离眼见得就剩下四五步了,端方却停下了脚步,说:

"大姨。"

这一声"大姨"有礼了,但也古怪了,格外地突兀,反而把孔素贞吓了一大跳。以孔素贞的年纪,做端方的"大姨"绰绰有余了,但是,以她的身份,不敢当。这一声同样吓了端方自己一大跳。端方从来没有用这样亲热的语气和别人打过招呼,更不用说是对孔素贞了,完全是脱口而出。说出口以后自己再一听,有了巴结的意味,是打人家女儿主意的意思了。心里头愈加别扭了。孔素贞到底有了一把年纪,也站住了,镇定了下来,口气客客气气地说:"是端方哪。"孔素贞想,个天杀的,把我好端端的女儿睡了,占了天大的便宜,你倒像没事一样,这么大热的天还在这里闲逛呢。想起自己的女儿这些日子所受的委屈,孔素贞抽端方耳刮子的心思都有。但端方这孩子好歹还尊了她一声"大姨",知书达理了。孔素贞看了看四周,没人。想对端方交代两句,是狠话,是警告的话,别再招惹我们家三丫了,要不然,我可就不客气了。孔素贞想了想,也没有想得起什么狠话来,就是有,也说不出口。孔素贞意外地伸出了她的胳膊,搭在了端方的肩膀上,恳切地说:

"端方哪,拜托了。"

这句话含糊了。可意思又是明确的,端方你少和三丫来往了。看起来孔素贞还是知道了。端方一阵的害臊。想起了他和三丫的疯狂种种,端方的脸顿时就变成了猪肝,禁不住低下了脑袋。但端方从孔素贞的语气当中立即看到问题的另一面,他和三丫的事,怕败露的是孔素贞,而不是自己。似乎是。要不然,她这么客客气气地做什么?她这么低三下四地做什么?这么一想端方就顾不得害臊,心里头反而看见底了,心口突然涌上了一股说不上来路的大胆。我偏就和她好,你又怎么样?不声不响的,其实是欺负人了。端方也含糊其辞了,十分孝顺地回答说:

"知道了。"

端方郁闷的心情一下子亮堂了许多,连步伐都强劲有力了。孔素贞知道了,知道就知道吧,她不能把我怎么样。回到家,没想到家里头却来人了,所有的人都很高兴,只有母亲沈翠珍不太高兴,笑容在脸上也有些勉强——红粉的毛脚女婿贾春淦"上门"了,正在吃茶。所谓茶,其实和"茶"无关,而是红糖煮鸡蛋。这是王家庄流传下来的风俗了。王家庄虽说穷,在"吃茶"方面却有很深的讲究,一般的客人是吃不上的。也正因为穷,"吃茶"自然成了招待客人的最高礼遇,是天大的脸面。这里头还有一些细小的、却又是严格的规格,主要体现在鸡蛋的用量上。如果是最珍贵的客人,七个鸡蛋。比较珍贵的呢,五个。至于一般性的,则最少也不能低于三个,否则就不能叫"茶"了。这就体现了主人的礼数。而这个规格并不仅仅体现在主人的这一边,同样体现在客人的这一头。也就是客人的"吃"。你不能把碗里的鸡蛋全部吃光,要在碗里剩下两个,以示"吃不下",这就文雅了,也表示主人的盛情有所盈余。按理说,毛脚女婿上门还达不到"吃茶"的规格,你是上门来奉承丈母娘来的,吃什么"茶"呢?但是,红粉年底就要出嫁,毛脚女婿眼见得就要转正,成为正式的女婿,所以,贾春淦刚刚放下礼物,沈翠珍就使唤红粉"烧茶"去了。在这样的光景底下,给贾春淦一分脸,其实就是给红粉一分脸了。你看看红粉是怎么干的,"呼噜"一下就往锅里砸了七个蛋。沈翠珍看在眼里,脸上笑着,心里头骂道,个少一窍的东西,做什么事情都不晓得轻重,春淦将来是你的男将,又不是你的祖宗,你打七个鸡蛋做什么?鸡蛋不是你生的是不是?一抬屁股就犯贱!好在春淦倒是一个讲礼的小伙,喝了不少的汤,鸡蛋只吃了一个,碗里头还剩了六个。沈翠珍很热情地劝道:"吃哉。吃哉。"春淦拿出三个碗,两个拨给了网子,两个送给了端正。端正和网子显然已经等了半天,这会儿心满意足了,端着碗走进了厨房。春淦原打算把最后的两只鸡蛋留给沈翠珍的,红粉已经端过去了。沈翠珍最气的就是这一点。你等春淦把碗端过来,我沈翠珍自然会递到你红粉的手上,虽然是个假动作,看上去多么其乐融融?你倒好,也不怕人家笑话。——你慢点吃,别噎住了。还打七个鸡蛋,这个家反正也不是你的了,你就糟践吧你就!

春淦和端方两年没见了,一进门,春淦吓了一大跳。他记忆里的端方还是一个瘦精精的少年,一转眼,已经变得这样了,又粗又壮,完完全全是一个大男将了。端方和春淦相互点了点头,笑笑,算是招呼过了。春淦却拿了一条长凳,和端方并着肩坐了,掏出香烟了,敬上,又替端方点好了。可不要小看了这个小小的细节,它体现了春淦过人的精明之处。春淦的那一对小眼睛,机灵着呢。端方一进门春淦就察觉出来了,这个家已经完成了改朝换代。王存粮早就软了,端方才更像这个家的主人。他说话的表情和腔调在那儿呢。按理说,端方将来要喊他"姐夫"的,他在端方的面前还要尊贵一些,然而,春淦知道,只要红粉过了门,他端方就是"娘舅"了。"娘舅"最大,放在哪里都是他尊贵。还有一点,最最重要了,作为"娘舅",红粉出嫁的那一天要靠端方"捏锁"。什么叫"捏锁"呢,简单地说,是当地的风俗,新嫁娘离开娘家的最后关头,箱子上要挂上一把锁,开着的。等新郎官所有的关节都打通了,做"娘舅"的才会站出来,把那把锁

"捏"上。这一"捏",才是最后的通行证,新娘子才是你的。否则,新郎官的鸡巴当天夜里免不了要放空炮。端方可是一个关键的人物呢。这么一想春淦"捏"了"捏"端方的胳膊,受了惊吓似的,神经兮兮地说:

"你真结实!"

端方说:"哪里。"

第 十 章

　　夜深人静,整个王家庄都睡了,差不多已经是下半夜。端方躺在床上,睡不着。春涂和红粉腻腻歪歪地躲在角落里说话,傍晚时分端方可是都看见了。端方不是没有心上的人,可是,他的三丫又在哪里呢？端方想起了孔素贞的话:拜托了！看起来还是这个女人从中作梗。端方一骨碌坐了起来,掀开了蚊帐,愣愣地坐在了床沿上。而裤裆里的东西也硬了,怎么劝都软不下来。

　　端方没有再睡。他爬上了三丫家的围墙。围墙的内侧爬上了扁豆和南瓜的瓜藤。端方像一只猫,弓着腰,匍匐在围墙的上面,拿不定主意从哪里跳下去。端方还是有些后悔,昨天下午他无论如何还是应当来侦察一番的,白天看好了地形,夜里头好歹就方便一点了。到处都黑咕隆咚的,端方不知道从哪里下去更稳当一些。别的好办,主要是不能有动静。这一来就难了。端方最后还是趴在了墙脊上,两只手紧紧地扒紧了,把身体一点一点地放了下去。端方在下降的过程当中拽断了不少扁豆和瓜藤。幸亏端方胳膊上的力气大,控制得住。要不然,"咚"的一声掉下去,还真麻烦了。端方蹲在墙角,稳了一会儿,静了一会儿,偷偷地看。心口怦怦地跳。还是紧张的。怕。但这个怕怕得有点不一样,是壮怀激烈的那种怕。越是怕,就越是想干到底。端方回了回头,他要把自己的方位弄清楚。这正是端方粗中有细的地方。万一被人发现了,好歹也得有个退路。堵住了可就丢人了。端方匍匐着,瞪圆了眼睛,仔仔细细地扫描。却意外地发现三丫家的门缝里透露出了些微的灯光。这个微弱的灯光让端方紧张了,孔素贞为了看住三丫,总不至于到现在都还没有睡吧。

这一天的夜里孔素贞特别地欢愉,可以说,功德圆满了。上半夜,她和王世国他们偷偷摸摸地又把佛事做了。孔素贞喜欢做佛事,说起来也真是奇怪,无论孔素贞多么地不如意,只要在佛的面前跪下来,心就安了。用心安理得去形容,那是再也恰当不过了。说起来孔素贞对佛的虔心,主要原因是孔素贞相信轮回。对自己的这一辈子,孔素贞不再抱什么指望了。可是,佛说,只要好好地修行,多积一些功德,下辈子就一定会好起来。轮回是天底下最大的慈悲,它是慈航。它让你永远都觉得自己有盼头。孔素贞在这一条道路上是不会回头的。就算她这一辈子做了猪狗,她的儿女也做了猪狗,总还有下一辈子。所以,要好好地修行,一切的一切,全都是为了死后。

做完了佛事孔素贞就偷偷摸摸地回来了。心安理得。三丫还没有睡。这个晚上的三丫表现出了与以往的任何时候都要不同的情态。孔素贞刚一上床她就把她的手放在了孔素贞的屁股上,轻轻地推了一把,小声说:"妈。"孔素贞转过了身来。三丫把自己的身子挪过来,靠上去,贴住了母亲,把脸往母亲的怀里埋。埋好了,三丫就开始哭。哭完了,三丫说:"妈,你带我去。"孔素贞一下子机警起来,支起了一只胳膊,说:"深更半夜的,你要到哪儿去?"三丫说:"你带我到极乐世界。"

孔素贞突然明白了,浓黑的夜色不再是夜色,她看见了大慈大悲的七彩光芒。那是"度一切苦厄"的光芒。孔素贞一骨碌就下了床,跪在了踏板上,双手合十:

"开眼了,丫头,你开眼了。你终于开眼了哇。"

孔素贞蹑手蹑脚。她来到了堂屋,把佛龛请出来了。净手,点灯,燃香。孔素贞盘在了蒲团上。她的女儿三丫也盘在了蒲团上。孔素贞说:"清净持戒者。"三丫说:"清净持戒者。"

"无垢无所有。"

"无垢无所有。"

"持戒无骄慢。"

"持戒无骄慢。"

"亦无所依止。"

"亦无所依止。"

"持戒无愚痴。"

"持戒无愚痴。"

"亦无有诸缚。"

"亦无有诸缚。"

"持戒无尘污。"

"持戒无尘污。"

"亦无有违失。"

"亦无有违失。"

……

"无我无彼想。"

"无我无彼想。"

"已知见诸相。"

"已知见诸相。"

"是名为佛法。"

"是名为佛法。"

"真实持净戒。"

"真实持净戒。"

"无此无彼岸。"

"无此无彼岸。"

"亦无有中间。"

"亦无有中间。"
"于无彼此中。"
"于无彼此中。"
"亦无有所著。"
"亦无有所著。"

母女两个各盘一只蒲团,母亲说一句,女儿跟一句。或者说,母亲唱一句,女儿在学一句。严格地说,她们现在已不再是母女了,而是一对师徒。师傅在前面指引,徒弟在后面随从。徒弟对这一段经文一窍不通,她试图让自己的师傅讲解一遍,师傅拒绝了。师傅说:"念经的时候不要去求解,你要记住两点:一要静,安静的静;二要净,干净的净。这两点你都做到了,你就上百遍、上千遍地念。念到一定的功夫,你的慧眼就开了。慧眼一开,什么都清澈了,明亮了。你的面前就是一片净土、乐土。那就是你的极乐世界。你永远在路上,你只有两条腿,一条是静,一条是净。跟我念:'清净持戒者'。"

"清净持戒者。"
"无垢无所有。"
"无垢无所有。"
"持戒无骄慢。"
"持戒无骄慢。"
"亦无有所著。"
"亦无有所著。"
……
"心解脱身见。"
"心解脱身见。"
"除灭我我所。"
"除灭我我所。"
"信解于诸佛。"

"信解于诸佛。"

"所行空寂法。"

"所行空寂法。"

"如是持圣戒。"

"如是持圣戒。"

"亦无所依止。"

"亦无所依止。"

这是一段短短的经文,母女两个念到第八十九遍的时候,天亮了。三丫盘坐在蒲团上,双手合十,嘴在动,其实已经睡着了。天亮了,太阳终于出来了,三丫睡着了。三丫呼吸均匀,脸上的神态安详而又平和,嘴角还微微地翘在那儿,自足了。看得出,她的内心已经被菩萨的光芒照亮了,所以脸上才有了莲花一样的清静、莲花一样的一尘不染。

孔素贞的这一夜几乎没有睡。但是,她不要睡。她清爽,心中装满了别样的满足。一清早孔素贞就打开了房门,来到了天井。晨风是清洌的,露珠是透明的,天很蓝,只有三颗两颗星。万里无云,是晴朗的征候。公鸡叫了,麻雀叫了。猪圈里的猪也蠢蠢欲动了。好日子啊,好日子!洗漱完毕,孔素贞来到了井架上,她要淘米。今天的粥里头孔素贞不打算加苋子,更不用说加山芋了。今天孔素贞什么都不加,她要放肆一回,奢侈一回。她要让她的女儿吃一顿白花花的米粥!

意外的景象在围墙上,有些异样了。孔素贞放下淘箩,走了上去,扁豆和瓜藤都被扯断了。散乱而又衰败。是谁呢?是谁还看不得他们家的这点扁豆和南瓜呢?但孔素贞突然就看见脚印了,是人的脚印。是一个成人的脚印。不是在外面,而是在自家的天井里面。就在扁豆架子的下边。脚印还有它的方向,是朝着他们家的房子去的。孔素贞点上了大贵的旱烟锅。她的手在抖。她的身子在抖了。她的旱烟锅也在抖。孔素贞不理它,它抖它的。孔素贞只是慢慢地吸烟,吸得很深,呼得很长,靠旱烟慢慢地调息。一袋烟吸完了,主意也已经拿定了。马上托人,把三丫嫁出去。不能让她在这个家里待了,不能让她在王家庄待了!这一回孔素贞铁了心了,不挑,不拣,男的就行。用麻袋装也要把她装走。一塞进洞房,那就由不得她了。三丫,当妈的得罪了。

八点刚过,端方径直来到了大队部。吴蔓玲的手里头捧着昨天下午刚刚来到的《红旗》杂志,正带领着村支部的一班人领会中央的指示精神。端方跨过门槛,也不说话,一屁股坐在了吴蔓玲的身边。吴蔓玲看着端方,说:"端方哪,支部在学习,你有事是不是下午再过来?"言词里头很客气了。这一回端方却没有领吴蔓玲的情,一上来就气势汹汹:"光学习有什么用?关键是抓事情!"这句话重了,隐含了严肃、重大而又迫切的内容。吴蔓玲笑笑,把《红旗》杂志合起来,放在膝盖上,闭了一下眼睛,说:"出了什么事?说出来听听。"端方却不说。吴蔓玲收敛了笑,认真地说:"端方,说出来听听。"端方说:"村子里有人在搞封建迷信活动,在拉拢和腐蚀年轻人,支部知道不知道?"端方丢下了这个问题,然后,用眼睛逐个逐个地看大家。大队会计王有高,也就是大辫子的丈夫接过话,说:"红口白牙,端方,说话要有证据。"端方没有再说什么,反而轻描淡写地冒了一句:"跟我来。"

端方走在巷子的正中间,身后跟了村支部的一班人,声势不一样了,有了浩大和肃穆的威慑力。村子里的老少看到了这个队伍,自觉地跟了上去,陆陆续续走进了队伍。队伍在不停地壮大,甚至连佩全他们那一帮闲人都掺进来了。没有人说话,每个人都听到了脚步声。脚步铿锵,有了参与的崇高与庄严。这崇高与庄严的脚步声提醒了他们,他们不是别的,是人民。

人民在孔素贞家的门口停住了，屏住了呼吸。吴蔓玲代表人民，跨上去一步，推开门。孔素贞还坐在天井里，想心思，吸旱烟。吴蔓玲说："大白天的，关着门做什么？"孔素贞放下烟锅，笑着站起来，说："是吴支书啊。"一边笑，一边拿眼睛往外瞅，心里禁不住慌张。历史的经验告诉她，不是吃素的阵势。

吴蔓玲在屁股的那一把剪着手，进屋了。一进屋就发现了紧锁着的东厢房。吴蔓玲用下巴示意孔素贞打开，孔素贞照办了。吴蔓玲跨进东厢房，意外地发现三丫被锁在里头，看起来已经有些日子了。光线相当地暗。不过吴蔓玲还是在床头上发现了一本书，很旧，边沿已经烂了。吴蔓玲抽出一只手，把书拿起来，是《净土经类》。吴蔓玲从来没有见过佛经，有些不知所以。不过从书的模样上看，不可能是什么好东西。吴蔓玲只看了一眼，丢下了，丢得很重，兀自点了点头，重新回到堂屋，心里头却想，这个端方伙，就一本书，大惊小怪的。却看见端方从条台的正中央端下了毛主席的石膏像，放在了饭桌上。端方小心翼翼地从神龛里取出石膏塑像，抽掉了神龛后面的挡板，真相大白了，伪装揭穿了，阴谋暴露了。孔素贞的脸上早已经失去了颜色，拿眼睛去瞅吴蔓玲。吴蔓玲没有当即表态。但她的表情说明，形势很严重，非常严重。气氛一下子凝固了起来。大队会计王有高这时候说话了，王有高说："好，孔素贞你有主意，搞封建迷信，还让毛主席他老人家给你打掩护，为你放哨，为你站岗，孔素贞，你蛮有主意的。"话音未落，许半仙火急火燎地赶来了，一路小跑。许半仙在门槛的内侧立住脚，连忙说："迟到了，我迟到了。"她在做自我检讨。一般说来，只要王家庄出现了什么大事情，许半仙都会在第一时间出现在第一现场，第一个表示支持，或第一个表示反对——她永远都是最积极的。而今天，她这个积极分子居然迟到了，当然有点说不过去，所以要检讨。检讨完了，许半仙拉过吴蔓玲的衣袖，用她的嘴巴瞄准了吴蔓玲的左耳朵。吴蔓玲不喜欢许半仙这样，关键是，不喜欢她嘴里的气味。吴蔓玲说："大声说嘛。"许半仙却不说了，回到门口，拎回来一只大麻袋。麻袋里什么都不是，是纸灰。堂屋里的人一起围上去，端方和佩全也围上去了。人们望着麻袋里的纸灰，不知道许半仙唱的是哪一出。

吴支书说："什么意思？说说。"

许半仙一指孔素贞，说："你说。"

孔素贞却不说。心里头在想，许半仙，我还是没看错你。前几天还跟我热乎乎的，眼睛一眨，你的回马枪就杀过来了。好本领。许半仙，我服了。一屋子的人都在等，孔素贞就是不说。却看见许半仙突然抬起她的左腿，在大腿与地面平行的刹那，她的胳膊落下来了，一巴掌拍在了大腿上。"啪"的一声。整个过程迅速而又精确。许半仙说："你不说，我说！我发言！"

许半仙的揭发一直上溯到多年以前，她的揭发极度地混乱，时间是交错的，地点是游移的，一共牵扯到六个人物。但主要人物有两个：第一个等于，是"王秃子"，也就是还俗和尚王世国；第二个等于，是"孔婆子"，也就是孔素贞了。外加"地不平"，即沈富娥，她是一个瘸子；"脸不平"，也就是卢红英，她的脸上有七八颗凹进去的麻子；"蛐蛐"，也就是杨广兰，她嘴里掉了两颗门牙，笑起来就成了发怒的蛐蛐；还有"喷雾器"，当然是于国香了，她的瞳孔长满了白内障，看上去雾蒙蒙的。许半仙说，这六个人狼狈为奸，专门从事封建，他们不正之风。许半仙说，偷偷摸摸，下半夜，不让旁人知道。群众的眼睛雪亮、雪亮、雪雪亮，跟踪追击。马克思主义、列宁主义、毛泽东思想呢？无产阶级专政下打过长江继续革命。他们却阿弥陀佛！阿弥陀佛啊！新动向纲举目张，许多隐藏一抓就灵。许半仙说，昨天夜里他们集中，三小队的破猪圈，烧纸、燃香、磕头、念经。现行的阿弥陀佛。许半仙指了指麻袋，说，这个是物证；许半仙同时又拍了拍胸脯，说,这个是人证。铁证如山,人证物证人山人海!天地良心。说半句谎话下十八层地狱。菩萨都看在眼里。哪里逃?逃进牛×我都能把你们掏出来!兵民是胜利之本大家说对不对?不要笑,不要鼓掌。

因为激动,许半仙的语句断断续续,但是在场的每一个人都听懂了,她的意思是好的,有她的进步性。现在,每一个人都知道昨天夜里王家庄发生什么了。吴蔓玲的眼睛在屋子里瞄了一圈,最终落到了佩全的身上。吴蔓玲对佩全说:"去,都抓起来。一个都不要放过。"

拘捕的同时必然伴随着搜查。佩全他们在最短的时间里把六个家全抄了。他们干得很好,主要是彻底。他们分别从王秃子和孔婆子的家里搜出了纸钱、高香、蒲团、佛经、图画以及木鱼、响铃等法器。铜响铃留下来了,村子里的文艺宣传队完全可以用它敲打表演唱的节奏,至于别的,全烧了。

六个死不改悔的封建余孽全部捆在了一条麻绳上,打头的当然是王秃子。王秃子笑眯眯的,很甜蜜的样子,就好像他的嘴里永远都有一块冰糖似的。王秃子不在乎。反正村子里是不能杀人的。无非就是游一下街吧。他知道等待他的是什么,到洋桥上去"晒太阳"。晒太阳的滋味当然不好,可毕竟是庄稼人,横竖反正得晒。那就晒吧。庄稼人没那么娇贵,没什么东西舍弃不下,要钱没钱,要脸面没脸面,能拿庄稼人怎么样?所以要笑眯眯的。板着一张面孔的倒不是别人,而是孔素贞。照理说不该的。孔素贞可以说是老样板了,每一次批斗都少不了她,游街游了起码有五十回了,可她这个地主婆子就是抹不开脸面。怎么还想不开呢。这叫什么?这就叫"执"。有什么好"执"的呢?放开就是了。五个指头一松,什么都没了。见过死人没有?世俗的人们总是把死人说成"闭眼"、"断气"、"蹬腿"、"翘辫子",啰嗦死了。就好像人的性命是从眼皮上跑走的,是从气管、小腿肚子、头发梢上跑走的。都不是。人的性命是从手指尖上溜掉的,手指一松,别再抓住什么,一放开,人就没了,魂就上天了。所以说呢,人不能"执",一"执"菩萨就不喜欢。王秃子回过头,对着孔素贞的耳朵说:"别拉着个脸,就当去打酱油。"孔素贞正在心里头骂着端方,骂着许半仙,咬牙切齿了,小声对王世国说:"你不知道原委,气死人呢。"王世国说:"那你就慢慢地气,别踩着我的脚后跟。"

　　游街的工作最后交给十来个七八岁的孩子完成了。绳子原本在佩全手里的,可佩全一想到要走好半天的路,天又热,犯不着了。看着身边前呼后拥的孩子,佩全随手抓过来一个,把绳子塞到了他的手上去了。佩全说:"拿去吧,给你们玩玩。"孩子们不敢相信,简直是喜从天降。这六个坏分子居然给他们"玩"了,兴奋得不知所以。他们牵着王秃子一行,又振奋,又紧张,咬着下嘴唇,一路都鸦雀无声。最后还是王世国说话了,王世国说:"你们怎么不喊口号?不喊口号怎么行?不喊不好玩的。"王世国突然亮起了嗓子,大叫一声:"打倒王世国!"王世国又喊:"王世国不投降,就叫他灭亡!"孩子们笑了。慢慢放松了,小嗓门嫩嫩地、尖声尖气地开始学舌。开始还收着,七零八落,渐渐地,他们的气息通畅了,有了统一的、规整的节奏。节奏鼓舞了他们,他们领略到了自己潜在的雄壮,那种无所不能的排山倒海。节奏同时也升华了他们,他们看到了意义,看到了从天而降的仇恨。仇恨是具体的,谁不投降,就叫谁灭亡。王学兵,一个九岁的孩子,突然走到队伍的前面,张开了他的双臂,满脸通红。王学兵的举动带有突发性,正因为突然,所以,一大帮的孩子都没有准备,出现了短暂的停顿。他从别人的手里抢过麻绳,严厉地命令王世国说:"趴下!"这是伟大的创造,最具挑战性的发明。发明与创造使平庸的进程异峰突起,有了更进一步的诱惑和感召。同样,诱惑与感召激发了更进一步的积极性。王学兵大声喊道:"趴下!大家都骑上去!"孩子们无比地兴奋,产生了浓墨重彩的好心情,可以用到处莺歌燕舞加以形容。但是,王世国不趴下。所有的封建余孽都不肯趴下。王学兵从地上捡起一块砖头,对王世国说:"再不趴下就砸脑袋!"王世国看了看王学兵手里的砖头,又看了看王学兵的眼睛,软了。青天底下,最惹不起的就要数孩子了。他们要么就不来,要来就来真的,还没轻没重。王世国的膝盖一软,跪下了,趴在了地上。擒贼先擒王,这句话在这个时候显示出了它的真理性,后面的女人们瞅了一眼王世国,再相互打量了一回,老老实实照办了。王学兵骑上王世国,一挥手,剩下的孩子蜂拥而上,一起骑上来了。王学兵只是一个平常的孩子,但是,由于在这次革命当中显示出了他的彻底性,尤其是创造性,一下子就有了榜样和标兵的作用,不知不觉成长起来了,成了新一代的领袖。这是天然的领袖。具有无可动摇的、毋庸置疑的、与生俱来的领导气质,所有的孩子一下子就服从了,成了他的兵。临时的军事组织建立起来了。什么都不用说。谁反对谁就是敌人。王世国在地上爬着,王学兵的双腿一夹,甩动起手上的杨柳枝,颁布了他的第一道命令:"吁——!——驾!"

  长鞭哎——

  (那个)一(呀)甩哎——

  啪啪地响哎——

  哎哎咳咦吆

  哎哎咳咦吆

  哎咳哎咳咦吆嗷嚎嗷——

  这是电影《青松岭》的主题歌。它唱出了一条马鞭的意义。一条马鞭,别看只是一条绳子,骨子里暗藏了道路的方向。电影里就是这么说的。孩子们挥舞起鞭子,脖子上凸起了青色的筋。

他们的童声杀气腾腾。在他们经过的地方,四海翻腾云水怒,五洲震荡风雷激。

游街的终点是王家庄的水泥桥。这一点孩子们都知道。村子里每一次开批判会,地、富、反、坏、右都是集中在那里,晒太阳。这是"要文斗不要武斗"的最好的体现。坏分子上了水泥桥,斗争的高潮就算过去了。但是,对被批斗的人来说,这其实只是一个开始。太阳毕竟不是好晒的,尤其在水泥桥上。一整天呢。最关键的是,要跪着。这一点孔素贞是有体会的。一般的人都以为下午一点钟左右最难熬,那个时候太阳最毒,比牙齿还要咬人。其实不是。最难熬的是下午三点钟过后。这个时候的太阳不仅狠毒,还阴损。你以为它不怎么样了,骨子里狠,一点一点扒你的皮,抽你的筋。膝盖下面的水泥板就更蒸了,比太阳还要烫。像一个大烙铁,还有点像一个大蒸笼。三点钟过后你会产生错觉,觉得自己差不多熟了,只要一站起来,所有的肉就全掉在了桥面上了,只剩下了一个光溜溜的、白花花的骨架子。

太阳刚刚偏西,王世国就有点吃不消了。老秃子的年纪毕竟大了。他紧闭着一双老眼睛,张大了他的老嘴巴,嘟囔说:"阿弥陀佛。阿弥陀佛。"

孔素贞在洋桥上晒太阳,她的儿子红旗却在水稻田里头薅草。所谓"薅草",说白了,就是把秧苗里的稗子拔出来,是"田间管理"的重要部分。薅草的活计并不重,也挣不了几个工分,一般说来是用不着男将的,妇女们就可以应付了。可红旗是个男将,为什么要薅草呢?主要因为队长要凑人数。有时候女将的人头不够,男将又没什么重活,队长就要把红旗派过来了。队长的指示精神红旗是必须照办的。不过红旗干活也有红旗的讲究,永远夹在女将们中间,不落后,也不冒尖。一句话,不招眼,也就是磨磨洋工。磨完了洋工，红旗来到河边，把自己洗得干干净净，收拾得整整齐齐。其实也不是红旗特别爱干净，主要还是因为红旗是个光棍汉。光棍汉有光棍汉的特征，那就是喜欢拾掇自己，好引起姑娘们的注意。时间长了，他们自己都意识不到，反而成了他们的标志，一下子就把他的光棍汉的身份显露出来了。和瘸腿的人喜欢贴着墙，豁牙的人喜欢抿着嘴是一个道理。

薅草的活计不重，然而，却有它难受的地方。在你弯下背脊之后，照理说正好背对着太阳。但是，稻田里有水，这一来正好把阳光反射到你的脸上了。你就成了蒸笼里的馒头，眼睛都睁不开，需要眯起来。庄稼人要是进城了，你一眼就能够看得出来，为什么？一来是脸黑；主要还是眼角的鱼尾纹有特别的地方。那些皱纹鼓出来的地方晒红了，而凹进去的地方晒不到，这就有了色差。像画在脸上的一样。其实薅草最麻烦的并不是眯眼睛，眯眼睛能有多大的事？又不费力气。主要的麻烦来自蚂蟥。水稻田里有数不清的蚂蟥，它们的身子软软的，没有一点骨头，却能依靠水的浮力弯弯曲曲地游行。一旦碰到庄稼人的小腿，它嗜血的本性就展示出来了。依靠无比出色的本能，蚂蟥总能找到你的小腿，不动声色，静悄悄地汇聚在你小腿的周围，贴到你的皮肤上来了。然后，张开它的嘴，也就是吸盘，拿出吃奶的力气，拼了命地吮吸。它吃的可不是奶，而是你的血，你却浑然不觉。等你的小腿出得水来，低下头去看看，十几条蚂蟥早已经抱着你的小腿了，它们的吸盘死死地镶嵌在你的毛孔里面，像一口浓浓的痰，像一把浓浓的鼻涕，挂在你的身上。你不能用手去撕，你撕不下来。它的身体弓了起来，绷紧了，有了上好的韧性，还滑溜，即使你把它撕烂了，它的没有牙齿的嘴巴还是要叮着你。所以，用鞋底去抽打是一个好办法。对着自己抽几下，蚂蟥就掉下来了。但是，拿鞋底抽自己终究不好，疼就不说了，主要是不好看,看上去像得了神经病。最好还是用盐。你把盐撒在它们的嘴边,腌一下,它们的吸盘就脱落开来了,掉在地上。身体吃得饱饱的,一副知足而又无辜的死样子。拿在手上一搓,它就变成了球,乒乓球那么大,扔在地上一滚就是多远。

红旗弓着身子,站在水田里,话本来就不多,面对女人,就更没有什么好说的了。到了休息的光景,女人们坐在了河岸上,一边对付小腿上的蚂蟥,一边快乐地说笑。女人们就是这样,再累,话是要说的。这里头有取之不尽的喜悦。在空荡荡的田野里,她们拥挤在一起,窃窃私语,到了会心的地方,笑一笑。田野里就不再寥落,生机就出来了。

然而,这一天的情况不一样了。广礼家的身边一直围着人,她在说,所有的人都在听。不是一般的听,是全神贯注的,是谛听。说到关键的地方,广礼家的还要抬起一只巴掌,贴到嘴边上去,拿眼睛瞅红旗。红旗当然是不知情的。但问题慢慢地严重了,她们站得越来越紧,伸着脑袋。广礼家的说一句,她们沉默一会儿,广礼家的再说一句,她们又沉默一会儿。在沉默的过程中,她们还要回头,小心地迅速地看一眼红旗。看完了,还要做出若无其事的样子。她们的眼神是疑虑的,有了深度。红旗再笨,也还是感觉出来了,她们的话题和自己有瓜葛,已经把自己牵扯进去了。红旗的心中有了几分不安,已经是心虚了。就对她们笑。笑得憨憨的,看上去格外地开怀。但她们不对红旗笑,红旗一笑,她们就要把身子背过去,以表明她们"什么也不知道"。红旗终于被她们的样子弄得发毛了,走了上去,大声问:"你们在说我什么?"被红旗这么一问,大伙儿再也不说话了,没有人搭红旗的腔。没听见一样。红旗刨根问底了,说:"说我什么?"广礼家的看着四周的田野,说:"没说你。"红旗犟了,说:"那说谁?"广礼家的说:"说端方呢。"广礼家的想了想,十分突兀、十分振奋地喊了一声:

"端方都快活过啦!"

这句话没头没脑了。女人们都笑了,但是,没有出声,都含在嘴里。红旗跟着说了一声:"端方都快活过啦!"没想到红旗这一重复把女人们的笑声引爆了。她们狂笑不止,一起看着红旗。这一下红旗越发确信了她们的话题和自己有关系了。答案却在风里。红旗记住了这句话,回家之后一定要好好问一问妈妈。

孔素贞晒了一天,跪了一天,已经瘫了,两个膝盖都烂了。还是被门板给抬回来的。早已经躺在了床上,在那里哼唧。红旗在晚饭的饭桌上却想起广礼家的那句话了,隔着房门,他要问他的妈妈。红旗的嗓门那么大,王大贵和三丫当然都听见了。小油灯的底下三丫腰肢的那一把慢慢地直了,偷偷地瞄了爸爸一眼。王大贵没抬头,只是喝粥,喝得一头一脸的汗。孔素贞在房间里什么也没有说,过了好大的一会儿,房门上突然就是"砰"的一声,吓了红旗一大跳。红旗回过脑袋,地上是一只木枕头,还在滚。

第十一章

在盛夏,如果从空中去俯瞰苏北大地,只有一个特征可以概括,那就是绿。那是一片平整的绿,妖娆,任性,带上了一股奋不顾身的精神头,从地平线的这一侧一直纵横到地平线的那一侧。可是,如果从细部去推究一下,浩瀚的绿色就变得非常具体了,无非就是一片又一片的叶子。叶子实在是太多了,太茂密了,谁还会去注意它们呢,细部反而没有了,一下子就成了整体,呼啦啦变成了大地。然而,这是嫩绿。在这辽阔的嫩绿的背景上,却又点缀着另外一些绿,这些绿是深色的,老,发黑,一大团一大团,它们却是树。是被无边无际的水稻所包围着的小小的树林。其实也就是村庄。从高处看,或者说,从远处看,村庄并不像人们想象的那样,是一些房屋。不是。是小小的树林。它们是由槐树、杨树、桑树、柳树、苦楝和泡桐构成的,并不整齐,也没有方寸,带有天然的姿态。其中槐树和杨树是它们的绝对主力,具有主导地位、压倒性的优势。它们不是被天空压着的,相反,它们魁梧而高大的身影把天空支撑起来了。它们还把无序而又低矮的草房子包裹在它们的阴影下面。草房子就在树的下面,这些草房子才是村庄的根本。它们很陈旧,因为日复一日的阳光雨露,它们的轮廓早已经失去了筋骨,失去了飞扬跋扈的动势,浑圆了,厚实了,像庄稼人的性格面貌。就在这样的草房子里面,住着庄稼人。他们就在浑圆而又厚实的屋檐下面,婚丧嫁娶,迎来送往,伴随着柴米油盐,重复着单调的、不可或缺的、数也数不清的人情世故。一代一代又一代，一辈一辈又一辈。一般说来，村庄都是安静的，但是，高大的树冠上有无数的鸟窝，那里是喜鹊、灰喜鹊的天堂。它们能闹。在每一天的早晚，它们不停地聒噪。在它们喧闹的时候，往往也是鸡犬不宁的时刻。这样的喧闹意味着一天的开始，到了黄昏，也意味着一天的终结。剩下来的，则是无边无际的寂静。鸡在草丛里，鸭在池塘里，猪在猪圈里，自得其乐。狗要自由得多，但毕竟不是野狗，它们是在自己的土地上，走走，看看，闻闻，管一点闲事，或什么也不管。到了发情的时候就用鼻子找一个，背靠背，把事情办了。即使是母狗怀孕了，也不知道怀上的究竟是谁的孩子。这一点猫就不好了，猫的动静大，比人的动静还要大。动不动就声嘶力竭，还大打出手。当然，在高大、茂密的小树林的下面还有另外一个更小的天地，这个小天地是由一些低矮的植物构成的，比方说，灌木、竹子，还有芦苇。它们在河流的边沿，或者说，在房前屋后，那是老鼠和蛇居住的地方，那里还是蜻蜓和蝴蝶居住的地方，当然还有花翎、麻雀，这些和庄稼人就没什么关系了。人们也懒得去管它们。当然，在村庄与村庄之间还有河流，说是河流，其实也就是苏北大地上的路，它们弯弯曲曲，在没有任何理由、没有任何兆头的情况下就拐了一个弯，却连接着远方，使远方变得更远，错综而又迷离。这就是苏北大地的一个大概，苏北大地上的庄稼人祖祖辈辈就生活在这里，一家一家的，一户一户的。除了在田间地头，他们有时候也会在不规则的巷子里走动走动，偶尔停下来，搭咕几句，借一点酱油、针头线脑，或者到河边去淘米，刷马桶，捣衣裳。金钱上则没什么来往。话又说回来了，庄稼人的手头没有钱。谁要是能掏出七毛八毛，那一定是家里头出了大事，不是红喜，就是白丧。

秧苗长在地里，长势喜人。慢慢地，它们的叶子由嫩绿变成了深绿，由深绿变成了碧绿，现在，从远处看都有点发乌了，乌溜溜的,散发出茁壮的、生猛的油光。比较下来,王家庄的水稻长势要更好一些,没有别的,王家庄的灌溉做得更好。水稻不是麦子,麦子喜欢旱,土壤里的水分过多它的根系反而要烂。水稻就不一样了,水稻离不开水。在大部分的时间里头,水稻就站在水里,一缺水它就蔫了。当上大队支部书记之后,吴蔓玲没干别的,她的第一件工作就放在了水利上。她来到了公社,直接扑到公社革委会的食堂,把革委会的洪主任堵在了酒桌上。吴蔓玲童言无忌,当着这一桌子的革委会领导,一上来就批评洪主任,甚至把洪主任的绰号都用上了,吴蔓玲说,"洪大炮"你不支持年轻干部的事业。洪大炮参加过渡江战役,在杀声震天的战场上留下了后遗症,一开口说话就成了美国生产的直径125毫米的榴弹炮。洪大炮望着吴蔓玲,不停地眨巴眼睛,很宽的腮帮子笑起来了。洪主任放下酒盅,嗓门反而小了,先请"小吴支书"坐下来,把问题"放在桌面上","慢慢谈"。吴蔓玲坐了下来,没说别的,伸出手来向洪主任要东西。一共是两样:一台东风二十五匹的柴油机,一台水泵。吴蔓玲到底是一个有脑子的人,她向革委会讨要机械化的灌溉设备说明她有眼光了。这么些年了,王家庄的灌溉一直沿用的是最原始的老风车,老风车架在河边上,像天空上面一大摞子大补丁似的。遇上无风的日子,再大的补丁也派不上用场。还是要靠人力,用双脚去踩水车。一大群壮劳力汉子只能吊在水车上,跟挂了一大排的咸肉差不多,实在也解不了大地的渴。吴蔓玲坐在洪大炮的斜对面,把她的巴掌摊在洪大炮的面前,撒娇了,说:"洪大炮你给还是不给?"洪大炮望着吴蔓玲的巴掌,望着吴蔓玲的胳膊,附带瞅了一眼吴蔓玲的胸,没有说话。他把桌子上的半瓶"洋河大曲"拎起来了。说:"先喝酒。"吴蔓玲撒娇撒到底,说:"不跟你喝。"洪大炮看了看四周的人,很宽很宽地笑了,说:"小吴啊,你要是有胆子把酒瓶里的酒喝了,东风二十五,我给,水泵,我也给。"吴蔓玲没有犹豫,她的动作是迅速的,说风驰电掣都不为过。吴蔓玲提起"洋河大曲"的瓶颈,仰起脖子就灌。临了,放下了酒瓶,直了直脖子,眼眶里全是泪光。吴蔓玲小声说:"洪主任,我代表王家庄六百五十九位贫下中农,谢你了。"场面本来是喧闹的、轻松的,吴蔓玲在她的壮举之后附带上了这么一句,突然感人了。不知道从哪里滋生出了动人的力量。酒桌上安静下来。洪大炮说:"小吴,你打个报告来。"吴蔓玲没有"打",直接从军用挎包里取出一张纸,摊在了洪主任的面前。这一着洪主任没有料到,开始摸身上的口袋。他在找笔。吴蔓玲拿出钢笔,拧开笔帽,十分端正地送到了洪主任的右手边。吴蔓玲说:"洪主任,酒我喝了,反正我也喝醉了,你要是不同意,我就每天盯着你,你在哪里吃我就在哪里吃,你在哪里睡我就在哪里睡。"这话说的,不讲理了,好笑了,本来已经很动人的场景突然又激昂起来。每一个人都在笑。吴蔓玲却浑然不觉。洪主任没有笑。他神情严肃地望着大家,嗓子里突然发射出七颗榴弹炮炮弹:"同意的鼓掌通过!"酒桌上响起了热烈的掌声。洪大炮在吴蔓玲的报告上写上"同意",站起来,拍着吴蔓玲的肩膀,用钢笔的另外一端戳了戳吴蔓玲的额头,又戳了戳吴蔓玲的鼻尖,十分疼爱地说:"个小鬼。"洪主任后来补充了四个字:"前途无量。"

  严格地说,吴蔓玲这个支部书记的威信并不是靠她的亲和力建立起来的,而是在东风牌柴油机和水泵进村的那一刻建立起来的。建立的同时也得到了最后的巩固。不仅是王家庄的人,就连全公社的人都听说了,吴蔓玲"前途无量"。吴蔓玲自己当然不会说什么,但是,洪主任的话还是进入了吴蔓玲的肺腑了,她自己也是这样相信的。在后来的岁月里,吴蔓玲的内心一直有一股巨大的力量在支撑着她,她变得无比地坚定,什么都不能改变。她一次又一次地放弃了离开王家庄的机会,她相信,只要她坚持住,她在王家庄就一定会"前途无量"。

抽水站正式试水的那一天是王家庄的重大节日。那一天所有王家庄的人都出动了。水泵好哇，水泵好。毛主席说："水利是农业的命脉。"他说对了。毛主席又说："农业的根本出路在于机械化。"他又说对了。他人在北京，可他什么都知道。他老人家的话再一次在三大革命当中得到了最终的验证。王家庄敲起了锣，打起了鼓，那是盛大的、群众运动的场面。社员们亲眼看见河水从河里"抽"了上来，白花花地流进了水渠。水渠是新修的，成群结队的孩子分布在水渠的两边，他们顺着渠水一路追赶。胆子大一点的干脆跳进了水渠，汹涌的渠水把他们冲走了，但冲走了还是在渠里。这是幸福水。这是幸福渠。他们一路欢叫，直到每一个人都筋疲力尽。那一天的晚上王家庄的公猪、母猪、白猪、黑猪都在叫。它们饿了。它们不知道王家庄的人们为什么高兴成那样。它们到死都不知道那一天它们为什么会挨饿。

正是得力于机械化的水利，王家庄的田间管理比较起邻村来就方便多了。下雨了，就在总干渠上打开一道口子，把水放掉一些；要是干旱了呢，再把这个口子堵上，用东风二十五抽上来一些。这一开、一堵，效率出来了。然而，后来的事实证明，最让吴蔓玲痛心疾首恰恰正是在这个地方。总干渠是王家庄的，不属于任何一个生产队，不属于任何一个人。水多了，这个口子谁来开？抽水了，这个口子又是谁来堵？没人管了。吴蔓玲看在眼里，直心疼。为了这件事吴蔓玲不知道批评过多少人，高音喇叭里也讲了。没用。你一批评他，他反过来就问你："凭什么就是我？"是啊，王家庄六七百号人呢，每个人都是王家庄的人，都是"主人"，凭什么不是张三，而是李四来干？凭什么不是三姨娘，而是六舅母来干？这一来坏了，都成了她吴蔓玲的事了。不管还不行。你不管，好，水就在那里无端端地淌，一直淌到共产主义。吴蔓玲没有办法，只能扛起大铁锹，一天到晚在田埂上转。走得太累的时候,吴蔓玲禁不住就会停下脚步,远远地望着抽水站,心里涌上了一股说不出的委屈,还有一股说不出的寒心。吴蔓玲算是明白了,庄稼人的心目中其实是没有集体的,不要说公社,就是连大队、生产队都没有。庄稼人的心中只有他们自己。吴蔓玲在心里头对自己说,下次再也不能替集体办任何事情了,绿豆大的事情你都不能办。你只要心一热,惹上了什么就等于缠上了什么,蚂蟥一样想甩都甩不掉。当然,这些话也就是在心里头说说,吴蔓玲永远也不会把它们送到嘴里去的。

扛着大锹,吴蔓玲在田埂上转悠了一个上午,进村了。到了午饭的时间,她捧上了饭碗,来到了大队部门前的树荫底下。这一天的中午吴蔓玲吃的是面条,她用大海碗把面条盛了,从小罐子里舀了一勺子脂油,也就是猪油,出门去。人还没有到树荫底下,她已经闻到了猪油的芬芳。说起猪油,吴蔓玲原先可是从来都不吃的,现在倒好,就是喜欢。越闻越香,已经到了离不开的地步。即使是吃米饭,有时候吴蔓玲也喜欢挑上一筷子,拌到米饭的里头去。都不用菜,吃得又快又香。一抹嘴,我的个妈妈哎,一碗米饭就下了肚了。

吴蔓玲端着碗,把碗里的面条叉得老高,都踮起脚后跟来了,就听见开怀的大笑从树荫底下爆发出来了。吴蔓玲并着步子走上去,问:"笑什么呀?再说一遍,说给我听。"广礼家的看了吴蔓玲一眼,跷着小拇指剔牙,一言不发,做出一副清淡的样子,是藏而不露了。吴蔓玲忙说:"笑什么哪?"金龙家的连忙接过话来了,抢先说:"在说三丫呢。"吴蔓玲有些纳闷,心里想,三丫是个闷葫芦,能有什么好笑。吴蔓玲追问了一句:"三丫到底怎么啦?"

另一个女人说话了。她说:"三丫她闷骚。"

吴蔓玲咽了一口,说:"瞎说什么,三丫本人的表现还是可以的。"

金龙家的急了,对着吴蔓玲问:"她的事迹你就一点都不知道?"

吴蔓玲说:"不知道。"

广礼家的按捺不住了,广礼家的就是这样,总是在关键的地方说出最关键的话。她拍了吴蔓玲肩膀一巴掌,总结性地说:"都让端方快活过了。"

四五个女人又是大笑。动人的话题就是这样,笑了一遍还可以笑第二遍,笑完了第二遍还可以笑第三遍,完全可以重复利用,重复享受。吴蔓玲没有笑。作为一个未婚的女人,她一时还不能完整而深刻地领悟"快活过了"的美妙含义,并没有展现出恍然大悟或心照不宣的神情。金龙家的看在眼里,急了,只能用大白话把事情挑开了:

"被端方睡过啦!"

女人们不笑了。"睡过了",没意思了。"睡过了"还有什么嚼头?清汤寡水的。只有"快活过了"才来得火爆,来得滋补。

吴蔓玲停止了咀嚼,明白了,似乎受到了严重的一击,脸红了。吴蔓玲对自己的脸红很不满意。吴蔓玲说:"不可能的。"吴蔓玲说,"怎么可能呢?"

广礼家的说:"怎么不可能?一公一母。正好。"

女人们又笑,吴蔓玲还是没有笑,脸色已经相当地难看。吴蔓玲说:"不可能,端方怎么会看上她!"

金龙家的压低了嗓子,说:"前天夜里端方爬墙头了,都爬到三丫的床上去啦。"

"你看见了?"吴蔓玲反问说。吴支书自己一点都不知道,她的口气里头有了咄咄逼人的意味。

"没有。"金龙家的说。

"要实事求是。"吴蔓玲说,"没有根据的话不要乱传。"

事实上,这个中午吴蔓玲的表现过分了。回到大队部,吴蔓玲把剩下来的半碗面条丢在桌子上,坐在了床沿,愣神了。照理说,端方和三丫的事和她没有半点瓜葛,支部也管不着,于公于私都不碍她的事。可吴蔓玲还是生气了。骨子里却感伤。再往骨子里说,是伤心了。可能还有点吃醋。这个醋吃得没道理了。她吃的是哪一门子的醋呢。三丫你厉害呀,不声不响的,该捞的你都捞了。端方你这个人也是,怎么就能看上了三丫?不说出身,就说她这个人,有哪一点好?有什么可以让你动心的地方?没有哇!无端端地,吴蔓玲就觉得三丫把自己比下去了,伤得不轻。端方你不是东西,三丫你更不是东西。吴蔓玲睁着茫然的眼睛,无缘无故地,四顾茫然。有点想哭的意思。

究竟是王家庄,太小了,村子也就是碗口大,巷子也只有筷子长,当天的下午吴蔓玲和端方居然在村口撞上了。吴蔓玲的心口陡然就紧了,拎了一下。吴蔓玲禁不住对自己发出了一阵冷笑。但吴支书没有冷笑,是真笑了,实实在在地挂在脸上。端方招呼说:"吴支书忙哪?"吴蔓玲说:"不忙。"声音却不对,有些颤了。端方却站住了,正想利用这样的机会和吴支书说句话。秋后他想去当兵,还是早一点把话递过去,打点一下总归是好的。但端方这个人就是这样,越是心里的事,反而越说不出口,想必还是寄人篱下的日子过得太久了。端方的脑子里想着"当兵",低下头,用拖鞋的鞋底不停地在地上蹭,去一趟,回一趟,再去一趟,再回一趟。吴蔓玲到底是吴蔓玲,已经好了,放下了肩膀上的大锹,说:"我平时忙,对你们也缺少关心,近来的表现怎么样?"端方想了想,说:"就那样。"吴蔓玲说:"怎么能'就那样','那样'是哪样?"吴蔓玲瞥了端方一眼,目光里有了责备的意思,说,"端方,你回来也有些日子了,总不能这样晃荡。无论怎么说,你是个高中生,是个人才。前途无量呢。总还是要有一个好的表现,将来要是有了什么机会,你得先把群众的嘴巴堵上,这样我才帮得上。"吴蔓玲的这一番话说得合情合理了,既有对端方的肯定,也有对端方的希望,口气当中似乎也暗含了些许不满,但总体来说,还是为端方着想的,端方听出来了。端方停住了脚,笑呵呵的,改成了搓手,嘴里说:"谢谢吴支书。"吴蔓玲提起地上的大铁锹,重新扛到肩膀上去,瞪端方,说:"还吴支书吴支书的,跟你说过多少遍了,喊吴大姐,要不就喊蔓玲。"端方把下嘴唇咬在了嘴里,说:"哪能呢。"吴蔓玲再一次笑起来,说:"我的名字可是毒药,一进嘴就药死人了?"

在回大队部的路上吴蔓玲故意绕了一段,来到了三丫的家门口。天井的门敞开着,却是空的。吴蔓玲犹豫了,不知道是进去一下好,还是不进去的好。就站住了。这时候三丫端着一只小木盆,刚好从堂屋出来,看见吴支书扛着大铁锹立定在自家的门口,愣了一下,吴蔓玲也愣了一下。但三丫显然是吓着了,她又来了!三丫端着小木盆就往回走。吴蔓玲把三丫叫住了,三丫就端着木盆,背着身,拖了很长的辫子,站在堂屋的门口。堂屋里头却传出孔素贞的声音。孔素贞在堂屋里招呼道:"是吴支书啊?进屋坐坐噻——我也站不起来了。"吴蔓玲站在天井的外面,思忖了片刻,把大铁锹靠着围墙放下了,还是进屋去了。孔素贞躺在草席上,看起来是两只膝盖发炎了。三丫跟在吴蔓玲的身后,把手上的小木盆又端回来了。三丫放下手里的小木盆,拿了一张凳子,放在吴蔓玲的屁股后头。孔素贞说:"吴支书坐。"吴蔓玲坐下了,望着孔素贞的膝盖,说:"怎么样了?"孔素贞说:"没事。"吴蔓玲说:"思想上通了没有?"孔素贞笑着说:"通了。通了好几天了。"吴蔓玲笑了,说:"你怎么把膝盖磨成这样?下次别这么死心眼,跪着不舒服了,就站一站。阶级斗争要搞,身体也要当心。"孔素贞说:"晓得咯。"孔素贞吩咐三丫说,"钉在地上做什么?给吴支书倒水去啊!"三丫绷了一张脸,朝着厨房的那边去了。吴蔓玲望着三丫的背影,咳嗽了一声,又咳嗽了一声,把目光从三丫的后背上收了回来。因为是从三丫的那边收回来的,目光就不那么像目光,有了承上的和启下的内容。孔素贞把这一切都看在眼里,没有动,但体内的血却动了,一起往脸上涌。好在吴支书什么都没有说,一句话都没有说。刚巧三丫端着水过来了,把碗放在了饭桌上。吴蔓玲没动那只碗,也没有看三丫一眼,起身了,对孔素贞说:"我也就是来看看你。好好歇着,早一点把身子养结实了,过些日子还要收早稻呢。"孔素贞还想站起来送客,被吴支书的巴掌挡住了。孔素贞给三丫递了一个眼色,让三丫替自己送客。三丫送走了吴支书,回到堂屋,却看见母亲孔素贞已经站直了,手里头端着那只盛满了脏水的小木盆。三丫想说"让我来吧",还没有来得及说出口,孔素贞已经把一盆子脏水泼在了三丫的脸上。

虽然躺在床上,孔素贞的努力还是见到了收成。仅用了四天的工夫,毛脚女婿房成富就上门了。房成富是中堡镇上的一个皮匠,一个瘸子。俗话说得好:"十个皮匠五个瘸,还有五个拄着拐。"可以说是皮匠这一个行当的特征了。皮匠不是木匠、瓦匠,不用在外面走街串户。皮匠也不是铁匠,花不了那样大的力气。只要坐在那儿,一手捏着锥子,一手拿着针线,再备上几个木楦子,就行了。所以,一般说来,孩子的腿脚上有了什么大的缺陷,做父母的就会让孩子选择这一行。反过来说,一个人只要做了皮匠,大致上也就知道他是什么样的一个情况了。"宁给木匠补房,不做皮匠新娘",说的就是这样一个意思。说起来房成富原来倒是有过一个媳妇的,是个哑巴,前后生过两个孩子。没想到一九七二年的开春哑巴媳妇得了胃癌,嗓子浅了,什么东西都咽不下去,一咽就吐,拖了一百来天,眼睁睁地给饿死了。房成富做了四年的鳏夫,拉扯着孩子,一颗心其实早也就死了。谁能想得到房成富还会有苦尽甘来的这一天？谁也没有想到。他房成富在这一把年纪居然又要当新郎了，还是个黄花闺女。难怪瘸了腿的老皮匠一个劲地给他哑巴媳妇的亡人牌磕头。

房成富起了一个大早，划上小舢板，朝王家庄来了。一路上运气不错，遇上了顺风。顺风也就是富路，房成富扯起了小风帆。风帆里兜满了风，弯弯地鼓起来了。房成富望着风帆，心窝子里一热，裤裆那一把也鼓起来了，鼓了一路。晌午过后，小风帆来到了王家庄。问了两次路，房成富把它的小舢板泊在了孔素贞家屋后的码头上。房成富收好风帆，拴好小舢板，拎起猪肉、红糖和两瓶散装的大麦烧，架起双拐，上岸了。

虽说孔素贞在嫁女儿的问题上铁了心，但房成富真的进了门，孔素贞还是后悔了，近乎心碎，又不好说，不停地拿眼睛瞟大辫子。嘴上什么都没说，骨子里还是伤着了自尊，替自己的女儿叹息了。再怎么说，大辫子还是不该把这样的人带到自己家的门槛里来的。房成富的腿脚不好也就算了，还是个秃头。这也是皮匠们的另一个特征了。一般来说，皮匠们一手拿锥，一手拿针，在他们每做一个缝补动作之前，都要把锥子放在头上蹭一回。头发上有油，这一来锥子就润滑了。时间久了，就成了配套的习惯，头发便一根一根蹭光了。这些都在其次，孔素贞最不喜欢的还是这个皮匠身上的气息，一进门，什么都不说，便把猪肉、红糖、烧酒排在了条台上，挪到了最显眼的位置。显摆了。这是小镇上的人特有的坏毛病，明明是穷酸，其实没什么，可偏偏要做出碗大汤宽的样子，其实更穷酸，反不如真正的穷人穷得大方。要不得。孔素贞不是没有见过世面，你房成富这是做什么？给谁看？这里是谁的家？还有一点也是孔素贞极不喜欢的，房成富不说话，当他表示"好"或"可以"的时候，总是迅速地竖一下大拇指，猴里猴气的，猥琐得厉害。孔素贞想，也难怪了，他的亡妻是个哑巴。可你的舌头好端端的,你做什么哑巴?房成富的大拇指像个演戏的,一会儿出将,一会儿入相,这算演的哪一出?都是怪毛病。一句话,孔素贞看不上。

当然,再看不上,女儿还是要嫁。在这一点上,不可以讨价,也不可以还价。孔素贞真正心碎的正是这个地方。孔素贞瞅了大辫子两眼,在毛脚女婿的对面坐下了。跷上小腿,样子端出来了。虽说急着嫁女儿,这里头的分寸却是不能丢。要不然就作践了自己的女儿。王大贵原本坐在一旁吸旱烟,房成富给他敬了一根"大运河"的纸烟,王大贵这才站起来了。王大贵接过纸烟,捻碎了,压到烟锅里去。心里想,中堡镇他这一辈子是不想再去了。

真正忙活的是大辫子。和所有的媒婆一样,大辫子在调节气氛,一个劲地说废话,说好话。大辫子这个媒人其实相当好做,孔素贞已经把底牌交给她了。第一是活的,第二是男的,相完亲,立马娶人,越快越好。就是这样一个原则。当然了,话究竟怎么说,怎么说才不伤女方的体面,孔素贞用不着交代。大辫子的那张嘴,吃进去的是草,吐出来的是奶。她有这样的特殊功能。其实大辫子也已经给房成富交了底了:"三丫的成分不好,可人家要求进步。她不图别的,就是想早一点加入到工人阶级的队伍。"房成富不懂得阶级,真的不懂,就懂得补鞋底、上鞋子。当然,女人好,年轻的女人更好,这个他是懂得的。

该客套的客套了,该虚应的虚应了,大辫子的那张嘴也有点累了,也该歇歇了。她来到了东厢房,看三丫来了。看三丫是假,请三丫进堂屋去坐一坐才是真。无论如何,作为相亲的一个必要步骤,男女双方在堂屋里见一见面,总是一个必需的程序。其实三丫已经见过房成富了,大辫子作为一个过来人,这一点很明白了。一般来说,毛脚女婿上门,做媒的媒婆都会安排他们坐在堂屋的西侧,脸朝着东。这样一来,躲在闺房里的闺女就可以从门缝里看着了。要是她愿意,可以出来,也可以不出来;要是不愿意那就笃定不会出来了。

三丫没有出去。什么都不说,坐在床沿,就是不说,不动。低着头,一双眼睛无力地望着右下方,在出神。大辫子坐在三丫的身边,伸出手来,摸三丫的头,摸三丫的辫子,最后,又在三丫的后背上轻轻地拍了两巴掌。这两巴掌的意思很明确了,是在告诉三丫,别闹了吧,事已至此,这件事就这么定了吧。三丫抬起了脑袋,望着大辫子,突然说话了。三丫说:"谢谢了。"然而,只是和三丫对视了一眼,大辫子立即就明白了,这哪里是谢她,咬她的心思都有了。

大辫子再一次回到堂屋的时候说话明显地少了。似乎受到了打击。这一点孔素贞注意到了,连房成富都注意到了。但是,不管是孔素贞还是房成富,都没有不安的意思。大辫子在中间早已经给他们相互交过底了,眼底下最重要的是他们的决心,而不是三丫的态度。说到底这件事和三丫无关,由不得她的。大辫子来到堂屋之后并没有坐,粗粗交代了几句,听得出,有走人的意思了。孔素贞放下二郎腿,起身了。孔素贞重新拿出一只碗来,倒上开水,拎过房成富带来的红糖包,打开来,用指头撮了一把,放进去了。孔素贞把绛红色的糖茶端到大辫子的面前,堆上笑,说:"大辫子,有劳了。你也该歇歇了,坐下来喝口茶。"大辫子望着孔素贞一脸的笑,看得切切实实的,那不是一般的巴结。大辫子心一软,坐下了。喝了一口,甜得都揪心。大辫子说:"嗨,齁死我了。"

接下来的交谈直接抵达了实质,中心议题是娶人。绕了半天,孔素贞避实就虚,再一次把二郎腿架上了,说:"这个家的主我还做得。"等于摊牌了。等于说,丫头是你的了。中心问题反而不再是问题。交谈一步一个脚印,下一个议题自然是娶人的时间。房成富这一头就不用说了,隔山的金子不如铜,搂在怀里才是真的。早搂一天是一天,早搂一天赚一天。他急。光秃秃的脑袋上都出汗了。其实孔素贞也急,在程度上一点也不亚于火急火燎的老光棍。但是,孔素贞的老到和自尊在这个时候体现出来了,她引而不发,微笑着,在微笑中静静地期待。大辫子望着房成富,说:"你说呢?"皮匠低着头,不停地拿眼睛瞥"丈母娘",不停地笑,不停地用大拇指的指甲蹭头皮。皮匠说:"还是听妈妈的吧。"大辫子差一点喷出来,这个老黄瓜,刷上了绿漆,倒装起了嫩,八字都没有一撇,都"妈妈"了。太肉麻了。老光棍到底是镇子里的人,不管装得多么老实,骨子里油滑得很,就是太不要脸了。老光棍的这一声"妈妈"真的是管用,把皮球再一次踢到孔素贞的这边来了,孔素贞越发不知道怎样才好了。还是微笑,可微笑却越来越硬。大辫子试探性地说:"依我呢,也不要急,隔个十天半月的也不妨。"话说得是从容了,然而,急在里头。哪有嫁女儿"十天半月的"还说"不急"的呢。孔素贞终于发话了,孔素贞望着大辫子,和大辫子商量说:"三丫的身子单薄,今年就别让她再去割稻子了吧?"这句话很能够体现母女的情分了,体恤得很。大辫子在心里头掐了一遍手指头,割早稻也就十来天的光景了。看起来三丫真的是让孔素贞伤透了心。三丫这个烫手的山芋孔素贞可是一天都不想留了。大辫子顺坡下驴,说:"我就是这么想的。"皮匠笑了。这一次是真笑。可他的真笑比假笑还要难看,鼻子和眼睛都挤在了一起,像鞋底和鞋帮子一样绗在了一起。

返回的水路上房成富一直在和自己的亢奋做斗争。老话说,小人发财如受罪,对的。房成富的亢奋的确已经到了受罪的程度。除了尽力划桨,房成富实在也找不到表达的办法。他压抑得太久太久了,成了性格,成了习惯,成了活法。喜从天降自然也就成了考验。裤裆却安稳了,居然乖巧起来,没有添乱,再也没有作出强有力的反应。想必它也累了。房成富充满了感激,他想感谢一点什么,他一定要感谢一点什么。就是不知道该感谢谁。是谁把三丫送给他的呢?这是一个谜。房成富找不到谜底,他为此而伤神。依照一般的常理,他房成富本来是应该打一辈子光棍的,可他偏偏就娶到了,而现在,他又将要娶第二个了。那可是一个肉嘟嘟的姑娘啊!肉嘟嘟的!房成富还能说什么?还能说什么?他只有自我伤害才能够说明自己的狂喜,只有自我伤害才能够表达这种虚空的感激。房成富对自己说:"我宁愿损十年的阳寿!我情愿少活十年!"就在同时,他把自己的寿命毫无根据地放大了,是九十二岁。减去了十岁,他还剩下八十二。够了,还有得赚。老天爷,老天爷,你在哪里?你为什么对我这样好?"我情愿损十年的阳寿!"

房成富已近乎迷乱。看天不是天,看水不是水。心在跳,嘴巴在唱。一点都没有留意河岸上一直走着一个人。是端方。端方尾随着房成富的小舢板走了一路了,亲眼目睹了这个鳏夫的癫狂。旷野里空荡得很,全是傍晚的阳光,全是傍晚的风。端方把四周打量了一遍,回过头来,对着河里的小舢板吆喝了一声:

"喂——"

房成富停住了手脚。他以为岸上的人要过河。虽说急着赶路,房成富还是让小舢板靠岸了。他要帮助别人,任何人。房成富对着端方喊:"小兄弟要到哪里去?"端方没有搭腔,他从河岸慢慢走到了河边,站在那儿,把房成富从头到脚看了一遍,开始脱衣裳。先是上衣,后是裤子,最后是三角裤衩。这样的阵势特别了,这个小兄弟有意思了。端方光着屁股,抱起胳膊,跨上了小舢板。在他跨越的时候,裆里的东西十分沉静地晃动。房成富望着端方裆里的东西,又大,又结实,突然怕了。想走。可已经来不及了。端方跨上来,坐下去,开始帮房成富收拾。他把能够看见的东西一样一样丢在了水里。最后伸出手去,要房成富手里的双桨。房成富给了他一把,端方接过来,折了,放在了水里。还要。房成富又把另外的一把给了他,端方又折了,同样放在了水里。出事了。房成富知道出事了。他望着端方,脑子在迅速地盘算,没有结果。端方说:"房成富,认识我吧?"房成富的双手扶紧了船帮,说:"不认识。"端方说:"我可认识你。中堡镇没有我不认识的。"房成富说:"我哪里对不起你过,你告诉我。"端方没有搭理他,一个人闷了半天,笑了起来,把房成富都笑毛了。端方望着房成富,说:"三丫我睡过了。"这句话是从天上掉下来的,直接砸在了房成富的脑袋上。他瞟了一眼端方的裤裆,同样闷了半天。房成富最后说:"没事。没事的。"端方提高了嗓门,说:"我有事!她是我的女人!——你不许再到王家庄来,听见没有?"房成富说:"我花钱了,我买了肉,酒,还有……"端方打断了房成富,说:"我还你。我今天帮你省下医药费,就算清了。——要是再来,你的眼珠子会漏血,你信不信?"房成富说:"我信。"端方说:"信不信?"房成富说:"我信。"

第十二章

庄稼生长在泥土里，然而，决定它命运的却是天。比方说，老天爷给它多少日照，是给它暴晒，还是给它阴霾。比方说，给它多少水，是给它洪涝，还是给它干旱。比方说，给它什么样的温度，是给它酷暑，还是给它严寒。这些都是关键，直接关系到庄稼最后的收成，甚至，关系着庄稼的死活。还不只是这些。老天爷如果不给面子，庄稼们会生病，就说稻子吧，会得"纹枯病"，好端端的一棵秧苗，就是不抽穗，最终什么都不是了，成了草。庄稼还会长虫子，那些疯狂的、蛮不讲理的虫子把庄稼的枝叶或浆汁当成了它们的大餐，它们抢在你的前面，把你的谷物统统吃光，统统喝光。最后，你收回去的仅仅是瘪子——这些都是"天"的厉害。然而，毛主席发话了，人定胜天。干旱算什么？洪涝算什么？几个虫子又算什么？要扫除一切害人虫，全无敌。

消灭虫子与病灾的工作交给了农药。水稻有纹枯病吗？那好吧，那就来点"叶棵净"。"叶棵净"是专治纹枯病的良药，可以说药到病除。麦苗生蚜虫了？可以用"二三乳剂"去对付。棉花有棉花的办法，洒一点"乐果"，实在不行了可以用"蚨喃丹"。当然了，最剧烈、最有效的农药还是"敌敌畏"，它有极好的广谱性，不管你是什么庄稼，不管你是什么病，不管你是什么虫子，只要你是"敌人"，敌敌畏——这是一个所有的"敌人"闻风丧胆的名字——绝对叫你屁滚尿流，死无葬身之地。

三丫手里端着的正是"敌敌畏"。她要消灭的不是病虫，而是她自己。用"敌敌畏"杀死自己,是企图寻死的乡村女人或乡下姑娘们最新的创造。比起投河来,比起上吊、跳井、撞墙、剪气管、抹脖子来,喝农药利索多了,也科学多了,一句话,省事多了。是时代的一个进步。三丫喝农药的时间是在中午,吃中饭的时候。孔素贞刚刚把碗筷放在饭桌上。大贵坐下来了,红旗也坐下来了。孔素贞突然闻到了一股不好的气味。鼻孔吸了两下,是农药。农药的气味鬼祟得厉害,像会飞的蛇,在屋子里到处吐舌头。孔素贞放下勺子,心里头突然有些阴森,四下看,三丫的房门是掩着的。孔素贞喊了一声:"丫!"孔素贞立即又补了一声,"丫!"蹑手蹑脚上去了,推开来,一下子愣住了。三丫正站在床边,手里头拿着一只瓶子。三丫没事一样端详着瓶子上的骷髅,骷髅没有眼睛,没有鼻子,没有嘴,有的只是黑色的、深邃的洞。一共是五个。而嘴里的每一对牙齿都十分地对称,安安静静地咬牙切齿。看起来三丫已经端详了一段时间了,终于好了。她把瓶口对准了嘴巴,一骨碌仰起了脖子。孔素贞还愣在那里,都没有来得及叫喊,却已经扑上去了。孔素贞一把打开了三丫手里的药瓶。药瓶掉在地上,破碎了。药瓶的爆炸声远没有想象中的那样恐怖,甚至还有些闷。只是飞到远处的碎片悠扬得厉害。而农药的气味丧心病狂了。会飞的蛇即刻变粗了,变长了,成千上万,黏糊糊的,塞满了屋子。孔素贞一拍屁股,跳到了一个不可思议的高度,这才喊了一声:"肉!肉!我的肉哎——"

王大贵背起三丫就往合作医疗跑。他的急促的脚步差不多就是一个热情洋溢的宣传员,一路狂奔,一路呐喊。一眨眼,王家庄喧闹起来了。王家庄本来是安静的,王家庄本来是阒寂的,似乎一直在等待着"事件",一直预备着"事件"的发生。现在好了,"事件"到底来了,寂静一下子打破了,石破天惊。消息就是命令,也就是喘口气的工夫,所有的人都冲出了家门,他们在跑。

许多人都在咀嚼,许多人的手上都还握着碗筷。他们冲到了孔素贞的天井,当然,扑空了。他们凭借着丰富的经验,凭借着对事态的发展无与伦比的判断,直接向合作医疗冲锋而去。在孔素贞的家与合作医疗之间,一路鸡飞,一路狗跳。王家庄沸腾了。人们堵在合作医疗的门口、窗口,竭尽全力去抢占最为有利的地形。为了能够抢占最佳的视觉角度、一个制高点,一些人甚至都爬到树上去了。最后出场的当然是最关键人物,是兴隆。人们在给他让路。兴隆一边走,一边卷袖口。到了进门的时候,他的袖口差不多也卷好了。合作医疗的小屋里全是人,密不透风,几乎都没法转身。兴隆说:"把人抬到外面去。"庄稼人都是热心人,大伙儿在抢,七手八脚,一起把三丫架到门外,放了地上。现在,屋子里只剩下兴隆了。他用肥皂反复地在水里搓手,他要为三丫做好洗胃的肥皂水,满满的一大盆。最终,肥皂水做好了,兴隆端着盆子蹲在三丫的面前。三丫紧闭着眼睛,紧咬着牙关,不松口。从三丫坚决的样子来看,大伙儿以为兴隆要用筷子撬三丫的牙齿了,没有。兴隆有兴隆的办法。他在县里头学过的。兴隆叫人把三丫的脑袋摁住,左腿摁住,右腿摁住,左胳膊摁住,右胳膊摁住,三丫一点都动弹不了了。到了这个时候,兴隆捏紧了三丫的脖子,不让三丫吸气。然后,一松手,三丫的嘴巴突然张大了。兴隆拿起预备好了的树枝,准确地塞到三丫的牙齿中间,这一来她的牙齿就再也咬不起来了,嘴巴当然也就闭不严实了。兴隆没有立即就灌,而是捏紧了三丫的鼻子。这一点是十分重要的。只要把三丫的鼻子捏紧了,她的呼吸就只能依赖嘴巴了。为了呼吸,她就必须把嘴巴里的肥皂水咽下去,有多少就咽多少。饱了为止。兴隆有条不紊地,一转眼就灌下去半脸盆。四周里鸦雀无声,人们在心里赞叹兴隆的手艺,赞叹兴隆救死扶伤的镇定。三丫被灌饱了,激动人心的时刻终于来到了,三丫再也不能躺在地上装死了。要知道,她的肚子里装的可都是肥皂水呀,万般地恶心。虽说还闭着眼睛,但身子坐了起来,刚直起上身就开始狂呕。听上去她的五脏六腑全是水,哗啦啦地喷涌出来了。黑压压的人群后退了一步,松了一口气。兴隆用他的指头在地上抠了一块呕吐物,伸到孔素贞的面前,让孔素贞闻闻。这一点至关重要,肚子里的农药多不多,气味浓不浓,这才好确定下一步的措施。孔素贞没有闻,却伸出了舌头,舔了一块,把呕吐物含在了嘴里。这种时候孔素贞哪里还敢相信自己的鼻子,女儿的性命全在这儿呢,她只肯相信舌头。但孔素贞什么也没有尝出来,自己就吐了。孔素贞又尝了一次,这一次确凿了,反而更害怕了,没有农药的味道,一点都没有。照理说,她的心中应当充满惊喜才对,孔素贞却没有,直愣愣地望着兴隆,不知所以。只能让男将王大贵接着尝。

　　端方来到合作医疗的时候大门口早已是水泄不通。全村的人差不多都齐全了。沈翠珍倒是一个例外,来了,却没有挤到人堆里去,一直站在最外围的路口。她有她的心思,她在等待端方。只要端方一出现,赶紧得把他拖走。在这种时候,端方不能出现在这种地方,是非之地不可留哇。沈翠珍最担心的事情还是发生了,端方,他来了。沈翠珍什么也没说,一把就把他拽住。可是,端方的脸已经黑了,完全是六亲不认的样子,哪里还能拽得住。端方直接往人缝里挤,附带把他的母亲也带进来了。端方的到来几乎没有引起任何人的注意,然而,他的力气实在是太大了,完全依靠胳膊的力量十分蛮横地推开了一条道路。人群里一阵骚乱,端方来了。端方究竟来了。这个消息在混乱而又嘈杂的人群里以最快的速度传播开了,黑压压的人群顿时安静下来。这样的安静有它的潜台词,说明现场的每一个人对端方和三丫的事情早已是心知肚明。人们完全有理由把嘴巴闭上,静观事态何去何从。

　　烈日当头。人山人海。端方来到人群的最中央,在三丫的身边蹲下来了。还好,三丫还是活的。端方立刻就松了一口气。端方把一只手搭在兴隆的肩膀上,问:"有救吗?"兴隆把嘴巴一直送到端方的耳边,小声说:"发现得早,可能农药还没有下肚。"这个消息对端方来说简直就是绝处逢生,具有感人至深的力量,足以把端方击垮了。端方紧抿着嘴,点头,不住地点头。端方在兴隆的肩头重重地拍了两下,腾出手,搭在了三丫的额头上。这个举动骇人听闻了,这个举动意味着他和三丫的秘密全部公开了,整个王家庄都看在了眼里。端方轻轻地呼喊了一声:"三丫。"三丫闭着眼,想睁开,但是,天上的太阳太毒了,三丫睁不开。但是,她全听见了。是端方。她伸出手去,在半空中,软绵绵的,想抓住什么。端方一把抓住了。这就是说,三丫一把抓住了。软软地,却又是死心塌地地抓牢了。三丫的五根手指连同胳膊连同整个身体都收缩起来,把端方的手往胸口上拉,一直拉到自己的跟前,摁在了自己的胸脯上。三丫的举动惊世骇俗了,可以说疯狂。在三丫死去四五年之后,王家庄的年轻人在热恋的时刻都能够记得三丫当初的举动,这是经典的举动、刻骨铭心的举动、不祥的举动,是死亡将至的前兆。而在三丫死去的当天,王家庄的社员同志们是这样评价三丫的:这丫头是骚,死到临头了还不忘给男人送一碗豆腐。

孔素贞虽说疯狂,但端方的一举一动还是收在眼底了。应该说,在这样的时刻,端方有情有义了。就冲他现在的这副样子,孔素贞原谅他了。这孩子,恨他恨不起来的。一抬头,目光正好和沈翠珍对上了。两位母亲的目光这一刻再也没有让开,就那么看了一会儿,再也说不出什么来了。

端方从地上抱起三丫,他要把三丫抱进合作医疗。端方疯了,一边走,一边踢。这个时候谁要是挡了端方的道,那真是要出人命的。端方只把兴隆、大贵和孔素贞放进来了,别的人则统统堵在了外面。红旗也想进来凑个热闹,被端方拦住了。红旗大声说:"是我的妹妹,关你什么事?"端方想了想,还是把他放进来了。端方操起一把剪刀,塞在红旗的手上,关照说:"谁进来就戳谁!"红旗站在门口,转过身来,第一次拥有了凌驾于众人之上的感觉,关键是,他明确地拥有了端方这样的靠山,扬眉吐气了。红旗的样子顿时变得很凶,吼巴巴的。叉起腰,是一夫当关万夫莫开的气势。

利用孔素贞给三丫擦洗的工夫,端方和兴隆在作紧急磋商。到底要不要把三丫送到镇上去,这是摆在他们面前的首要问题。三丫的呕吐物里面没有半点气味;瞳孔一直也没有放大;呼吸虽说急促,但是,并没有衰弱的迹象——也许只是虚惊一场,这些都是好的一面。可是,坏的一面谁也不好预料,谁也不知道下一步究竟是怎样的一个局面。人命关天,赌不起的。为了预防万一,兴隆还是抢先给三丫注射了阿托品,随后吊上了吊瓶,左右开弓:一瓶生理盐水,一瓶葡萄糖。无论如何,这样的措施是必不可少的。即使送镇医院,起码也争取了时间。毕竟是十多里的水路呢。

事态到了这样的光景,说简单其实也简单,只要三丫开口就行了。她到底喝了没有,一句话就有了答案,哪怕点一下头,摇一下头,下面的事情也就好办了。可是,任凭孔素贞怎么问,怎么求,三丫不开口,还闭紧了眼睛,一副死猪不怕开水烫的样子。孔素贞就差给女儿跪下来了。你这是跟谁犟呢我的小祖宗哎!

三丫没有喝。一滴都没有。她是不会喝的。死其实很容易,哪一天不能?只要到房成富真来带人的那一天,确定端方绝了情,再死也不晚。就算喝不上农药,还能上吊,就算不能上吊,还能跳河,就算不能跳河,撞墙总是可以的了。你看不住的。你不能把天下所有的上吊绳都藏起来,你不能把大地上所有的河流都盖起来。你没那个能耐。三丫这一次喝药是假的,她如果真的要死,轮不到孔素贞冲进来,轮不到兴隆在这里灌肥皂水。

她是做给别人看的,最关键的是,她要做给端方看。她要端方看见她的心。她要看看自己死到临头的时候端方会做些什么。她还要做给她的母亲看,你一定要我嫁,我就一定死,没商量。可端方来了,当着所有的人,没有畏惧,他来了。这才叫三丫断肠。看起来他的心中有三丫的。就算是真的死了,值。三丫的悲伤甜蜜了,三丫的凄凉滚烫了。她就想说,端方,娶我吧,啊?你娶了我的这条卑贱的小命吧,啊?

但三丫是不会开口的,她什么都不会说。无论是什么事,她做得来,却说不来。孔素贞都已经疯了,她死死地抓住了三丫的手,不要脸面地嚎叫:"三丫,告诉我呀,告诉我,你到底有没有喝?"三丫闭着眼睛,就是不开口。她不能开口。她要是说出了实情,那她就是"假死"了。"假死"太丢人了。全王家庄的人都是来看你死的,眼泪都预备好了,你却没有死,你对得起谁呢?现眼了,会给别人留下一辈子的话把子。有一件事情三丫是知道的,四五年前,高家庄的高红缨就是这样丢了性命。高红缨和一个海军战士谈恋爱,被人家甩了,要逼对方,就喝药。禁不住医生灌肠,高红缨就招供了:"没敢咽下去。"高红缨的头从此就再也没有抬得起来。比方说,村子里有人要做鞋,需要鞋样子,刁钻的女人就会说:"去找红缨哎,人家会'做样子'。"这样的话哪一个姑娘能承受得起?高红缨最后还是投井了。直到高红缨的尸体堵在了井里,高家庄的嘴巴才放过了她,用磅礴的泪水与飞扬的鼻涕给红缨送了终。

商量的时间很短,结果出来了。端方说:"送中堡镇。"端方斩钉截铁了,说,"立即就送。"

三丫平躺在凳子上,清清楚楚地听到了端方的决定。眼泪从眼角下来了。直到这个时候,三丫的眼泪才淌下来了。三丫不能说话,骨子里是想到镇上去的。不管是"真死"还是"假死",一送到镇上去,性质就完全不一样了,那三丫就是被医生

"救过来"的人了。这一来就再也不怕别人说闲话了。还有一层,正好给姓房的皮匠看看,你想娶,好,你就娶一具尸首回来吧。一吓,说不定他也就主动退了。三丫想,想来端方还是知道自己的心思的,他这是给自己铺台阶了,好让三丫下来。三丫就觉得自己这一辈子也不能没有端方,越发地伤了心。

端方命令红旗扛来了大橹,自己则背上三丫,叫上兴隆,匆忙上船了。王大贵不放心,想往船上跨,孔素贞却拽住了。虽说惊慌,孔素贞毕竟是个明白的女人,多多少少看出了一些苗头,多多少少放心了。看起来自己真是急糊涂了,还在这里呼天抢地地问自己的女儿,让女儿怎么开得了这个口呢。当然要送中堡镇。翠珍哪,你的前世是怎么修的?生出了这样的一个儿子来。你死了一次男将,却得到了这样一个儿子,这是佛祖可怜你了。翠珍哪,别怪我老脸皮厚,改天我到你的面前去,我给你跪下,我给你磕头。人生一世,草木一秋,由着他们吧。你发发慈悲,由着他们,啊?

上了船兴隆才想起来,生理盐水和葡萄糖都忘了带了,一路上要用。红旗很积极,抢先说:"我去!"兴隆就让他去了。红旗笨手笨脚,用他的上衣把生理盐水和葡萄糖裹在怀里,跌跌撞撞回到了船上。要是细说起来,生理盐水和葡萄糖都不是药,没什么用。但是,对于服毒的人来说,意义可就大了。毕竟是十来里的水路呢。还有一点,作为一个赤脚医生,兴隆懂得一个最基本的道理,在事态重大的时候,给病人吊上水,对病人和病人周围的人来说都是一个极其重大的安慰。从这个意义上说,吊和不吊完全不一样了。吊瓶悬挂在那儿,给人以科学、安全、正规、有所寄托、有所展望的印象,是救死扶伤的印象。

端方和兴隆在拼了命地摇橹。红旗则歪在船舱,仰着头,望着吊瓶。吊瓶里有意思了,有气泡,一串一串的,仿佛鱼的呼吸。如果这样的气泡出现在池塘,下面必定有鱼,是鲤鱼,这一点红旗是可以肯定的,二三斤的样子。依照红旗的经验,肯定不会是鲢鱼,鲢鱼的嘴巴大,性子急,远不如鲤鱼那样安定,所以,它的气泡就不是这样。红旗几乎已经看到那条鲤鱼了,顺着气泡往下找。他的目光经过瓶颈、滴管,最后落到了三丫的手臂。原来不是鱼。红旗望着三丫的手,突然想起来了,长这么大他还没有吃过药呢,还没有打过针呢,更不要说打吊瓶了。打吊瓶,这实在是一件可望而不可即的事情,不知道是怎样的福,红旗没享过。是甜的,还是酸的?是辣的,还是咸的?红旗一点把握也没有。红旗歪在中舱,想着他的狗头心思,慢慢地,在大太阳底下睡着了。

老实说,兴隆不是看在三丫的脸面上,而是却不过端方的情面才上路的。作为一个医生,他不好把话说死了,其实,有数得很,三丫不碍事的。她呕吐出来的气味在那儿呢。如果不是三丫这样折腾,这会儿他一定上床了,睡觉了。他只能指望中午的这一觉了。夜里头一分钟也别想睡。这些日子父亲的动静越闹越大、越闹越吓人了。刚刚上完了吊,头上的伤好了,可别的动静又来了。大白天他是蔫着的,没什么事。一到了夜里,吓人了,他的精神头来了。拿着一把手电,到处照,到处找。嘴里头还念叨。天井里照一照,床底下照一照,门后面照一照,笆斗里照一照,打开站柜的门,再冲着站柜的里头照一照。而到了下半夜就更吓人了,一次又一次地起来,沿着屋顶上的屋梁,一根一根地照过去。就像电影里头日本鬼子的探照灯似的。夜深人静的,那些陈旧的木梁和椽子是不能照的,一照就有了特别的气氛,有了恐怖的迹象,不害怕也害怕了。他照什么呢?他找什么呢?也不说。

后来的情形就更坏了,不仅照,另一只手上还要拿着一把刀。这一来就杀气腾腾的了。不是老鱼叉杀气腾腾,不是的。

是家里头有一样东西对老鱼叉杀气腾腾,他要防范,护住自己。这一来家里头就有了一样"东西",这个"东西"杀气腾腾的,躲在某一个地方,要对老鱼叉下手。这日子还怎么过呢。就说昨天夜里,好好的,老鱼叉把他的手电照到兴隆的脸上来了。多亏了兴隆眼疾手快,一把夺过了老鱼叉的手电,反过来照亮了老鱼叉。老鱼叉受到了意外的惊吓,直哆嗦,手一软,菜刀掉在了地砖上。深更半夜的,突如其来的,菜刀在地上颠了四五下,你说吓人不吓人?老鱼叉的脸在手电筒的照耀下变得无比地狰狞,僵在那儿,悬浮在半空。两边的腮帮子也凹陷下去了,眼角的皱纹纤毫毕现,几乎就是一个刚刚从地窖里钻出来的魔鬼,而瞳孔里的光早已经开了叉,蓝幽幽的,发出又畏惧、又凶恶的光。因为畏惧和凶恶,炯炯有神。真是又可怕,又可怜。老鱼叉嗫嚅着下嘴唇,问兴隆:"你是谁?"兴隆跨上去一步,踩着菜刀,把手电筒反过来了,照亮了自己的脸庞,说:"爸,我是兴隆,兴隆啊。"老鱼叉定定地望着他的亲儿子,下巴一会儿转到左边去,一会儿又转到右边去,认出来了,是兴隆,是他亲生的儿子。老鱼叉一把抓住了兴隆的胳膊,说:"兴隆,家里藏着人!家里头有人哪!——赶快抓住他,把他劈了!!"老鱼叉的话把兴隆弄得寒毛直竖,却不敢乱,只能加倍地镇定,说:"家里哪儿有人?啊?连一只老鼠也没有哇。"老鱼叉急了,非常急,咬紧了牙关,脑袋咬得直晃,口齿含糊地、却又十分坚决地告诉兴隆:"有。家里头有人!"

　　作为一个赤脚医生,兴隆不知道自己的父亲到底得的是什么病。真是羞于启齿。说他疯了吧,他没有。天一亮,他就安好了,太太平平地坐在角落里,说话、办事都有他的步骤,说明他的脑子没坏。说他没疯吧,也不对,深更半夜的他就是觉得自己的家里"有人",躲在床底下,躲在箱子里,躲在墙缝里,躲在屋梁上,躲在箩筐里,躲在锅里、碗里,躲在鞋里,甚至,躲在他自己的耳朵里、屁眼里。总之,躲在一切幽暗的、难以被阳光照耀的地方。兴隆真是一点办法也没有,你有天大的本事你也不能叫太阳不下山吧。东方一定要红,太阳一定要升,这不是三年五年才来一次的事情,更不是十年八年才来一次的事情,它一天一次,年年有,月月有,天天有!谁也挡不住。真是要了人的命了。老鱼叉没有病,要说有,那只能是"夜病"。他的病就这样和"黑夜"捆绑在一起了,成了黑夜的一个部分,和黑夜一样无头无绪,和黑夜一样无边无际,和黑夜一样深不见底。这个病对老鱼叉来说是致命的,对兴隆来说也一样地致命。只要天一黑,家里的那个"人"就变得非常巨大,空阔,浩瀚,同时又非常细微、幽秘,一句话,无所不在,无孔不入,如影随形。——可是,这个"人"到底是谁呢?他是谁?老鱼叉不说。兴隆问过无数遍,老鱼叉就是不说。兴隆坚信,只要把"那个人"问出来,天就亮了,父亲的病就好了。好几次兴隆想严刑逼供,他做好了老虎凳。但是,兴隆忍住了。不敢。对父亲,他还是怕。老东西的手有多毒,兴隆和他的哥哥是一路领教过来的。兴隆就没见过比自己的父亲还要六亲不认的人。除非把他打死。打不死,他一旦缓过气来,一准能要你的命。还有一点兴隆也没有把握,用老虎凳来对付自己的父亲究竟有没有用?兴隆没把握。知父莫如子。老鱼叉这个人兴隆是知道的,他有亡命的气质,磅礴的血性,越挫越勇。你问不出来的。越打,他越犟。越疼,他越是守口如瓶。弄不好就收不了场。——这可怎么办呢?一天一天的,一家子的人谁也耗不起呀!

兴隆真的是困得厉害。他只想像红旗那样,平躺在船舱里,好好地睡上一个囫囵觉。五分钟也是好的。兴隆不能。主要是不好意思。好歹是在救人,他一个医生,睡在病人的旁边,要天打五雷轰的。那就闭上眼睛吧,手脚可是一点都不敢松。

红旗已经醒过来了,他端详着桅杆上的吊瓶,已经是好大的一会儿了。他在等。他在等这一瓶的盐水干净了,好亲手换一次吊瓶,过一把赤脚医生的瘾。这样的机会是不多的。也许就只有这一回了。

三丫的不安就是在红旗换上吊瓶之后出现的。兴隆并没有在意。三丫突然动了。动了几下,似乎是不好意思打搅端方和兴隆,又安稳了。后来三丫轻声说:"端方。"端方也没有听见。等端方听见的时候,三丫的表情已经相当地痛苦了,眉眼和嘴角都变了形。情势急转直下,三丫的状态说变就变。端方一下子发现三丫的嘴唇乌紫了,嘴直张,张得极其大。端方失声喊道:"兴隆!兴隆!!"而三丫的小肚子却开始打挺了。她的嘴巴就那么张在那里,一口气就是上不来。只能拼了命地瞪眼睛,瞪得很大、很圆。嘴里似乎也衔了一样东西,是一句话,是一句什么要紧的话,想说,说不出来。端方跳上去,一下子就把三丫搂住了,感觉到三丫正在努力,是最后的一丝力量。这股力量全部集中在三丫的腹部。她反弓起背脊,在往上顶,全力以赴。她渴望顶住什么。可她的眼神似乎顶不住了,有了妥协和放弃的迹象,在望着端方。那是最后的凝望。显然,三丫已经竭尽了全力,身子松了一下,就一下,全松了。最终落在了端方的胳膊上。

骄阳似火。三丫的身子却冷了,火焰一样的阳光也没有能够改变这样的基本局面。端方一直把三丫搂在自己的怀里,两只眼睛痴痴的,不知道朝哪里看才好。他的目光最终停留在滴管上,顺着滴管,端方的目光爬了上去,一直爬到吊瓶。端方望着吊瓶,突然却把三丫放下了,直起了身子。他把吊瓶从桅杆上取下来,看仔细了。是汽水。端方拿着吊瓶,开始喘,喘了半天,这才想起来拿眼睛去寻找兴隆。没想到兴隆早已经盯着端方了,端方的眼睛红了。兴隆后退了一步,胳膊和下巴全挂下了,也在喘。小船停下来了,漂浮在河的中央,后面挂着一条大橹,水面上安静得一点涟漪都没有。红旗望着他们。端方盯着兴隆,兴隆也盯着端方。只是喘。红旗不知道究竟发生了什么,红旗永远不会知道了。最后还是端方先有了动静,他伸出胳膊,把吊瓶敲碎了,丢在了河里。一个,又一个,咣叮咣当的,全部丢在了河里。兴隆的两条腿一软,"咕咚"一声,瘫在了船板上。

第十三章

对于具体的当事人来说,死亡是一个深不见底的黑洞,在任何时候,面对它都是困难的。可是,如果你把空间放大一下,你马上就会释然了,正如王家庄的人们所说的那样,哪一天不死人呢?还是毛泽东主席说得好,他教导我们说:"死人的事是经常发生的。"斯大林同志说得更好,他在谈论起阵亡将士的时候说:"死亡就是一个统计数据。"一个数据,的确是这样。三丫死了,王家庄的乱葬岗多了一个坟包,别的就再也没有什么了。

三丫的命不好,真的不好。活着的时候都那样了,不说她了。死了,照理说,不该再有什么了。可她的丧事就是办得没有一点样子,连一点丧事的样子都没有,喜气洋洋的。出殡的时辰是在下午,大伙儿挺悲痛的,一起围着三丫的尸体,念叨她的好。谁能想得到王家庄热闹起来了呢。三丫的尸体还没有入殓,王家庄的鸡、鸭、鹅、狗、猫、猪、马、骡、牛、羊、兔、驴、鼠一下子出动了,热闹了。其实是有征兆的,一大早就有了迹象,谁也没有留意罢了。大清早最早撒欢的是那些母鸡们,它们并没有下蛋,可它们像生了龙凤胎的女人,大呼小叫的,撒娇了。而那些公鸡就更可笑了,它们平白无故地拿自己当成了雄鹰,企图在蓝天与白云之间展翅翱翔。它们蠢笨的翅膀无比地卖力,想飞,又飞不高,就从地面跳到围墙上去,再从围墙跳到屋顶上去,再从屋顶跳到树梢上去。它们在树巅上,像巨大而陌生的鸟。鸡一飞狗就跳了,这个是不用说的。狗一跳,动静大了,天上飞的,地上走的,水里游的全部出动了。它们雄赳赳,一个个伸长了脖子,还挺起胸膛,用自己的嘴巴当武器,对着没有危险的前方慷慨赴死。它们没有仇恨,却义愤填膺,好像真理就在前方,等待它们去誓死效忠。它们飞腾、吼叫,团结一心,众志成城。而那些家畜和牲口显然得到了鼓舞,到底蹽开了蹄子,龇着牙,还咧嘴,一副情欲难捺的样子,像发情了,骚得不行,就渴望交配。可是,当它们挣脱了缰绳,一公一母相互打量的时候,愣住了,水汪汪的眼睛迷惘得要命。它们没有情欲。公的并没有勃起,而母的也没有红肿。怎么办呢?不知道了。只能叫,只能跳。活受罪了,是守着活寡的样子。

三丫的尸体就是在这样乱糟糟的场景下搬出了家门。所有的人都很纳闷,今天到底是怎么了呢?没想到更大的事情还在后头——水里的鱼虾也折腾起来了。起初的水面还是好好的,平整如镜,偶尔也只是一两个水花。接下来却不一样了,水花越来越多,越来越大。人们走到河边,吓了一大跳,岸边的水面全是鱼的嘴巴,白花花的,却又是黑乎乎的,一张一闭,仿佛水鬼在召唤。还有虾。它们青黑色的背脊一溜一溜地贴着水面,脑袋一律对着河岸,长长的须漂在那儿,密密麻麻,看得人都起鸡皮疙瘩。而许多大鱼居然漂上了水面,它们躺着,白色的大肚子一闪一闪,已经失去了力量,失去了它们神秘、优雅而又雍容的姿态。——这可是鱼啊!有人又跳进了水中。榜样的示范作用彻底地体现出来了,更多的人跳进了水中。到了这个时候,不只是家禽、牲畜和水里的鱼虾疯了,人也疯了。消息很快就传递到送葬的队伍里来了,有人捞出了鱼,有人捞到了虾,用"捷报频传"来说一点也不为过。捷报传来,送葬的队伍一下子喧哗起来,热闹了,松了,眨眼的工夫就溜掉了一大半。到后来,差不多走光了。他们在哪里呢?在河里。这可是从天而降的外快,错过了那可不是傻×吗。要知道这可不是按劳分配,而是按需分配,想捞多少就捞多少。谁也没有料到共产主义就这样实现了。

　　哀伤被鲤鱼、鲢鱼、鲫鱼、鳊鱼、鲶鱼和虾取代了。人们忘了,三丫还在下葬呢。可话也要说回来,不能因为三丫下葬其他的人就不过日子。人们的心情好得要命。尤其是孩子。到了黄昏,河面上又漂上来一些鱼,但是,人们不要了。够了。这个傍晚的炊烟真是出格地妩媚,无比地轻柔,袅袅娜娜。伴随着夜色的降临,红烧与清蒸的气味蔓延开来了,很鲜,在厨房、天井、猪圈、草垛、巷口和晚霞的边沿飘荡,笼罩了王家庄。盛大的鱼虾晚宴开始了。人们在吃鱼。人们依靠嘴唇与舌头的精妙配合,把鱼肉留在了嘴里,而把鱼刺剔在了外面。就在家家户户吃鱼的时候,王家庄突然响起了笛子的声音。笛子到底是笛子,俗话说得好,"饱吹笛子饿吹箫",一语道破了笛子和箫的区别。箫是凄凉的,它千回百转,哀伤,幽怨,不如意,一脑门子心思,是吃不饱肚子的穷酸秀才们喊冤的方式,自艾自怜了。笛子不一样,笛子饱满、激越、悠扬,有充沛的吐气,体现出酒足饭饱的气象,荡气回肠。谁会在这样的时刻不好好吃鱼,跑出来吹笛子呢?当然是王大贵了,气息和指法都在这儿呢,听得出来的。王大贵吹的是《我为公社送公粮》。这个曲子有它的难度,气息要饱满不算,关键是指法,有一大串忙碌而又豪迈的跳音。想想看,家里的粮食多得吃不完,趁着阳光明媚,秋高气爽,赶着马车把粮食往公社里送,这样的喜悦和自豪显而易见了,一定是人欢马嘶,手舞足蹈,不用跳音不足以说明问题,不足以说明广大社员对公社——也就是"国家"——憨厚的、痴迷的、一竿子到底的、无条件的爱。王大贵在吹,说得高级一点,在演奏。他拼了命地吹,竭尽了全力。因为用力过猛,好几次都失声了。可以想见,他的十个手指头这会儿正像扑灯的飞蛾,啪啦啪啦地颤动。王大贵肯定是在用他的曲子送他的女儿了,希望三丫到了阴间好好劳动,不要忘记了送公粮。既然大贵卖力气,那就听着吧。挺好听。一边吃鱼,一边纳凉,一边听曲子,这样的好日子哪里有?今天是个好日子,千年的光阴不能等,今天明天都是好日子,赶上了盛世咱享太平。谁能想到王家庄会有今天?谁也想不到。王家庄就是天堂。

但王家庄到底不是天堂。王家庄只是王家庄。就在当天的夜里,在凌晨,所有的人都还流淌着口水、沉浸在睡梦中的时候,大地突然变成了水,波动起来了。波动起来的大地再也不像平日里那样厚实了,一下子柔软得要命,娇气得很,像小嫂子们的肚皮,十分陶醉、十分投入地往上拱。这一拱王家庄就醒了。即刻明白了过来,地震了。但只是一会儿,令人陶醉的波动顺着大地的表面去了远方,"嗖"的一下,去了遥不可及的地方,再也无迹可寻。人们冲出了房门,不少社员顺手操起了锄头和扁担。他们在等,等它再来,他们要和地震作最后的搏斗,有种你就再来。而那些睡得太死的庄稼人并没有感受到大地迷人的扭动,他们黑咕隆咚地站在地上,心里头只有遗憾,反而憧憬起来了。他们最大的愿望就是大地能再波动一次,他们就是想看一看大地是如何像小嫂子的肚子那样不要命地往上拱的。

人们彻底失去了睡意。在漆黑的夜里,他们扶着钉耙,还有锄头。他们开始讨论了。王瞎子已经出现了,在这样的时候怎么能少得了王瞎子呢?王瞎子四处走动,对他来说,黑夜和白天是一样的,反而方便了。王瞎子到处发表他的权威性的看法。就在天快亮的时候,高音喇叭突然响了,湿漉漉的凌晨传来了吴蔓玲的声音,她的声音在雾蒙蒙的水汽中特别地洪亮。吴蔓玲的讲话时间并不长,提纲挈领,主要表达了三点意思。第一是警告。她警告了王家庄的敌人,不要在这个时候轻举妄动,那将是徒劳的。第二则是祝贺。吴蔓玲热情洋溢地告诉王家庄的社员同志们,他们在与地震的战斗中已经取得了"伟大的胜利"。最后,吴蔓玲从全局出发,对抗震工作做了全面的展望,她告诉王家庄的社员同志们,他们将取得一个又一个伟大的胜利,也就是从胜利走向胜利。而最后的胜利属于谁呢?当然是王家庄。

和以往一样,吴蔓玲在高音喇叭里说得最多的其实只是一样东西,那就是"胜利"。吴蔓玲这样说,显然带有王家庄的特色了。要是细说起来,王家庄可能是这个世界上最痴迷胜利、最渴望胜利的地方了。王家庄什么都可以没有,什么都可以不要,就是不能没有胜利。胜利是王家庄的命根子。吃的、穿的、喝的,这些东西都很要紧。然而,在胜利面前,这些东西就次要了,它们是附带的。人们要吃,要喝,要穿,首先是因为胜利就在前面。你不吃不喝,你就走不到那里去。同样,你光着屁股,走到胜利的面前你也不体面。"胜利"是什么?胜利就是结果。反正什么事情都是有结果的,这就等于说,在王家庄,什么事情都可以导致胜利。因为经历的胜利太多了,王家庄在胜利的面前自然就表现出了麻木的一面。但这麻木不是一般的麻木,骨子里是大气,有了恢宏的气度。

接下来王家庄才知道,真正地震的可不是王家庄,而是一个叫唐山的地方。是中央人民广播电台的"各地人民广播电台联播节目"把这个消息告诉王家庄的。中央的消息把地震这件事推向了高潮,某种意义上说,中央的消息同样把地震这件事带向了尾声——这件事和王家庄没什么关系嘛。但接下来的问题来了,唐山在哪儿呢?这件事伤脑筋了。王家庄没有一个人知道,连王瞎子都不能确定。王瞎子倒是抬起头来了,拼了命地挑眉毛,用他并不存在的眼睛对着远方眺望了好半天,最后很有把握地说了这样一句话:

"很远。非常远。"

王家庄的人们知道了,唐山"很远"。唐山"非常远"。

"远"是个好东西。在地震面前,"远"是一个再好不过的东西了。"远"了安全。"远"有一个好处,它不可企及了,变成了梦。一不疼,二不痒。谁听说梦"疼"了?没有。谁听说梦"痒"了?没有。"远"还有一个好处,它使事实带上了半真半假的性质。既然半真半假,那还打听它做什么。那不是瞎操心吗。王家庄在最短的时间里头就把唐山忘了,趁着人多,嘴巴一调头,立即杀了一个回马枪,重新把三丫捡了回来。说说三丫的性格,还有三丫的长相。当然,三丫下土了,其实也就没什么好说的了。

三丫长什么样?

三丫到底长什么样?这个问题把端方缠住了。端方一次又一次地回忆,他记得三丫分开的腿、她不安的腹部、她凸起的双乳、她火热的皮肤,甚至,她急促的呼吸。这些都很清晰。但是,端方的记忆到此结束。到了脖子的上半部分,端方就再也想不起三丫的模样来了。三丫留给端方的记忆是无头的,他就是记不得三丫的脸。那张脸和端方曾经靠得那样近,端方就是想不起来了。三丫到底长得啥样呢?这个问题几乎让端方发疯了。他想不起来了。一点点也想不起来。端方用力地想。可记忆就是这样,当你用力的时候,离本相反倒远了。

端方把自己关在房间里,不出来。门并没有闩,然而,没有一个人敢进去。门里头关着的是一只虎,不要招惹它。谁招惹了,它第一个就会扑向谁。

沈翠珍和红粉一直站在堂屋,空着两只手,不知道做什么好。从三丫的尸体拖回来的那一刻起,这个家里就再也没有出现过一丝阳气,寒飕飕的,倒像是死人了。端方把自己关在房子里,一天多了,没有吃,也没有喝。沈翠珍装得很镇静,心里头到底不干净。虽说三丫的死和她没有任何关系,可在三丫和端方的关系上,她毕竟打了坝。心里头还是自责的,不敢说出来罢了。所以不放心,在等。不知道端方要对她说什么。

王存粮在天井里盘旋了半天,回到屋子里来了。他瞟了房门一眼,欲言又止的样子。最终还是掏出烟锅,在门口蹲下了。王存粮对着烟锅吧嗒了几口,满脸的愁容,小声说:"今年这是怎么回事?你说,怎么回事?到底是什么和我们家过不去?"红粉不爱听这样的话,连忙把王存粮的话茬子接过来了,说:"不顺遂的话不要说。什么和我们家过不去,关我们家什么事?"王存粮从嘴里拿下烟锅,在空中戳了戳,说:"三丫就这么没了。"红粉说:"生死在天,富贵在命。不关我们家的事。"王存粮拧起眉头,说:"三丫就这么没了。"红粉说:"话不是这样说的。别什么东西都往家里捡,又不是钱包。"王存粮不想和红粉唠叨,抬起头,却去看沈翠珍,说:"你也是的,你就让他们好,何至于这样?"沈翠珍最怕的就是这句话。现在,王存粮把这句话挑开了,她沈翠珍怎么承受得起。刚想开口,红粉说话了。红粉说:"这个我要说句公道话。这个怪不得她。端方是她生的,她管教自己的儿子,犯不着任何人。照我说,胳膊肘往里拐,也是该派的。"沈翠珍把红粉的话全听在耳朵里,要是换了平时,这句话沈翠珍其实是不爱听的。可今天不一样了,难得她在这个问题上不糊涂了,还替自己说了话。沈翠珍的眼眶子一热,承情了。一个人回到了自己的房间,把房门虚掩上了。沈翠珍坐在床沿上,想起了三丫,热烫烫的泪水一阵又一阵地往外涌,又不便大声地哭,两只手就那么放在床框上,来来回回地搓。就这么流了一会儿的泪,却听到了堂屋里的动静,沈翠珍连忙把眼睛擦干了,出了房门。果然是端方起来了,堵在门框里,像一个恶煞。

端方盯着沈翠珍,一步一步地走了上来。沈翠珍怕了。她其实一直是怕这个儿子的。

端方一直走到沈翠珍的跟前,一把扳过了母亲的肩膀,说:"妈,三丫长什么样?你告诉我。"

这句话蛮了。沈翠珍更怕了。她再也想不到儿子会问出这样的问题来。她不敢说话。

端方把自己的胳膊搭到红粉的肩膀上去，央求说："姐，你告诉我，三丫她长什么样？"

沈翠珍插话了，说："端方，三丫长得蛮标致的。"

"我不是问她长得怎么样。我是问她长什么样。"

红粉也怕了。后退了一步。端方没有问出结果，放下红粉，坐到门槛上去了。端方仰起头，望着天，说："我就想知道三丫长什么样。"

沈翠珍已经不是怕了，而是恐惧了，她来到端方的跟前，伸出手，放在了端方的额前。端方把目光从远处收回来，看着自己的母亲，说："从前我没有留意过，见面的时候是在夜里，我记不得三丫长什么样了。妈，儿子没糊涂。我就是想知道三丫她长什么样。"

端方的目光是空的。他的眼睛里积了一层薄薄的泪，却没有掉下来。沈翠珍望着自己的儿子，心已经碎了。沈翠珍说："端方，三丫她死了。"

"我知道她死了！"端方猛站起来，顿足捶胸，没有流泪，口水却流淌出来了。无助使端方无比地狂暴："我就是想知道！我就是想知道！！三丫她到底长什么样！！！"

第二天的上午沈翠珍在巷口遇上了孔素贞。沈翠珍想问问素贞，家里头有没有三丫的相片。如果有的话，借出来，给端方看一眼就好了。可是，见了面，说不出口了。沈翠珍埋下头，只想躲过去。孔素贞反而把沈翠珍叫住了。孔素贞的目光特别地硬，特别地亮，一点都看不出丧事的痕迹，只是人小了，活脱脱地小掉了一大圈，褂子和裤子都吊在身上，空荡荡的。沈翠珍知道躲不脱，只能硬着头皮走了上去，两条腿都不知道是怎么迈出去的。孔素贞拉起沈翠珍的手，叹了一口气，说："大妹子，你也不必难过,端方算是对得起她了。三丫要是活着,也是无趣。不是我这个当妈的心狠,还是这样好。还是这样好哇。干净了。干净了哇!"孔素贞说这些话的时候出格地平静,就是身子有点不对,直晃。沈翠珍担心她栽下去,伸出胳膊,双手扶住了她。沈翠珍再也没有想到瘫下去的不是孔素贞,反而是她自己。沈翠珍满眼的泪,两条胳膊死死地拽住了孔素贞的双臂,尖叫了一声,滑了下去,一屁股坐在地上,晕了过去。

端方一直在做梦。梦总是没有阳光,笼罩了一层特别的颜色,即使是在麦田。端方的梦奇怪了,每一次都是从麦田开始,然后,蔓延到一个没有来路的去处。起风了,麦子汹涌起来,每一棵麦子都有芦苇那么高,而每一个麦穗都有芦苇花那么大,白花花的,在风中卷动,拼命地想引诱什么,放浪极了。端方提着镰刀,钻进了麦田。刚刚进去,风平了,浪静了,铺天盖地的麦子支棱在那儿,而麦子又变大了,起码有槐树那么高。端方其实是钻到森林里去了。端方朝四周看了看,没人,叹了一口气,开始割麦子了。到了这样的光景端方才注意到自己的手里拿着的并不是镰刀,而是锯子。端方就开始锯。好端端的,一座坟墓居然把端方挡住了。三丫的身影突然从坟墓的背后闪了出来,很快,只是腰肢那一把无限地妖媚,都有点像狐狸了。三丫的头发是挂着的,遮住了大半张脸,斜斜地,用一只眼睛瞅住了端方,目光相当地哀。却又无故地笑了,笑得没头没尾。三丫一直走到端方的跟前,伸出手来,一把钩住了端方的脖子,仰起头,嘴唇还噘起来了,不依不饶地等他。端方说,这里不好,有蚊子。三丫调皮了,狠歹歹地说,你才是蚊子!端方起来,说,我怎么是蚊子。三丫说,你就是蚊子,毒蚊子!端方说,你再说一遍?三丫说,你就是毒蚊子!端方一把就把三丫搂过来了,用嘴巴盖住三丫的嘴,还用舌头把三丫的嘴巴堵死了,光顾了埋头吮吸三丫的舌头。却意外地发现三丫的舌头并不是舌头,是用冰糖做的,吮一下就小一点,再吮一下又小一点。端方心疼了,有些舍不得,捂着三丫的腮,说,你看,都给我吃了,还是给你留着吧。三丫有些不解,说,留着也没用,吃吧,给你留着呢。端方于是就吃。吃到后来,三丫的嘴巴张开了,嘴里什么也没有了,空的。就在这个时候三丫突然想起了什么,想对端方说,可已经说不出嘴了,一个字都说不出。三丫急了,变得极度地狂暴,手舞足蹈不说,还披头散发了。端方吓坏了。这一惊,端方就醒了。三丫想对自己说什么呢?端方想。端方想不出。想来想去,又绕到三丫的长相上去了。三丫是长什么样子的呢?

为了弄清楚三丫的长相,端方差不多走火入魔了。一个疯狂的念头出现了,他要把三丫的坟墓刨开来,打开她的棺材,好好看一看。这一回端方没有犹豫,他在家里头熬到了黄昏,从房门的背后拿出大锹,扛在肩膀上,出去了。不能等天黑的,天黑了,他就什么也看不见了。

正是收工的时候,端方没有从正路上走,想必还是怕碰见人。乱葬岗在王家庄的正北,比较远,是一条羊肠道,要绕好几个弯。这个是必须的,这是一条黄泉路,不归路,如果笔直的,宽宽的,康康庄庄的,那就不像话了。只要拐上七八个弯,鬼就不好认了,它们再想返回到王家庄就不那么容易了。但是端方舍弃了这条路,他决定从村北的河面上趟过去,这样就绝对不会遇见什么人了。

可端方还是失算了。就在他举着裤褂和大锹踩水的当口,顾先生和他的鸭子拐了一个弯,迎面就碰上端方了。这时的夕阳刚刚落山,夕阳漂浮在河的西侧。整条小河都被太阳染得通红,是那种壮观却又凄凉的红,很妖。因为逆着光,刚刚拐弯的顾先生和他的鸭子就不像在水里了,而是在血泊中。端方就觉得自己不再是踩水,而是在浴血。这个感觉奇怪了,有了血淋淋的黏稠和滑腻。还有一种无处躲藏的恐慌。端方本来可以一个猛子扎下去的,无奈手上有东西,这个猛子就扎不成了。端方就想早一点上岸,离开这个汪洋的血世界。

顾先生把他的小舢板划过来,一看,原来是端方,就把端方拖上了小舢板。顾先生说:"端方,忙什么呢?"端方光着屁股,蹲下了,正在喘息。顾先生说:"端方,你的脸上不对,忙什么呢?"端方想了想,仰起脸来,突然问了顾先生一个问题:"顾先生,三丫长什么样?"这个问题空穴来风了。顾先生说:"都放工了,你干什么去?"端方说:"我去看看三丫的长相。"顾先生抬起头,看了看远处的乱葬岗,又看了看端方的大锹,心里头已经八九不离十了。顾先生说:"我们还是回去吧。"顾先生说,"我们来谈一谈一个人的长相。"

顾先生把端方带回到他的茅棚,却再也不搭理他了。他请端方喝了一顿粥,算是晚饭了。喝完了,走到河里洗了一个凉水澡,拿出凳子来,坐在河边上,迎着河面上的风,舒服了。顾先生和端方就这么坐着,不说话。不过端方知道,顾先生会说话的,他答应过端方,要和他谈谈"一个人的长相"的。夜慢慢地深了,月亮都已经憋不住了,升了起来。是一个弦月。弦月是一个鬼魅的东西,它的光是绰约的,既清晰,又模糊。没有色彩,只有不能确定的黑和不能确定的白。河里的水被照亮了,布满了皱纹,有了苍老和梦寐的气息。

端方已经不知道自己在这里坐了多长的时间了,有些急了。端方说:"顾先生,你说要和我谈谈的。"顾先生似乎想起来了,说:"是。"顾先生站起身,回到茅草棚。再一次出来的时候手里头拿了几本书。顾先生把书递到端方的手上,说:"端方,拿回去好好读。"

端方把书推了回去,死心眼了,说:"顾先生,我想知道的是三丫的长相。"

顾先生说:"三丫已经没有长相了。"

端方说:"三丫怎么能没有长相?"

顾先生说:"她死了。"

端方说:"她是死了,可她有长相。一定有的。"

顾先生失望了,说:"端方,你知道什么叫死?"

端方愣住了,摇了摇头。

"死就是没有。"顾先生说,"死了就是没有了。"

端方说:"她有!"

顾先生说:"彻底的唯物主义者不会同意你的说法。皮之不存,毛将焉附?人都死了,物质都没了,哪里还会有什么长相?"

端方不说话了,一个人掉过脸去,望着远方的水面。等他回过头来的时候,顾先生意外地发现了端方的面颊上有两道月亮的反光,是泪。凉飕飕的,却很亮,像两把刀子劈在了端方的脸上。只留下刀子的背脊。

顾先生说:"端方,眼泪是可耻的。"

端方一点都不知道自己哭了。从来到王家庄的那一天起,端方就再也没有流过一次眼泪,即使在三丫咽气的时候。他不会在王家庄流泪的。他不相信王家庄。端方想擦干它。然而,擦不净。泪水是多么地偏执、多么地疯狂。它夺眶而出,几乎是喷涌。端方说:"我怕。我其实是怕。"

顾先生说:"你怕什么?"

端方说:"我不知道,我就是怕。"

顾先生想了想,再一次把书递到端方的手上,说:"端方,你要好好学习,好好改造。"

这句话突然了。端方摸不着头脑,不解地问:"我改造什么?"

顾先生坚定地说:"世界观。"

端方说:"什么意思?"

顾先生直起了身子,说话的速度放得更慢了。顾先生有些难过,说:"你还不是一个彻底的唯物主义者。彻底的唯物主义者不相信眼泪。眼泪很可耻。彻底的唯物主义者也不会害怕,我们无所畏惧。"

顾先生说:"人生下来,是一次否定。死了,则是否定之否定。死亡不是什么好东西。归根结底,也不是什么坏东西。它证明了一点,彻底的唯物主义是科学的。"

顾先生说:"活着就是活着,就是有,就是存在,死了也就死了,就是没有,就是不存在。——我们人类正是这样,活着,死去,再活着,再死去,这样循环,这样往复,这样否定之否定,这样螺旋式地前进。我们都已经这样大踏步地发展了五千年,——你怕什么?"

顾先生说:"我们也一定还要这样大踏步地再发展五千年。你怕什么?"

顾先生说:"彻底的唯物主义者没有那样的疑神疑鬼,那样的婆婆妈妈,那样的哀怨、悲伤与惆怅,那样的英雄气短和儿女情长。我们死了,不到天堂去,不到西天去。我们死了就是一把泥土。落红不是无情物,化作春泥更护花。这个花不是才子佳人的玫瑰与月季、牡丹与芍药,是棉花,是高粱、水稻、大豆、小麦和玉米。你怕大豆吗?你怕玉米吗?"

顾先生说:"不要怕。任何一个人,他都不可以害怕一个根本就不存在的东西,那是要犯错误的。三丫不存在。三丫的长相也不存在。存在的是你的婆婆妈妈,还有你的胆怯。"

顾先生说:"我说得太多了,有四十五分钟了。端方,带上大锹,回家睡吧。"

端方必须承认,他有点喜欢顾先生的谈话了,他的谈话带有开阔和驰骋的性质,特别地大,是天马行空的。端方还注意到顾先生说话的时候有这样的一个特征,那就是他从来不说"我",而说成"我们"。这一来就不是顾先生在说话了,他只是一个代表。他代表了一个整体,有千人、万人、千万人,众志成城了,有了大合唱的气魄。这气魄就成了一个背景与底子,坚固了。端方仔细地望着顾先生,这刻儿顾先生坐得很正,面无表情。端方意外地发现,这个晚上的顾先生特别地硬,在月光的下面,他像一把椅子,是木头做的,是铁打的。顾先生的身上洋溢着一种刀枪不入的气质。端方相信,他自己在顾先生的眼里肯定也不是端方了,同样是一把椅子,是木头做的,是铁打的,面对面,放在了一起。是两把空椅子,里面坐着无所畏惧。

端方突然意识到,彻底的唯物主义真的好。好就好在彻底二字。都彻了底了。

第十四章

　　顾先生的话是火把,照亮了端方的心。端方的心里一下子有了光,有光就好办了,就再也没有什么东西影影绰绰地晃悠了。端方提醒自己,要放弃,要放弃他的大锹,放弃他的乱葬岗,放弃他的三丫的长相。端方抬起头来,看了一眼天,天是唯物的,它高高在上,具体而又开阔,是蓝幽幽的、笼罩的、无所不在的物质。

　　但是,有人却拿起了大锹,开始向地下挖了。这个人是老鱼叉。老鱼叉突然来了新的动静,他不再拿着手电在屋子里找了,不再与夜斗,他开始与地斗。每天的天一亮,老渔叉就把天井的大门反锁上了,拿出他的大锹,沿着天井里的围墙四处转,用心地找。然后,找准一个目标,在墙基的边沿,用力地挖。他在往深处挖,往深处找。老鱼叉现在还是不说话,但是,精神了,无比地抖擞,在自家的院子里摆开了战场。这一次的动静特别地大,几乎是地道战,他一个人就发动了一场人民战争。这里挖一个洞,那里挖一个坑,一院子的坑坑洼洼。因为没有找到,只能再重来。到处堆满了潮湿的新土,家里的人连下脚的地方都没有。老鱼叉这一次真的是疯魔了,用兴隆母亲的话说:"只差吃人了。"其实老鱼叉一点都不疯,相反,冷静得很,有条理得很,他只是在寻找一件东西罢了。他要把那件东西找到,一定的,一定要找到。兴隆的母亲坐在堂屋里,晃着芭蕉扇,望着天井里生龙活虎的老鱼叉,笑了,绝望地笑了。胸脯上两张松松垮垮的奶子被她笑得直晃荡。祸害吧,你这个老东西,看你能祸害成什么样!你怎么就不死呢!兴隆望着满院子的狼藉,满腔的担忧,好几次想把自己的父亲捆起来,塞到床底下去。母亲却拦住了,说:"随他吧。他是在作死。我算是看出来了,他是没几天的人了。只要他不吃人,由着他吧。这个人是拉不回来了。"

这些日子兴隆一直待在家里,没有到合作医疗去。要是细说起来,兴隆怕待在家里,不愿意面对他的父亲,然而,比较下来,他更怕的地方是合作医疗。他怕那吊瓶,怕那些滴管,怕那些汽水。只要汽水一打开来,三丫就白花花地冒出来了。三丫是他杀死的,是他杀死的。一个赤脚医生把汽水灌到病人的血管里去,和一个杀猪的把他的刀片全送到猪的气管里头没有任何区别。这些日子兴隆的心里极不踏实,对不起端方那还在其次,关键是,三丫的脚步总是跟着他。兴隆在晚上走路的时候总觉得身后有人,在盯梢他,亦步亦趋。其实并没有声音。可正是因为没有声音,反而确凿了。三丫活着的时候就是这样,走起路来轻飘飘的,风一样,影子一样,蚂蚁一样。现在她死了,她的脚步就更不容易察觉,这正是三丫在盯梢兴隆的证据了。唯一能够宽慰的,是端方的那一头。兴隆再也没有想到端方能这样干干净净地替他擦完这个屁股,没有留下一点后患,很仗义了。然而,终究欠了端方的一份情。这是一份天大的情。兴隆就想在端方的面前跪下来,了了这份心愿。端方却不露面了。想起来端方还是不愿意看见兴隆,兴隆又何尝想遇见端方呢?往后还难办了,怎么相处?说来说去还是三丫这丫头麻烦,活着的时候自己不省心,死了还叫别人不省心——你这是干什么呢三丫?你怎么就不能让别人活得好一点呢?兴隆就觉得自己冤。太冤枉了。兴隆坐在八仙桌的旁边,望着天井里的父亲,他的背脊油光闪亮。兴隆想,都是这个人,都是这个人搅和的!要不是他,兴隆何以那样糊涂,何以能闹出这样的人命?这个突发性的闪念一下子激怒了兴隆。兴隆"呼"的一下,站起来了,冲到天井里,有生以来第一次对自己的父亲动了手。兴隆一把就把老鱼叉推倒了。

"挖!挖!挖!!你找魂呢!"

老鱼叉躺在泥坑里,四仰八叉,像一个正在翻身的老乌龟。兴隆望着自己的父亲,有些后怕,就担心自己的父亲从地上跳起来,提着大锹和自己玩命。这一回老鱼叉却没有。他一身的泥浆,汤汤水水的,一点反击的意思都没有,相反,畏惧得很。这个发现让兴隆意外,但更多的却是难过。父亲老了,一点点的血性都没有了。老鱼叉趴在地上,怯生生地望着自己的儿子,小声央求说:

"儿,千万不要告诉别人,我是在找魂。"

大太阳晃了一下。兴隆的心口滚过了一丝寒意,掉过头去。

老鱼叉的确是在找魂,已经找了大半年了。只不过他不说,家里的人不知情罢了。这句话说起来就早了,还是一九七六年春节前后,老鱼叉做了一个梦,梦见王二虎了。说起来老鱼叉倒是经常梦见王二虎的,但每一次王二虎都遭到老鱼叉的一顿臭骂,王二虎就乖乖地走开了。这一次不一样,在梦里头,王二虎却从老鱼叉的背后绕过来了,王二虎对老鱼叉说:

"老鱼叉,龙年到了,整整三十年了。"

老鱼叉想起来了,王二虎在土地庙被铡的那一年是狗年,一晃龙年又到了,可不是整整三十年了吗。老鱼叉说:

"滚你妈的蛋!"

王二虎说:"该还我了吧?"

老鱼叉说:"滚你妈的蛋!"

王二虎说:"三十年了,该还我了吧?"

老鱼叉笑笑,说:"还你什么?"

王二虎:"房子,还有脑袋。"

老鱼叉就醒了。一身的汗。

当天的晚上老鱼叉出了一件大事，当然，没有人知道，他撞上鬼了。如果不是老鱼叉亲自撞上的，打死他他也不信。这个夜晚和平时也没有什么两样，唯一不同的是，公社的放映队来村子里放电影了，所有的人都聚集到学校的操场上去了，村子里就寥落得很。老鱼叉不看电影，他一个人待在家里，慢悠悠地吸他的烟锅。九点钟刚过，老鱼叉在鞋底上敲了敲烟锅，起身，往茅坑的那边去。老鱼叉有一个习惯，临睡之前喜欢蹲一下坑，像为自己的一天做一个总结那样，把自己拉干净。老鱼叉出了门，用肩膀簸了一下披在身上的棉袄，绕过屋后的小竹林，来到茅坑，解开，蹲下来了。许多人一到了岁数就拉不出来了，拉一回屎比生一回孩子还费劲。老鱼叉不。他拉得十分地顺畅，一用劲，一二三四五，屁股底下马上就是一大堆的成绩。可今晚却怪了，拉不出。怎么努力都不行。老鱼叉只好干蹲着，耐心地等。小竹林里一片漆黑，干枯的竹叶在冬天的风里相互摩挲，发出鬼里鬼气的声响。这时候风把远处电影里的声音吹了过来，一小截一小截的，一会儿是枪响，一会儿是号丧，肯定是电影里又杀了什么人了。电影里当然是要杀人的，哪有电影里不杀人的。冬天的风把远处的号丧弄得格外地古怪，旋转着，阴森了。而茅坑的四周却格外地阒寂，除了竹叶的沙沙声，黑魆魆的没有一点动静。老鱼叉捺着性子，只是闭着眼睛，拼命地使劲。功夫不负有心人，总算出来了一点点，再憋了半天，又是一点点，像驴粪蛋子一样，一点痛快的劲头都没有。好不容易拉完了，老鱼叉闭着眼睛叹了一口气，站起了身子。有些意犹未尽，不彻底。想重新蹲下去，就把眼睛睁开了。骇人的事情就在这个时候发生了。在漆黑当中，老鱼叉的面前站了一个人，似乎一直站在这里，直挺挺的，高个，穿着很长很长的睡衣，就这么堵在老鱼叉的面前。脸是模糊的，影影绰绰的只是个大概。离自己都不到一尺。老鱼叉一个激灵,心口拎了一下,脱口就问:"谁?"那个人不说话,也不动。老鱼叉的头皮一下子紧了,又问:"谁?"那个人依旧站着,不动。老鱼叉伸出手,想把他搡开。意外就在这个时候发生了,老鱼叉的手却空了。这就是说,他面前的人是一个不存在的人。老鱼叉手里的裤子一直滑到脚面上,浑身都起了鸡皮疙瘩。

　　这件事老鱼叉对谁都没有说。可是老鱼叉知道,他撞上鬼了。老鱼叉从来都不信鬼,然而,眼见为实,信不信都得信了。上床之后老鱼叉相当地后怕,点上了旱烟锅,暗暗地对自己说,一定是眼睛花了,一定是眼花了,哪里会有什么鬼。为了证明这一点,第二天的晚上老鱼叉拿起手电,故意走到了茅坑的旁边,咳嗽了一声。这一声咳嗽很短,其实相当地严厉,超出了一般的威胁。老鱼叉壮起了胆子,走到了茅坑里头,打开手电,把小竹林里照了一圈,甚至连大粪池子都照过了。放心了,解下裤带,蹲了下去。这一回老鱼叉没有低头,而是昂着脑袋,一直在打量。他倒要看看,这个鬼是如何一步一步走到他的跟前的。老鱼叉是有备而来的,只要一有动静,他立马就会摁下手电的开关。如果这个世界真的有鬼的话,那么,鬼一定是怕光的。只要有了光,定叫它无处藏身,原形毕露。

　　老鱼叉并没有拉出什么来。什么也没有拉出来。但是,当老鱼叉站立起来的时候,老鱼叉知道,他胜利了。这个世界上没有鬼。昨天晚上还是自己的眼睛花了。这一次的探险是有意义的。这一次的探险意味着这样一件事,从今往后,老鱼叉的蹲坑就不再是蹲坑,而是从胜利走向胜利。老鱼叉再一次用手电把四周察看了一遍,平安无事。平安无事喽。老鱼叉关上手电,把两只胳膊背在了身后,打道回府。就在快要离开猪圈的时刻,老鱼叉不信邪了,故意不开手电,再一次回头了。这一次的回头彻底改变了老鱼叉未来的日子。事实证明,这一次的回头是灾难性的。还在昨天的那个位置,老鱼叉明白无误地看见了一个高个子,他穿着长长的睡衣,影影绰绰的,一动不动,一言不发,在冬天的微风里,稍稍有一点晃动。老鱼叉忘记了手里的手电,只是一刹那,魂已经飞出去了。老鱼叉立即打开了他的手电,白大褂子站立的那个"地方"被照亮了,什么都没有。

老鱼叉的沉默就是春节过后开始的,一家子的人谁也没有留意。从三月开始,老鱼叉的话明显地减少了。人老了,舌头也懒了,谁会在意呢。相反,家里的人却从另外一些地方发现了老鱼叉的反常种种。第一件事是老鱼叉再也不到茅坑去蹲坑了,每天晚上像模像样地坐起了马桶。兴隆的妈妈为这件事情老大地不高兴。这马桶是男将们坐的吗?啊?一个大男将,那么大的岁数,女人一样坐在马桶上,像什么?你说说看,像什么?大男将可不是女人,他们的屎臭、尿臊、屁响,三间瓦屋都盛不下。你就不能挪几步,到院子的外头拉到茅坑里去吗?你的腿又不瘸,眼又不瞎。兴隆的妈妈忍不住了,到底给老鱼叉甩了脸色,赌气了,没好气地说:"我也不用了,给你。你天天倒马桶。"老鱼叉满脸的皱纹都攥在了一起,厉声呵斥说:"马桶是你的?马桶跟你姓了?"蛮不讲理了。兴隆的妈妈差一点给憋死。为了一只马桶,吵都没法吵,说都没法说,说不出口哇。哪一个体面的人家会为了马桶吵架的呢?没法说。伤心得哭了三四回。第二件就是手电筒了。深更半夜的,睡得好好的,他突然坐起来了,摁下手电,在家里到处照。你说这个家里有什么?还有一件就是老鱼叉的自言自语了,很少,却要重复。可没有人听得清他到底在说什么。

老鱼叉的心思深了。他知道,王二虎回来了。他的鬼魂回来了。都三十年了,他还是回来了。老鱼叉当然不想和王二虎见面,但王二虎硬要钻到老鱼叉的梦里来,这可就没有办法了。梦你是挡不住的,谁也挡不住。

"三十年了,该还我了吧?"

"房子,还有脑袋。"

问题很明确了,很简单,就是"还"或是"不还"。这个问题把老鱼叉难住了。在"还"和"不还"之间,老鱼叉伤神了。日复一日,月复一月,伤神了。开始当然是"不还"。还什么?笑话嘛。但不还有不还的麻烦。天总是要黑的,天黑了总是要睡觉的,睡觉了总是要做梦的。一想起做梦,老鱼叉的气短了。那等于是为王二虎修路了。老鱼叉只要是一做梦,一睡觉,王二虎就从老鱼叉修好的这条道路上回来,盯着老鱼叉,盯着他要,要他"还"。这太折磨人了,比死了还难受。老鱼叉改主意了,决定"还"。老鱼叉相信,只要"还"了,他就踏实了,就算他王二虎大白天坐在老鱼叉家的门槛上,老鱼叉也不用心惊肉跳的了。可是,怎么"还"呢?拿什么去"还"呢?"还"到哪里去呢?这些都是问题。老鱼叉揪心了。一筹莫展。从来没有人教导过他怎样去做这样的事。

老鱼叉只能拖,拖一天是一天。但王二虎在逼。他一次又一次来到老鱼叉的梦中,步步紧逼。这个人也真是,不让人喘气了。事实上,是老鱼叉自己不让自己喘气了。自打老鱼叉把王二虎"告了"的那一天算起,也就是说,自打王二虎被"咔嚓"的那一天算起,再换句话说,自打老鱼叉住上这三间大瓦房子的那一天算起,老鱼叉的心里其实就没有消停过。他的心一直被一样东西"拎"着,是悬空的,是不着地的,还晃荡。但老鱼叉有老鱼叉的办法,他积极。他拼了命地卖力气。他下手重。他一直并且永远站在最坚固的那一边。他时时刻刻告诫王二虎,我不怕你。我们人多,最关键的是,我们势众。但王二虎这个人狡猾了,当你人多势众的时候,他就躲起来,稍不留神,稍稍一个不留神,他就从阴暗的角落里冒出来了,忽然地,鬼鬼祟祟地,招惹老鱼叉那么一下子。一招惹完了就跑,躲到一个永远也说不出地名的地方,然后,又冒出来了。他是敌进我退、敌退我进的。神出鬼没了。王二虎死了,早就死了。可王二虎就是不死,一直不死,永远活在老鱼叉的心中。老鱼叉骨子里怕,叫天天不应,叫地地不灵。

一九七六年四月九号,老鱼叉到底绷不住了。他上吊了。就在大瓦房的堂屋里,他把麻绳拴在了屋梁上,打了一个活扣,把脖子套了进去。事先没有任何的征兆。其实老鱼叉是深思熟虑了。他决定"还"。他决定用上吊这个办法"还"。这一"还"就干净了,主要是地点好。老鱼叉其实是一个机敏的人,很懂得揣摩人的心思。他把上吊的时间选择在上午,是有眼光的。那个时候谁能想得到家里头有人上吊呢?等家里的人上工了,只要一袋烟的工夫,老鱼叉就可以把他三十年的债务一笔还清了。冤有头,债有主,他顶了上去,还能给他的子孙们赚回来三间大瓦房呢。划算的,值得。人算不如天算哪,谁也没料到老鱼叉的长孙过来了。小家伙从门缝里看见了悬空的爷爷,立即来到巷口,奶声奶气地尖叫。老鱼叉没有死成,却对一件事情上了瘾,爱上了上吊。事情往往就是这样巧,第二次还是被这个小孙子发现的,老鱼叉又得救了。老鱼叉张开了他的大巴掌,抚摸着孙子的小脸蛋,笑了,说了这样的一句话:

"就是不让爷爷去还债,好孩子。像我们王家的人。"

连着上了几次吊,老鱼叉没死成,心思却又活了。他原本是铁定了要死的心的,孙子不让他死,其实就是老天爷不让他死了。几次没死成,老鱼叉改主意了,他不想死,不想还了!他要和王二虎再较量一把。他要把王二虎的鬼魂从家里头挖出来,是的,挖出来。你不是经常到我的梦里来吗,那就说明你离这个家不远了。是在地底下还是在墙缝里?是在树根旁还是在井水中?得挖。等把你挖出来了,王二虎,这一回对你不客气了。不用铡刀铡你,我让你碎尸万段,再用火把你烧了,烧成灰,烧成烟。我看你还来不来!

庄稼人从来不把立秋说成"立秋",而说成"咬秋"。为什么呢?因为夏天的暑气太重,到了立秋的光景,一定要给身子骨败败火,它们便在立秋的时分抓起一只瓜来,咬一口。这一口下去就是个标志,秋天准时正点,于北京时间几点几分,来到了。事实上,这样的仪式太一厢情愿了,在不少的年份,秋是被"咬"过了,却还是热。庄稼人就把这样热的秋天叫做"秋呆子"。连老天爷的脸色你都不会看,你说你呆不呆?另外,还有一路情况,夏天的雨水多,被雨水浇凉了,一到了秋天,天上下火了。庄稼人就把这样的秋天说成"秋老虎"。反攻倒算的老虎尾巴有多厉害,不用说它了。

一九七六年的秋天正是秋老虎。王家庄的人害怕了。不是王家庄的人娇气,而是上面有指示,要种双季稻。所谓双季稻,就是稻子收上来之后再种一季,这一来秋收的日子就太紧张、太劳累了,一分一秒都分外地宝贵。为什么这么说呢?举个例子吧,比方说,五号晚上八点四十七分立秋,你的双季稻就必须在五号晚上八点钟之前栽下去,六号上午九点钟都不行。这是老天爷的必杀令。杀无赦。有原因的,因为秧苗不能见霜。霜降一到,老天爷立即翻脸,稻穗就再也不可能灌浆了,统统变成了稻瘪子。你只能收到一把草、一把糠。你一粒米都收不到。可插秧也不是说插就插的,又不是和女人睡觉,大腿一掰,肚子一挺,插进去了。没那么便当。你要火烧火燎地割早稻,再火烧火燎地耕田,再火烧火燎地灌溉。灌溉完了,才能平池,然后才轮到插秧。古人说,"谁知盘中餐,粒粒皆辛苦",苦就苦在你要和时间"抢","抢"赢了,你这一年就赢了,"抢"输了,你这一年就没了。什么叫"看天吃饭"?什么叫"靠地吃饭"?你要是不把"秋收"搞清楚,你就永远也不知道天有多"高",地有多"厚"。毛主席领导过一次革命,叫"秋收起义",你听听,他老人家多聪明。许多人不服气,想和伟大领袖毛主席掰手腕,不行的,你玩不过他的,你怎么斗得过庄稼人呢——秋收是这样的劳累,再遇上秋老虎,你说你还有命吗?连豁着牙齿的小丫头们都知道秋老虎的厉害,她们在空空荡荡的村口跳牛皮筋的时候是这样唱的:

> 一二三四五,
> 打死秋老虎;
> 老虎不吃人,
> 晒得屁股疼;
> 屁股分两边,
> 妇女能顶——半边天。

妇女能顶半边天。是的。秋收刚刚开始,吴蔓玲一会儿在野外的田头,一会儿在打谷场上,硬是靠她的血肉之躯把半边天"顶"起来了。吴蔓玲习惯于身先士卒,割稻、挑把、脱粒、扬场、耕田、灌溉、平池、插秧,样样干。一句话,她"是男人,不是女人"。"战双抢"是没有日夜的,这一来吴蔓玲就不怎么回大队部睡觉了,每天和社员同志们一起,吃在田头,睡在场边。吴蔓玲已经连续四天四夜没有好好睡一个像样的觉了,困得不行了,就躺在稻草垛的旁边,眯上两三个小时。吴蔓玲今年的辛苦不同于以往,可以说是事出有因了。秋收刚刚开始,王家庄发生了一件惊人的大事件,混世魔王,这个人跳出来了,上工了。还不是一般的出工,一出场就表现出了马力强劲的主观能动性,很昂扬,一副革命加拼命的样子。吴蔓玲吃惊不小,警惕起来。这个缩头乌龟这是演的哪一出呢?连续观察了好几天,还特地安排了两个密探全程跟踪。密探的报告回来了:是真的,不是假积极。这就更不正常了。积极,又不是做给她看的,他凭什么积极呢?这个懒得都快变成咸肉的人不可能真心地爱上劳动。不能。一定有什么内在的隐情。费思量了。但是有一点,不管混世魔王的积极是真的还是假的,吴蔓玲提醒自己,不能输给他。绝对不可以落后于他。他积极,吴蔓玲就要表现得更积极。他不怕苦,吴蔓玲就要表现得更不怕苦。他不要命,吴蔓玲就一定更不要命。不能输给他。这里头关系到一个党员形象的问题。所以,吴蔓玲的这一次秋收有点不要命了,积极到近乎残酷。有时候,明明可以吃饭,吴蔓玲就是不吃,明明可以睡觉,吴蔓玲就是坚持住,不睡。在王家庄,所有热爱劳动的人都知道这样一条真理,那就是著名的反比例关系:一个人越是对自己的身体不当回事,才越是说明这个人对工作的热爱。想想看,如果一个人连自己的身体都不爱了,那不是爱工作又是爱什么?

  吴蔓玲四天四夜没有好好睡,咬咬牙,其实还是可以再坚持的,只不过小肚子那儿有点不对,疼得厉害,吃不消了。吴蔓玲知道了,她这是"大姨妈"快来了。吴蔓玲想,个倒头东西,也真是的,不早,不晚,总是在最关键的时候跑出来捣蛋。吴蔓玲坚持不住了,把稻把移交到别人的手上,拽下头顶上的方巾,从脱粒机上下来了。正是深夜,吴蔓玲摸着黑,回到了大队部,点上灯,嗓子里却渴得冒烟。就想喝一口热水。吴蔓玲扶住墙,弯下腰,摇了摇热水瓶,却是空的。只好来到水缸的旁边,把脑袋埋到水缸里去,拼了命地喝,一直喝到饱。喝饱了,吴蔓玲长长地舒了一口气,走到床沿,吹灯,躺下了。一躺下吴蔓玲就后悔了,刚才应该爬上床的。这会儿两条小腿还挂在床边,却再也没有力气把它们搬上来了。只能挂着,别扭了。刚刚闭上眼,吴蔓玲的眼前反而亮了,是昏黄的马灯的光芒。她想起来了,那是脱粒机旁边的马灯,一直挂在她的左侧;而马达的声音也响起来了,那是东风十二匹的柴油机,"突突突突"的,就在太阳穴上,闹个不歇。想来还是在脱粒机的旁边时间太长,太长了。吴蔓玲累得要了命,困得要了命,却睡不进去。人就是这样,累到极限,累到快趴下来的那一步,脑子就精神了。吴蔓玲咂咂嘴,附带舔了舔嘴唇,牙齿。这一舔难受了,牙齿特别地厚,还特别地黏。想起来了,她已经四五天没有刷牙了。吴蔓玲就不敢再舔了,一门心思想着把自己的小腿拉上来。又动不了。心里头想,这会儿要是有人帮帮她,替她把小腿搬到床上来,那就好了。如果把脚再洗一洗,那就好得不能再好了。请谁呢?吴蔓玲让小伙子们在脑子里排队,开始选择了。端方举手了,那就端方吧。吴蔓玲躺在床上,半睡半醒,却格外地清晰,连她自己都不知道,她其实在微笑。说起来也真是奇怪了,吴蔓玲平日里从来不想男人,可是,只要"大姨妈"快来,身子就不安稳,想了。有时候还想得挺厉害,身子都快裂开来,闷闷的,蛮骚的。可奇了怪了。吴蔓玲就开始想象着端方给自己洗脚的样子。他的手又粗又大,一把就把吴蔓玲的脚裹在了掌心,是呵护的模样,珍惜了。他的巴掌是厚实的,而手指头却不老实,慢慢地进入了自己的脚丫,很仔细,一颗一颗的,合缝合榫了。蛮痒的,蛮舒服的。端方不只是给她洗了脚,还捎来了水,牙膏,牙刷。居然帮着她刷牙了。吴蔓玲望着端方,张开嘴,看着端方把他的牙刷塞到了自己的嘴里。这个举动实在是出乎吴蔓玲的意料,一颗心突然就鼓荡起来,乳房里有了风,是狂野和收不住的迹象。吴蔓玲突然就是一阵难过,就想把心里的难过原原本本地告诉端方。端方却没有理会,重重地拍了拍她的屁股,厉声说:"好了!睡吧!"粗暴了。但这是发自怜爱的那种粗暴,是源于亲昵的那种粗暴。缠绵了。吴蔓玲一惊,醒了。吴蔓玲其实并没有睡着,却惊醒了,这种感觉矛盾了。可矛盾了也没有什么不好。吴蔓玲睁开眼,四周黑洞洞的,空落落的,什么也没有。一股彻骨的无望就这样涌入了吴蔓玲的心房。再一次把眼睛闭上了。吴蔓玲并不知道自己的眼眶里有泪,可是,一闭眼,她的泪水被挤压出来了。就挂在那儿。和她的两条小腿一样,就挂在了那里。

天刚刚亮,吴蔓玲的下身一阵热,"倒头东西"到底还是来了。好在吴蔓玲睡了一个踏实觉,这会儿身子骨松动了,像刚刚给松了绑。吴蔓玲起了床,从头到脚,从里到外,把自己打扫了一遍,附带把"大姨妈"也收拾了一遍。好多了,重新抖擞了。吃过早饭,吴蔓玲回到打谷场上来,在稻草垛的旁边看见混世魔王了,正在睡。睡得又死又香。吴蔓玲刚想叫他起来,不经意间却发现混世魔王裤裆的那一把正鼓着,挺出了好高的一大把,还微微地一颠一跳的。吴蔓玲不解,正纳闷,突然明白过来了,本能地伸出脚,掀起稻草,给他盖上了。看了看四周,顺便把一缕头发捋向了耳后,腮帮子上却早已是滚烫。吴蔓玲私下里想,有力气不去干活,都用在这儿了,天生就不是一个有出息的人。想把他叫起来,金龙却浮头肿脸地走上来,说:"给他睡一会儿吧。大伙儿都说,多亏有你这样一个好榜样。"吴蔓玲听得出来,这是在替混世魔王说好话,然而,还是奉承了。吴蔓玲笑笑,什么也没有说,迎着初升的朝阳,投入到新一天的"战双抢"的战斗中去了。

混世魔王的举动是突然了一点,其实也不是突然的,还是有他的考虑。王家庄他实在是待不下去了。主要是,他"闲"不下去了。劳累是难熬的,可是,虚空和无聊却未必就好打发。劳累和忙碌虽说艰难,却可以坚持,它到底有所依附,有所寄托。虚空和无聊却难,它没凭没据,无头无尾,四面不靠,还日复一日,月复一月,年复一年。弄得你真的想发疯。现在想起来,混世魔王在和吴蔓玲的较量中一开始就犯了方法论的错误。是致命的错误。他怎么可以用无聊和虚空做武器呢?无聊不是武器。它不是批判的武器,更不是武器的批判。自以为讨了便宜,其实,他选择了失败的命运。这是注定的。在被遗忘的监狱里,一把口琴挽救不了任何人。口琴除了能放大无聊,使无聊旋律化,把无聊染上哀婉的色彩,还能干什么?王家庄他不能待了。再也不能待了。一天都不能待。他要走。无论如何,他要走。当兵去。目标明确下来之后混世魔王反而清醒了,无限清晰地看见了拦在自己面前的两道门槛:第一道,当然是吴蔓玲,这第二道,就是群众,其实也就是王家庄。混世魔王决定,首先从第二道门槛开始跨起,他一定要扭转自己留给王家庄的恶劣印象,只有这样,他到了第一道门槛的面前才有说服力,"群众"才不会成为吴蔓玲的借口。

混世魔王的努力是全方位的,不只是劳动,首先表现在他的为人和处世的态度上。脱胎换骨了。上工之后,混世魔王是从对人的称呼上开始转换的。简单地说,家庭化。混世魔王到了今天才明白过来一个道理,王家庄不是一个家,但是,你要把它弄得像一家子。比方说,见了人,你要喊爷爷奶奶,大伯大叔,姨娘婶子,舅舅舅妈,哥哥姐姐,弟弟妹妹,与此相应的还有姨父,姐夫,妹婿,姑父,堂哥和表叔。这一来就亲了。自家人了嘛。该翻脸的时候翻脸,翻完了,还是一家子。庄稼人最大的忌讳就是"不是自己的人",你都"不是自己的人"了,累死了也是白搭。——"表现"自然不好。你不只是要把自己放在"家里",还得守"家里"的规矩。你得先从孙子、侄孙子、外孙子做起。做好了,你就可以成长为侄儿、外甥或姨侄。再做好了,这才能成为兄弟。接下来就好办了,往下熬,你自然就成了叔叔、伯伯、舅舅、姨父、姑父。到了这样的田地,你离大爷也就不远了。一个人只要做上大爷,你就成了人物,日子就顺遂了,就可以呼风唤雨。当然,你离死也就不远了。

混世魔王一上工就表现出了全新的气象,手脚勤快还在其次,主要是嘴巴勤快了,整个人都变得客客气气的,三姨娘六舅母地招呼个不歇。叫人喜欢,招人疼,怎么说浪子回头金不换的呢。他的态度是诚恳的。概括起来说,他把自己真正看成庄稼人了,也就是说,真正把自己看成了王家庄的人。广大的贫下中农喜欢的其实就是这个,哪里还真的指望你干多少农活。想得起来的。关键是你不能骄傲,要"服"。这其实也正是"知识青年上山下乡,接受贫下中农再教育"的最终目的。"五婶子"金龙家的看着混世魔王这样好,拿混世魔王开心了,问:"混世魔王,往日里你从来不搭理人,现在怎么这么客气?"混世魔王十分憨厚地笑笑,大声地说:

"我过去吃屎了!"

端方却没有在打谷场。依照生产队长原先的安排,端方应该去脱粒。但端方拒绝了。他不愿意脱粒。在这些细枝末节上端方还是存了一点私心的,这里头有故事。就在高中毕业的前夕,中堡中学请来了七五届的毕业生,一个叫董永华的小伙子。说起来董永华和端方还同过一年的学,比端方高一个年级罢了,很不起眼的一个小伙子,可人家现在已经是全公社最著名的青年标兵了。董永华在去年秋收的时候两天三夜没有合眼,站在脱粒机的旁边,站着睡着了。一个瞌,他把一条胳膊塞进了脱粒机,整整一条胳膊,连皮,带肉,带骨头,全让脱粒机给"脱"了。人就是这样,在你缺胳膊少腿的时候,你的身上就会有疤,是疤就会发光,正如"是金子就会发光"一样。如果你的整个人都赔进去了,那你的性命就成了一块疤,你的名字就会闪闪发光。董永华坐在讲台上,唯一的胳膊比两条胳膊还要拘谨,结结巴巴。但董永华把自己的讲稿背得很熟了,他用相当长的时间背诵了他的受伤经过,当然,还有受伤后的感受。他的嘴巴像一台脱粒机,喷涌出来的全是金光闪闪的成语、定语和状语。然而,端方没有听见。他一直注视着董永华的那条并不存在的胳膊,心里头在提醒自己,在任何时候,都不能站到脱粒机的面前去。想起来也真是,董永华是作为先进典型给七六届的高中生作报告的,在端方的这一头,却成了反面教员。有董永华这个反面教材在,端方说什么也不会站到脱粒机的旁边去。

端方一直在割稻子,因为有夏收的经验和教训,到了秋收,端方有了经验,老到了。用王存粮的话说,没那么骚了。所谓老到,说白了也就是偷懒。端方是有一身的力气,可凭什么要把力气全花出去呢?没道理。力不可使尽。稻子当然要割,可谁能够保证端方割下来的稻子最终就能跑到端方的嘴里去?谁也不能保证。既然谁也不能保证,端方瞎起劲做什么?把力气存放在身上,撑不死人。

端方学会了偷懒,却没有人去管他。三丫的事过去还不久,端方没心思干活,原也是情有可原的。管人家做什么呢。端方躺在田头,嘴里头衔了一根稻草,其实也没有想三丫。三丫是"没有"的,他不可以去想念"一个根本就不存在的东西"。他在看天上的云。七月的云好看了,老人们说得不错,"七月绣巧云",这个"七月"当然是农历的七月,也就是阳历的八月。老人们说,到了"七月",天上的绣女们就出动了,一个个露出了她们的手艺。临近傍晚,天上的云朵别致了,有了梦境般的变幻。天是碧蓝的,蓝得极深、极远,是那种夸张的、渲染的颜色。就在这样的背景上,白云一大团一大团,一大朵一大朵。你只要盯住其中的一朵,有趣了,你会发现那不是云,原来是一匹马,雪白的马,正在跑。马的尾巴翘在那里,而四条腿都腾空了,真的是天马行空,说不出的轻盈,说不出的洒脱。慢慢地,不像了,原来是一只老虎,蹲在那里,张大了嘴巴,凶神恶煞的样子。细一看又不是老虎,却是狮子。是一头雄狮,硕大的一颗脑袋,脑袋的四周毛发贲张,那样地威武,那样地雄壮。你如果有足够的耐心,你会发现狮子的毛发伸出来了两部分,什么都不像了。可是,只是一会儿,毛发变成了两根又粗又长的獠牙,那不是大象又是什么?这是一头白色的公象,已经老了,它慈祥,同时又神采奕奕,洋溢着领袖的气质,不怒自威。最后,两只獠牙脱离开来了,飘走了,而大象的身子聚集在了一起,变成了一座坟墓。端方躺在田埂上,张开嘴巴,仔细地辨认云上的变幻。苍天是这样的美妙,云朵是这样的无常,看看,真是蛮好的。

在打谷场上坚守了几天,吴蔓玲提着镰刀,来到端方所在的稻田了。大伙儿一阵欢呼,稻田里顿时多了几分生机。吴蔓玲是支书,不属于任何一个生产小队,她到哪里去劳动,完全是随机的,主要是做一个榜样,起一个鼓舞和促进的作用。某种意义上,也有一点奖励的意思。吴蔓玲微笑着和乡亲们打招呼,什么也没有多说,下田了。吴支书真的是一个实干加苦干的人,除了中间到田头喝过一次水,腰都没有直起来一次,就那么弯着,不停地割。稻田里了无声息了,吴支书不说话,大伙儿自然就不好再七嘴八舌,劳动一下子就打上了庄严和肃穆的烙印,分外地光荣。天慢慢地暗了,远处的村庄里模糊起来,只剩下那些树木的影子,高大、浓密,影影绰绰。照理说,到了这样的天光该收工了,可吴支书不发话,不收工,谁也不好意思一个人走掉。这就苦了那些正在喂奶的小嫂子了。她们回不去,两个水奶子就胀得闹心,微微的还有些疼。奶水攒不住了,自己就滋出来了,在胸前湿了两大块。解决的办法只有一个,那就是蹲下来,偷偷地挤掉。

天上的星星却已经亮了。星星们越来越亮,越来越大,越来越多,一转眼星光就灿烂了。庄稼人弓着背脊,还在割。什么叫披星戴月?这就是了。全"披"在背脊上。吴蔓玲黑咕隆咚地直起身子,大声说:"今天就这样吧。"稻田里的身影在星光的下面一下子活跃起来,处理过稻把,纷纷往河边拥去。他们要抢着上船,早上去一分钟,就可以早睡上一分钟。

吴蔓玲却没有上船。顺便把端方也留下了,"一起走回去",顺便"有一些话"想和端方"谈谈"。吴蔓玲经常是这样的,很少占用劳动的时间和别人谈心,只是利用上工和收工的空隙,在田埂,在地头,做一做他们的工作。河面上的稻船走远了,河面上的波光凝重起来,在满天的星光下面无声地闪烁。毕竟是秋天了,一些虫子在叫,空旷而又开阔的苍穹安静了。吴蔓玲和端方顶着满天的星光,在往回走。吴蔓玲走在前面,端方跟在后头。这样的行走方式对谈话很不利了。可是这是没有办法的事,田埂太窄了,容不下两个人,肩并肩是没有可能的,只能是一前一后。端方一直想对吴蔓玲谈一谈当兵的事,说话不方便,那就等一会儿再说吧。他们俩在黑暗中就这样走了一大段,各人是各人的心思,脚步声却清晰起来了,开始还有些凌乱,后来却一致了,有了统一、整齐的节奏。吴蔓玲听在耳朵里,有一种说不出的感觉。这种感觉实在是不好说了。想调整一下步伐,打乱它。可一时也打乱不了。只能更加专心致志地走路了。这哪里是谈心呢,这不成了赶路了吗。吴蔓玲只好停下脚步,转过了身来。因为转得过于突兀,吴蔓玲一时也不知道自己要说什么,只是咳嗽了一声,说:"其实也没什么。"越发不知道要说什么了。两个人只好把头仰起来,同时看天上的星。天上突然就有了一颗流星,亮极了,开了一个措手不及的头,还很长,足足划过了小半个天空。最后没了。等天上的一颗流星彻底熄灭了,吴蔓玲说:

"端方,还在难过吧?三丫走了,我也没有去安慰你,你是知道的,我这个人心里头有话就说不出,主要是不知道说什么才好。"

端方想了想,说:

"嗨。"

吴蔓玲说:

"也不要太难过了。你还年轻,日子长呢。"

端方想了想,说:

"嗨。"

吴蔓玲说:

"嗨什么嗨?"

端方想了想,笑了,说:

"嗨。"

吴蔓玲说:

"三丫其实还是不错的。起码我认为,她还是不错的。"

端方在黑暗中望着吴蔓玲,说:

"吴支书,不说这个了吧。"

吴蔓玲突然伸出手,在端方的胸前推了一把,脱口说:"还叫吴支书,再这样撕嘴了!"

吴蔓玲没有料到自己会这样,这样的举止,这样说话的语气,浮了,自己也吃了一惊。但真正让吴蔓玲吃惊的不是自己的轻浮,而是轻浮所体现出来的力量,也就是咄咄逼人的"浮力"了。像摁在水里的一个西瓜,一不留神,顽强地、被动地,冒出来了。端方笑笑,说:"当然要叫吴支书,不能没大没小的。"吴蔓玲这一次没有再说什么,她其实是想说的,但是,不能够了。她是知道的,这个时候再说话,声音会大颤的。

田野里一片宁静,黑色的,偏浓了,只有星星的些微的光。虽然看不清什么,却是天苍苍、野茫茫的感觉,还有一丝微微的风。是秋风,有了凉爽的意思,会给人一个小小的激灵。端方一直在想心思,盘算着怎样对吴支书开口,就是开不了口。其实挺简单的,端方就是不知道怎么说。吴蔓玲见端方不开口,也不说话了。夜色顿时就妩媚起来。黑得有点润,有了光滑的、却又是毛茸茸的表面,有了开放的姿态,可以用手摸的。说妖娆都不为过了。吴蔓玲想,夜真的很迷人呢,平时没留心罢了。吴蔓玲在黑暗当中端详起端方,别看这个呆小子五大三粗,这刻儿脑袋都耷拉下来了,害羞呢。男人的害羞到底不同于女人,女人的害羞家常了,男人的呢,令人感动了。吴蔓玲就想在端方的脑袋上胡噜两下,再给他两巴掌。到底还是收住了。心却汪洋了,有了光滑的、却又是毛茸茸的表面,有了开放的姿态,软绵绵地往外涌。

端方的这一头到底鼓足了勇气,抬起头,说:

"吴支书,我今年想去当兵,还请吴支书高抬贵手呢。"

吴蔓玲张开了嘴巴,没有出声。出来的是一口热烫烫的气息。她侧过了下巴,下巴几乎搁在了左边的肩膀上。而心跳也缓缓地平静了,有了它的组织性,有了它的纪律性。突然就想起一个人来了,混世魔王。难怪他这样积极呢。难怪了。谜底在这儿等着我呢。是啊,是秋天了,又该征兵了,我怎么就忘了呢。是这样,吴蔓玲在心里头对自己说,我说呢。

第十五章

早稻出了地,意味着一个盛大的事件的开始,新米饭上桌了。庄稼人对新米的渴望是强烈的,说"如狼似虎"都不为过。你想啊,熬完了一个夏季,又经历了一个没日没夜的秋收,庄稼人的身子骨严重地亏空了,哪里是铁打的?一个个嗷嗷待哺了。可是,新米就在这样的节骨眼端上了桌子,庄稼人摞开了胳膊腿,拼了性命,往死里吃。不要菜,不要盐,不要酱油,干吞。吞完了喝点水,擦擦汗,再接着干。新米有一股独特的香,用王瞎子的话说,那是"太阳的气味再加上风的气味"。太阳是有气味的,风也是有气味的,王瞎子都看见了,就在新米里头。这一点城里的人永远也不知道了。他们吃的永远都是陈年的糙米,都发红了,一点黏性都没有,嚼在嘴里木渣木渣的。新米的米饭可是充满了弹性的,一颗,一颗,油汪汪亮。锅还没有开,一股清香就飘荡出来了。新米饭还有一个好处,不胀肚子。这一点面食可就比不了了,面食胀,吃饱了,喝点水,在肚子里一泡,弄不好就会出人命。新米饭不会的,所以,可以往死里吃。最喜人的还不是新米饭,是新米熬成的粥。新米粥,多么地馋人,多么地滋补。现在,你终于知道庄稼人为什么要在腊月里娶媳妇了吧,这里头是有学问的。腊月里把新媳妇娶进门,门一闩,新郎官拉下裤子,给新娘子打下种,假如你的运气好,赶上了"坐床喜",掐一掐指头你就算出来了,小宝宝正好在新米上桌之后出生,而小嫂子也正好在新米上桌之后坐月子。庄稼人所谓的习惯,所谓的风俗,其实都是掐着手指头计算出来的。只要有了新米粥,小嫂子就算是奶子瞎了,没奶,小宝宝都能活。做婆婆的喜笑颜开地熬上一锅新米,把浮在最上面的那一层米脂刮出来,喷香的,那就是奶水了。话又说回来了,赶上新米的产妇哪能是瞎奶子?几碗新米粥下肚,米脂就等于灌进了乳房。女人的乳房就成了漏斗,小宝宝的小嘴轻轻地一啜,哗啦啦就下来了。新米饭好,新米粥更好。战完了"双抢",庄稼人悠闲了,只要做一件事,吃。吃完了,挺起肚子,撅起屁股,放屁。这样的屁是踏实的、自豪的,同时也必须响亮。大姑娘都可以放。放完了只要补充说明一下就可以了:"哎,新米饭吃多了。"谁也不会笑话谁。庄稼人能够痛快放屁的日子可不多呢。

噩耗来了。从天而降。事先连一点点的预兆都没有,伟大的领袖、伟大的统帅、伟大的导师、伟大的舵手、庄稼人心中最红最红的红太阳,毛主席,他"没"了。人们不相信。这怎么可能呢?可中央人民广播电台一遍又一遍地重复着这个消息。哀乐响起来了。一九七六年九月九日,一个多么晴朗的日子,下午三点整,噩耗破空而来。王家庄和九百六十万平方公里的土地一样,一下子陷入了悲痛。还有惊慌。会发生什么呢?

所有的人都把手上的活计放下了,不约而同,来到了大队部的门口。人们聚集在这里,谁也不说话,谁也不敢弄出一点声音。不知道是谁第一个哭了,大伙儿都哭了。这是真心的悲痛,虽说毛主席他老人家一直生活在天安门,可他天天在王家庄,他的画像挂在每一个人的家里,钉在每一个人的心里。王家庄的每一个人都熟悉他父亲一样的目光,他的韭菜一样宽的双眼皮,他没有皱纹的额头,他下巴上的痣。他哪一天离开过王家庄?他哪一天离开过庄稼人?没有,从来没有。他是最亲最亲的人。吴蔓玲站在大队部的门口,望着大家,她的面颊上挂着泪水,有些失措,说不出一句话来。这时候人群里突然有人哭出了声音,是一个年老的妇女,她抱着一棵树,大声说:"新米刚刚下来,你怎么在这个时候走了哇!"这句话揪人的心了,老大娘说出了广大贫下中农的心里话。吴蔓玲被这句话感动了,"哇"的一声,扶在了门框上。

在悲痛的时刻王家庄的凝聚力体现出来了。这个时候不需要动员,是悲痛将王家庄团结起来的。悲痛是有凝聚力的,王家庄一下子就结成了一个统一战线,坚不可摧了。所有的人都站在一起,肩并着肩,人们在往前挪,在向吴蔓玲靠拢,虽然缓慢,却有了汹涌的势头。王家庄的社员体现出了高贵的自觉性,每个人都知道,这时候要集中起来,围绕在支部书记的周围。等真的靠在了一起,他们才发现,他们这样做不只是因为团结,骨子里是害怕,人也警惕起来了。总觉得会有什么意外,或者更大的不测。意外其实也不可怕,可一旦发生了意外,谁来指挥自己呢?这是一个现实而又迫切的问题。过去一直是毛主席,主席走了,谁来呢?这个问题怕人了。但越是害怕就越不应该守株待兔,就越是应该主动出击,干点什么。轰轰烈烈地去干点什么。既然悲痛已经化成了力量,还等什么?一定要先下手,先摧毁什么。人们还在往前挤,所有的力量都汇聚在一起,风平浪静,广场上总体的态势是平静的,然而,骨子里悲壮了,洋溢着敢死的气概。现在,王家庄唯一缺少的就是方向,也就是命令。只要有了命令,刀山,火海,个个敢上,个个敢下。吴蔓玲再一次被感动了,她缓慢地举起胳膊,向下压了压,对大伙儿说:"大伙儿先回去,"她抬起头来,看了一眼树梢上的高音喇叭,说:"我们要听它的。"大伙儿侧过脑袋,齐刷刷地望着高音喇叭。高音喇叭现在不再是喇叭,是铁的战旗。

别看高音喇叭整天挂在那儿,不显山不露水的,在这样严峻的时刻,它的绝对意义体现出来了。现在,它就是上级,它就是潜在的命令,它就是一切行动的指挥。为了保护高音喇叭的安全,吴蔓玲提供了一个紧急方案,由吴蔓玲亲自挂帅的"特别行动队"就在当天晚上正式成立了。所谓的"特别行动队",其实是由王家庄的全体社员组成的,四个生产队分成了四个组,王家庄立即变成了临时的、非正式的军队。这个军队实行包干制,每个生产队保护线路的一个段落,再把这个段落细分成若干的小段落,每个人一小块,这样,在高音喇叭的沿线上,真正做到了三步一岗、五步一哨,壁垒森严了。王家庄完全军事化了,真的像毛主席他老人家所说的那样,全民皆兵。军事化在任何时候都是最稳妥、最有力的办法。它是保障。眼下的吴蔓玲不仅是王家庄的村支书,同时也是王家庄的军事指挥官。

高音喇叭传来了上级的部署。依照上级的部署,王家庄在大队部设置了灵堂。王家庄的人全体发动起来了,写标语,扎纸花,做花圈。花圈沿着大队部的内侧摆了一圈又一圈,白花花的,中间夹杂着金箔和锡箔的光芒,还有赤、橙、黄、绿、青、蓝、紫,这一来就斑斓了,喧闹而又缤纷,把丧礼的气氛烘托出来了,是无限热烈的悲伤。高音喇叭里重复播送着北京的声音,还有哀乐。秋日里灿烂的阳光忧郁而又沉重。然而,不和谐的声音还是出现了,王瞎子,这个在地震的时候表现就不好的五保户,他的流氓无产者的习性还是暴露出来了,居然喝酒了。它不知道从哪里搞到了一点酒,喝得脸面通红,一身的酒气。这个问题严重了,相当地严重。高音喇叭早就发出了通知,九月十五号要在天安门广场召开伟大领袖毛主席的追悼会,在此期间内,中国大地上的任何一块土地上都不允许开展娱乐活动。你王瞎子是个什么东西?三天吃六顿,你快活的哪一顿?这样的时刻你怎么可以喝酒?当即被王家庄发现了,告发了,捆了起来,拉到了大队部。

早在地震的时候吴蔓玲就打算"紧一紧"王瞎子的"骨头"了,出于大局,吴蔓玲放了他一马。对他宽大了。可王瞎子就是认识不到这一点。他那双看不见的眼睛硬是看不见一样东西,那就是宽大的限度。这一次吴蔓玲没有和他理论,直接叫人拿来了绳子,给他"紧骨头"了。王瞎子被捆得结结实实的,浑身都是麻绳,只留下了一颗脑袋,连两只脚都看不见了。"紧"好了,王瞎子被丢在了大队部主席台的下面。吴蔓玲发话了:"除了提审,十五天之内不许出来。"主席台的上面就是毛主席的遗像,王瞎子当然知道把他关押在这个地方意味着什么,噤若寒蝉,嚣张的气焰立即就下去了。

经过三十三人十一轮的严格审查,结论出来了,王瞎子的喝酒不是有组织的行动,不是有预谋的,完全是王瞎子个人的突发性的行为。说到底就是嘴馋。这就非常遗憾了。在这样的时刻,王家庄的人们其实渴望一次战斗,渴望一次真正的较量,渴望一次你死,或者我活。问题是,这是有前提的,得有敌人。王家庄多么渴望能够像挖山芋、挖花生那样,通过王瞎子这个突破口,一下子挖出一大溜子的敌人,发现一批,揪出一批,然后,再打倒一批。可惜了,没找到。

老鱼叉的寻找和挖掘是在噩耗传来的那一刻停止的。他歪着脑袋,扶着大锹的把手,认认真真地听。听到后来,老鱼叉便把手里的大锹放下了,一个人点上了烟锅,安安稳稳地蹲下了。当天夜里老鱼叉没有折腾,整整一夜都老老实实地躺在床上,这个难得了。弄得兴隆反而警觉起来,不敢睡了,就觉得老鱼叉的那一头要发生一点什么,一夜都在等。可直到天亮的时刻老鱼叉都没有闹出什么动静。兴隆听到了麻雀的叫声,听到了公鸡的叫声,闭上眼,踏踏实实地睡了。

一觉醒来已经临近中午,兴隆来到院子里,老鱼叉早已是一头的汗。他不是在挖,相反,在填。他用天井里的新土把一个又一个的窟窿给填上了。哀乐还在响,可兴隆的心里偷偷地乐了。

这是一个好的迹象,父亲无端端地病了,眼下又无端端地好了,这是可能的。不管他的心里隐藏着怎样的秘密,起码,他的举止正常了,有了向好的方向发展的一面。兴隆拿起了一把大锹,开始帮他的父亲。只要能把院子填平了,一切都会好起来的。满院子的新土堆积在那里,那可是惊涛骇浪啊。兴隆说:"不挖了?"老鱼叉说:"不挖了。"兴隆说:"不找了?"老鱼叉说:"不找了。"兴隆说:"这样多好,多干净。"老鱼叉说:"这样好,干净了。"

填好了天井里的坑,老鱼叉搬出了一张凳子,坐下来了。在哀乐的伴奏下,老鱼叉仰起头,开始看天。他对"天"一下子有了兴趣,着迷了,是那种强烈的迷恋,有了研究和探索的愿望。他就那么盯着,久久地盯着,一直盯着,仔仔细细地看。他的眼睛眯起来了,嘴巴也张大了,甚至,连口水都流出来了。他就这样一门心思,对着天,看哪看。还寻思。因为他的眉头已经皱起来了。天空是"空"的,他在看什么呢?想什么呢?不知道了。老鱼叉没有开始,也没有终结,没有提问,也没有答案。他就这样空洞洞地看。对了,天空其实也不是空的,有一样东西,那就是太阳了。可太阳是不能看的。太阳从来就不是给人看的。可是,老鱼叉犟了,偏要看。他盯上了太阳,只是一刹那,他的眼睛黑了,一抹黑,像一个瞎子。天空黑得像一个无底洞。老鱼叉到底还是把目光挪开了,挪到他的三间大瓦房上来了。大瓦房也是黑的,仿佛一团墨,慢慢地,却又清晰起来了,有了跋扈而又富丽的轮廓。它巍然耸立,放射出青灰色的光。老鱼叉这一回看定了,他的大瓦房就在苍天底下,天,大瓦房,还有什么比这更美呢?没有了。老鱼叉望着那些瓦楞子,他的目光顺着那些瓦楞子一条一条地往下捋,仿佛年轻的时候用手捋着女人的头发。瓦楞子凸凹有致,整整齐齐的,像新娘子的头发,滑溜溜地保持着梳子的齿痕。是的,梳齿的痕迹。兴隆他妈嫁过来的时候就是这样的,一头的水光,一头的梳齿,妖媚了。老鱼叉还记得新婚的那一夜,他望着自己的新娘子,只用了一眼就把新娘子摁倒了。老鱼叉拉开了她的棉裤,连上衣都没有来得及脱,他就把他的家伙塞了进去。老鱼叉急死了。要知道身子底下的新娘子可不是一般的女人哪,她被王二虎睡过了,差一点就成了王二虎的"小",只不过王二虎命短,没有来得及罢了。被王二虎睡过的新娘子给了老鱼叉无限的欣喜,他喜欢的就是这个,着迷的就是这个,他最想睡的就是"被王二虎睡过的"。他一定要弄清楚,被王二虎睡过的女人究竟是怎样的滋味,他要尝尝。要是细说起来的话,自从给王二虎做帮工的那一天起,老鱼叉就立下了一个宏伟的人生目标,他要做王二虎。这是一个遥不可及的梦。他渴望像王二虎那样吐气、呼吸,他渴望像王二虎那样走路、说话,他更渴望像王二虎那样吃饭、睡觉。谁也没有想到,土改一到,生龙活虎的王二虎就"改"成了一具无头尸,他的三间大瓦房就"改"成自己的了,太简单了,太神奇了,都不敢相信。却是真的。现在,老鱼叉又要睡王二虎睡过的女人了,他老鱼叉不是王二虎又是什么?他老鱼叉不是王二虎又是谁?上天有眼哪!新婚之夜老鱼叉一夜都没有合眼,他在操王二虎睡过的女人,一遍又一遍地操。操累了,歇歇,再操;操渴了,喝点水,还操。这是怎样的滋味、怎样的酣畅、怎样的翻身与怎样的解放!解放区的天是明朗的天,解放区的新郎好喜欢!他要天天操,月月操,年年操。老鱼叉硬邦邦的,在新娘子的大腿之间迅速地摩擦,不停地进出。他气喘吁吁地问他的新娘:"他厉害,还是我厉害?"新娘子咬紧了牙关,不说。不说就打。老鱼叉腾出手来,连着批了新娘子七八个耳光,新娘子被打怕了,小声说:"相公,他不行的,是你厉害呀!"老鱼叉一听到这句话身子就直了,挺在那儿。他干不下去了。要射。他大喝了一声,竭尽全力地射了。一滴都不剩。老鱼叉在新婚之夜打完了最后一颗子弹,打完了,天亮

了。东方红,太阳升,老鱼叉哭了。他软绵绵地捶着床板,对着新娘子的两只奶子万分委屈地说:

"个天杀的,我可没积什么德,我老鱼叉怎么也有今天哪!"

老鱼叉望着他的大瓦房,突然发现了一个意外,瓦楞子的中间长出了许多瓦花来了。这些瓦花是什么时候长出来的呢?老鱼叉想,想不起来。想必很久了。不是三年五载的事情,平日里没有留意罢了。这些灰色的瓦花特别地茁壮,如果把整个屋顶看成一座山坡的话,那可是漫山遍野了。老鱼叉想起来了,他刚刚住进来的时候这三间大瓦房还是新的,他把每一块砖头和每一块瓦片都看过了,瓦楞子里头并没有瓦花。现在怎么就有瓦花了呢?不该有。老鱼叉决定拾掇拾掇。老鱼叉叫过兴隆,让他去搬梯子。兴隆不解,问:"你要做什么?"老鱼叉回过头来,目光锐利了,透出一股咄咄逼人的力量。老鱼叉说:"叫你搬,你就搬。"这样的目光兴隆再熟悉不过了,这是父亲的目光,这是老鱼叉的目光。这才是他的父亲,这才是老鱼叉,霸道,果断,常有理,永远正确。他的父亲终于回来了!兴隆一阵欣喜,搬来了梯子,和父亲一起爬到屋顶上去了。他们开始清理瓦楞子中间的瓦花。老鱼叉再三关照兴隆,手要轻,脚要轻,动作要轻。千万不能把瓦弄碎了,一块都不能碎。

也就是小半天的工夫,勤劳的父子终于把大瓦房上的瓦花清除干净了。老鱼叉从房顶上下来,点上了烟,再一次端详他的大瓦房了。剔除了瓦花,大瓦房更像大瓦房了,像新的,一砖一瓦都露出了它们本来的面目,格外地波俏,招人喜爱呢。老鱼叉坐下来了,他让兴隆给他端水。老鱼叉一边抽,一边喝,一边听着哀乐,一边瞅着房子。是知足的样子,喜上心头的样子。是忧戚的样子,满腹狐疑的样子。同时还是踏实的样子,九九归一的样子。说不好。临了,老鱼叉把水喝干净,把烟锅放在了凳子上,整理了一遍衣裤,再一次上房了。上房之后老鱼叉把梯子也拽了上去。他爬到了最高处,在屋脊上,站立起来。放开眼,王家庄就在他的眼底了。他把王家庄打量了一遍,是一个又一个屋脊。不同的是,那是茅草的屋脊,丑陋而又低矮。老鱼叉居高临下了。居高临下的滋味很好,真是很好。好极了。老鱼叉退下来一步,对着正北的方向,跪下了。他像变戏法那样从口袋里掏出了三根香,点着了,插在了瓦缝里。老鱼叉磕了三个头。这个举动特别了,而他的头磕得又过于努力,在额头和瓦片之间发出了金属般的音响。一阵风把哀乐的声音吹了过来,是一阵猛烈的悲伤。兴隆在天井里喊:"爹,干吗呢？下来吧。"其实兴隆已经有了非常不好的预感了,只是没有办法,只能在天井里转圈。兴隆看着老鱼叉磕完了头,伸出手去,抚摸着那些瓦。一遍又一遍地抚摸,是无比珍惜的样子。摸过了,老鱼叉在屋顶上站起了身子,沿着屋脊,在往西走。一直走到头。兴隆看见自己的父亲挺起了肚子,大声喊道:"干净了！干净了！干净了！"这是老鱼叉这一生最后的三句话,就九个字。兴隆没有听懂。但兴隆从父亲剧烈的晃动当中看到了灾难种种。兴隆还没有来得及说话,就发现父亲直挺挺的,脑袋朝下,一头栽了下来。

　　老鱼叉没有葬礼,埋葬得也相当草率。他的尸体被一张草席裹着,三两下就完事了。这个怨不得别人,他死得太不是时候了。这个人真是不懂事,怎么可以在这个时候死呢？你急什么呢？晚几天就不行吗？哪一天不能死人哪。他的丧礼只能这样,只好这样了。所以说,一个人在什么时候死相当关键,它比一个人在什么时候生还要重要。会生不算本事,会死才算。吴蔓玲得到了老鱼叉的死讯,特地把兴隆叫到了大队部。吴蔓玲交代说,因为"情况特别",她希望老鱼叉的丧事"简单处理",希望兴隆能够"顾全大局"。兴隆点了点头。这一点其实是不用吴支书关照的,在这样的节骨眼上,他兴隆怎么能替父亲办丧礼呢？不可能的。给老鱼叉殓尸的时候兴隆的妈一直守在老鱼叉的旁边,她望着老鱼叉,不停地用手抚摸他的脑袋。可是兴隆的妈突然跳了起来,跳一下拍一下巴掌。她一边拍,一边喊:"才好!才好!才好!"

作为王家庄的中心,大队部的重要性在这几天的时间里真正地显示出来了。只要一有空,人们就自觉地来到了这里,默默地站上一两个时辰。尤其是夜晚,在通往大队部的各个巷口,行人络绎不绝。汽灯把灵堂照得和白天一样亮。汽灯这个东西特别了,只有发生了特别重大的事情才会用它,因而,它不只是灯,而是一个标志,是事态重大的标志,是形势严峻的标志。汽灯烧的是最普通的煤油,然而,有一个很大的气囊,打上气之后,它的工作原理有点类似于焊枪。它的灯泡不是玻璃的,而是一个小小的纱布袋,在气压推动着煤油向外喷射的时候,小小的纱布袋燃烧起来,没有明火,却能够发出耀眼炫目的光芒。大队部的大门是敞开的,汽灯的光芒冲出了门外,像一把刀,把黑夜劈成了两半。左边是黑夜,右边也还是黑夜。刺眼的灯光使黑夜更黑,天更黑,地更黑,人们的脸更黑,漆黑。一个人就是一个黑色的窟窿。

九月十五日下午,伟大领袖毛主席的追悼大会在天安门广场隆重举行。事实上,追悼大会的会场不只是天安门广场,而是中国。是东北、西南、西北和东南,是长江与长城、黄山与黄河,是九百六十万平方公里的土地。天在哭,地在泣,山河为之动容,天地为之变色。五十六个民族低下了脑袋。这是中华民族最悲恸的一天。毛主席,他为中国人民和世界人民做出了不可估量的贡献,他的离去,是中国人民和世界人民不可估量的损失。不可估量,谁也不可估量。天下没有这样的度、量、衡。天是晴朗的,但每一个人的心中都在下雨。泪飞顿作倾盆雨。

王家庄的人们聚集在大队部的门口,按照四个生产小队,排成了整齐的队伍,随着高音喇叭里的指令默哀或者鞠躬。高音喇叭把北京的声音传过来了,此时此刻,王家庄和北京是一样的,——人们从来没有感觉到自己和北京这样靠近过,反过来说,人们从来没有感觉到北京如此这般地无所不在。北京是水银,具有无所不能的渗透能力。这种感觉雄壮了,巍峨而又恢宏。这种感觉使王家庄的人一下子振奋起来,心中充满了勇敢和无畏:他们并不在王家庄,他们和全国人民一样,都在北京。

为了保证会议的纯洁性,追悼会开始之前,吴蔓玲让佩全对会场做过一次全面的清理。这是人民对自己领袖的追悼,一些人是不能参加的。吴蔓玲开了一份大名单,"王秃子"王世国、"孔婆子"孔素贞、"地不平"沈富娥、"脸不平"卢红缨、"蛐蛐"杨广兰、"喷雾器"于国香,还有顾先生和王大贵等十四人从会议的现场被剔除出去了。吴蔓玲关照说,虽然把他们剔除了,但他们不许回家,他们必须在广大人民群众的"眼皮子底下",否则,他们会"乱说"、"乱动"。把他们弄到哪里去呢?这还难办了。好在佩全想出了一个好办法。他找来了一条水泥船,把他们统统赶到船上去,随后把水泥船划到大队部门口。就在水的正中央,抛下锚,水泥船四面不靠,停在那儿了。这样一来好了。追悼会在岸上,而他们在水上。一方面,他们在,另一方面,他们又不在。两全其美了。十四个人把水泥船挤得满满的,该立正立正,该鞠躬鞠躬,都流了泪,一切整齐归一,同时又有条不紊。其实呢,复杂了。就说顾先生,顾先生对这一次的安排极度地不满意。敢怒不敢言罢了。他怎么可以和"这些人"在一起悼念毛主席呢?这是一个隆重的时刻,他不能和"这些人"在一起。可是,不在一起又能到哪里去呢?顾先生只能哭。哭得格外地尽力,哭到后来,都有些缠绵了。顾先生的悲伤是孤独的,顾先生的眼泪更是孤独的。这一点王家庄的人很难理解。对别人来说,毛主席只是帮着他们翻身、解放。可是毛主席对顾先生的恩情就不只是这些,而是帮着他脱胎与换骨。顾先生是讲精神的、讲思想的。是毛主席把他这个封建主义和资产阶级的双重余孽升华成一个坚定的、彻底的唯物主义者。顾先生爱上了革命,爱上了暴动,爱上了打倒、推翻、抄家、发配和惩治。这里头有别样的快乐,另一种幸福。这里头有精神的绽放。"这些人"哪里能懂,王家庄的人知道什么?他感受到了。毛主席对他有恩,他欠了他老人家的一份情。顾先生没有别的,只想在追悼会的现场默默地表达他的感恩。可是,不能够了。顾先生不只是悲伤,还有委屈。透过泪眼,顾先生远远地望着会场,会场上的横幅就是他写的,黑体字,再用剪刀把它们用心地剪出来,每一个都有方杌子那么大,花了他整整一夜的工夫。横幅上的字顾先生看得见,"沉痛悼念伟大领袖毛主席"!每一个字都清清楚楚,然而,中间毕竟隔了半条河,不是那么回事了。顾先生伤心,比宣布他是右派的时候还要伤心。眼泪是可耻的,可今天,顾先生忍不住。高音喇叭终于传来了《国际歌》的旋律,顾先生最喜欢的就是《国际歌》的过门了,是一把长号,充满了牺牲的激情,悲悯、庄严,沉郁而又雄壮,仿佛号召人们一起去死。事实上,顾先生一听到《国际歌》就想死。《国际歌》的旋律刚刚响起,顾先生的热血沸腾了,他泪流满面,来到了船头,旁若无人,用俄语高声唱道:

> 起来,饥寒交迫的奴隶
> 起来,全世界受苦的人
> 满腔的热血已经沸腾
> 要为真理而斗争
> 旧世界打个落花流水
> 奴隶们起来,起来
> 不要说我们一无所有
> 我们要做天下的主人
> 这是最后的斗争
> 团结起来到明天

英特纳雄耐尔
就一定要实现
这是最后的斗争
团结起来到明天
英特纳雄耐尔
就一定要实现

　　就在这一天的晚上,孔素贞找到了王世国,她要做佛事。她要为毛主席超度,她要为毛主席好好念一念《金刚经》。王世国响应了。零点过后,他把沈富娥、卢红缨、杨广兰、于国香她们召集起来了。他们上了一条船,划出去四五里的水路,就在船上,他们摆开了水陆道场。到底是秋夜的水,有一种凝稠的、厚实的黑,在无声地流。他们没有木鱼,没有磬,但他们是有创造性的,最关键的是,一颗心虔诚了。他们就敲船。咚咚咚咚的,声音传得相当地远。不过没事,安全。他们跪在船舱里,面对着天上的北斗星,磕头、烧纸、焚香。他们要为毛主席化钱,不能让主席在那边受穷。毛主席一定能收到他们的这一番心意的,只要在北京中转一下,就收到了。他们在诵经。他们相信,在他们的祈祷声里,毛主席赤着脚,踩着莲花,正在向极乐世界去。二十年之后,他老人家一定还会回来,回到中国,回到北京,回到王家庄,领导人民过上天女散花的日子。一想到这里他们就难过了,但是,是那种满怀着希望的难过。一个个的痛痛快快地哭出了声来。

　　第二天的一大早许半仙就把最新的动向汇报给了吴蔓玲,吴蔓玲没有说话。搞封建迷信当然是错误的,但是,这一次它的主题没有问题,在大方向上,还是正确的。吴蔓玲难办了。有些事情,做领导的不知道最好。知道了,是处理好呢？还是不处理好呢？一旦知道了,做领导的反而左右为难。吴蔓玲第一次对许半仙拉下了脸来,发了脾气,她不耐烦地对许半仙抱怨说:

"不要什么事情都过来报告！"

第十六章

秋天的第一场雨特别地长,嘀嗒了四五天,大地一下子就被这场秋雨浇透了,浇凉了。凉下来的日子实在是好,爽啊,连喘气都特别地顺畅。返晴之后的天空一下子高了,清澈得像驴子的眼睛,傻傻的,仿佛很多情,其实什么也没有。万里无云。偶尔有一两片羽毛一样的云,它们挂在远处,静止,不动。可以想见,高空没有一丝丝的风。再偶尔还有一群雁,它们在飞,不停地变换飞行的阵形,由"人"变成了"一",又由"一"换回到"人"。它们并不匆忙,是早早地有了打算的样子。所以能按部就班。而王家庄的大地上就更加安逸了,巷子里铺满了稻草。连续几天的秋雨把家家户户的草垛都淋湿了,好不容易放晴,就必须把它们晒干,这一来整个王家庄都是金色的了。稻草在秋日的照耀下发出了特别的气味,有些香,还有些涩,王家庄就笼罩在这样的气味里。闻上去叫人懒。当然,那些鸡是开心的,它们低着头,在稻草上寻找一些剩余的稻谷,不用争,也不用抢,各自守着各自的地盘,这里啄一口,那里啄一口,自得其乐了。

沈翠珍提着丫杈,一直在家门口的巷子里翻草。太阳挂在头顶上,但秋日里的太阳毕竟是秋日里的太阳,不那么坚决了,有了恍惚和马虎的意思,照在身上格外地爽朗。往常翻草这样的活计总是由红粉来做的,可红粉这丫头哪里还指望得上,不指望了。等把红粉嫁出去,沈翠珍想,真的要好好歇上几天了。今年的这一年不寻常,太不寻常了,什么事都赶上了,一件接着一件,就像是老天爷安排好了的一样。是个凶年哪。太不省心、太不顺遂了。最愁人的还是端方。自打麦收的时候起,沈翠珍就一直在张罗他的亲事,眼见得秋天都过来了,没有一点头绪。没头绪也就罢了,还闹出了三丫这一出。唉,作孽呀。别看端方的条件这样好,他和三丫这么一闹,往后的事还真是不好说了。还是先放一放吧,不能急。等三丫的事慢慢地淡了,再往下说。这会儿给他提亲,再有肚量的姑娘也不会答应的。

　　沈翠珍一边翻草,一边想着端方,一抬头,却看见端方从家门口出来了,一手夹着草席,一手提着网兜,是要出门的样子。沈翠珍扶住了丫杈,望着端方手里的家当,有些不明就里,站在那里等。等端方走到跟前,沈翠珍把他叫住了,问:"这是做什么呀?往哪里去?"端方立住脚,瓮声瓮气地说:"我搬到河西去。"沈翠珍说:"搬到河西去做什么?"端方说:"我去养猪。"沈翠珍说:"你这是发的什么癔症?"端方不看他的母亲,也不理她了,兀自走人。沈翠珍喊了一声,说:"你给我站住!"端方就像是没有听见,脚底下拖了一长串的稻草。沈翠珍望着端方的背影,急了,硬是弄不明白端方究竟要干什么。他做什么不行,偏偏要去养猪!养猪当然不是什么见不得人的事,可终究不体面,主要是没有一个好的口彩。将来介绍对象的时候,人家问起来了,你们家儿子是干什么的呀?养猪!怎么说得出口哇。沈翠珍一把丢下手里的丫杈,身边的老母鸡们一哄而起,吓得飞出去好几丈。她追上去,说:"端方!"可端方的身子已经在巷口拐弯了。

　　端方来到河西,钻进了养猪场的茅草棚。就在老骆驼的对面,架起了一张木板床。老骆驼五十好几的人了,驼背,后背上拱起来好高的一大块,村子里的人都喊他"老骆驼"。老骆驼还有一个特点,一脸的雀斑,像撒满了菜籽,所以,也有不少人喊他"老菜籽"。其实"老骆驼"和"老菜籽"都不是什么好听的称呼。可老骆驼这个人有意思了,他是有忌讳的,他认可"老菜籽",却不喜欢人家叫他"老骆驼"。也许正因为这样,大部分人就格外坚决地喊他"老骆驼",反而不喊他"老菜籽"了。

端方当然是一个例外,因为刚刚来,端方对老骆驼礼貌有加了,恭恭敬敬地喊了一声"老菜籽"。端方架好了床,铺上草席,躺下来,试了一下硬软,挺好,坐起来了,微笑着打量老骆驼。老骆驼蹲在地上,认认真真地吸着旱烟,一点也看不出是高兴还是不高兴,也就是说,一点也看不出是欢迎端方还是不欢迎端方。说起来老骆驼这个人还挺不一般的,有家有口,是儿女双全的人,像他这样的人能在养猪场一待二十年,其实不容易。当然了,老骆驼的老伴死得早,四十来岁就殁了。事实上,女儿出了嫁,儿子成了家,老骆驼就一直把养猪场当做自己的家,一心都扑在猪的身上。老骆驼和儿女们从来不走动,各自过各自的日子。这么多年了,他就一个人过。日子过得也蛮好,白天一个太阳,晚上一个月亮,白天三顿,夜里一觉,一五一十,挺顺当。好在老骆驼的腰板好,身子骨硬朗,和儿女们不来往,也没什么,不来往就是了。老骆驼还没到需要儿女们端屎端尿那一步。只要有猪,老骆驼就能够自得其乐。想起来了,早些年老骆驼还做过全县的"养猪能手"呢。老骆驼和儿女们处不来,不等于他和猪就处不好。

端方在养猪场住下来了。其实,端方来养猪,倒不是临时的决定,是经过深思熟虑的。最根本的缘由是端方不想待在王家庄,想走。可是,又能到哪里去呢?只能到养猪场。自从三丫走了以后,端方在王家庄其实就待不下去了。端方每天都要面对许多人,面对许多问题,其实每一次都是拷问和审讯。王家庄的人有一个特点,尤其是那些长辈,他们热心,关切,好奇,总是喜欢问,追根究底地问。你要是不把你的事情告诉别人呢,那就是你不厚道了。别人在关心你,抬举你,你必须回答。可端方实在没有那么多的东西可以回答,有些事情也是不好说的,怎么办呢?最妥当的办法就是躲开。可王家庄就是这么小的一块地方,你能往哪里躲?想来想去,端方想到了养猪场。养猪场是个好地方,虽说离村子不远,可好歹隔了一条河,最关键的是,四周都没有住户,也就没有那么多的嘴巴了。猪是有嘴巴的,可猪的嘴巴只会拱地,不会拱人的心。这一来就省心了。端方来养猪还有更深的一层缘由,主要还是为了当兵。端方自己也知道,高中毕业这么长的时间了,在村子里却一直没有"表现",这总是一个缺陷。在这样的节骨眼上来到养猪场,脏活和苦活都干了,将来"政审"的时候总归是个便宜。好歹是一个亮点。反正离征兵的时间也不长了,就是再苦,再脏,熬过去也就完了。总之,是利大于弊的选择。

养猪场蛮小的,说是"场",其实也就是三十来头猪。一大半是杂交的约克夏,剩下来统统是新淮黑猪。比较下来,端方喜爱的是那些白色的约克夏。约克夏的体态相当地昂扬,正面看过去,前胸的那一片特别地开阔,剽悍,能够看得见它们的豪迈。比较下来新淮黑猪就龌龊多了,样子十分地猥琐。最要命的还是新淮猪的两只大耳朵,大得出奇,软沓沓的,耷拉在那儿,一步三晃荡。一旦静下来了,却遮住了眼睛,样子就有些怪,鬼鬼祟祟的。再看看约克夏的耳朵吧,小小的,在阳光下面呈现出半透明的状态,一有风吹草动就支棱起来了,一闪一闪的,像马,像矫健的猫科动物。当然了,最大的区别还不在耳朵,在腹部。约克夏的腹部扁扁的,平平的,收着,多了几分的俊朗与威武。新淮猪呢,它们的肚子可就不讲究了,特别地大,特别地松,脏兮兮的全是褶皱,仿佛一大堆的抹布。由于新淮猪的背部凹下去一大块,这一下更糟糕了,它的腹部一直挂到地面,一旦行动起来,双排扣的奶子就拖在地上,和屎尿搅拌在一块儿,邋遢得要了命。

端方喜欢约克夏,那好吧,老骆驼和端方就做了简单的分工,所有的约克夏都归端方。两天没到,端方算是明白了,所谓养猪,就是给它吃。因为猪是人喂养的,它的习性和人也就有了几分的像,一天也要分成三顿。别小看了这一天三顿,麻烦大了。猪可不是人,一手拿着筷子,一手端着碗,充其量也就是两大碗。猪不是这样的,一门心思全在吃上头。到了吃的时候,它就像打仗,把它的嘴巴一股脑儿埋在猪食里,吞一口脑袋就要抖一下,再吞一口,再抖一下,然后,闭着眼睛慌乱地咀嚼。一顿就是一大桶。一天三顿,你就一担子一担子地往猪圈里挑吧。可麻烦的并不是猪的吃,而是猪的拉。猪这个东西拉起屎来实在是太放肆,什么时候想拉什么时候拉,想在什么地方拉就在什么地方拉,一拉就是一大堆。你要是不给它打扫,好嘛,它就在自己的屎尿里头睡,它才不管呢,还凉快呢。端方最不能忍受的就是猪的脏,你刚刚给它打扫干净,他就给你摆摊子,东一摊,西一摊。端方便打,用手里的扁担揍它们,把它们揍得像马驹子,一蹦多高,又一蹦多高。老骆驼看见了,心疼了,说:"端方,可不兴这样。"话说得并不重。但是,意思全到了,有了情感的色彩。他对猪的爱惜可以说溢于言表了。端方不是不想偷懒,可实在是偷不起来,老骆驼的猪圈就在旁边,一比较,差距就出来了。老骆驼自己脏兮兮的,可他的猪圈则永远干干净净。扫完了,再用水冲,都可以摆酒席了,都可以作新房了。老骆驼还有老骆驼的理论,说养猪就如同小媳妇带孩子,会"喂"不算,把奶头子放进婴儿的嘴里,谁不会呢?关键是会"端",会"把"。所以说,"傻媳妇会喂,巧媳妇会端",就是这么一个道理。这么一来端方的劳动量就大了,刚刚挑过猪食,喂完了,还得再挑,挑水,冲猪圈。榜样的力量是无穷的,榜样的力量也是残酷的,老骆驼一声不响,硬是给端方树立了一个残酷的榜样。三四天下来,端方的肩膀肿了。唉,早知今日,何必当初呢。人不好伺候,猪就好伺候了?一样。有嘴的东西都不是好东西。

因为每天要打扫猪圈,端方只好买了一杆烟锅。猪圈里的气味实在是太冲了。点上烟,好歹能缓一缓。可纸烟端方是抽不起的,那就买一杆烟锅吧。端方才二十岁出头,叼着烟锅,看上去老相了。然而,也只好这样了。加上不刮胡子,二十岁的端方一下子就老了十岁。

白天里忙完了,到了晚上,端方就和老骆驼住在茅棚里了。端方发现,也许是和猪相处的时间太长了,老骆驼便有了一些猪的习性。比方说,喜欢待在墙角。比方说,在他没事的时候,喉咙里总要弄出一些声音,平白无故地哼唧一声。尤其到了吸旱烟的光景,老骆驼先要蹲下来,把背脊靠在墙角上,然后,点上火,慢慢地吸。吸一口,"嗯"一声,再吸一口,再"嗯"一声,听上去很像猪。除了哼唧,老骆驼就不怎么说话。老骆驼是不爱说话的,这一点有点像顾先生了,也是一只闷葫芦。

然而,端方错了。这一次端方错大了。老骆驼不是一只闷葫芦,他爱说,是个碎嘴,是个话篓子。啰嗦得能要人的命。前几天他不说话,是因为和端方不熟,也许还在暗地里考查端方。现在,四五天下来了,看见端方挺老实,老骆驼的情形说变就变,一下子打开了他的话匣子,没完了。

端方,你听我说。老骆驼把马灯挂在了墙上,终于开口了。老骆驼说,这个猪啊,头绪多了,学问大了。老骆驼说,看上去它们都是猪,一样,其实呢,它不一样。各地的猪都不一样。江苏主要是新淮猪,黑色的,屁股上有一点白花纹,这是它的标志。上海呢,则是上海白。北京有北京黑。而山西就成了山西黑。浙江的却是浙江中白了。辽宁呢,辽宁有新金县的新金猪。新金猪是黑猪,可是,它的鼻尖、尾尖和四肢的下部都是白色,这一来我们就把它叫做"六白猪"。再向北,可就到哈尔滨了。哈尔滨的猪也是白色的,当然就叫哈白猪了。端方闭着眼睛,脑子里一下子就出现了一幅中华人民共和国的地图,幅员辽阔。这是猪的版图,是猪的历史地理。可老骆驼并没有局限于中国,在猪的话题下,他开始放眼世界了。老骆驼说,端方你可不知道,其实外国人也养猪。丹麦,知道的吧?它就有兰德瑞斯白猪。我们猪圈里的约克夏,它的老祖先其实在英国,后来呢,英国人把它带到了澳大利亚,再后来,它不远万里,来到了中国。美国人也养猪,最著名的有两个品种,杜洛克、汉普夏。还有比利时的皮特兰。还有加拿大的拉康比。多了。端方睁开眼,坐了起来,望着对面的老骆驼,盯住了他。这个人他不认识了,这个人是谁呀?端方以为这个养猪的老头连一个字都不识的,居然是个学问家呢。还一嘴一个丹麦,一嘴一个澳大利亚。这些外国的国名从老骆驼的嘴里冒出来,太吓人了。像做梦。这个人是老骆驼吗?老骆驼的身子靠在马灯的底下,在墙上蹭了几下痒,诡秘地笑了。老骆驼小声说:"我在县城里学过。"

老骆驼在一九五七年到县城里学过养猪,那时候人民公社刚刚成立。话题扯到了一九五七年,老骆驼的话又多了。——那可真是神仙过的日子啊,老骆驼说,每天早上,一起床就是两个大馒头,比拳头还要大,一个星期还可以吃一回猪肉。说起猪肉,老骆驼舔了舔嘴唇,话题又岔开了。——这猪呢,就是吃的。猪身上每一块地方都能吃,哪一块最好吃呢?端方你肯定不知道。让我来告诉你。小母猪屁股后头的,那个,尾巴下面的,那个,知道了吧?哎,就是那个。最好吃。我知道你没有吃过。可我吃过。好吃啊,好吃。端方哪,别看我们天天养猪,我们反而吃不上猪肉。我已经四年没尝过猪肉的滋味了。

老骆驼没有在猪肉的滋味上做过多的纠缠,他的话锋一转,扯到卖猪上去了。卖猪谁不会呢?把猪赶到镇上去,过了磅,收好钱,行了。可猪不是这样卖的。老骆驼说,卖猪可有讲究了。最大的讲究就是喂,也就是最后的十天。在最后的十天里,我可以让它一天增加四斤的肉。你信不信?老骆驼说,猪肉七毛三分钱一斤,四斤肉,三四一十二,四七二十八,一天就是两块九毛二,十天就是二十九块二!假如,我是说假如,十天以后我们要卖猪,第一天要干什么?老骆驼问,第一天我们要干什么?

端方不知道。十分茫然地望着老骆驼。老骆驼自问自答了,得给它打虫子。老骆驼说,用一片敌百虫,掺在猪食里,让猪吃下去,虫子就没了。打完了虫子,让猪歇一天。第三天,我们就要给它洗胃。洗胃其实很简单,先给它吃大苏打,到了第五天,再给它吃小苏打,这一来猪的胃就洗干净了。为什么要给猪洗胃呢?是为了让猪有一个好胃口。让它吃。胃一干净,猪就像发了疯,拼了命地吃。吃多少,长多少。猪就是这样一个好东西,吃什么它都可以变成肉。现在,最关键的地方来了。吃什么?吃什么呢?

端方,还是我来告诉你。要把米糠、麦麸、玉米粉、青饲料放在一起,用水泡起来,这些都要提前预备好的。好好地沤,好好地晒,让它们发酵。一发酵就有酒香了。到了添饲料的时候,再加上一把韭菜,猪就特别地爱吃。特别地爱吃。你想啊,一发酵就有酒精了,猪一吃就睡。其实是醉了。醒了再吃,吃了再醉,醉了再睡,睡了再醒,醒了还吃,吃了还醉,醉了还睡,睡了还醒,醒了又接着吃嘛。醉生梦死是最长肉的,十天的工夫,那就是四十斤的肉。端方,要得富,先养猪。如果我们的祖国猪和人一样多,那我们的祖国将有多少肉?十天之内,国家必定富强。

端方对老骆驼佩服了,三百六十行,行行出状元,不假的。老骆驼就是猪状元。在这样的一个轰轰烈烈的年代里,老骆驼不声不响地悄悄地变成了猪状元。要不是来到养猪场,端方再也没有料到王家庄还有这样的人物。老骆驼不简单呢。

"老菜籽,你怎么知道这么多呢?"

"把猪当人。"老骆驼说。

但端方对老骆驼的崇敬没有能够持续下去,端方受不了了。

在接下来的日子里,在每一个夜晚,端方差不多都是在老骆驼的说话声中睡着的。老骆驼一开口就是猪,最后闭口的还是猪。只是猪,永远是猪,没有别的。端方以为老骆驼会用一两个晚上把猪讲完,然后,说点别的。老骆驼没有。在猪这个话题下面,老骆驼刹不住车了。猪是广博的、深邃的,永远也没有讲完的时候。总之,一到了晚上,端方就觉得自己不是躺在床上,而是躺在猪圈里,他成了猪学生,而老骆驼则成了猪老师。猪不再是猪,猪是一门课,是语文、政治、数学、物理和化学,永远也没有讲完的那一天。猪居然还会生病,真是奇了。它会消化不良。它会便秘。它还得肺炎。猪还容易脱肛。猪很容易风湿。猪也会流产。月子坐不好就会得产后风,那就很危险了。你看看,老骆驼说得没错,这哪里是猪,简直就是人哪。

猪的故事还真的来了。老骆驼所饲养的一头小母猪终于不吃食了。这头小小的黑色的母猪是老骆驼的心肝宝贝,老骆驼说,它特别地"标致"。今年开春的时候兽医本来想把它和别的猪一起"洗"了的,老骆驼没舍得。所谓"洗",说白了就是"骟",只不过公猪才说成"骟",而母猪则要说成"洗"。老骆驼没有"洗"它,这会儿这只娇滴滴的小母猪到底来情况了,它不吃,不喝,文静了,妩媚得像一个待嫁的新娘,从此陷入了无边的思恋。幸亏它的前腿太短,要不然,它一定会用它的前腿托住下巴,做出此恨悠悠的样子来。到了第二天的上午,这个可怜的新娘到底把持不住了,露出了荡妇的本来面目。它再也不顾了体面,开始喊,拼了命地喊。尖锐的、却又是磅礴的情欲像一把刀,在它的体内搅动,血淋淋地疼痛。可怜的小荡妇被情欲折磨得死去活来,身后的"那个"也红肿了。可别的猪都是"骟"过的,或"洗"过的,所以,它们并不知道它的情况。它们不知道它们的朋友有多难受,一个一个都冷漠得很,只顾了吃,只顾了睡,是事不关己、高高挂起的样子。哪怕趴在它的身后给它一点安慰也好哇,它们就是没有。端方望着小母猪,因为没有经验,手足无措了,只好问老骆驼:"怎么办呢?"老骆驼并不慌,任凭小母猪声嘶力竭,就是不理它。直到第三天的上午,老骆驼才把小母猪打发上了船。这时的小母猪差不多已经是筋疲力尽,还想喊,没有力气了。只剩下娇喘微微,而一双眼睛也已是欲开还闭。它深深地思念着一个根本就不存在的心上人。老骆驼顺手给了端方两块钱,说:"你带它到中堡镇去一趟吧。日他的娘,给人家睡,还要给人家钱,日他的娘!"

中堡镇,多么地开阔,多么地壮观。由于它面临着蜈蚣湖,面对着阔大的水面,这一来它就有了一个整体的视角,生出了全景式的纵横,先声夺人了。它青色的、浩浩荡荡的屋顶现在就铺排在端方的跟前,青砖和细瓦是多么地缜密,严丝合缝,丝丝入扣,正是这样的丝丝入扣构成了一幅巍峨的景象,规范而又参差。中堡镇太古老了,每一座瓦房都有了上百年或几百年的历史,很旧了。但是,旧归旧,有来头。旧得大气,敦实,有底子,俏丽而又恢宏,真的称得上气象万千,是烟波浩渺的气派。偶尔也有几处新砌的房屋,那个很好辨认了,一律是绛红色。那些有限的、近乎破败的绛红虽然局促,可是,在一大片的青砖灰瓦的中间,凭空添出了万绿丛中一点红的意思,成了点缀,有了乱中取胜的迹象,突然勃发出了不讲道理的生机。中堡镇其实并不是很大,只是一个小小的镇子,然而,对于从来没有见过世面的端方来说,它太大、太豪华了,是一个了不起的大城市,足以激发起端方的自豪与自卑。说自豪,是因为端方好歹在这里生活过两年,多少有些瓜葛;说自卑,端方毕竟不是中堡镇的人哪。对中堡镇,端方的心里有爱恨交加的两种心迹。真是矛盾了。说起来端方高中毕业也才仅仅几个月,换句话说,端方离开中堡镇也不过刚刚几个月,可是,端方毕竟是一个乡下人,他的告别其实就是永诀。因而,端方的回归是激动的、怅然的、心绪难平的,有了难以表达和归纳的复杂。恍如隔世。

给小母猪配种并不费事。交了钱其实就完事了。配种站的小伙子手脚很麻利,端方帮着他,把小母猪抬到架子上去了。所有的种猪都骚动起来。小母猪的叫声和气味刺激了它们,它们把自己的前腿架在了围栏上,马一样立起了身子,大声地嚎叫。仿佛在说:"让我来,让我来!"一头公猪到底得到了机会,它流淌着口水,一路狂奔过来。由于体重太大,惯性太大,这条种猪在小母猪的身后没有收住身子,四条腿一起撑在了地上,滑出去好远。泥土都刨开了,留下了深深的爪印,这才刹住了车。老公猪火急火燎,回过身来一跃而起,趴在了小母猪的背脊上。在配种站小伙子的辅助之下,它找到了目标。长长地叹息了一声。这下好了。安稳了。可它的安稳是假的,虽然庞大的身躯是静止的,架在那里,可看得出,它对自己的本职工作有火一样的热情,一点也不懈怠。它趴在小母猪的背脊上,夹紧了屁股,连尾巴都收得紧紧的,末端却又是翘着的,像一尊雕塑。可它到底不是雕塑,浑身的肌肉还是活的,在颤动。它在努力。吃奶的力气都用上来了。端方正对着公猪,蹲下身子,点上了烟锅,眯上眼睛,慢慢地抽,慢慢地看。足足花了两袋烟的工夫,种猪下来了。一下来就改变了态度,神态安详得很,淡泊的样子,有了与世无争的气度与胸怀。就是近乎虚脱,步履也松懈了,十分缓慢地返回了猪圈。端方收好烟锅,帮着把小母猪从架子上抬下来,抬下来的小母猪同样安静了,有些害羞,是那种心安理得的害羞。因为了却了心愿,安稳得近乎没心没肺。端方把小母猪赶回到船上,小母猪卧在那里,下巴枕着自己的两条前腿,是幸福的时光。它在追忆似水年华。

端方本打算立即就返回的,犹豫了半天,还是把小舢板划到中堡中学的门口,上岸了。端方挑了一块高地,站在一棵树的旁边,远远地眺望起自己的母校,远远地眺望起自己的教室。这是多么熟悉的场景,可是,端方是一个局外人了。所有的东西都和他没关系了,永远没关系了。教室里坐满了学生,端方能够看见讲台上的老师,他们在指手画脚。一切都是安安静静的。只有操场是一个例外。操场上有一节体育课,同学们在打篮球。有些喧哗,偶尔有一两声尖叫会传过来。端方的心情突然坏了,坏在哪里呢?也说不出什么来。端方的心情就是坏了。端方原打算回自己的母校看一看的,和自己的老师们说上一两句话的。端方放弃了,连大门都没有进,掉头就走。心情彻底地坏了。欲哭,就是无泪。

端方离开了母校,开始在大街上逛。说起来端方实在是喜欢逛街的,几个人,或一个人,这些都不要紧。端方就喜欢在大街上走走,什么心思也不想,东张张,西望望,这样的感受很好了。当年读书的时候端方经常就是这样的。好在中堡镇也就是一条街,所有的店铺都在这条大街上,一家连着一家。几个月过去了,大街的两侧一点都没有变,店铺是那样,陈设是那样,次序是那样,柜台后面的那些人的脸是那样,连表情都还是那样。各人都在自己的老位置上待着。这也是镇子里的特点了,安稳,一成不变。城里的人都是螺丝钉,待在那里,永远也不会生锈。乡下人就不同了,今天挑粪,明天锄草,后天罱泥,一天一个样。这就是差距了。这条街端方不知道逛过多少遍了,马路上每一块石板端方都是那样地熟悉,可端方的感觉今天就是不一样,越逛越是知道,自己是乡下的一个庄稼人。端方的心情越逛越坏了。

端方来到了鞋匠铺子的门口,脑袋里"咣当"一声,突然想起来了,这不是房成富的鞋匠铺子吗?房成富,这个差一点成了三丫丈夫的男人,正低着头,给一双松紧口的鞋子上鞋楦。他的秃了顶的脑袋正对着端方,油光闪亮。仿佛是得到了什么特别的暗示,房成富抬起头来了,他的眼睛也抬起来了,犹犹豫豫地,缓缓慢慢地,抬起来了。房成富的目光经过端方的脚、膝盖、腹部、胸脯,一直看到端方的眼睛,端方刚想离开,来不及了。说时迟,那时快。端方的目光和房成富的目光就这样接上了。双方都是一愣,迅雷不及掩耳。这样的不期而遇对双方来说都是不设防的,又仿佛是准备了多年的,有一种刺骨的内涵,不是当事人就永远也不能理解的那种刺骨。两个差一点就娶了三丫的男人就这么望着。嘴巴也张开了。因为三丫,他们曾经是那样地近,同样是因为三丫,他们现在又是那样地远。可两个男人的表情反而是一样的,呆若木鸡。就那么相互打量。其实是想结束,就是结束不了。他们是仇人,这是一定的,可又有点像兄弟,还有点像连襟。古怪。说不出来的。不能往深处想的。也不敢想。更不敢说了。每一个字都是多余的、危险的、一触即发的。两个男人一老一少,一高一低,就那么打量。都有些不易察觉的喘息。最后还是房成富首先把目光避开了,同时低下了脑袋。房成富低下脑袋之后再也没有抬起来。端方想离开,立即就离开,却反而钉在了地上,像活埋了一样。已经埋到膝盖了,两只脚都迈不出去。端方最后是从石板路上把自己的双脚拔出来的,是的,是拔出来的。往前走。脑海里全是风。东西南北风。是旋风。

事实上,端方一个人在大街上并没有走多远,被人叫住了。是赵洁,端方的同班同学赵洁。端方正恍惚着,并没有看见赵洁,可赵洁却看见端方了。她大吼了一声,说:"这不是老同学吗?"声音大得要炸开来,一条街都听见了。端方吓了一跳,心思却没有来得及收回来,看上去就特别地傻,愣愣的,和赵洁的热情洋溢一点也不相称。赵洁望着端方,兴高采烈地说:"你怎么都这样啦?"端方眨巴着眼睛,不知道自己的"都这样"究竟是怎样。只是望着赵洁,很冷的样子。赵洁对这样的相逢特别地高兴,甚至是亢奋。可端方的神态提醒了她,自己的热情似乎过了头了。不就是老同学见面吗？怎么这样一惊一乍？还不至于这样的没斤没两啊。赵洁当即收敛了自己，客客气气问："可要买点什么？"这句话提醒了端方了。端方这才注意到赵洁不是站在大街上，而是站在商店里，是站在柜台的里口。赵洁的身后是一排镜子橱窗，镜子橱窗里摞了一些饼干、金刚脐、云片糕。端方望着镜子，呆住了。他盯着镜子，盯着镜子里的自己，镜子里的那个人是自己吗？头发相当乱，相当长，一脸的油，胡子拉碴，还叼着一杆烟锅，歪在嘴边，彻头彻尾的一个老农。"都这样"了。端方十分勉强地笑起来，再看赵洁，赵洁比几个月前胖了，人就显得更白，一张脸像一轮满月，皮肤也就比以前更光洁，一句话，她更漂亮了。再加上那件水红色的的确良衬衣，完全是城里的小女人了。几个月之前两个人还同时坐在一间教室里的，现在呢，差距出来了。差距拉大了，就像柜台的宽度那样长。一个在这头，一个在那头。端方说："挺好的。"这句话四面不靠了，端方自己也不知道这句话到底是什么意思。但端方听到了自己的语气，是那种泄了气、过了景、毫无用处的长辈才有的语气。赵洁再一次笑起来，说："可要买点什么？"端方抬起脚，把烟锅敲干净，想缓和一下气氛，笑笑："这是你们城里人吃的，我哪里买得起。"出于自尊，端方说这句话的时候故意用了玩笑的口吻，其实倒也是一句大实话。他买不起的。他的口袋里只有两毛钱，小母猪配一次种一块八，剩下来的那两毛钱也不是他自己的。他其实是身无分文的。赵洁停当了一会儿，突然从柜台的下面抽出一张纸，包了六只金刚脐，一种面做的点心，城里人也有叫"老虎爪"的。赵洁十分麻利地包起来，用红绳子捆好了，递到了端方的手上。端方刚刚说过"买不起"，在这样的时候接受这样的一份礼物，尴尬了。就觉得自己在变着法子讨要，脸没地方放了。端方说："这做什么？"赵洁热切地说："老同学难得见一面，我送你的。"端方多自尊的一个人，庄重起来，说：

"不能。"赵洁说:"拿着。"端方说:"不能。"赵洁说:"拿着。"端方眨巴了几下眼睛,想狠狠心把它买下来。脑子里迅速地算了一笔账,钱不够哇。要是赵洁包的是四个,他也就买了,现在是六个,不行的。端方笑着用手推开了,说:"真的不能!"赵洁都有点生气了,嗓门也大了,说:"拿着呀!婆婆妈妈的,大街上推推搡搡地算什么?难看不难看!"端方向四周看了看,四周围都是人。看他们呢。端方最终还是妥协了,伸出双手,捧了过来。心里头却惭愧得不知道怎样才好,脸都憋红了。嘴里不停地说:"这是怎么说的。这事情闹的。"赵洁说:"拿着吧,下次上来的时候到这边说说话。"端方连着"唉"了四五声,人一下子矮下去了。一寸一寸地矮下去了。端方算是把自己看清楚了,人家赵洁是怎么说的?下次"上来"的时候到这边说说话。"上来",就好像他端方一直生活在矮处,是在猪圈里。可人家赵洁也没有说错,待会儿他回家,可不就是"下"乡吗?人家赵洁说得一点也没错。端方待不住了,匆匆道了谢,几乎是小跑着回到了小舢板。一上船就用力地划。一口气划出去一里多路,端方已经是上气不接下气了。停下来了。端方拿起礼包,细细地端详,又回过头去看了一眼中堡镇,中堡镇还是那样地开阔、那样地壮观。但端方的自尊心被赵洁捅了,乡下人就是这样,自尊心一不小心就会被人捅着,要流血的。端方其实是知道的,人家赵洁是好意。可这才是最叫人伤心的地方。端方举起礼包,想用力砸向了水面。刚刚举到一半,到底舍不得。收了手。打开来,一股香味扑面而来。端方尝了尝。好吃。馋了。咬了一大口,又咬了一大口。嘴里头顿时就塞满了。噎住了。眼泪也出来了,在眼眶里漂。端方想,不该读高中的,不该读。不该到镇上来的,不该来。端方站起身子,把嘴里的东西咽了进去,把眼眶里的东西也咽了进去,暗暗地发了毒誓,一定要当兵。一定要当兵!到大地方去,到更大的地方去。"上"去,再"上"去。船那头的小母猪一定闻到了什么好闻的气味了,支起了脑袋,对着端方虎视眈眈。端满腔的怒火终于找到对象了,操你妈的,要不是把你的×送到镇上来给人家操,何至于这样?他放下金刚脐,跨到小舢板的那端,对着小骚货的脸就是一个大嘴巴。端方多大的力气,小母猪被他抽得嗷嗷叫。"操你妈!"端方气急败坏,"我要操你的妈!"

依照一般的情形,端方应该在天黑之后回来,哪有进了镇不好好逛逛的道理呢。可是,端方在镇上待不住,下午三四点钟,端方就回到养猪场了。离茅棚还有好大的一段距离,端方意外地发现茅棚的门是紧闭着的。这就奇怪了。茅棚的门从来都不关,夜里睡觉的时候往往都不关,更何况又是大白天呢。端方蹑起手脚,轻轻来到了门口,听了听,里面传出了细微和鬼祟的声音。不放心了。端方把脑袋靠在门板上,透过门缝,朝里头看。茅棚里一片漆黑,什么也看不见。可是,只是一会儿,端方的眼睛就适应过来了。刚一适应过来端方就吓得半死,老骆驼半裸着身子,弓着背脊,正跪在地上。他的前面是一只更小的小母猪。老骆驼紧紧地抓着小母猪的后腿,用他的胯部顶着小黑猪的屁股,张大了嘴巴,痛苦地、有力地、有节奏地往小母猪的身体里拱。端方一下子就明白了,顿时就想起了配种站的情况种种。端方不敢出气,怕了,可以说魂飞魄散。端方趴在地上,不敢弄出一丁点的动静,爬走了。一边爬还一边回头,别留下什么痕迹来。不能让老骆驼知道。说什么也不能让老骆驼知道。老骆驼要是知道了,说不准会出人命的。端方重新回到小舢板,大声地叫喊,大声地呵斥小母猪,做出刚刚靠岸的假象。把这一切都做停当了,端方骑在猪圈的栏杆上,点起了烟锅。

过了一会儿老骆驼走来了,一脸的疲惫,眼角都耷拉下来了。老骆驼嘎着嗓子,问:"回来啦?"端方不愿意再看老骆驼的眼睛,说:"回来了。"老骆驼说:"怎么不在镇上玩玩?"端方

"嗨"了一声,说:"玩了两年了,没什么玩头。"

"配上啦?"

"配上了。"

端方这么说着话,回头望了望猪圈里的小母猪,心里头想,这个小新娘子和老骆驼也有什么关系的吧。这么一想端方就觉得心口拧起来了,像被什么人握在了手里,使劲地搓。端方想起来了,老骆驼说过:"把猪当人。"现在看起来他说这句话是真心的。只是弄反了。他不是把猪当人,而是拿自己当了猪。老骆驼不是人。真不是人。而自己待在这里,迟早有一天也不是人。端方的心里忽然涌上一股心酸,是相当凶蛮、相当霸道的心酸,由不得端方自己。端方顺势在围墙上躺下来,闭上了眼睛,说:"划了一天的船,累了。"老骆驼说:"要不回棚子里歇会儿。"端方没有作答,就那样躺在那儿,两条腿分别挂在围墙的两侧,样子非常地古怪。什么也不像。好像是睡着了。

第十七章

不能待在养猪场了，再也不能待了。这样会妨碍了老骆驼，会让老骆驼嫉恨的。可端方还不能离开。端方可不是一个糊涂的人，这个时候离开养猪场，难免要给人留下一个怕苦怕脏的坏印象，将来"政审"的时候会麻烦的。那就待着吧。但端方再也不养猪了，他不想看它们，尤其是那些母猪。一看到它们端方就觉得它们都怀着孕，不是猪，是人。端方没有解释，总之，他不喂猪了。好在老骆驼倒不是一个斤斤计较的人，他和过去一样，把所有的活计都揽过去了，十头猪是喂，二十头猪也是喂，多跑几趟罢了。

端方什么都不做，彻底闲下来了。开始的那几天还觉得讨了便宜，接下来闹心了。养猪场太寂寞了，实在是太寂寞了。端方有太多的空闲、太多的时间，不知道该怎么打发了。时间是个什么东西呢？它是谁发明的呢？那些无穷无尽的年、月、日，它们在围剿端方。时间是汪洋的大海，前面不是岸，回头也不是岸。这个汪洋的大海里没有水，它是空的。它比天空还要空，笼罩在你的头顶，却又是实实在在的那种空，需要你去填补它，用你的一生，用你的每一天去填补它。一天有二十四个小时，为什么是二十四个小时，它太多余、太漫长了。这是谁弄的？是谁把它捣鼓出来的？真他妈的混账了！端方不需要那么多的时间，可时间就是在这里，在等着他，守候着他，纠缠着他，和他没完没了。除了睡觉，端方能做的事情也只有吃饭、拉屎和撒尿了，和一头猪也差不多。顶多再放三四个屁。可放屁又不需要专门的时间。如此算下来,端方每天都有七八个小时的空余,难熬了。端方被时间"泡"松了,"泡"软了,几近窒息。端方失去了动作能力,失去了想象,失去了愿望。端方是被动的,在时间面前,他"被"活着。这是怎样的人生呢,端方嫌它长。端方突然就想起了混世魔王来了,端方承认,混世魔王了不起,真的是一个了不起的英雄。这么多年了,人家硬是靠着一把口琴把日子吹到了今天,一板一眼的,一天也没有耽搁。如果说,时间是一座山,那混世魔王只能是当代的愚公。唯一不同的是,他永远也感动不了上帝。

做点什么呢?

是啊,做点什么呢。端方伤脑筋了。他的手脚痒了,骨头缝里也痒了,做点什么呢?大白天的,端方一直躺在床上,终于躺不住了。那就到水里去吧。端方来到了河边,跳进了水里。他开始扎猛子。一个猛子扎到了河的对岸,一个猛子再扎到对岸的对岸。一个猛子扎到了对岸的对岸的对岸,再一个猛子扎到了对岸的对岸的对岸的对岸。这是一个游戏,因为无聊,有趣了。但归根结底还是无聊了。端方就在水中抚摸自己,他在替另外的一个人在抚摸自己。慢慢地,有感觉了,他在水中勃起了。这样的感觉很好,谁也不会发现的。端方放心了,胆子也大了,动作越来越投入,越来越放肆。他勃起得特别地好,充分,硬,是那种无聊的,没有结果的,却又是蛊惑人心的硬。硬是一个问题,诱人了,可以解决,却难以解决。你看着办。不过端方相信,这个问题最终一定会得到解决。一下不行两下,两下不行三下,三下不行四下。总之,可以的。端方的手紧紧地握住了自己,把自己的手握成了一个动人的圈。细微的波浪从端方的身边荡漾出去了,向四周扩散。波浪越来越大,它狂放了。虽然有限,却是惊涛骇浪。惊涛骇浪反过来激励了端方。没有风。无风三尺浪。端方开始提速。速度是多么地迷人,在速度当中,端方心花怒放。是的,心花怒放。心花怒放不需要理由。心花怒放就是心花怒放的理由,心花怒放还是心花怒放的进程,它在时间的外面。时间不是爹,它是孙子。端方的身体一下子长满了羽毛,有了飞的迹象,有了飞的可能性。换句话说,有了死的迹象,有了死的可能性。死就死了吧,死就死了吧,死就死了吧!端方的手松开了,在水中,端方一下就射了出去。他找到了节奏。他被节奏抓住了。节奏推搡着他。他心甘情愿。他什么也没有射中,却射中了水。谢天谢地。它准确无误地把水射中了。端方再也没有想到他把一条河操了,其实也就是把大地给操了。这是一个震撼人心的结果,出其不意。端方一个激灵,在打战,在打冷战。浑身的羽毛一下子脱落光了,只剩下鸡皮疙瘩。端方满身都是鸡皮疙瘩,却心满意足。他漂浮在水面上,笑了。这是他一生当中最了不起的业绩。

可端方终于找到可以做的事情了。他找来了两块石头,借来了铁锤、钢錾,熬了几个通宵,做成了一副石担子。石头并不大,六十五斤一块,一副石担子也才一百三十来斤。轻是轻了点,总比没有的好。有了石担子端方的日子好打发了,他一天两练。早一次,晚一次。但主要的那一次还是在傍晚。一到了下午,端方来精神了,光着背脊,虎虎上阵。毕竟在中堡镇练过两年,端方并不蛮干。他把所要训练的内容分成了若干组,每一组都有不同的动作,推、拉、提、举、蹲,安排得很科学了。比起养猪来,练石担子不知道要多费多大的劲,可是,端方舍得在石担子上花力气。锻炼和干活的感觉不一样的,干活的累是抽筋扒皮的累,很耗人的,不容易恢复;锻炼则不同,累归累,却累得舒坦,有种说不出的通畅,练完了,冲个澡,喝点水,马上就能够恢复过来,反而加倍地轻松。老骆驼看在眼里,很生气,可以说动了肝火了,晚上再也不和端方说一句话。你端方怕苦,怕累,怕脏,无所谓,有我老菜籽给你顶着。可你把喂猪的力气省下来干了什么呢?玩石头。你什么意思?作践人了嘛。那么大的石头也是玩的?玩也就玩了,你举上去又放下来,放下来又举上去,这算是哪一出?折腾。端方你这是瞎折腾。你是怕饭在肚子里变不成屎了。

端方的石担子很快吸引了一群人,一拨又一拨的。他们在放工的路上顺道来到了养猪场,直接走到端方的石担子面前,想试试。可哪里举得动呢。举石担子表面上考验的是力气,其实也不完全是,它讲究技巧,还有协调性。就说提杠这个动作吧,你得蹲下去,把重心降下来,同时迅速地翻手腕,这才能够成功。王家庄的人哪里懂这些,提杠的时候不仅不知道下蹲,还一个劲地踮脚尖,这一来身体的重心比石担子还要高,你八辈子也提不上来。

这一天的下午来看热闹的人多了,他们一个一个试过了,没有一个成功。大伙儿起哄了,把端方请了出来。端方有了炫耀的心思,心里想,那就玩给大伙儿看看吧。端方收拾好烟锅,脱掉上衣,简单地运动了一下关节,并没有走到石担子的跟前去,而是返回到茅棚,把两块刚刚凿好的石头取了出来了。小一些,一边又加了一个。现在的分量不轻了,桑木的杠子都弯了,不一定吃得消。不过端方到底有经验,开把握得特别地宽,这一来没问题了。很稳。握在手里相当霸实。端方喊了一声,发力,提上去了,吸了一口气,举上去了。脸憋得又紫又红。

对于练过两年石担子的小伙子来说,把这样的石担子举过头顶,其实蛮平常的。可在王家庄,事情大了。端方的力气实在是大得惊人。大伙儿都看见的。还有一点也是不能忽视的,那就是端方的肌肉。端方毕竟有底子,在端方发力的时候,每一块肌肉都十分清晰地呈现出来了,起承转合的关系交代得清清楚楚。那些肌肉不像是长在端方的身上,相反,有人用铆钉铆了上去。一块一块地鼓在那儿,平白无故地就具有了侵略性。

端方的这一举在当天的晚上就轰动了王家庄。端方显然是不知情的,可王家庄谈论的却全是端方。到了今天大伙儿才知道,这么些日子端方全是装出来的,他有一身的"功夫"。在中堡镇学的。传说在层层加码,人们说,端方"一巴掌"就能把砖头劈开了。人们说,端方养猪是假的,其实在偷偷地练习"功夫"。人们说,端方练功的时候浑身都发光,紫色的,蚊子都靠不了身,离端方大老远的就一头栽下来了。人们说,端方练完了功四周全是蚊子和飞蛾的尸体,尸体落在地上,正好画了一个大圆圈,端方就站在圆圈的中央——他的功夫就叫做"蚊子功"。王家庄就是这样的一个地方,人们喜欢受到惊吓,同时把更大的惊吓转送给别人,最终,无限风光在险峰。一句话,王家庄的人不把自己吓死就绝不会罢休。谁都知道自己在添油加醋,但这个"油"和这个"醋"不加进去心里头就不痛快,嘴巴就更不痛快。痛快才是最后的真实。一件事情的可信程度不是别的,它取决于嘴巴的痛快程度。

端方还躺在养猪场的茅棚里睡懒觉,佩全的贴身兄弟,大路、国乐和红旗,他们突然来到养猪场了。这个举动特别了。他们同时还带来了七八个贴身的兄弟,一来到养猪场他们就拿起了粪耙子,把每一个猪圈都打扫了一遍。端方听到了不远处的动静,从床上爬起来,想看看究竟发生了什么。端方来到猪圈的门口,大路、国乐和红旗全部停止了手脚,表情十分地严峻,一起望着端方。端方愣了一下,不知道发生了什么。这时候猪圈里的人一起跨出了猪圈,每个人的手上都操着家伙。他们一声不吭,脸上的表情特别地怪异,向端方包围了过来。

端方的第一反应就是跑。好在端方冷静,一边机警地瞄着他们,一边迅速地思忖。想来想去,最近一段时间自己并没有招惹他们。这是干什么呢?佩全呢?他为什么不亲自过来呢?刚想说些什么,大路已经把香烟掏出来了,是纸烟。当着端方的面,大路把香烟拆开来,抽出一根,递给了端方。大路的举动意思很明显了,他这包香烟是专门为端方买的。由于紧张,端方多疑了,别再是声东击西吧,自己刚低下头来点烟,背后头上来就是一闷棍。这根香烟是不能接的。端方紧紧地盯着他们,虎视眈眈的,连余光都用上了。端方的镇定在这个时候彻底体现出来了,他伸出手,把大路的胳膊拨开了,控制住自己,没有跑。他从包围圈中走了出来,直接向着茅草棚走去。端方其实是逃跑了,只是不失镇定罢了。可是,端方的镇定在大路和国乐的这一头就不再是镇定,是藐视与傲慢。显然,端方不理睬他们了。端方在前面走,一队人马就操着家伙在后面跟,端方的心在狂跳,已经起毛了。但一到了茅棚的门口,端方悬着的心放下了。茅棚的土基墙上靠着一根扁担。只要有这根扁担在,端方就踏实了。这帮狗娘养的要是敢动手,端方一定叫他们每个人的脑袋都开花。端方是下得了这个手的。端方来到扁担的旁边,停住了。一只手十分随意地扶在了扁担上。大路的手上一直拿着香烟,脸上的表情尴尬了。他再一次把香烟递到端方的面前。这一回端方接过来,说话的口气也不客气了。端方说:"大路,怎么回事?"大路有些不好意思,含含糊糊地说:"没什么。"这么说着话红旗已经划上了火柴,送到了端方的面前。端方的身后是墙,手里扶着扁担,不用担心了。端方点上火。点火的时候端方眼里的余光在不停地扫描,就看见大路他们全都松了一口气。对大路他们来说,只要端方肯点上这根烟,算是有了脸面了。端方说:"怎么我一个人抽?大家都点上。"这句话一出口现场的气氛顿时轻松下来,他们纷纷丢下手里的家伙,点烟。利用他们点烟的工夫,端方看出来了,他们不是来惹事的。不像。可他们究竟演的是哪一出呢?端方一时也摸不着头绪。端方试探着说了一句:"佩全呢?怎么没见佩全?"大路他们都没有说话,很严肃。端方越发摸不着头绪了。端方笑笑,在大路的肩膀上很重地拍两下,又笑笑,说:"叫他来玩!"

气氛再一次友好起来,可总还是有点不对。双方都还没有真正见到对方的底,所以,脸上的客气依然是以预防为主的。最轻松的只有红旗了。投靠端方他不会吃亏,这个他有底。再怎么说,端方差一点做了他的妹夫,端方亏待不了他。红旗很深地吸了一口香烟,对着端方笑。没有什么意思,就是笑。他其实是要让别人看出来,他和端方的关系不一般。红旗对端方现在已经是五体投地了,是真心的崇拜。别的不说,就说刚才大路给端方敬烟,端方爱搭理不搭理的,多牛!只有端方才能够这样。佩全差远了,他这个人就知道抽别人的耳光,大伙儿怕他,可远远说不上爱戴。端方不同,端方有大人物的风采,举手投足里头全是大人物的气派,镇得住。学不来的。端方不怒自威。只有真正的大人物才有这样的亲和力和自制力,越发说明了他的统治性。

红旗舔了舔嘴角,对端方说:"端方,听说你很有功夫。"因为奉承,红旗巴结了。端方随口说:"哪里。随便玩玩。"轻描淡写的。但说话就是这样,越是轻描淡写,就越是比大喊大叫来得可信。大伙儿听出来了,这反而就是有了。他们一起望着端方的石担子,看了半天,一起回过了头来,齐刷刷地盯着端方,目光里有了新的内容。不再是紧张与不安,而是崇敬。端方看在眼里,心里头却明白了七八分。这样的目光让端方舒服,甚至,有些迷醉。端方故意含糊其辞,马马虎虎地说:"我算什么。我城里的那些兄弟比我厉害多了。"这句话吓人了。大路他们听出来了,端方不只是自己厉害,后头还有人,还有更大和更硬的背景与靠山。端方的身后无端端地生出了无边的纵深,是一个洞,一个开阔的、黑色的洞,王家庄的人永远也别想看到它的尽头。大路的胸口顿时就凛了一下。有点后怕,幸亏听了国乐和红旗的劝,他原想不来的,要是真的不来,还麻烦了。大路开门见山,忠心耿耿地说:"我们商量好了,想跟着你。"端方听在耳朵里,听清楚了,全明白了。他再一次拍了拍大路的肩膀,无声地笑。端方笑得格外地迷人。想起刚才自己紧张成那样,真是不好意思,还想跑。多亏了没跑,要是真的跑了,今天就绝对不是这样的一个局面了。兄弟们心目中的端方怎么能屁滚尿流呢。太悬了。看起来沉着永远是对的。端方丢掉手里的烟头,微笑着对红旗说:"去,去把佩全请过来。"红旗愣住了,大伙儿全愣住了。红旗说:"他不会来的。"端方说:"他会的。"大路这个时候插话了,大路问:"他不来怎么办?"端方不笑了,望着大家,目光从人们的脸上扫过去。端方说:"佩全要是不来,你们就一起去请。这点事都干不了,你们还能干什么?捆都要把他捆过来。"

按照原先的计划,红粉应当在腊月的月底把自己嫁出去,然而,提前了。刚刚进入十月,红粉在晚饭的饭桌上把她的想法提出来了,她现在就要嫁人。红粉急着嫁人有她的苦衷,她怀孕了。要是现在不赶紧把自己嫁出去,到了年底,她的肚子可就要现眼了。这个是万万不能的。其实带着身子出嫁的姑娘也不是没有,但是,别人可以,她红粉不行。为什么呢?因为红粉的嘴巴太毒,从不饶人,一天到晚就喜欢把自己的嘴巴架在别人的脖子上。这就有要求了,要求红粉走得正,行得正,各方面都不能有什么闪失,不能留下什么把柄。要不然,你的嘴巴就失去了火力,别人一枪就把你打死了。就说和春涨谈恋爱的这几年吧,红粉一直守身如玉,老天爷都可以作证。哪一个谈恋爱的小伙子不想往姑娘的身上爬呢,春涨也想爬,爬过的,爬过很多次,爬不上去。红粉的裤裆固若金汤。为这件事情春涨不知道吃过红粉多少嘴巴子。吃多少都不长记性,红粉就骂他骚。其实呢,春涨冤枉了。春涨老实巴交的,骚还是骚的,却不是红粉想象的那样,骚得都收不住身了。绝对不是的。春淦一次又一次地想往红粉的身上爬,最主要的原因还是家里穷,自己的条件又不好,这一来就总也是不放心。不放心怎么办呢?先睡。睡过了,你就看着办吧。说起来这也是祖祖辈辈留下来的经验了。所以说,姑娘家和毛脚女婿独处的时候,经验老到的母亲们会派上另外的一个人,盯着,寸步不离,这一来毛脚女婿就不容易得手了。春淦一直没能如愿,说到底还是春淦老实。可是,老实人往往要为他们的老实付出代价,越是到了成亲的关头,春淦就越是不踏实,越想越害怕。就担心夜长梦多,出了什么闪失。为这件事春淦老是生闷气,无缘无故地发脾气。春淦的嫂子心疼他,就给春淦出主意了。她借了五块钱,塞到了春淦的手上,对着春淦的耳朵耳语了一番。嫂子说,这一次一定要"拿下",只要拿下了,即使红粉翻了脸,想退亲她也不能够。"你就到处给她说,就说红粉早就被你'咔嚓'了,看看谁还会要她!没人要,剩下来还不是你的?"嫂子补充说,"最好能怀上。怀上了,她就更不值钱了,肚子一天天大起来,她不反过来求你才怪!她一求,婚礼省多少钱哪?"春淦记住了嫂子的话,利用秋忙之前的空闲,春淦来到王家庄,送礼来了。到了傍晚,春淦告辞。临走以前春淦把红粉拉到角落里,从口袋里抽出了五块钱的一只角,说:"嫂子让我带给你的,见面礼。"红粉刚刚想拿,春淦捂住了,对着红粉使了一个小小的鬼脸。使完了鬼脸,春淦就告辞了。红粉当然不笨,喜滋滋地在家里头等天黑。好不容易等到天黑,红粉兴冲冲地出去了。春淦果然在两里路以外的路口等着她。春淦这一回可不是春淦了,他是一只下山虎,红粉还没有来得及说话,一把就把红粉放倒了。嫂子的话说得没错,"办这件事靠的就是力气。是她的力气大,还是你的力气大。"红粉是一只母老虎,但说到底更是一只纸老虎。在草地上厮打了半天,红粉终究不是对手,被春淦扒开了。红粉光着屁股,却烈得很,一口就把春淦的胳膊咬在了嘴里。春淦恼羞成怒,不管多疼,坚决不撒手,连两只膝盖都用上了。春淦凭着他的力气活生生地把红粉的大腿掰开了。说起来也怪,一掰开,红粉居然也就没力气了。嘴巴也松了下来。这给春淦提供了机遇。春淦火急火燎地寻找红粉的部位,找了十来下,终于找准了。春淦什么也不顾,十分迅速地戳了进去。戳进去之后春淦就知道自己大功告成了,然而,问题来了,不知道下一步该怎么办。呆住了。幸亏他立即就射了,要不然,还真的麻烦了,怎么收这个场呢。下一步怎么做,嫂子可没有交代呀。春淦匆匆射完,拔出自己的东西,到了这一刻才真正地慌了。知道自己闯下了大祸,害怕得不行。春淦提起自己的衣裤就跑。一口气跑出去十几丈,摸了摸口袋,嫂子的钱还在。春淦慌忙穿上衣服,朝四下里看看,掸掸,得胜回朝。

红粉在饭桌上到底把婚事提出来了。她哪里能想得到,自己的身子是这样地不争气呢,就一下,春淦就来了那么一下,肚子就怀上了。红粉把春淦的祖宗八代都骂了出来,暗地里发下了毒誓——等将来成了亲,看我不憋死你!你休想再碰我,看我憋死你这个狗日的!但骂归骂,发誓归发誓,肚子里的"东西"可是任何誓言都解决不了的。红粉急了,逼着春淦提早娶人。红粉算过一笔账的,十月份春淦把自己娶回去,将来生下孩子,好歹还能说是早产,能混过去的。拖到年底,那可就丢人现眼了。红粉偷偷摸摸找到了春淦,春淦却拉着一张脸,说钱还没准备好呢,心里头早就乐成了一朵向日葵。春淦什么都不再说。红粉只能给春淦跪下了。好在春淦是一个通情达理的人,把红粉从地上搀了起来,说:"那就十月吧。"

沈翠珍的手上端着饭碗,正喝着稀饭。红粉的意思她听清楚了,日子好不容易太平下来,却又节外生枝了。沈翠珍没有立即作答,却拿眼睛瞟了一下王存粮。王存粮的嘴里嚼着老咸菜,装着没听见,什么也没有说。其实在思索。从情理上说,家境不好的庄稼人是不会在十月里做亲的,再有两个月就是年底,利用年货办喜酒,历来都是这样。放在十月,等于重复了一遍,不划算了。还有一点,虽说红粉的衣服、棉被都准备得差不多了,可箱子和马桶毕竟都还没有买,这些陪嫁总归不能少。眼下生产队还没有分红,到哪里去弄这笔钱去?综合起来看,还是再等一等的好。王存粮想把这些道理跟女儿讲一遍,只是不知道怎样讲才好。桌子上的沉默令人尴尬了。吧唧声越来越响了。有谁能知道红粉的心思呢。她急呀。沈翠珍一直没有说话,这样的时候她是不好多嘴的。只好伸出一条腿,在桌子底下找王存粮的脚后跟,轻轻地踢了他一脚。意思很明确了,这件事你得表个态。王存粮伸长了脖子,为难的样子,咽了一口,抬起了头来,刚刚想对小油灯对面的红粉说些什么,没想到红粉的两只眼睛却盯住了她的继母。红粉冷不丁地说:"你踢我爸干什么?"沈翠珍遭到了当头一棒,讪讪地说:"没有啊,我哪里踢你爸爸了?"红粉"咚"的一下,搁下饭碗,"啪"的一声,又搁下筷子,说:"一开口就是屁。十个屁九个谎。"

这句话重了。其实红粉这些日子和沈翠珍相处得还是不错的,好些日子没有拌嘴了。可红粉现在已经是口不择言,当然要挑有分量的话说。沈翠珍瞥了一眼存粮,也放下筷子,放下碗,把嘴里的东西咽下去,说:"红粉,你知道你嘴里头喷的是什么?"红粉说:"我吃的是王家的,喝的是王家的,你说我喷的是什么?"红粉的这句话不像样了,噎人,沈翠珍堵在那里,一句话都接不上来,眼眶子一下子就红了。王存粮听不下去了,抬起胳膊,连同手里的筷子一同拍在了桌面上,所有的碗筷都跳了起来,小油灯的灯芯也跟着添乱,晃悠了好几下。端正和网子都吓了一大跳,弟兄两个对视了一回,知道事不关己,偷偷溜出了门去。小油灯的灯芯终于安定下来了,红粉坐在原处,不动,愣愣地望着油灯,眼眶里早已噙满了泪水。红粉说:"好。"红粉重复说,"好。"红粉的眼泪突然从眼眶子里头汪了开来,一颗一颗往下掉。红粉这一次却没有使蛮,她定定地望着自己的父亲,说:"王存粮,我问问你,我妈要是还活着,你会不会对你的亲生女儿这样?"

这不是红粉说话的风格。要是放在过去,红粉可不在乎王存粮拍桌子。她才不吃这一套。你有手,我没有手?你能拍,我不能拍?你不怕疼,我怕疼?你少来!可是,红粉的心里毕竟塞满了难言的隐秘,揪着心,有一股说不出口的痛。这一来说话的口气自然就软了。她这么一软反而露出了可怜的一面,情真真意切切了,反而有了震撼人心的力量。王存粮眨巴着眼睛,后悔不该在这样的时候再给女儿拍桌子。人家只不过是想把婚礼提前几天,是商量着来的,原也不是什么了不起的大事。拍桌子打板凳做什么呢。王存粮也软了,说:"没说十月份不给你办嘛。"

话音刚落,沈翠珍的两只手从桌面上挪开了,放在了膝盖上。两只瞳孔也散了光。她无力地盯住了小油灯,回味着红粉说过的话:"我妈要是还活着,你会不会对你的亲生女儿这样?"没错,红粉就是这样说的。这句话要是放在五年前、三年前,哪怕就是去年,罢了。我沈翠珍也没有指望做红粉的亲妈。你早不说,晚不说,眼见得就要嫁人了,在这样的节骨眼上你把这样的话撂下来,红粉,你过分了。过去怎么样不说它了,近年来我是怎样地迁就你,你从心窝子里掏出来,看一看。为了做好这个后妈,沈翠珍她尽力了。是的,离地三尺有神灵,老天都看在眼里,她沈翠珍尽力了。为的是什么?无非是想落个好。和和美美的,落个好。怎么样一个好法呢?到了红粉出嫁的那一天,红粉跨出门槛的时候,能够喊她一声妈;如果红粉还肯念那么一点点的旧,再给点面子,当着村子里的乡亲,流上几滴眼泪,算是告别,她沈翠珍也流几滴眼泪,表示难舍难分,她沈翠珍在王家庄这么多年,也算是有了交代。以往再多的苦、再多的累、再多的委屈,就再也不提它了,一笔就勾销了。现如今,临了临了,你都不肯太太平平地嫁人,你红粉来上一句,捅出了这样的一刀子,红粉,你过分了。沈翠珍反而没有哭,寒心了。可这一次的寒心不同于以往,这一次的寒心发生在这样的时刻,等于是做了最后的总结,铁板上钉了钉。可见所有的努力都白费了,所有的委屈都白费了。打了水漂,喂了狗。冤哪。沈翠珍冤。十月份办酒席,你王存粮说起来容易,做好人谁不会?啊?谁不会?可钱呢?钱呢?钱在哪里?在哪里?在哪里哟?沈翠珍缓缓地站起了身子,一个人回到了卧房。关上门,脱了鞋,上床了。一上床沈翠珍就把被窝拉了过来,蒙住了脑袋。等把被角塞在了嘴里,沈翠珍"呜"的一声,哭了出来。

王存粮望着眼前的女儿,听着房间里的哭声,什么也不好说了。他把饭碗推开,点上了烟锅。什么叫日子呢?这日子到底是一个什么东西呢?

红粉和父母商量婚期说到底只是走一个过场,同意也好,不同意也好,红粉的婚事是不能拖的,最终还是定在了十月。大中午的,远处的河面上传来了炮仗的爆炸声,都是双响炮,"咚——嗒——",有些孤寂,毕竟喜庆了。也只是一会儿,风就把火药的香味传到了村子里。王家庄的人都知道,这是接新娘子的喜船来了。大人和孩子都开始往红粉的家门口蜂拥,说句吉祥话,讨一支烟,或者讨一块糖。这一天端方没有到养猪场去,早已守候在天井,帮着张罗开了。听到炮仗的声音,端方来到了天井的门口,笑嘻嘻的,开始敬烟,发糖。一转眼天井里就挤满了人。照理说,王存粮也应当来到天井,和大伙儿一起说说笑笑才是。王存粮没有。他一个人坐在堂屋里,端着旱烟锅,吸烟,心情特别了。女大当嫁,女大当嫁,其实是说说的,真的嫁了,做父亲的到底舍不得。刚听到远处的鞭炮声,王存粮的心里突然就是一阵紧,被掏了一块,在喜庆的时刻却凄凉了。丫头要走了,真的要走了。这一走就再也不是这一家的人了。王存粮突然就觉得自己这个爹没有做好,到底是哪里没有做好,王存粮自己也说不上来,但是,没有做好,这一点是千真万确的。这孩子就这么长大了,嫁人了。越是到了这样的时刻王存粮就越是觉得亏欠孩子,想着法子要找补回来。王存粮多想让红粉在这个家里再住上几天哪,天天买肉,让她多吃一点,长点肉,养胖了再走。说起吃肉,王存粮的家里一年也吃不上三四回,肉一上桌,端正和网子就变成了疯狗,谁也挡不住。红粉的筷子从来不碰,最多也就是夹一块骨头,解解馋。别看这丫头粗,嗓门大,样子恶,其实心细,知道心疼别人,骨子里是个好心肠的闺女。外人不知道,当爹的知道。当爹的都看在眼里。这么一想王存粮的鼻子一酸,伤心了。眼泪夺眶而出,差一点哭出了声音。王存粮再也没有料到自己会这样地婆婆妈妈。伸出手指头,在眼窝里抠了几下,把鼻涕吸进去,抽了一口烟,叹了出去。

依照一般的情形,这个时候的母亲不应当在自己的卧房里,而应当在女儿的闺房,利用最后的这么一点时间,陪着女儿,和自己的女儿说说话。这一点其实蛮要紧的。婚嫁毕竟不同于一般的事情,无论是灶头还是床头,都有它丰富的内容,需要做母亲的把门关上,细声细语地言传身教。尤其是床上的事,格外地关键了。都是年轻力壮的男女,好不容易熬到今天,早已是干柴烈火,特别容易手忙脚乱。在这样的时候,经验就尤其重要了。要不然,两个生手,等你摸到了门道,天也就亮了。晓通世故的母亲在这样的时候一定会给女儿一些点拨,其实是能够派上用场的。女儿出嫁的时候就是这一点好,再露骨的话母女之间也可以说。就算是女儿的脸红到了脖子,做母亲的该说什么还是要说什么。沈翠珍还记得自己出嫁的那一天,她的母亲把她的嘴巴放在自己的耳边,关照了一遍又一遍。沈翠珍的心口跳得比兔子还要快。细想想这也是母女之间最动人的一刻了,特别地迷人。沈翠珍不是不想在这样的时候和红粉聊聊。就算是不聊,给她梳梳头,施一施胭脂也是好的。可一看到红粉的那张脸,哪里凑得上去?凑不上去。这哪里还是母女?何至于呢。沈翠珍坐在自己的卧房里,心口疼。但沈翠珍到底是做母亲的,还是把自己收拾干净了,头发也梳了好几遍。在这样的时候,别的不说,格格铮铮是最起码的。

最先上岸的是四个撑船的篙子手。到底是喜船,每一根篙子的尾部都贴了一圈的红纸,这一来不同凡响了。每一个篙子手都很壮实,一看就是气壮如牛的好汉。这一点其实是必须的。现在是十月,结婚的人少,可以不说它。要是放在年底,做亲的人特别地多,那个讲究就多了。有时候一条河里能有好几条喜船,这就有了快和慢的问题。王家庄的这一带有这样的一种风俗,喜船只能比别人快,不能比别人慢。一定要保证自己的喜船走在最前头。只有这样,方能够"压住"别人,从而避免了晦气,以迎来喜气。所以说,篙子手一定要强壮,有耐力,最好能打架。几乎每一年的冬天都会发生这样的斗殴事件,原因并不复杂,两条喜船狭路相逢,齐头并进。在激烈的竞争中一定会有一方失去了耐心,篙子手们弃船而去,跳到另外的一条喜船上去,在船头上打。胜利的一方必然要把失败的一方暴打一顿,然后,推到水里去。这就确保自己的新娘和新郎从胜利走向了胜利。

春淦这个新郎今天打扮得特别像新郎。新头,三七开的。身上穿的是中山装,湖蓝色,整洁得有些过分。中山装上的四个口袋方方正正,容易使人联想起"革命"或者"领导"这样的美好字眼。事实上,当春淦从喜船跨上岸来的时候,他很像一个革命者,或者,一个领导。只是由于春淦的营养过于不良,太瘦了,中山装就显得宽大,松松垮垮的,这一来就好像革命处在了低潮。但是,春淦的精神头是好的,换句话说,领导者的气概和意志并没有丢,完全可以带领大家从头再来。春淦来到端方家的天井,到处都已经站满了人。人们给新郎官让开了。春淦满脸都是笑,有些不自然,和端方招呼过了,反过来给端方敬了一支烟,直接来到了堂屋。春淦恭恭敬敬地对着王存粮喊了一声"爸爸",站在了那里,一动也不动。春淦相当紧张,私下里四处张罗。红粉家的堂屋里摆放着红粉的嫁妆,两只鲜红的新木箱,一只鲜红的马桶,大红大绿的,而条台上方的主席像也更换过了,是一个年轻的新主席。一句话,满屋子都喜气洋洋了。这时候沈翠珍从卧房里走了出来,春淦连忙转过脸,喊了一声"妈"。沈翠珍答应了一声,请春淦坐,请篙子手们坐。随即去烧茶,也就是糖水煮鸡蛋。每人五个。喝完了"茶",沈翠珍煮了一锅糯米元宵,一人又来了一大碗。糖水煮鸡蛋和糯米元宵是专门为篙子手们预备的,都是不好消化的东西。然而,正是由于不好消化,这才形成了这样的传统。想想看,如果篙子手们一上路肚子就饿了,哪里还有力气去全力以赴?

按照规矩,新娘子出嫁的这一天女方是不摆酒席的,女方摆酒要等到三天之后,也就是新娘子"回门"的时候。篙子手们喝完了"茶",吃过元宵,打着饱嗝,擦擦嘴,坐到天井里来了。他们吃饱了,下面的事就是撑船了。这时候佩全、大路、国乐和红旗他们也来了,端方的家里有喜事,一群小兄弟当然要赶过来,凑个热闹,同时给大哥打打下手。天井里顿时就有些挤不下了。端方给红旗使了一个眼色,红旗张开了胳膊,把闲人们往外赶。人们堵在天井的外围,这一来天井里就松动了。

春淦还在堂屋里,站在王存粮的身边,不停地塞香烟。他塞香烟是假,等着老丈人发话,等着老丈人放人才是真。王存粮只是吸烟,不说话。这也是老规矩了,做父亲的嫁女儿,总是要拖一拖,要不然,就好像自己的女儿不值钱似的,容易让对方看轻了、看贱了。一定要让毛脚女婿知道,他能娶到这样的一个媳妇,着实是不容易。这一点春淦是有所准备的,他的嫂子早就关照他了。春淦从中山装的上口袋里掏出了十元钱,放在了桌面上。王存粮还是不说话。春淦只能再掏。又掏了十元钱,放下来了。王存粮没有看钱,终于说话了。王存粮一开口就骂了一声"狗娘养的",说:"女儿我就交给你了。"春淦十分珍重地回答了一声:"唉。"王存粮想了想,说:"对她好一点。"春淦说:"放心。"春淦以为王存粮要放行了。王存粮还是没有,低下头,又开始吸烟。春淦只能再掏。从中山装的下口袋里又掏了十元,想了想,又掏了十元。总共是四十元了。王存粮站了起来,望着春淦。眼眶里突然贮满了泪光。这样的眼睛太吓人了。春淦从来没有见过老丈人这样,有些怕,也急了。他没有钱了,真的没有了。一分钱都没有了。春淦只好当着王存粮的面,把中山装的四个口袋都翻了过来,证明给王存粮看,确确实实没有了。王存粮一把揪过春淦的领口,说:"不许委屈我的闺女!手痒了,你就抽自己嘴巴!"春淦的小腿肚子都开始颤抖了,说:"我保证!"王存粮看了一眼身后新主席的肖像,说:"你向他保证!"春淦望着墙上的肖像,无限忠诚地说:"我保证。"王存粮放下手,撇了一下嘴角,闭上眼睛,把自己的下巴送了出去。春淦松了一口气,来到红粉的闺房门口,推开门,红粉早已经站在了门后。她听见父亲的话了,堂屋里的每一句话她都听得清清楚楚。虽说红粉一直在盼望出嫁,到了最后的时刻,难分了,难舍了。红粉的眼圈一红,低下头,走出了房门,都没有敢看自己的父亲。四个篙子手早已经把红粉的嫁妆抬到了天井,但木箱子上的铜锁还没有锁——这里还有最后的一个仪式,这个锁必须是娘舅、也就是端方才有资格锁上——只要端方拿住铜锁,用手一捏,锁上,新娘子和嫁妆就再也不是这个家的了。

春淦、红粉、王存粮、沈翠珍一起从堂屋里走了出来。四个人在天井里站住了,等待端方捏锁。其实也就是一眨眼的工夫。利用这样的瞬间,王存粮悄悄地往女儿的手里塞了一样东西,是两毛钱。全是钢镚子,一分钱一个,正好二十个。这个是用得上的。等新娘子上了岸,在回家的路上走一路丢一路,就好像新娘子的身上全是钱,吉祥了。其实是个意思,图一个富贵。红粉接过钱,二十个钢镚子已经被王存粮的大手焐得发热了,红粉"哇"的一声,顺着哭声叫了一声"爸爸"。王存粮到底憋不住,一脸的老泪,在脸上四处纵横。王存粮挥了挥手,让他们上路。春淦怕再生出什么意外,拉起红粉的胳膊就走。

端方突然说话了。端方说:"等一等。"走上来了。他拉过自己的母亲,把母亲一直拉到红粉的跟前。意思很明确了,当着这么多的人,红粉刚刚和"爸爸"招呼过了,还没有喊"妈妈"呢。红粉在抽泣,早已是上气不接下气,可脑子并不糊涂,不喊。她怎么可能喊这个女人妈妈?端方轻声说:"姐,都嫁人了,你就喊一声吧。"红粉低下了头。端方说:"姐,喊一声吧。"红粉就是不喊。沈翠珍就站在身边,被这么多的人看着,尴尬了,有些无地自容。沈翠珍连忙打了一个圆场,笑着说:"算了,赶路要紧,赶路吧。"端方回过头,大声说:"不关你的事!"所有的人都看出来了,端方虽然在大声呵斥,心里头向着的毕竟还是自己的妈妈。端方的脸色慢慢地变了。他看了一眼佩全、大路、国乐和红旗,大路和国乐立即占领了天井的大门,把持住了。红粉万万没有料到这样的阵势,这个吃软不吃硬的姑娘犟了,坚决不喊了,反过来拉起春淦的手,拉过来就要往外冲。红旗愣头愣脑的,伸出胳膊,拦住了。红粉不哭了,扯开了嗓子,说:"红旗你干什么?"红旗学着端方的口气,慢悠悠地说:"姐,我听端方的。"端方的一干小兄弟当即散开了,分别站在四个篙子手的后面,一个人的后面两个。只要他们不老实,立即能被拿下的。天井里的气氛顿时紧张起来,严峻了。可以说一触即发。

春淦一时没有了主张。好在春淦乖巧,他来到端方的面前,脸上全是献媚的笑容,连背脊都弓起来了。他掏出香烟,递给端方一根。端方用胳膊掸开了。春淦只能来到沈翠珍的面前,恭恭敬敬地说:"妈!"回头看了一眼端方,等于没喊。端方把他推开了,说:"春淦,你站一边去。"红粉站在门口,咬住了下嘴唇。要是依着她的性子,她今天就是不嫁人也不会向端方妥协的。她凭什么要喊沈翠珍"妈妈"?她姓沈的不是她的妈妈,从来不是,永远也不是。可一想到自己的肚子,红粉的气焰下去了,不能犟了。红粉是知道的,她犟不过端方。可红粉太难了,喊不出口。红粉憋了半天,还是做出了让步,悄悄喊了一声:"妈。"沈翠珍的脸早已是羞得通红。这一声"妈"太让她丢脸面了,比不喊她还让她丢脸面。又不是出于红粉的真心,是抢过来的。沈翠珍侧过脸去,就想早一点结束。

端方说:"我没听见。"

端方的意思很明显了,他要让大伙儿都听见。红粉恼羞成怒,豁出去了。她闭着眼睛大叫了一声:"妈!"这一声反而把沈翠珍弄得不知所措,手都不晓得放在哪里,就想从地面上钻下去。端方说:"妈,答一声。"沈翠珍答应过了。这一声答应得有点二百五了,惭愧得就想死。端方转过身,把箱子上的铜锁捏上了。佩全和红旗在大门的中间让开了一道缝,春淦带着红粉这才走了出去。刚刚出门,墙外就传来了红粉失声的号啕。王存粮把这一切都看在眼里,刮得干干净净的脸气得铁青。手直抖,却什么也说不出。王存粮在心里叹了一口气,养儿如狼,不如养儿如羊。

第十八章

"乡下的风,城里的雨",这句话不知道是谁说的,真是精到。一听就知道是见过大世面的人说出来的,否则说不出。端方在中堡镇生活过,对"城里的雨"有了真切的认识。城里的房子密,巷子长,不怕风。可一下雨就麻烦了。雨过了,天晴了,可那些狭窄的、永远也晒不到阳光的小巷子就变得无比地龌龊,充满了泥泞和污秽。尤其是那些破损的砖头路面,每一块砖头都可能是地雷,一脚下去,"呼"的一下,泥浆就从砖头缝里喷射出来了,弄得你满裤裆都是。有时候还能带上来一两片腐烂的蔬菜叶、腥臭的鱼肠子,或者变了形的鸡毛。比较下来乡下就不存在这样的问题。乡下开阔,空旷,是风的故乡,更是风的舞台。风在乡下无遮无拦,无拘无束,无边无际,无始无终。它无所不在,特别地恣意和狂放。乡下的风还有一个特点,那就是旋转着来。开春的时候,它是东南向的,温暖而又潮湿,保留了海浪的痕迹。到了夏天,变向了,成了南风。后来再变,从西南那边跑了过来。西南风是风,也是火。是看不见的燎原。到了秋后,轮到西北风登台了,西北风特别硬,邪性,天生就带了一副惹是生非的气质,像鬼剃头,只要一夜的工夫,所有的树叶就被它剃光了,一片不剩。而东北风一旦来临,那一定是深冬,迎接它的只能是光秃秃的树枝,所以,它伴随着哨音,还伴随着硕大的雪花,因而,它既是凄凉的,又是温馨的,这完全取决于你们家的被窝暖和不暖和了。——风就这么转,转一圈刚好是一年。仿佛有规律,可谁也不知道它从哪里来,到底要干什么。你看不见它,它就是不放过你,要不然人们怎么会把它叫做"风"呢。风,怎么说才好呢,它只能是"风"。

　　西北风在王家庄已经连着刮了好几天了。王家庄的树木再也不是先前的模样,一副茂密和蓬勃的景象,它们嶙峋了,瘦得只剩下骨骼,现出了原形。它们像扒光了衣服的乞丐,吊在了半空。大地上全是树的叶子,干了,枯了,黄了,在地上盘旋,沙沙地响。就在这样的风中,公社的电影放映队来到了王家庄,带来了八一电影制片厂的《车轮滚滚》。考虑到这是一部新片,四乡八邻的观众比较多,电影放映队在稻田里架起了银幕。稻已经割走了,但遍地的稻茬还在,有些泥泞,有些戳脚,放电影并不好。可是,比较起泥泞和戳脚来,最大的麻烦却还是风。风太大了,银幕就不怎么像银幕了,更像风帆,所有的观众都像是坐在帆船上。他们静止不动,却已经劈波斩浪。

　　对于大部分人来说,一部电影就是一部电影,看了,然后散了,就这些。然而,对于年轻人来说,一部电影只是一个序曲,等电影散场了,他们的娱乐才算是真正的开始。他们更看重的是一场电影之后的群架,也就是集体斗殴。电影反而是其次的了,成了一个借口。这一次是王家庄和张家庄的人打,下一次是高家庄和李家庄的人打,再下一次则是李家庄和张家庄的人打。循环着来,轮流着来。打架这东西有一个特点,特别容易上瘾。尤其是集体斗殴,你只要经历过一次,你就刻骨铭心了,心里头就老是惦记着。不管是打人还是挨打,打赢了还是打输了,你都希望再来一回。打架这个东西为什么能这样地吸引人呢?说出来能吓你一大跳,是疼。这一点不打架的人永远也不会明白的。疼这个东西过瘾,在你被击中的时候,在你的疼痛汹涌上来的时候,你会发现,你反而毫无畏惧,你的勇敢是惊人的,你的爆发力是惊人的,怒发冲冠具有无可比拟的快感,你一下子就疯狂了,成了酩酊的、强有力的人。疼痛能使胆怯的人大胆,大胆的人英勇,英勇的人壮烈。你会为自己而震惊。你的潜能是巨大的,那些你不敢做、不能做的事情,你一下子就做出来了,眼睛都来不及眨巴。所以,乡下的年轻人喜欢电影,电影只是一个方面,另外的一个方面就是打,就是疼。打完了,疼完了,人一下子就舒坦了,过足了瘾,能舒服十来天。越想越后怕,越想越满足。

某种意义上说,这个晚上的电影是为端方一个人放的。端方善于战斗的形象,尤其是智勇双全的形象,在电影散场之后彻底建立起来了。端方的这一片天地毕竟不是他亲手打出来的,说到底,佩全不服。端方没用一刀,没用一棍,没用一拳头,完全是依靠"政变"的方式取代佩全的,并不那么光明正大,并没有经过实战的检验。佩全在这个晚上一定要仔细地、全面地考查一下端方。是骡子是马,得拉出来遛一圈。打架这东西当然需要力气,可光有力气也是不行的。等看完了电影,端方,你是真的还是假的,一下子就全部端出来了。你要是不行,端方,咱们的日子还长。

电影很好。这是一部关于解放的电影,换句话说,这只能是一部关于战争的电影。这同时还是一部关于人民,关于敌人,关于枪弹、爆炸、历史、牺牲、消灭、光荣、鲜血、理想、仇恨、尸体、胜利、千军万马和排山倒海的电影。概括起来说,透过弥漫的硝烟,人民在一点点好起来,而敌人在一点点烂下去。电影很好。好就好在场面巨大,伤亡也巨大。这一来就好看了,爆炸和死亡都无比地壮丽,一大片一大片的。满世界都是活着的人,满世界也都是死去的人。

第二次换片的时候红旗从人缝里挤了出去,他要撒尿。佩全和他一起去了。没出息的人就是这样,屎和尿特别地多。一激动或一害怕他的排泄系统就格外地疯狂。红旗就是这样。红旗来到外围,掏出他的东西,痛痛快快地尿。他的身边有一个人,是个陌生人,不知道是李家庄的还是高家庄的,也在尿。佩全走到他的身旁,对着陌生人的脸,一靠近就吐了一口痰。吐完了就走。回来的时候红旗的脸色特别地不好,好像是挨了揍。他的一只巴掌捂住自己的腮帮子,嘴里不停地唠叨,妈的,他妈的。端方隔着佩全,瞥了红旗一眼,问:"动手了?"

红旗说:"动了。"

端方说:"和谁?"

红旗说:"不知道。"

端方说:"看见那个人的脸了吗?"

红旗说:"看见了。"

端方说:"哪个村子的?"

红旗说:"好像是高家庄的。"

端方说:"谁先动的手?"

红旗说:"我。"

端方说:"为什么动手?"

红旗说:"他长得像电影上的国民党连长。我看不惯。"

端方说:"他还手了没有?"

红旗说:"还了。"

端方说:"有没有把他放倒?"

红旗说:"没有。"

端方说:"为什么?"

红旗说:"这小子拳头硬。"

显然,红旗吃亏了。端方不再开口。佩全这时候插话了,小声询问端方:"干不干?"

端方说:"我的兄弟怎么能给人欺负。当然干。"

佩全即刻就站了起来。作为一支队伍的老二,他当仁不让。

端方一把拉住,说:"干什么?"

佩全用他的巴掌在空中切了一刀,是斩钉截铁的架势,说:

"先把他们的退路堵死。"

端方没有接受他的战斗方案,说:"看电影。"

佩全急了,说:"看完了电影他们突围了怎么办?"

端方没有回答,却拍了拍前排的两个小兄弟的肩膀,对他们耳语了一些什么。两个小兄弟得了令,弓着身子走了。佩全说:"这不是游击战,是阵地战。他们不行。他们堵不住。"端方笑笑,说:"看电影。"

佩全的这个电影看得受罪了。战斗即将来临,他哪里还坐得住。佩全不再是看电影,简直就是苦等。他在等电影的散场。只要电影一结束,他的拳头就成了榴弹炮的炮弹,一股脑儿砸向了敌人的阵地。当然,有一点格外地重要,他要让端方看看,在最紧要的关头,他的拳头是多么地生冷不忌。佩全走神了,他已经提前进入了战斗,身上的每一块肉都蠢蠢欲动,渴望疼痛。

电影放映员又换胶片了。这是最后一次换片,肯定是最后的一次了。王家庄的人看电影早就看出经验来了,当胜利就要来临的时候,这就意味着电影要结束了。剧终意味着胜利,而胜利同样意味着剧终。所有的电影都是这样的。换片之后,端方又坚持了十来分钟,对红旗耳语说:"红旗,你把兄弟们拉出去,准备好火把,站到银幕的后面等我的命令。"红旗十分郑重地应一声,对大伙儿招招手。所有的兄弟都起身了,猫起腰,一起撤离了现场。佩全不知道端方究竟要做什么,刚要起身,却又被端方拽住了。端方说:"看电影。"佩全脱口说:"人不能散。要集中优势兵力,各个击破!"端方已经注意到了,这个人已经把自己当成电影里的人物,起码是民兵排的副排长。他喜欢说电影里的台词,句句是真理,却狗屁不通。端方偏不急,用下巴指了指银幕,说:"就要发起总攻了,我们把最后的一点看完。"佩全握紧了拳头,身子骨绷得比光棍汉的鸡巴还要直,一挺一挺的,都晃悠了。好不容易等到电影的剧终,佩全一下子跳到了凳子上。端方对着银幕的那边挥了挥手。这时候全场的人都听到了佩全的高声叫喊:"高家庄的狗娘养的!高家庄的狗娘养的!一个都不要跑!一个都不要跑!"佩全的举动过于威猛、过于突兀了,没有人知道到底发生了什么,所有的人都钉在了原地,一起回过头来看。

但是,人们看见四周突然亮起了火把,这样的情形不同寻常了。黑压压的人群只是愣了片刻,"轰"的一下,炸开了,朝着四面八方奔涌。这样的撤退当然是无序的,佩全反而被堵在了人群里。好不容易从人群里扒拉出来,佩全对着火把拼了命地招手。火把一起集中过来了,佩全立即带领着火把队朝着高家庄的方向凶猛地追击。火把奔腾起来,在漆黑的田野争先恐后。到底有火把,佩全他们跑得更快,一会儿工夫他们就追上高家庄的"狗娘养的"了,都听到他们脚步声了。高家庄的"狗娘养的"完全不知道怎么回事,稀里糊涂地,拼了命地在田野里撒腿狂奔。佩全一边跑一边大声地叫道:"快!快!前面有一座桥,千万别让他们过桥!千万别让他们过桥!"

意想不到的场景居然就是在桥上发生了。这是一座木桥,有年头了。和里下河地区的所有木桥一样,这座桥相当简易,很窄,面对面就过不了人了。就两根桩,上面铺了木板。高家庄的"狗娘养的"们火急火燎,好不容易跑到了桥上,哪里敢停下来歇一歇,只管往前冲。可中间的那一块木板已经撤了,是空的。这一来高家庄的"狗娘养的"们惨了,冲上来一个掉下去一个。就听见水面上"轰"的一声,又"轰"的一声。后面的人明明听到了水面的动静,知道是怎么回事,脚底下就是收不住,身不由己了,只能往下跳。你的屁股坐在了我的头上,我的双脚踩着了你的肚子,乱了,嗷嗷叫。这时候佩全他们赶来了,一个个举着火把,站在河岸上,吃惊地看着水里的景象。王家庄的小伙子们欢呼起来,雀跃起来。眼前的景象可以说是意外的惊喜,谁也没有料到这样的结局,谁也没有。太动人了,太激动人心了。虽说不是严冬,深秋的河水毕竟冷了,有了刺骨的劲道,几乎称得上凛冽。一群"狗娘养的"却在河水里热闹,他们不停地扑腾,完全可以用狼狈不堪去形容。红旗叫嚣着,突然对着水面吐起了唾沫,吐一口,骂一声,还跺起了脚,他用一种特别强烈、特别昂扬的节奏高声骂道:"操你妈妈!操你奶奶!操你姐姐!操你妹妹!操你弟媳!操你舅母!操你姨娘!操你婶子!操你姑妈!操你嫂子!"数快板了。一句话,不论老少,只要是女的,能操的都操了,一个都没有落下。痛快得只想抽筋,瞳孔炯炯有神,放电了。无数的火把在里头跳跃,像闹鬼。佩全也在喊,回过了头去,想看一看端方。意外地发现端方却不在。是的,他不在。佩全突然明白过来了,这一切都是端方安顿好了的。他调动了一切,控制了一切,指挥了一切。不用一刀,不用一棍,不用一脚,不用一拳头,"狗娘养的"自己把自己就收拾了,他们连还手的余地都没有。这是奇迹。这是端方的战略思想的一次胜利,他虽然不在河边,却已经在佩全的心里了。佩全对端方服了,从心底,从骨子里服了。他把火把高高举过了头顶,大声说:"撤!"

佩全带领着全部人马打道回府,去了养猪场。他们激动得要命,达到了顶点。今天的胜利太圆满、太酣畅、太神奇了,必须和端方分享。这一切都是他缔造的。一路上都是凛冽的北风,可他们顾不上了。他们在谈论端方,激动很快就转化成崇敬了。崇敬是酒,令人陶醉。能够在端方的指挥下战斗,实在是大伙儿的幸福。他们来到端方的门口,门是开着的,吃惊地发现端方已经上床了,歪在那儿,正就着昏黄的马灯看小人书。端方安安静静的,恬淡如水,看不出一丁点的兴奋,就好像什么事都没有发生过一样。

所有的人都在门口停住了脚,不说话了。端方说:"进来。"大伙儿沉默着,鱼贯而入,一起站在了端方的床前。端方起来了,趿拉着松紧口的布鞋,站在了地上。端方开始和佩全握手,一个一个地,和大伙儿握手。现场的气氛突然庄重起来,有点像接见了。跟电影上的一模一样。电影里头每打完了一个胜仗首长都要亲自接见的,这一来他们就不像在养猪场,而是到了电影上。是经风雨、见世面的感觉,好极了。轮到和红旗握手的时候,端方看着红旗的腮帮,小声地问:"不疼了吧?"红旗不由自主地立正了,仰起了脖子,说:"报告,不疼了!"端方说:"那就好。"端方说,"坐。"

茅棚里并没有凳子,其实是没法坐的。大伙儿找来了一些稻草,铺在了地上。这一来大伙儿也只能坐在地上了。只有端方一个人站在了那里。端方没有询问具体的斗殴场面,这个用不着问了,明摆着的,不用问。端方突然微笑了,说:"我们来讨论两部电影,"端方竖起了两根手指头,说,"一、《智取威虎山》;二、《奇袭白虎团》。大家说说,好在哪里?"这样的开场白是奇怪的,有些云里雾里。佩全说:"还是你说吧,我们知道什么。"端方笑而不答,点了一根烟,就那么望着,什么也不说。端方自己是知道的,因为战功卓著,他在大伙儿心目中的分量已经不一般了,完全有理由居高而临下了。他还是希望大家来谈谈。大伙儿只能仰着头,看着端方。他的形象愈加高大了,有了率领和引导的力量。全场鸦雀无声。所有的人知道端方要讲话了,现场肃穆了,还十分地宏大,十分地机密。有点怪异了,更像在电影里了。他们是在战争中,在窑洞里,在参与历史,在修改进程,在改变命运,有了崇高和伟大的使命。茅棚里鸦雀无声。只有一盏昏黄的马灯。处境其实是危险的,四周都充满了危险、暗杀,也许还有绑架。然而,他们不怕。为了和危险的处境相匹配,他们的内心陡然生出了无限的忠诚,还有牺牲的决心。像原子弹。这是必备的。他们的瞳孔庄严了,神圣了,上刑场的心思都有,就生怕自己被落下了。

红旗受到了感染,站起了身子,说:"这两部电影好就好在不要怕,胜利一定是我们的。"

端方却没有看红旗,只是吸烟。显然,红旗错了。因为端方不说话,气氛就有点变,往令人担忧的方向走。所有的人都不再敢出声。还是端方打破了沉默。在这样的情况下,只有端方才有资格与能力打破沉默。端方说:"勇敢是要的。在任何时候勇敢都是要的。但最关键的不是这个。"端方看着大家,说,"智取威虎山,奇袭白虎团,说白了就是两个字,一是智,二是奇。什么意思呢?这就要求我们学会动脑子。勇敢,硬拼,两败俱伤,都不是办法。我们要动脑子。"大伙儿松了一口气,就觉得端方说得好,说得对。原来还挺糊涂的,经过端方这么一点拨,心顿时就明了,眼顿时就亮了。"可是,"端方的话锋转舵了,端方说,"从今天晚上的情形来看,我们当中有人却不是这样。"端方总结说,"这很不好。"端方说这句话的语气很轻,可是,正是由于轻,格外地掷地有声。红旗低下了脑袋,紧张起来。端方说:"我在这里要提醒极个别的人,再这样下去,乱发号,乱施令,瞎激动,是要吃苦头的。这样的风气不能长。我们必须统一我们的思想。"红旗依然低着头,然而,听出来了,所有的人都听出来了,端方另有所指。红旗什么时候"乱发号、乱施令"过?还轮不到他。端方虽然没有点名,但是,每一个人都知道,端方对佩全有了"看法",对他今天晚上的表现相当地不满,生气了。然而,端方又是不点名的。不点名的批评更有力,它的威力通常是原子弹的八分之一,你连辩解和反驳的机会都没有。又没有点你的名,你跳出来做什么?这一来"极个别的人"只好默认。佩全坐在大伙儿中间,郁闷难当,似乎有一种无形的力量压住了他。大路的嘴是紧闭的,国乐的嘴也是紧闭的。所有人的嘴巴都是紧闭的。大伙儿感觉出来了,佩全在这支队伍当中排行老二的位置有点危险了。谁排行老二,是一支队伍的重中之重。

大伙儿都在等端方发话,在今天的这个晚上,他一定有许许多多的话要说的。没想到端方却转过了身子,把马灯的罩子架起来,"呼"的一声,吹灭了。端方在黑暗之中说:"今天就到这儿吧。"大伙儿无比地吃惊,怎么就散了呢?但是,散了。他们只能从地上爬起来,摸着黑,往外走。佩全走在了最后面,心情沉重。显然,心里的压力大了。

早也盼,晚也盼,望穿双眼,征兵的消息终于来到了。端方一得到消息就来到了大仓库,在第一时间把这个好消息告诉了混世魔王。端方这样做有端方的理由,他都想好了,他希望能和混世魔王一起去当兵。混世魔王再赖,好歹是城里的人,见的世面广,能够和他一起,彼此也好有个照应。混世魔王刚刚吃过晚饭,坐在那里用稻草剔牙,嘴是歪着的,一脸的坏样子。因为心情好的缘故,端方在说话的时候故意卖了一个关子,说:"兄弟,我们快熬到头了!"混世魔王的下巴和胸脯都动了一下,仿佛是笑,却又不像笑。端方到底熬不住,交底了。他用拳头擂着桌面,一字一顿地说:

"征、兵、啦!"

端方的心已经坐在了汽车上,也许还坐在了火车上,正对着无边的远方,迎着风,风驰电掣。混世魔王没有动,只是叼着稻草,用他的牙齿不停地咬。最后,把嘴里的稻草吐出去了。混世魔王说:"祖国需要保卫,但更需要建设。"这句话气人了,有些阴阳怪气,是混世魔王一贯的风格。端方说:"你装什么呢?"混世魔王笑笑,在长凳子上躺了下来,把手伸到衣服里去,摸着肚皮,说:"今天可是吃饱了。"端方说:"你把耳朵从裤裆里掏出来好不好?征兵了!"混世魔王坐了起来,望着端方,说:"兄弟,我倒是想把我的两只耳朵放在裤裆里。"端方听出来了,混世魔王不对劲。一定有什么地方不对劲了。其实一进门端方就应该看出来的,只是心情太好,忽略了。端方眯起了眼睛,仔细研究起混世魔王来。混世魔王的脸色突然颓唐下去,轻声说:"我都知道了。"混世魔王说,"都找过她了。"端方问:"找过谁?"混世魔王说:"还能是谁?咱们的吴支书。"端方急切地问:"吴支书说什么了?"

"咱们的支书说了,祖国需要保卫,但更需要建设。"

端方摸出旱烟锅,坐了下来。吴支书真的是会说话,她的话在任何时候都是正确的,绝对正确,永远正确。正确得你只想吐血。端方咀嚼着吴支书的话,有了极其不好的预感。混世魔王反倒是无所谓了,他不再说什么,只是身子不停地晃悠,一前一后地晃悠。端方的目光跳过混世魔王的脑袋,盯住了混世魔王身后的墙。小油灯把混世魔王的脑袋放大了,印在了墙上。由于不停地晃悠,混世魔王的脑袋一会儿大,一会儿小,给人以全力以赴却又脱不开身的错觉,似乎长在墙里了,成了墙的表面。端方突然就想起了兴隆说过的话:"傻小子你记住了,你的命在人家的嘴里头,可以是她嘴里的一句话,也可以是她嘴里的一口痰。"真的是这样。混世魔王现在就是吴蔓玲嘴里的一口痰,被人家吐在了墙上。端方的心里突然就是一阵紧,是临近无望的那种紧:不知道吴蔓玲什么时候张开嘴巴,不知道她下一口吐出去的会是谁。端方失神了。

端方望着手里的烟锅,说:"妈拉个巴子!"

"骂谁呢?"混世魔王说。

端方说:"没有骂谁。"

混世魔王也望着灯芯,慢慢地闭上了左眼。他抬起右手,挺出大拇指和食指,对着灯芯做出了瞄准和扣扳机的动作。每扣动一次混世魔王的嘴里就要发出一声枪响,"啪——啪——啪啪——"混世魔王一直在射击。射击完了,混世魔王仔细地盯着自己的食指,不停地打量。他突然把自己的指头送到灯芯上去了。灯光黯淡下来。端方一直望着烟锅,并没有意识到混世魔王在做什么。慢慢地,大仓库里弥漫出一股子香味。是烤肉的香味。端方抬起头来,他看到了混世魔王扭曲的表情,那同时也是坚忍不拔的表情。混世魔王在烧自己的食指。端方"呼"的一下,吹灭了小油灯。大仓库里顿时黑了。端方大声问:"你这是干什么?"黑暗当中混世魔王用另一只手拍起了桌子,同样大声地反问了一句:"你这是干什么?"

大仓库里黑洞洞的,只有端方的烟锅在那里吃力地挣扎。世界安静极了,黑暗极了。反而把烟锅的火光和端方吸烟的声音衬托出来了,像电闪,像雷鸣。端方突然听到了一个轻微的声音,"啪"的一下,一滴水落在了桌面上。端方知道,那是混世魔王的泪,已经在桌面上摔碎了。端方一阵难过,匆匆的,只是一会儿就过去了。两个人什么也没有说。最终,还是混世魔王说话了。混世魔王说:"我想当兵,我就是想回到南京去。"端方说:"我也想。我只想到兴化去。中堡镇也行。"混世魔王吸了一下鼻子,似乎笑了一声,说:"你怎么不说北京也行?"端方想想,说:"北京也行。"混世魔王说:"镇江也行。"端方说:"扬州也行。"

"合肥也行。"混世魔王说。

"贵阳也行!"端方说。

"厦门也行!"

"银川也行!"

"长沙也行!"

"长春也行!"

"拉萨也行!"

"兰州也行!"

"杭州也行!"

"西安也行!"

"武汉也行!"

"石家庄也行!"

"南昌也行!"

"济南也行!"

"重庆也行!"

"桂林也行!"

"乌鲁木齐也行!"

"哈尔滨也行!"

"郑州也行!"

"沈阳也行!"

"昆明也行!"

"天津也行!"

"太原也行!"

"上海也行!"

"呼和浩特也行!"

"西宁也行!"

"王家庄也行!"

"王家庄不行!"端方大声说,"王家庄绝对不行!"

在黑暗中,端方和混世魔王对未来的展望终于变成了对空间的展望,远方在呼唤。他们在对口词,在说书,在说相声。他们自己给自己抖起了包袱。开心了。两个人越说越快,越说越来劲,越说越放肆。他们的嘴巴像马,像坦克,像冲锋,像突围,铆足了力气,在祖国的大地上纵情驰骋。遇山越山,遇水跨水,驭风驾电,不可阻挡。只是一会儿,他们就走遍了祖国大地,踏遍了千山万水。这是神奇的,惊人的,扣人心弦。他们什么也看不见,然而,黑暗是一种开阔,是梦幻一样的召唤,是怪异的奔放,是别样的恣意。当然,也是实实在在的虚妄。在虚妄中,他们是两个巨人,一会儿就把全中国走了一个来回。他们信马由缰,虎跃龙腾。五岭逶迤腾细浪,乌蒙磅礴走泥丸。风萧萧兮易水寒,壮士一去兮不复还。

疯完了,混世魔王手上的疼痛上来了。说起来也真是奇怪,混世魔王把自己的手放在火上烤的时候并不疼,相反,有些振奋,十分地清醒,是那种接近于"解决了"的快慰。现在反而不行了,疼得要命,伤口上冒出了火焰。肉的芳香还在空中缭绕,是致命的诱惑,叫人馋。就是想吃点什么,什么都行。混世魔王忍住痛,说:"端方,你把我的床板掀起来,床底下有好东西。"端方有些不明就里,还在那里犹豫。混世魔王急了,大声说:"你快点!"端方只好摸着黑,把混世魔王的床板拆了,摸出了一只坛子。坛口是用塑料薄膜封好了的。混世魔王说:"端到灶台那边去。"端方照办,端了过去。混世魔王说:"打开来。"端方就打开来。伸进去一摸,是肉。是一小块一小块的肉。一定是咸肉。端方在黑暗中笑了,手指头在坛子里也笑了。端方都看见自己的笑容了。混世魔王说:"点上火,我们解解馋!"端方掏出火柴,划过了,点上稻草。炉膛里亮堂了,端方的脸上也亮堂了,暖洋洋的,光芒万丈。端方拿过烧火钳,拽过坛子,把坛子里的东西掏出来,送到炉膛的门口一看,可不是肉么?是肉,真的是肉。端方十分麻利地把一小块一小块的肉穿在了火钳上,送到了炉膛里。只是一会儿,炉膛里肉的香味传出来了。这一股子香味是一只大舌头,足足有八尺长,在端方的身上舔。从上到下舔,从下到上舔。越舔越舒坦。端方把肉烤好了,撒上一点盐,首先送到了混世魔王的面前。混世魔王已经把门关上了,说:"你先吃。"这怎么可以。端方客客气气地说:"你先吃。"混世魔王也就不客气了,拽下来一块,丢在了嘴里。端方同样拽下来一块,小心翼翼地放在了舌头上。一嚼,香了。越嚼越香。最动人的是那些骨头,小小的,短短的,关键是,酥酥的,牙齿一碰就碎,有悠长的回味,格外地诱人。端方伸长了脖子咽下去一口,问:

"是喜鹊还是斑鸠?"混世魔王一边咀嚼一边闭上了眼睛,说:"都不是。"端方吧唧吧唧的,说话的速度快了,肯定地说:"不是麻雀。麻雀没这么大。不会是燕子吧?"混世魔王冷不丁地冒出了三个字:"是老鼠。"

端方停下来了。猛然停下来了。停止了咀嚼,停止了说话。连眼睛都停止了眨巴。端方的胃一下子收紧了,提了上来,仿佛被两只手握住了,挤了一下。一下子冲到了嗓子眼,在那里磨蹭。眼见得就要冒出来,有了喷薄的危险性。端方收了一口气,立即稳住自己,把持住了,憋足了力气,一点一点地往下摁。如此反复了三四回,端方取得了最后的胜利。他把嗓子眼里的东西原封不动地送回了肚子。端方对自己说:"他奶奶的,别人能吃,我凭什么不能吃?凭什么?没道理。"端方从火钳上又取下来一块,送到了嘴里。混世魔王说:"好吃吧?"端方说:"好吃。"混世魔王说:"你可别告诉别人。"端方说:"当然。"混世魔王说:"你只要告诉了别人,呼啦一下就没了。我们就再也吃不成了。"端方笑笑,说:"那是。"

"你说,吴蔓玲会不会放你一马?"混世魔王突然又把话题扯回来了。

"你是说,她会不会答应我去当兵?"

混世魔王说:"是。"

端方在这一个晚上已经不像端方了,因为忧伤,他变得出奇地亢奋。他用那种豪迈的口气说:"不放?她要是不放,我就操了她。你看我敢不敢。"其实呢,也就是吹吹牛,随口一说罢了。

第十九章

深夜一点,也可能是两点,这个说不好,混世魔王起床了。其实混世魔王一直都没有睡,只是躺在床上,翻过来又覆过去。第一是疼,第二是气。有了这两点这个觉就没法再睡了。睡不进去就起来。混世魔王起来了,重新点上灯,就那么坐在床沿,两条腿悬在半空,慢慢地晃悠,而双眼是茫然的,不知道要往哪里看才好。只好盯着小油灯,发愣。就这么愣了好半天,混世魔王突然想小个便。话题到了小便这儿就不能不说厕所了,混世魔王的厕所有意思了。他的厕所有两个,一个是"大"的,在外头。一个是"小"的,就在墙上。混世魔王懒,人一懒就会发明,就会创造,就会有许多意想不到的好办法。就说夜里头起夜,混世魔王开动了他的脑筋,他在床头的墙上掏了一个洞,然后,准备了一根空心的竹子。要小便了,他就把墙上的砖头取下来,把竹管子塞进洞里,然后,把自己的鸡巴放到竹管子里去。一边尿,一边睡,风吹雨打都不怕。尿完了,再用砖头把墙上的洞给堵上,这一来屋子里就没有气味了。这样的厕所多好?又干净,又方便。因为鸡巴套在竹管子里头,还有一种说不出来路的快慰。你要是不懒,你八辈子都想不出这样的好方法。

混世魔王把他的家伙塞进了竹管,挺起了肚子,哗啦啦地尿。尿完了,打了一个寒噤,并没有立即收手,而是可怜起裤裆里的小兄弟来了。说起来小兄弟也跟着自己这么多年,可是,一直躲在裤裆里,该去的地方一次都没有去过,也真是委屈了它。

混世魔王就这么望着自己的小兄弟,盯着看,越看越难过。到后来不知道是可怜自己还是可怜小兄弟了。混世魔王是知道的,只要不离开王家庄,他的小兄弟就永远不会有希望。这么一想就觉得小兄弟和自己一样,都白活了,一点盼头都没有。混世魔王就用手去摸摸它,向它表示对不起。刚摸了几下,事态突然发生了奇妙的变化,小兄弟却没头没脑地乐观起来了,还兴高采烈。眼见得大了,硬了。笔直的。个没心没肺的东西!不是当家人,不知柴米贵。你也太盲目、太幼稚了。都这样了,你还摇头晃脑地做什么?

混世魔王一口吹灭了小油灯,重新钻进了被窝。不管它了。可小兄弟就是挺立在那里,都成了小钢炮了。连个敌人都没有,你杀气腾腾的有什么意思?你就闹去吧你。混世魔王不理它了。可小兄弟硬得厉害,硌得慌,这个觉还真的没法睡了。混世魔王只能再一次起来,拖上鞋,黑洞洞地在床边彷徨。就这么来来回回地走了七八趟,形势严峻起来了,混世魔王感觉到自己的身体内部出现了十分致命的问题:有电,在四处窜。只是一会儿,混世魔王就被点着了,欲火中烧。是的,欲火中烧。混世魔王一把抓住了自己,用力搓。他要亲手解决这个问题。让它捣乱、失败、再捣乱、再失败,直至灭亡。

不能说混世魔王不努力,混世魔王努力了,甚至可以说,尽力了,然而,不行。出不来。就是出不来。这一来麻烦了,越急越不行。混世魔王来到了墙边,摸过竹管,小兄弟一下子就顶了进去。他要用这种别致的方式让自己"尿"。只许成,不许败。他把全身的力量都集中在小兄弟的四周,有节奏地、有弹性地往前顶,既耐心,又凶狠。竹管蹭破了他的皮肤,他感到了疼。但这种疼是有质量的,是那种有追求的疼。特别地需要,特别地渴望。混世魔王想,就把这个竹管看成吴蔓玲吧,就是吴蔓玲了。他混世魔王就是要操了她。不达目的誓不罢休。端方说得对,我就操了她!你看我敢不敢!我还不信了我!

端方的话是灯塔,是火炬,是太阳。混世魔王突然被端方的话照亮了。混世魔王停止努力,愣在了那里。为什么要在这里?为什么不到大队部去?为什么不来真的?真的好。真的一定比竹管子好。怕什么?还有什么好怕的呢?混世魔王从竹管子里头抽出自己,他为自己的大胆决定而欣慰鼓舞。这将是史无前例的壮举。想都不敢想的。混世魔王一下子振奋了起来,昂扬了,同时也镇定了。觉得自己一下子有了尊严,体面得很。是那种瞧得起自己才有的稳重。混世魔王披上了大衣,用肩膀扛了几下。虽然不能去当兵,但在气质上,他已经参军了。他是一个战士。也可以说,他是一个镇定的将军。

吴蔓玲睡得正香。深夜一点,也可能是两点,这个说不好,吴蔓玲的房门被敲响了。吴蔓玲醒过来了,问:"谁呀?"混世魔王说:"我。"吴蔓玲再问了一遍,听出来了,是混世魔王。吴蔓玲披上棉袄,下床了。吴蔓玲办事有一个原则,今日事,今日毕,不许过夜的。不管是多大的麻烦,不管是深夜几点,吴蔓玲没有把群众堵在门外的习惯。吴支书点上了罩子灯,打开门,混世魔王黑咕隆咚地戳在门口,同时灌进来一阵凛冽的风。"进来吧,——都几点啦?"吴蔓玲说。混世魔王裹着军大衣,两只胳膊搂着,大衣裹得紧紧的。吴蔓玲眯着惺忪的睡眼,一手端着灯,一手拽着棉衣,弓着腰,堆上笑,亲切地说:"是不是思想上还有什么疙瘩?"混世魔王没有说话,一脚跨进来了。吴蔓玲掩了一下门,外面的风太大,没有掩上,吴蔓玲只好把门闩上了。转过身,却发现混世魔王已经坐在了她的床上。吴蔓玲不喜欢别人坐她的床,却没有把她的不高兴流露在脸上。吴蔓玲走过去,说:"睡不着了吧?我就知道你睡不着——你这个鸡肚肠子。"这么说着话,混世魔王站起来了。他松开了自己的两只胳膊,军大衣也敞开了。这一敞开就把吴蔓玲吓得半死,混世魔王只穿了一件光秃秃的军大衣,里头就什么也没有了。胸脯、肚脐、小兄弟、大腿、脚,从上到下整个是身体的大联展。吴蔓玲想说什么,不知道舌头在哪儿,因此说不出。混世魔王伸出手来,把吴蔓玲手上的罩子灯接过去,放在了麦克风的旁边。吴蔓玲就是在这样关键的时刻想起麦克风的,她一把伸过去,就要找扩音机的开关。她想喊。没想到混世魔王抢先把开关打开了。他吹了灯,顺势把嘴巴送到吴蔓玲的耳朵边,悄声说:"你喊吧支书,你把王家庄的人都喊过来。"这一招吴蔓玲没有料到,她再也没有料到会是这样。反而不敢了。吴蔓玲没有喊。她不敢喊。这一来混世魔王的工作就简单多了。打开的麦克风就在他们的身边。现在,麦克风不再是麦克风,它是舆论。混世魔王是不怕舆论的。他放开了手脚,目标明确,莽撞无比。而吴蔓玲成了贼,蹑手蹑脚,大气都不敢出。混世魔王开始扒吴蔓玲的裤子了,为了避免过于强大的动静而惊动了舆论,吴蔓玲的挣扎有了限度,完全是象征性的,更像是精心设计的配合。混世魔王放倒了吴蔓玲,一下子冲进她的体内。吴蔓玲一阵钻心的疼,但是,忍住了,没有喊。这样的场景奇怪了,两个人一起屏住了呼吸,谁也不敢弄出半点动静,就好像担心吓着了什么,就这么僵持在那里,谁也不动。最终还是吴蔓玲伸出了胳膊,摸到了扩音机的开关,关上了。伴随着"啪"的一声,吴蔓玲发出了无比沉重的一声叹息,和夜色一样长,和夜色一样重。随着这一声叹息,吴蔓玲的身子一下子松开了,每一个关节都松开了。几乎就在同时,混世魔王来了动静,启动了。他像一列火车,开始还很笨重,还很舒缓,但他马上就找到了节奏,原地不动,却风驰电掣。这是一列失控的火车,火花,爆炸,分出无数的方向,分出了无数的火车头,它们冲向了吴蔓玲的十个指尖和十个脚趾。吴蔓玲不由自主地被带动了起来,她找到了这个节奏,参与了这个节奏。她成了速度。她渴望抓住什么以延缓速度,然而,什么也抓不到,两手空空,活生生地飞了出去。吴蔓玲只想借助于这样的速度一头撞死。所以,她拼命地飞。太可耻了。实在是太可耻了。可吴蔓玲突然抓住了一样东西,是手电,是一直放在枕头下面的手电。就在这样的狂乱之中,吴蔓玲意外地打开了手电,手电的光柱正好罩在混世魔王的脸上。这是一张变形的脸。混世魔王一定被突如其来的光亮吓傻了,他的身体反弹了一下。是猛烈的、不期而然的一个抽搐。都没有来得及射精,吴蔓玲就感觉到体内的火车一下子脱轨了,一点点地软了,一点点地小了。吴蔓玲的两条腿直抖,企图夹住,却没了力气,并没有成功。混世魔王从吴蔓玲的身子里撤了出来,一点也不知道这样的举动对他来说意味着什么。这是他的第一次。这是他的最后一次。在未来的岁月里,他的小钢炮就此变成了玩具手枪,除了滋水,再也不能屹立在自己的裤裆。

混世魔王爬了下来。先是从吴蔓玲的身上爬下来,然后,从床上爬了下来。他在找鞋。直到这个时候,混世魔王才知道自己并没有穿鞋。他是光着脚来的,只能光着脚走。临走之前混世魔王给吴蔓玲丢下了这样的一句话:"我还会再来的。"口气比他的小兄弟还要生硬。

吴蔓玲瘫在床上,一阵冷风吹进了屋子,吴蔓玲像一块木头,下了床,关上门,闩死了,再用背脊顶住。直到这会儿吴蔓玲才从一场噩梦当中苏醒过来。这场噩梦来得过于突兀,走得也一样突兀,反而有一点像假的了。吴蔓玲只能一点一点地回忆,一点一点地捋。她来到了床边,打开手电。床单已经完全不成体统了,床单证实了这不是假的,是真的。慌乱而又可耻的褶皱就是证据。床单的中间有一摊红,这也是证据。这一摊鲜红吴蔓玲认识,那是她自己的血。她认识。这摊血提醒了吴蔓玲,她在疼,是撕裂的那种疼。吴蔓玲跪在了床单上,虾一样弓了起来,蜷了起来。她把整个身体都埋在了被窝里。她照着自己的血,望着自己的血,伤心和屈辱涌上来。眼泪夺眶而出。泪水是滚烫的,然而,面颊更烫。这一来她的泪水反而是冰冷的了。吴蔓玲抓起被窝,把自己的脸捂紧了。等做好了这一切,吴蔓玲开始了她的号啕。棉被使她的声音充满了含混和鲁钝,只有她一个人可以听见,这一来就安全了。哭完了,吴蔓玲伸出手,在自己的身上抚摸,一直摸到自己的下身,这一摸越发地伤心了。是再也不可挽回才可以触发的那种伤心。她就这样失去了她的贞操。她的贞操被狗吃了。就在这样的时刻吴蔓玲想起了一句极其要紧的话:"被狗吃了。"吴蔓玲拉过被窝的一只角,塞进嘴里,用近乎呐喊的声音说:

"被狗吃了!被狗吃了!!被狗吃了!!!"

端方一大早就来到大队部。事实上,这一夜他也没有睡好,他的心里头越来越没有底了。他鼓起了勇气,必须在一大早把吴支书堵在门口,好好商量一下当兵的事。经过一夜的琢磨,端方似乎又看到了一些前景。混世魔王被吴支书"枪毙"了,端方在一定的程度上受到了惊吓。可是,有一个事实端方是不能忽略的,混世魔王是混世魔王,端方是端方,没有一丝一毫的关系。相反,希望增大了。在当兵这个问题上,少了一个竞争的对手,他端方其实就多了一份的把握。这么一想端方又乐观了。当然,还是忐忑。谁知道人家吴支书是怎么想的呢。

一大早吴蔓玲的门就紧锁着,这个不同寻常了。是不是到公社开会去了呢?端方在大队部的门口逗留了片刻,把锁拿在手上,把玩了一会儿,只好回去了。到了午饭的时刻,端方再一次来到大队部,吴蔓玲的大门却还是锁着的。她到哪里去了呢?出于无聊,端方只好来到窗前,踮起脚,把手架在额前,对着吴蔓玲的房间里张望。这时候金龙的老婆正好从这边路过,看见了端方,不知道端方在瞅什么,蹑手蹑脚的,跟上来了。金龙家的来到端方的身后,拽了拽端方的上衣下摆,问:"贼头贼脑的,偷看什么呢?"这么一说端方倒不好意思了,红了脸,笑起来,说:"我找吴支书呢?"金龙家的说:"门不是锁着的吗,你还偷看什么?"端方说:"你可不能瞎说,我就是看看,哪里是偷看。"这么说着话就打算走人。金龙家的却不依不饶,跟了上去,警告说:"端方,人家是姑娘家,我可替人家守着,下次不许偷看!听见没有?"端方知道金龙家的少一窍,是个死心眼的好心人,又好气,又好笑,越发不好意思了,急忙点头,说:"知道了嫂子。"

黄昏时分端方已经是第三次来到大队部了。因为有了中午的教训,端方没有直接来到吴蔓玲的门口,而是离得远远的,站在一棵树的下面对着大队部张望。这一次吴蔓玲的门反倒开了。端方的心里一阵高兴。这一回他没有犹豫,三步并作了两步,过去了。刚进门,立足还未稳,一条狗早已经扑了上来。它的嘴巴差不多都到了端方胸脯。幸亏有铁链子,要不然,扑到端方的脸上也是说不定的。由于没有任何准备,端方的这一下吓得不轻,还没有定下神来,狗已经发动了第二次攻击。端方一让,跳出了门外。吴蔓玲喊了一声:"黄四!"狗便开始吼叫,气势汹汹的,这一来就把吴蔓玲和端方从中间隔开来了。吴蔓玲望着端方狼狈的样子,脑子里突然冒出了一个十分离奇的念头,昨天晚上是不是端方?兴许是自己看错了呢。如果是端方,会怎样呢?这样的疑问缠人了,深入了。吴蔓玲陷了进去,被狗吃了。

吴蔓玲站在屋内,光线十分地黯淡,一张脸就不那么清晰,暧昧,而又恍惚。她的脸色很不好,这一点是千真万确的。端方不安了,相当地不安。吴蔓玲的脸色就是命运。看起来事态不好了。端方的心一下子沉了下去,再也不知道说什么好了。端方站在门外,吴蔓玲站在门内,中间隔着一条狗,两个人就这么相互打量着。什么也没有说。不好的感受弥漫开来,笼罩了端方,笼罩了吴蔓玲,还有那条什么也不知道的狗。那就什么也不用再说了。端方的脸色也凝重起来了。两个人就这么面色沉重地站在大队部的门口,各人揣着各人的心思。天色就是在这样的沉默当中黯淡了下来。还有一些晚来的风。看起来是不行了。端方掉过头,走了。端方这一走吴蔓玲才回过神来,刚想跟上去,狗又吼叫了一阵。那还是算了吧。

端方很沮丧。沮丧极了。同时兼有了愤怒。他没有回家,也没有回到养猪场,直接往混世魔王的那边去。昨天是混世魔王被宣判的日子,今天,轮到他了。天黑得特别地快,端方早已经看不见自己了,但是,端方看见了一样东西,那就是命运。命运扑上来了,扑到他的脸上来了,眼见得就要咬到端方的咽喉。命运不是别的,命运就是别人。

"他"或者"她",永远是"我"的主人。

他,或者她。他们,或者她们,永远是"我"的主人。"我"是多么地无聊、无趣、无望、无助、无奈、无耻。"我"是下贱的。可是,"我"为什么就不能是"他",或者"她"?"他们",或者"她们"?为什么?为什么?因为愤怒,更因为绝望,这个绕口令一样的问题把端方缠绕进去了,他像一只追赶自己尾巴的猫,因为达不到目的,又不肯罢休,越追越急,越追越快了。一会儿就把自己绕昏了,眼见得就要发疯。端方急火攻心,一下子想起了顾先生。他要找顾先生。这个唯物主义的问题只有顾先生才能够解决。端方是一路小跑着来到顾先生的小茅棚的,一脚就把门踢开了。端方说:

"我能不能成为他?能不能?"

这是一个哲学问题,劈头盖脸,空穴来风,势不可挡。端方说:

"能不能?!"

顾先生在喝粥,不知道发生了什么。他的一双小眼在小油灯的下面像两只小小的绿豆,惊恐,却镇定。依照一般的经验,顾先生知道,端方一定在"想"什么了。他在年轻的时候就是这样的,总是爱"想",一"想"就把自己逼进了牛角尖,直到出不来为止。这是好事。顾先生说:"端方你坐。"

端方说:"你回答我!"

顾先生放下筷子,说:"你这样想毕竟是好的。"

端方说:"你回答我!"

端方跨上去一步,咄咄逼人,差不多要动手了:"你回答我!"

顾先生说:"马克思在《经济学—哲学手稿》的第六十页上告诉我们:'如果我自己的活动不属于我自己而是一个疏远的、一个被迫的活动,那么,这个活动属于谁呢?属于我以外的另一个存在。这个存在是谁?'端方你看,这个问题马克思也问过。那时候他正在巴黎。"

端方说:"这个存在是谁?"

顾先生端起碗来,喝了一口粥。顾先生舔了舔嘴唇,说:"马克思也没有说。"

端方走到顾先生的跟前,伸出手,用一根指头顶住了顾先生的脑袋,一字一句地说:"我操你的大爷!"

端方说完了就走。顾先生一个人坐在茅棚里,他并没有因为端方的粗鲁而生气,相反,喜悦了。他更喜欢端方了。一个人能够关心"我能不能成为他"这样的哲学问题,这就可爱了。人应当有这样的追问,尤其在年轻的时候。一个人渴望变成"他",是好事。说到底,这个世界不是别的,就是由"我"而"他"的进程。这个世界其实并没有"我","我"只是一个假托,一个虚拟,一个借口。"我"不是本质,不是世界的属性,从来都不是。这个世界最真性的状态是什么呢?是"他"。只能是"他"。"他"才是人类的终极,是不二的归宿。信仰、宗教和政治都只是做了一个简单的工作,让"我"怀疑"我",让"我"警惕"我",让"我"防范"我",最终,有效地改造并进化了"我"。这才是达尔文主义在人类社会最尖端的体现。端方小小的年纪就有了这样的思想萌芽,很可贵了。顾先生在端方的身上看到了希望。顾先生站起身,来到了门口,想把端方追回来,好好聊一聊。可端方早已经杳无踪影。顾先生站在黑暗当中,对着黑暗微笑了。顾先生对自己说:

"'我'走了,可'他'还在。"

顾先生对自己的这句话非常地满意。当天夜里顾先生就做了一个美梦,内容是关于"他"的。他梦见自己下了许多蛋,简直是拉出来的。拉完了,都不用擦屁股,痛快极了。

端方怒气冲天,一直把他的怒气带到了混世魔王的面前。混世魔王因为夜里的风寒,病了,软在床上,正在剧烈地咳嗽。一见到混世魔王的这副熊样端方立即冷静下来了,好歹自己并不是最糟糕的,不还有混世魔王陪着自己嘛。这么一想端方就好多了。端方想宽慰混世魔王几句,话到了嘴边,却笑起来了,说:"想不想吃狗肉?"文不对题了。

混世魔王没听懂端方的意思,望着端方,因为高烧,他的瞳孔特别地亮。端方说:"她弄来了一条狗,很大。"

"谁弄来了一条狗?"

"吴蔓玲。"

这一回混世魔王听懂了,突然坐起了身子。吴蔓玲"弄来了一条狗",这句话是由端方说出来的,可是,话里头复杂的意思,端方却永远也不会懂的,相反,混世魔王明白。这样的对话格局有意思了,有了特别的趣味。混世魔王喜欢。混世魔王笑了。笑得很鬼魅,很含混,接近了狰狞。端方因为不明就里,他的兴奋点依然在狗肉上,便压低了嗓门,说:"我们干吗不把它吃了?"混世魔王还在笑。端方有些疑惑,不解地望着混世魔王,说:"笑什么?"

混世魔王说:"我今天想笑。"

端方说:"想不想吃狗肉?"

混世魔王拍了端方一巴掌,说出了一句意义非凡的话来:"狗肉没意思。还是人肉好吃。"

可端方就是想吃狗肉。这个晚上他贪婪了,馋得厉害,嘴巴里分泌出无限磅礴的唾液,没东西能刹得住它们的车。特别地想喝一口。要是能有一口烧酒,从嘴巴,到嗓子眼,再到肚子,像一条线那样火辣辣地烧下去,那就痛快了。越是没有,越是馋得慌、想得慌。端方再也没有想到一个人的嘴巴会如此这般地骚。端方叹了一口气,说:"难怪李逵说,嘴里淡出鸟来,真的是这样。我满嘴巴都是鸟,扑棱扑棱的。真想喝一口。"混世魔王知道端方想喝。可哪里有酒呢。他回过头,看了一眼灶台,那里只有一些盐巴和酱油,连醋都没有,更不用说别的了。混世魔王说:"酱油倒是有,你就将就一下吧。"也只有这样了。端方把酱油拿过来,咕咚咕咚倒了半碗,尝了尝,有点意思了,点点头说:"有滋味在嘴里就好。"舌头上还是有点寡,就又放了一把盐。端方一不做,二不休,又放了一把。这一来酱油的滋味已经再也不像酱油了,咸得厉害。接近于苦了。端方端着酱油,慢慢地喝。他喝得有滋有味了,还嗞呀咂的。喝到后来,他终于像李玉和那样,端起了碗。混世魔王说:"你可悠着一点。"端方一口干了,脸上痛快的样子,放下碗,抹了抹嘴,说:

"没事的。我醉不了。"

第二十章

每年的征兵工作大约要经历这样的一个程序：一、动员，动员大会之后当然就是报名。二、目测，淘汰一批。三、初步政审，淘汰一批。经过两轮淘汰之后，四、送公社体检。这里就要淘汰一大批。主要的问题有沙眼、中耳炎和肝肿大。乡下的孩子除了病得起不了床，一般来说是不去医院的，眼睛上有点小毛病，耳朵上有点小毛病，忍一忍就过去了，这就留下了后患。还有一个比较集中的问题就是肝。乡下长大的孩子都有一个共同的特点，那就是营养严重地不良，最关键的是，营养严重不良的身体从小还要承担超负荷的体力劳动，时间一长，肝就肿大起来了。体检的时候医生的手指沿着你的肋缘摁下去，肝脏超出肋缘零点五公分就不合格了。就是这个"零点五"，撂倒了多少热血青年。体检合格者，五、政治审查，并递交严格的、正式的政审材料，再淘汰一批。最后能够留下来的，那真是天之骄子了。想想也是，当兵是多大的事？祖国和人们要交给你，靠你保卫呢，一点点也不能马虎。

每一年的征兵都是一次群众运动。既然是群众运动，村子里照例都要贴出彩色标语，写上"一颗红心，两种准备"、"响应祖国号召、服从祖国挑选"、"祖国的需要就是我的需要"、"提高警惕、保卫祖国"、"兵民是胜利之本"以及"备战、备荒、为人民"这样的口号。口号一旦到了墙上，它就再也不同于口号了，它不是振臂一呼，不是脱口而出。它是书面的、肃穆的、深思熟虑的，带有放之四海而皆准的效力,还带有真理和法律的功能。

动员大会一开完,端方就来到混世魔王的大仓库,两个人面面相觑了。是报名呢,还是不报名呢?拿不定主意了。其实,报不报都是一样的。对王家庄来说,任何与组织相关的事情,事情的"结果"往往都在事前,不可能在后头。这是组织办事的一个特点。换句话说,端方和混世魔王当兵的事,结果其实已经出来了。即使体检合了格,也只能说明你的身体还不错,别的你就不要指望了。然而,两个人无声地商量了一遍,还是要报。完全是意气用事了。年轻人就是爱意气用事。可是话也要反过来说,不意气用事那还叫年轻人吗。

端方和混世魔王在这里热热闹闹地报名、体检,有一件事情他们其实是不知道的。今年的征兵不同于以往,情况特殊了。往年的人数一直比较多,一般说来,全公社都有七十到八十个不等,每个村都能摊派到两三个。今年不同了,征的是特种兵,全公社统共也只有五十二个名额,最终分配到王家庄的也才有一个,还是吴蔓玲争取过来的。只是没有对外宣布罢了。早在接到通知的时候吴蔓玲在心里头就"内定"了,给端方。她一直想找一个机会和端方单独地谈一次,把支部的决定告诉他。这样正规一些。只不过还没有来得及。

初步政审的时候吴蔓玲就想把混世魔王掐死。转一想,不能。刚刚被他强奸过,风声有没有漏出去,现在还不好说。万一村子里有什么风声,她一捏,等于从反面证实了这个事情。不能够。她跷上了她的腿,若无其事,附带还开了几句玩笑,帮着混世魔王说了几句好话。吴蔓玲有吴蔓玲的算盘,指不定他的体检还过不了关呢。就算是过关了,还有最后的政审这一道门槛。到那时就用不着她这个支书来说话了。谁想到混世魔王的体检就是过了。他怎么就不瞎、不聋、嘴里不长疮、背上不淌脓、身上不生癌呢?吴蔓玲对混世魔王有彻骨的恨,恨归恨,但最主要的还是怕。作为一个村支书,作为一个姑娘家,她是有顾忌的。相反,混世魔王肆无忌惮。吴蔓玲真正惧怕的其实正是这一点,怕他的肆无忌惮。这个人已经疯了,他是什么事情都做得出来的。就算是把他送过去坐牢,进一步说,就算是把他枪毙了,吴蔓玲的脸面还要不要了?她这个村支书还当不当了?不能玉石俱焚哪。

吴蔓玲想把唯一的名额留给端方,其实也是有私心的。她想在端方临走之前和端方"好"上那么一些日子。是的,她想和端方"好"。这个"好"是什么意思,很难说得清楚。但有一点是肯定的,"好"特别地迷人,想起来就叫人缠绵,一到了夜深人静的时候,它就悬在那儿,缭绕在那儿。当然,这个"好"肯定不是恋爱,不是谈婚论嫁。要是真的让吴蔓玲和端方谈恋爱,最终嫁给他,吴蔓玲不情愿。说到底端方还是配不上的。可是,配得上自己的小伙子又在哪里呢?没有。比较下来,还是端方了。端方有文化,模样也好,牙齿白,主要是身子骨硬朗,有一种可以靠上去、可以让人放心的身架子。这些都是吴蔓玲所喜欢的。还有一点是最为重要的,端方是毕竟要走的人,就是"好"也"好"不长久。他一走,其实什么也就没有了,从此就天各一方,再怎么"好",也扯不到谈婚论嫁上去。吴蔓玲在这件事情上用心深了,都有些痴迷了。就想着能和端方早一点"好"起来。"好"起来是怎样的呢?实在也没有想好。吴蔓玲为这件事情都专门哭过三四回了,心里头也知道,她这样做其实是不好的。可是,想"好"的心思就是这样,一旦动开了头,再收就难了。拉不回来的。吴蔓玲对自己说,即使是错,她也要错一回。就错这一回。不错这一回她终究是不能够甘心的。

要是细说起来的话,吴蔓玲最大的愿望还是在端方的怀抱里睡上一觉。这个念头不着边际了。想起来一次吴蔓玲就要慌乱一次。说到底吴蔓玲还是太累了。这么多年了,其实一直在累,一直在逞能罢了,身体其实是吃不消的。要是什么都不管,什么都不顾,踏踏实实的,安安稳稳的,瞎头闭眼的,睡上一个又深又长的觉,那就好了。端方要是能够抱着自己,守护着自己,想必也是好的。谁也不会打搅她了。有端方搂着,安全了,谁有胆量去得罪端方呢。她就可以把她的脑袋依偎在端方的胸脯上,把端方的扣子解开来,一头钻进去,埋进去,他的胸膛是那样的结实、那样的宽广,温暖是一定的了。就是不睡,无缘无故地哭上一回也是好的。她要把什么都告诉他,一边流着眼泪,一边说,把心窝子里头想说的话一股脑儿说给他。混世魔王的事情就不说了,不能的,要是说了,端方会杀了他。要出人命的。那还是不说了吧。就当被狗咬了一口。这么一想吴蔓玲的眼泪下来了,她端坐在床沿上,两只眼睛对着罩子灯,愣神。眼泪不由自主地流下来了。必须让端方当兵去,让他走。他不走,他们是"好"不成的。天底下没有不透风的墙。她和端方的事一旦传出去,总归是不好的。

　　吴蔓玲在那里愣神,流泪,端方却也没有闲着。吃过饭,端方把筷子架在了碗的边沿,推开了,一张脸绷得铁青。沈翠珍看了端方一眼,一声不响地把筷子拿了下来,放在了桌面上。端方的这个习惯坏了,只有叫花子才会把筷子架到碗上去,会越吃越穷的。沈翠珍为这件事不知道说过端方多少次,他就是改不了。自从去了养猪场,除了三顿饭,端方就再也不着家了,一天到晚也不知道他在忙活什么。吃饭的时候也没有话,就好像他的舌头被人借走了,有人借,还没人还呢。你要是问他话,比方说,床上要不要添一床被褥,床单要不要带回来洗一洗,他也不开口,喉咙里"嗯"一声,既不说"是",也不说"不是",就知道"嗯"一下,急死个人了。问多了他的脸色就不好看了。都不知道是从哪一天开始的,他就成了这个家里的太上皇了。人人都要看他的脸色。到了吃饭的时候,他回来了,一到家里就没有了动静。

简直就是吃豆腐饭了。王存粮呢,也不说话。自从红粉出嫁的那一天起,王存粮和端方就再也没有说过一句话,当着那么多的人,端方可是没有给他这个做继父的一点脸面。这还罢了,你端方在王家庄交往的都是些什么人哪?啊?都是些什么人?小混混、小痞子、小流氓。赶上乱世,绝对是一群亡命徒。这些人王存粮不想招惹,也招惹不起。早知道是今天的这副模样,当初还让他读高中干什么?做一个小流氓是不用读高中的。现在倒好,端方还当上亡命之徒的总司令了。人家都升官了,恭喜你了。王存粮点上旱烟锅,总结了一下自己的经验和教训,当初死活不该再婚的。后妈不好当,后爸也不好当。尤其是男孩子,含辛茹苦地把他喂大了,到头来你不知道喂出来的会是怎样的一个祖宗。

推开晚饭的饭碗,端方出门了。刚刚来到天井的门口,却发现四五个小兄弟已经黑黢黢地站在他们家的外头了。在等他。端方走过去,腆起肚子,打了三四个饱嗝,这会儿他哪里有心思和他们一起鬼混。想了想,说:"这样吧,今天晚上你们自由活动吧。"红旗说:"你今晚干什么?"端方把他的话题撇开了,说:"自由活动吧。"把四五个黑影子打发走了,端方想到吴蔓玲那边再走一遭。无论如何要再走一遭的。体检都通过了,端方不能眼睁睁地看着自己死在半路上。

走了一半,端方改主意了,突然想起了大队会计王有高。作为王家庄的大队会计,王有高怎么说也是王家庄的二号人物。请他出个面,再帮着撮合撮合,也许是管用的。王有高和吴蔓玲的关系一直都不错,他要是说什么,吴蔓玲一般都要给他一点面子。这里头是有历史渊源的。水很深。要是认真地推敲起来,吴蔓玲能够做支书,还有王有高的一份特别的功劳。撇开王有高是吴蔓玲的入党介绍人不说,老支书王连方倒台的时候,王有高也曾动过顶上去的念头,等他真的"活动"的时候,王有高发现,想当村支书的并不只有他一个。这就要较量了。较量来,较量去,一个半斤,一个八两;而在公社书记的眼里呢,一个手心,一个手背,"可都是肉哇!"王有高眨巴眼睛了。他的两只眼睛可以说是两把上好的算盘,可以左右开弓。一一得一,一二得二,三下五除二,四去六进一,五去五进一,六去四进一,七上三去五进一。王有高的眼珠子经过一番激烈的拨弄,结果有了。王有高退出来了。他想到了另外的一个人,吴蔓玲。"吴蔓玲有条件把这副胆子挑。"他用《智取威虎山》里少剑波同志的唱词向上级组织举荐了吴蔓玲。吴蔓玲,女,初中毕业,有文化,不怕苦,觉悟高,党性强,作风正派,谦虚好学,做人踏实,群众基础好。王有高的舌头刹那之间就变成了一把大刷子,它用鲜红鲜红的油漆一眨眼就把吴蔓玲刷成了一朵大红花,而他自己呢,变了,成了一张小小的绿叶,客观地、谨慎地、心安理得地,衬托在了吴蔓玲的身边。这个姿态高了。很好。大度,公允,负责任,是一心为公,一切为了事业的姿态。王有高自己也被自己的谈话打动了,眼圈红了。他的谈话带上了抒情的色彩。"上级组织"洪大炮的眼眶也红了。在感情上,他们共鸣了。王有高的姿态给了洪大炮极好的印象。印象就是结论。洪大炮雷厉风行,伸出了两只胳膊,紧紧握住了王有高的手,大声说:"我们尊重你的意见!他奶奶的,就这的了!"吴蔓玲就这样当上了王家庄的村支书。吴蔓玲当然是知情的。你敬我一尺,我敬你一丈。吴支书在王家庄党内的、党外的大小会议上都格外地给"王会计"脸面。"我完全赞同王会计的讲话。"吴支书说。"王会计,你的意见呢?"吴支书说。"王会计的讲话精神就是我的精神,我就不重复了。"吴支书说。"王会计,你还想补充一点什么?"吴支书说。王会计在党内和党外的威望就在吴支书一次又一次的询问当中建立起来了。很厚。很霸实。威望不是别的,其实就是发言权。就是说话管用。就是你刚刚说完了话,别人总要把两只手举起来鼓掌。不仅掌声脆亮,还要让你看见——我在为你鼓掌呢。而没有威望则是怎样的一种情形呢?好玩了。你说完了,别人就咳嗽,就吐痰,就调整坐的姿势,就抖动他的小腿。本来不用咳嗽的,嗓子里也要弄出一些声音,听上去极度地不安。然后,有人站出来了,说话了,他想"谈一谈个人的意见"。七扯八扯,最后就把你的意见撂倒了。你的意见就如同放屁,臭味未了,而音讯已无。

王有高不在家。端方笑眯眯的,弄出一副不在家也不要紧的样子,客客气气地和大辫子扯上淡了。这还是端方第一次来到大辫子的家,大辫子格外地热情了。大辫子再也没有料到端方这么晚了还会来串门,心里头正在纳闷,可还是高高兴兴地说:"是端方伙啊!"端方到底是求情来的,有点难为情。虚应了几句,不知道说什么好了。一双眼睛就在四下里张望。大辫子说:"找有高哇?"端方笑笑,说:"没有。不找王会计。"大辫子有些不踏实了:"那你想找谁呀?"端方稳当过来了,定神了,嘴巴上抹上了蜜,说:"我就不能来看看大辫子阿姨?"大辫子的脸在油灯底下顿时就笑成了一朵花,咯咯咯的。心里头看见底了。个小杂种,个小油瓶,个遭枪子儿的!你妈都没敢动我女儿的心思,你倒敢了。还跑上门来了。三丫都死在你的手上了,你还想让我的女儿也死在你的手上不成?你做你的榔头梦吧——你喂猪还没把自己喂饱呢!大辫子和和气气地望着端方,说:"端方孝顺了,还知道来看看大辫子阿姨。坐噻。"端方说:"不坐了。最近还忙吧?"大辫子说:"忙什么?还不就是一天三顿饭。"端方说:"那也辛苦。我以前不知道,现在喂了猪,才知道一天三顿也不容易。"这话说的,不着调了。大辫子笑了,说:"喂猪不容易,喂人容易。"话说到这儿味道似乎有点不对了。端方赔上笑,不知道说什么了,有点收不起来的意思。人也越来越紧张了。可是,也不好拔脚就走。端方只好让开了大辫子的目光,东张张,西望望。端方的举动在大辫子的这一头越发鬼祟了,是心术不正的样子。大辫子也不和端方扯皮了,说:"端方,你妈一直让我给你说一个对象,这种事可不能着急。"端方"嗨"了一声,说:"你别理她。"这么说着话,端方的眼睛已经钉在了墙上,那里有一个大镜框,里头有一张大辫子的女儿放大了的照片。大辫子瞅了端方一眼,更加相信了自己的判断,这小子不安好心了。他的花花肠子已经花到自己的家里来了。大辫子伸出手,拍了一拍端方的肩,说:"端方哪,性急吃不得热豆腐,听阿姨的,性急了要烫着的。"其实是威胁了。端方的心思根本就不在这里,哪里能听得懂大辫子话里的话。端方说:"我什么时候急过?我不急。"你听他的口气,你听听端方说话的口气!都笃笃定定的了,她大辫子的女儿都已经是他端方的人了。大辫子动了气,不想再和他啰嗦,说:"端方哪,我还要去看看兔子,阿姨就不陪你说话了。"等于是逐客了。端方求之不得,说:"那我就以后再来看阿姨。"匆匆告退了。大辫子静了一会儿,气不打一处来,她来到天井的外面,对着黑乎乎的巷子厉声喊道:"文方——文方——文——方——"端方正在向远处去,就听见大辫子在声嘶力竭地喊女儿的名字。文方终于在很远的地方回应了一声。过了一会儿,端方在很远的地方就听见大辫子的呵斥声了:"死哪里去了?啊?死哪里去了?"文方似乎顶了一句嘴,中间隔了一断小小的间隔,大辫子的骂声到底从远方传过来了:"你的爹娘老子死光啦?啊?有娘生、没爹教的东西!天一黑就乱串,不要脸的东西!下作的东西!再跑!再跑我打断你的猪腿!"端方在远处听得清清楚楚的,没想到大辫子是这样一个厉害的角色。平日里看不出来的。女儿出去串串门,何至于用这样恶毒的话去骂自己的女儿呢。

端方一个人在黑夜里往回走。虽说是晚饭后不久,但王家庄到底安静下来了,有了深夜的迹象。天冷了,不少的人家已经熄灯上床,只有极少的人家还有一些零星的光。那些光从门缝里劈了出来,扁扁的,是用了吃奶的力气才挤出来的,随后也熄灭了。到处都是死一般的寂静。人像是在井底了。偶尔有一两声婴儿的啼哭声,一两声狗叫。都很远,别的就再也没有什么了。满世界都黑洞洞的,端方却还要为自己的前程奔波,其实也是垂死的挣扎了。这么一想端方突然就感受到一丝凄凉,私底下有了酸楚和悲怆的气息。被它们包围了。无力回天的。王家庄就是他的世界了。世界就是这样的。如此这般了。一点亮没有,一点热没有,一点动静没有,一点生气没有。有的只是看不见的天,看不见的地,看不见的风,看不见的寒冷。还有,看不见的远方与明天。端方就行走在黑暗中,一刹那都有点恍惚了。由于看不见自己,端方都有点怀疑这个世界上到底有没有自己了,或者,自己被放大了,被黑夜消融了进去。端方立住脚,咬了咬自己的舌头,疼的。端方确信了,自己并没有被黑夜消融,还是存在的。这就是说,凄凉是真的,酸楚是真的,悲怆也是真的。混不过去。端方反过来希望这是一个梦。可惜,不是的。

没有找到王有高,找谁呢?端方在黑暗中犹豫了。直接去找吴蔓玲肯定不是办法,事实上,希望也不大。还是请一个人在中间迂回一下比较好。请谁呢?实在也想不出什么人来了。端方就觉得自己是一只在黑夜里飞翔的鸟,说不准在什么时候就被什么东西撞上了。不飞还不行,不飞就只能掉下来,最终撞在了大地上。一样的。端方只好抬起头,在漆黑的夜里四下里看。他看见了兴隆家的大瓦房了。虽然大瓦房和夜色一样,都是黑色的,但大瓦房到底黑得不一样,它黑得更结实、更实在、更死。瞩目了。为什么不去请兴隆呢?再怎么说,吴支书也是人哪,是人就会生病。兴隆是赤脚医生,他们的关系怎么说也要比一般的人牢靠些。

端方黑乎乎的,站在兴隆家的门口,很突然。双方都从黑暗当中认出了对方,都愣了一下,不期而然的。端方也实在是走投无路了,莽撞了,怎么想起来来找兴隆的呢?想得起来的。自从三丫断气的那一天起,两个人其实就再也没有见过面,一次都没有。双方都回避着。都怕看对方的眼睛。尤其是兴隆,刻意地躲着。端方突然出现在家门口,兴隆失措了,也有点百感交集。兴隆没有把端方请到正屋里去,而是把端方叫进了厨房。兴隆多多少少还是要防着一手的。兴隆不知道端方究竟要说什么,万一说起了三丫的事,厨房里没有外人,到底方便一些。兴隆的心里毕竟有鬼,关上门,掏出纸烟,放了一支在灶台上,又拿出来一支,自己点上了。两个人都在抽烟,光吸,不说话。眼睛也不看对方。端方的眼睛只是盯着兴隆家的锅灶,上上下下地看。却意外地在灶台上发现了一只酒瓶,还有一大半的样子。端方的嘴巴歪了,笑起来,拎过酒瓶,拔开塞子,放到了鼻子的下面。是酒。端方仰起脖子就是一大口。这一口酒看起来是恰到了好处,具有激活的力量,燃烧起来了,端方满脸的皮都归拢了,集中在鼻梁的上头。眼睛也紧紧地闭上了。是痛苦不堪的模样。但突然,端方的表情一下子松开了,像爆竹那样,"啪"的一下,开了,长长地舒出了一口气。端方把酒瓶放下了,说:"来一口吧?"两个人的目光就都集中在酒瓶上了。兴隆没有说话,他认准了端方还在为三丫痛心。这么长的时间都过去了,他还是不能释怀。看起来他这一辈子都不能原谅自己了。兴隆的鼻子一酸,眼睛就红了。兴隆低下了脑袋,伤心和自责涌上了心头。兴隆说:"端方,我们是好兄弟了,你也不要不好意思。要打,要剐,你随便。只要你能痛快,怎么样都行。我这一辈子对不起你。"

端方没有料到兴隆说出这样的话来,没有听明白。好在端方是个聪明的人,立即就懂了兴隆的意思。端方深深地吸了一口气,仰起头,闭上了眼睛,一边叹息,一边用巴掌在空中揿了几摁,随后拍在兴隆的肩膀上,拍了三四下。"不说这个,"端方说,"她没那个命。你救不了她,我也救不了她。早都过去了。我们不说这个。永远都不要说这个。"端方把玩着酒瓶,脸上的表情有些迟疑,对着酒瓶说,"兴隆,你还记得你说过的话吧,你一次又一次地劝导我,让我当兵去。"兴隆的眼睛抬起来了,望着端方,紧紧地盯着端方。端方也看了一眼兴隆,随即又挪开了。他依然盯着酒瓶,说话的口气一下子急切起来,说:"兴隆,你帮我一把。你帮帮我。你帮我求个情,请吴支书放我一马。"兴隆侧过脑袋,也就是眨眼睛的工夫,弄懂端方的意思了。同时也就彻底地松了一口气。兴隆说:"走!"端方说:"到哪里去?"兴隆说:"找吴支书去哇。"端方忸怩了,主要还是心里头虚。他重新抓起酒瓶,含含糊糊地说:"我还是在这边等你吧。"兴隆没有再说什么,一个人出去了。

二十分钟,也许是二十五分钟过后,兴隆回来了,直接走进了厨房。对于兴隆这样一个懒散惯了的人来说,他的动作可以说雷厉风行了,难得的。端方心领了。兴隆回来的时候端方的两只手正紧紧地捂着酒瓶,仰着头,望着兴隆,有些紧张,说:"怎么样?"兴隆瞄了一眼酒瓶的瓶底,空了。兴隆说:"谈过了。"端方笑笑,有些不自然,说:"怎么样?她怎么说?"兴隆说:"人家说,让你自己去一趟。"端方说:"你说,有希望吗?"兴隆说:"当然有,没有叫你过去做什么。"端方只是坐在那里,不动。对着酒瓶发愣。兴隆说:"还坐在这里做什么?人家在等你呢。"端方想了想,也是,自己还是得去一趟。端方用双手摁住桌面,一用力,撑着站起来了。兴隆想送送,端方说:"不用了。"

端方一点都没有意识到自己喝多了。不只是多,实在也太快了。刚出了门,还没有走出去十几步,冷风把他的骨头一收,酒其实就顶上来了,很凶,直往头顶上冲。端方就觉着自己的脑袋出了一点问题,老是要往上飘。好在端方的身体好,有足够的分量,可以拽得住。为了证明自己并没有喝多,端方开始数自己的脚步,从一一直数到十,一个都没有错。端方很满意,看起来自己并没有醉。但是,体重变了,又重又轻,有时候重,有时候轻,一会儿重,一会儿轻。这完全取决于地面的高低了。端方一路踉跄,一路摇晃。摇来晃去把端方的豪迈给摇晃出来了,端方突然乐观了,无比地自信,认准了自己可以闯过这一关。端方都想好了,预备好了腹稿,等到了大队部,一见了面,端方就大大方方地对吴支书说:"蔓玲,祖国需要建设,但更需要保卫!"

端方的腹稿其实并没有派上用场。端方推开门,还没有站稳,就打了一个酒嗝。利用打嗝的工夫,端方瞥了一眼桌边的狗,狗被拴得很妥帖,看起来吴蔓玲已经把它打理好了,不会对端方有什么威胁了。吴蔓玲并没有坐在凳子上,而是坐在了床沿,她的左侧放着一盏罩子灯,灯光照亮了吴蔓玲的半张脸。虽说只有半张脸,端方还是注意到吴蔓玲在这个晚上的非常之处。吴蔓玲一下子整洁了,看得出,精心地拾掇过了。头发是一丝不苟的,整整齐齐地梳向了脑后。前额则是一片疏朗的刘海,可以清晰地看得见梳齿的痕迹,当然,还有水的痕迹。而领口也用心了,是中山装的领口,风纪扣扣得严丝合缝,对称地贴在脖子上,里头还压了一圈雪白的衬衣领,若隐若现。吴蔓玲的两只手放在大腿上,在床沿坐得很正,安安静静的。有一股子说不上来的妩媚,但更有一股子逼人的英气,逼人了。端方只看了一眼,肚子里的腹稿在刹那之间就忘得干干净净,傻傻地望着吴蔓玲。看了半天,端方终于看仔细了,吴蔓玲一点点都没有咄咄逼人,相反,是难过的样子,哀怨得很。吴蔓玲终于说话了,她说:

"端方,你怎么做得出来?"

这句话没头没脑了。端方不知道自己做错了什么,咽了一口,酒已经醒了一大半。吴蔓玲说:"端方,我一直在等你。你的事情,你怎么能叫别人来替你说?——就好像我们的关系不好,我和别人反倒好了,就好像我们不亲,我和别人反倒亲了。"

这几句话吴蔓玲说得相当地慢,声音也不高,但是,说到最后,她的声音都打颤了。她的话一下子就带上了伤心的色彩。显然,她不高兴了,很伤心。端方的酒就是在这样的时刻再一次上来了。端方怕了。想都没想,他的膝盖一软,对着吴蔓玲的床沿就跪了下来。这样的举动太过突然、太过意外了,连吴蔓玲的狗都吓了一大跳,身子一下子缩了回去,十分警惕地盯着端方。端方的心思不在那条狗上,他的脑袋在地面上不停地磕,一边磕一边说:"吴支书,求求你!吴支书,我求求你了,你放我一条生路,来世我给你做狗,我给你看门!我替你咬人!我求求你!"这样的场景反过来把吴蔓玲吓了一大跳,吴蔓玲望着地上的端方,她的心一下子凉了,碎了。吴蔓玲实在不忍心再看下去了。她转过了头,最终闭上了眼睛,眼泪却夺眶而出。

"端方,你起来。"吴蔓玲说,"端方,你回去吧。"

"吴支书,我求求你了……"酒叫人意犹未尽,端方还在说,口水都已经流淌出来了。

第二天上午九点,端方醒过来了。一醒过来就头疼,像是要裂。端方只好用他的双手抱住了脑袋,不管用的。而嘴巴也渴得厉害,就是有一粪桶的水也能灌得下去。怎么会这样的呢?端方就开始想,一点一点地回顾。想起来,他喝酒了,是在兴隆家喝的,喝多了。可端方能够回忆起来的也只有这么一点点了,喝完了酒干什么了呢?又是怎么回来的呢?脑子里一片空白,再也想不起来了。端方翻了一个身,长长地舒了一口气。老骆驼不在,屋子里是空的,正如他的追忆,一切都是那样地空空荡荡。

红旗突然进来了,很高兴的样子。红旗说:"醒啦?"端方眯起眼睛,脑袋瓜一时还跟不上趟,只是用他的下巴指了指桌面上的一只碗,说:"给我倒碗水。"红旗拿起碗,扭转着身子找水壶。

找不到。红旗说:"水在哪里呀?"端方说:"水在哪里你都不知道?到河里舀去啊!"红旗高高兴兴地到河边舀了一碗水,递到端方的面前。端方接过来,一口气就灌下了。他把空碗还给了红旗,说:"再来一碗。"

一碗凉水下了肚,端方好多了,连着打了两个嗝,一股酒气冲了出来,难闻极了。端方自己都觉着难闻。一眨眼的工夫红旗已经把第二碗水端到了端方的跟前,端方没有接,说:"真他妈的烧心。"红旗说:"怎么喝那么多?"端方想了想,侧过脸,不解地说:"你怎么知道我喝酒了?"红旗的脸上浮上了巴结的笑容,说:"我怎么不知道?告诉你吧,昨天晚上是我把你背回来的!"端方笑了,说:"是吗?"红旗说:"你太重了,我的脚都崴了。"端方把他的下嘴唇含在嘴里,"嘶"了一声,说:"兴隆怎么没背我?"红旗说:"哪里有兴隆,我是从大队部把你背回来的。"端方倒吸了一口气,说:"我怎么会在大队部?"红旗傻乎乎地摇晃起脑袋,说:"不知道。"端方自言自语说:"我在那儿做什么?"红旗说:"不知道。我就看见你跪在地上,在给吴支书磕头。"

"你说什么?"

红旗重复说:"你跪在地上,在给吴支书磕头。"

红旗的话是一声惊雷,在端方的耳边炸开了。红旗的话同时还是一道缝隙,透过这条缝隙,端方想起来了,隐隐约约地想起来了,自己好像是找过吴蔓玲的。为什么要跪在地上呢?为什么要磕头呢?端方在想,可实在是想不起来了。端方望着红旗,紧紧地盯着红旗,红旗不像是撒谎的样子。端方笑起来,下床了,站在红旗的跟前,说:"昨晚上你们是几个人?"红旗后退了一步,说:"就我一个。"端方走上去一步,说:"你都看见了?"红旗又后退了一步,说:"看见了。"端方再走上去一步,和颜悦色了,说:"红旗,你到门后头,把那根麻绳给我拿过来。"红旗替他拿了。端方说:"打一个结。"红旗就在麻绳的一头打了一个结。端方说:"给我。"红旗老老实实地把麻绳送到端方的手上去。端方接过麻绳,顺手给了红旗结结实实的一个大嘴巴,迅速地把活扣套在了红旗脖子上,而另一端"呼"的一下,扔到了屋梁上。端方的两只手一拉,红旗的双脚顿时就离地了。红旗还没有弄明白是怎么一回事,他的身子就悬在了空中。仅仅是一会儿,红旗的脸就紫了。

"你告诉别人了没有?"

红旗两条腿和两只胳膊在空中乱舞。想说话,说不出来。还好,他的脑子在这个时候反而没有乱。他的脑袋十分艰难地摇动了两下。

"你到底有没有告诉别人?"

红旗还想摇头,但这一次却没有成功。他的嘴巴张开了,而眼珠子瞪得极其地圆,都快飞出来了,有了掉下来的危险性。但红旗的眼珠子没有掉下来,相反,在往上插。他的眼珠子上面看不见一点黑,清一色的白。

端方的手一松,放开了。红旗"咕咚"一声掉在了地上。瘫了。吐出了舌头。他在地上像狗一样喘息。红旗刚刚缓过气来就跪在了端方的脚底下,说:"端方,我没说。没说。"端方蹲下来,说:"我知道你没说,可我不知道你以后说不说。"红旗说:"我不说。我不傻。"红旗望着端方,立即补充了一句:"我发誓。"端方说:"你发誓顶个屁用。"端方拉起红旗就往外面跑,一直跑到猪圈的旁边。端方从猪圈里抓起一根猪屎橛,一把拍在墙头上,说:"你吃下去。吃下去我才能信你。"红旗望着屎橛,又看了端方一眼,下定了决心,开始吃。满嘴都黑乎乎的,一伸脖子,咽下去了。端方转过头去,一阵恶心,听见红旗说:"端方,我对你是忠心耿耿的。"端方回过头,伸出巴掌在红旗的腮帮子上拍了两下,说:"红旗,我们是兄弟,对不对?"红旗望着端方的眼睛,害怕了。直到这个时候才真正地害怕了。开始抖。身不由己了。红旗说:"端方,你要是还不相信我的组织性,我再吃一个。"端方笑笑,说:"到河边把嘴巴洗一洗。我怎么能信不过你呢。"

第二十一章

红旗蹲在河边,把自己洗得干干净净的,然而,腮帮子上的手印子却怎么也洗不掉。端方的巴掌长满了厚厚的茧子,又硬又糙,这样的巴掌抽下去,红旗脸上的手印就鼓了起来,成了手的浮雕。回到家,红旗一直都侧着脸走路,想瞒住他的母亲。这是红旗打小留下来的习惯了,不敢让母亲看到他在外面打架的痕迹。要是细说起来的话,孔素贞的家教可严厉了,极其地严,不论遇上什么事,有理,或者无理,孔素贞都不允许自己的孩子动手。凡事都要"忍一忍,让一让"。实在忍不住了,在外面动了手,挨了打,怎么办呢?回到家再接着打。红旗现在到了岁数,挨母亲的打是不至于了,可孔素贞还是要生气。眼底下红旗怕就怕母亲生气,最关键还是怕她的打嗝。自从三丫入土的那一天起,孔素贞多出了一个毛病,只要一生气,马上就要打嗝。打嗝谁还没有打过呢?身子抽一下,喉咙里发出一些声音罢了。孔素贞的嗝不同寻常了,在她将要打嗝的时候,总要把上身先支起来,梗起脖子,半张开嘴,做好了正式的预备,然后,喉咙里就发出了很响的声音,空空的,长长的,干呕一样,又呕不出东西,全是气味。馊,偏一点点的酸。红旗害怕的不是这些气味,而是声音。尤其在深夜,突然就是长长的一下,响得很,吓人了。你会以为孔素贞的体内根本就没有五脏六腑,全是膨胀着的气体。这一来红旗就知道了,不能再惹她生气了。她要是气起来,什么话都不说,深更半夜地就在那里干呕,一夜呕下来,能把她呕空了的。

可浮雕毕竟是在脸上,究竟瞒不住。孔素贞歪过脑袋,叫住红旗。只看了一眼,知道了,这个窝囊废在外头又被人家欺负了。孔素贞不说话了。俗话说得好,打人不打脸。打也就打了,怎么出手这样地毒,这样地重?这样的一巴掌,究竟是怎样的仇哇?孔素贞按捺住自己,坐下来,小声说:"是谁?"

没想到红旗的气焰却上来了,他梗起了脖子,豪气冲冲地说:"不用你管!"

孔素贞张开了嘴,想打嗝,没有打得出来。这一来心窝子就堵住了。个少一窍的东西,你也只能在自己的母亲面前抖抖威风了。孔素贞清了清嗓子,意外地说:"你还手了没有?"

红旗愣了一下,刚刚嚣张起来的气焰顿时就下去了。想说什么,终于又没有说。

孔素贞不心疼自己的儿子。他都这样了,不心疼他了。孔素贞也不想再教训自己的儿子,一个人都被人家打成这样了,再"忍一忍、让一让"还有什么意思?孔素贞的手抖了。她现在只关心一件事,红旗,你还手了没有?你都这一把年纪了,你要是还被人家欺负,你要忍到哪一天?苦海无边,苦海无边哪!再也不能够了。你红旗只要有那个血性,还手了,打不过人家,你的脑袋就是被人家砸出一个洞来,拉倒。就是被人家打死了,红旗,我给你立一个亡人牌,我就像供你妹妹一样把你供起来!孔素贞现在什么都不求,就是希望自己的儿子能还手。还了,那就清账了。孔素贞追上来一句:"你还手了没有?!"

红旗不说话。他坚贞不屈,就是不说。

孔素贞望着自己的儿子,面无表情。红旗呢,一副死猪不怕开水烫的样子,无所谓了。他的表情怪了,脑袋斜斜的,下巴也斜斜的,还傲慢了。就好像他是一个宁死不屈的革命烈士。嘴里头还发出一些不服气的声音,"喷"的一声,又"喷"的一声。

孔素贞就那么望着自己的儿子,绝望透了。个扶不起来的阿斗。一团烂肉。在外面你是一条哈巴狗,到了家你倒学会了。孔素贞突然就被儿子的这副死样子激怒了。彻底激怒了。孔素贞愤怒已极。满腔的怒火在刹那之间就熊熊燃烧。她"咚"的一声,捶起了桌面,几乎是跳着站了起来。她举起自己的巴掌,没头没脑地甩向了自己儿子的脸。一边抽,一边叫:"我打,我打,我打!打、打、打,打、打、打!你还手!你还手!你不还手我今天就打死你,打死你,打死你!你还手啊我的祖宗哎!"

红旗哪里敢和自己的母亲动手,一路让,一路退。孔素贞起初只是用了一只手,后来,两只手一起用上了。她的两条芦柴棒一样的胳膊在空中狂乱地飞舞,像失控的风车,像失措的螳螂。孔素贞的头发一下子就散开了,炸开来一样。她咬牙切齿的,目光却炯炯有神,像一个激情澎湃的吊死鬼。样子吓人了。可是,也只是一会儿,孔素贞的体力就跟不上来了,开始喘,大口大口地换气。打不动她就掐。孔素贞吼道:"你还不还手?你还不还手?"吼到后来孔素贞都失声了,她只是吼出了一些可怜的气流,连干呕都说不上了。

红旗还是不还手。孔素贞终于筋疲力尽了。整个人都软软的,就要倒的样子。她已经疯狂了。她已经忍够了。够够的了。饱了。盛不下了。撑不住了。她再也忍不下去了。她要还手。这个家要还手。就是菩萨来了她也要还手。退一步海阔天空,屁!屁!海阔天空在哪里?在哪里?她早就没有地方再退了。她再退就退到她娘的×里去了。孔素贞狂叫了一声,一把抓住了红旗的手腕,低下头,把嘴巴就上去,咬住了。像一个甲鱼,死死地黏在了儿子的胳膊上。任凭红旗怎么甩都甩不开。你不还手是不是?你不还手是不是?儿,我就不松口了!孔素贞跪在了地上,她的眼睛在纷乱的头发当中发出了热烈的火焰,斜斜的,盯着红旗。牙齿在红旗的肉里头却越咬越深。这一次她是下了死心了,他不还手就咬死他这个没有尿性的窝囊废!红旗的伤口流出了血,不管他怎么甩,怎么退,母亲就是不松口。红旗忍着,再忍着,然而,毕竟是钻心的痛。疼痛到底把他激怒了,惹火了。他的眼睛瞪了起来,怒火中烧:"你放开!你放不放开?"孔素贞不放开。红旗举起了他的巴掌,"啪"的一下,抽在了母亲的脸上。孔素贞怔了一下,松开了,满嘴都是血。她红艳艳地笑了。猩红猩红的,笑了。孔素贞指着门外,艰难而又吃力地气喘。她用微弱的声音对自己的儿子说:"儿,你出去,你要草菅人命!你去告诉他们,人不犯我,阿弥陀佛,人若犯我,叫他失火。"

作为一条公狗,黄四才十一个月,块头却已经脱落出来了,高大,矫健。因为还不够敦实,看上去反而更加俊朗了,是英气勃勃的模样。黄四的旧主人反复交代过吴蔓玲,狗最忠心了,狗的一生只有一个主人。趁着它还不满两周岁,还不熟悉自己的旧主人,你必须在黄四的身上"花工夫",要不然,它就不认你了。吴蔓玲记住了,用心了。黄四的旧主人说得没错,刚来的那些日子,黄四对吴蔓玲可是不服的,而吴蔓玲对黄四也有所忌惮,是防范和警惕的局面。那些日子里黄四动不动就要把背脊上的鬃毛竖起来,用低沉的声音对着吴蔓玲闷吼。双方是对峙的、敌意的。但是,吴蔓玲有信心。她知道一条真理,狗之所以是狗,是因为它的忠诚是天生的,某种意义上说,它先有了死心塌地的忠心,然后,才有它的主人。那吴蔓玲就先做主人吧。吴蔓玲对黄四的改造沿用的是最简单、最传统的办法:恩威并施。当然了,次序不能错,首先是威。吴蔓玲用铁链子把它拴起来,一分钟的自由都没有。不理它。不给它吃,不给它喝。在它饿得快晕头,渴得要失火的紧要关头,吴蔓玲过来了,带着骨头,还有水,过来了。给它吃饱,喝足。这里头就有了恩典。恩典其实也就是次序,一颠倒就成了仇恨。等黄四安稳了,吴蔓玲蹲了下来,用自己的手做梳子,慢慢地抚摸,慢慢地捋它身上的毛。这一下黄四委屈了。委屈向来都具有最动人的力量。黄四感动得不行。当委屈和感动叠加在一起的时候,最容易产生报答的冲动。黄四晃动起它的尾巴,紧紧地咬住了吴蔓玲的衣角,往下拽。其实是亲昵。只是不知道怎样表达才算最好。没想到吴蔓玲并没有把这个游戏继续下去,给了它一个大嘴巴。是用鞋底抽的。吴蔓玲可不想太惯它。这个大嘴巴太突然了,黄四一个哆嗦,蜷起了身子,贴在了地上。整个下巴都贴在了地上了,眉头紧锁,眼睛却朝上,鬼鬼祟祟地打量吴蔓玲。太可怜了。吴蔓玲没有可怜它,再一次不理它了。继续饿它,渴它。当然了,在它忍无可忍的关头,又给它送去了恩典。如此反复,过几天就来一次。黄四被吴蔓玲折腾得狂暴不已,可是,狂暴有什么用,谁理你。铁链子锁在脖子上呢,你再狂暴也是白搭。除了铁链子清脆的响声,黄四一无所得。可吴蔓玲越是折腾它黄四就越是认她,骨子里怕了。怎么说它是狗的呢。一些日子过去了,黄四记住了吴蔓玲的折腾,反而把过去的旧主人一点一点地忘却了。这是有标志的,主要体现在黄四的耳朵上。只要吴蔓玲那里一有什么动静,黄四的耳朵立马就要竖起来。它坐好了,两条前腿支在地上,全神贯注地望着吴蔓玲。伸出舌头,左边舔一下,右边舔一下,这其实就是摩拳擦掌了,是等候命令的样子。然后,闭上嘴,看着吴蔓玲,脸上的表情肃穆而又庄严。仔细地看一看,其实也就是巴结和待命,是时刻听从召唤、时刻听从派遣的静态。这就表明了一个问题,黄四的心中装满了吴蔓玲,再也没有它自己了。吴蔓玲最喜欢黄四的正是这一点,吴蔓玲就喜欢它忠心不二的样子。吴蔓玲一下子就喜欢上它了。它的忠诚是奉承的、巴结的、撒娇的。它半眯着的眼睛、它潮湿的鼻子、它娇媚的舌头、它楚楚动人的尾巴,都是奉承的和巴结的。招人怜爱了。

伴随着对黄四的改造,吴蔓玲悄悄地把它的名字也改了。"黄四"不好,这个名字太糟糕了,是电影里常见的小配角,那种上不了台面的绝对反派。不是打手,就是小财主,不是单线联系的小特务,就是欺男霸女的小泼皮。吴蔓玲不喜欢。吴蔓玲要叫它"无量",也就是洪大炮所说的"前途无量"的"无量"。刚开始的那几天任凭吴蔓玲怎么叫,"无量"就是不理会。"无量"和它有什么关系呢?而一喊"黄四",它的精气神立刻就提上来了,是那种一触即发的样子。吴蔓玲想,好,你不理。你不理就要饿肚子了。光饿肚子还不够,还得打。等饿完了,打完了,吴蔓玲温存了。吴蔓玲拍着它的脑袋,捏着它的耳后,一口一个"无量":"无量"长哪,"无量"短;"无量"好呀,"无量"乖。无量于是就知道了,它不再是黄四,而是"无量"了。无量感动得差一点热泪盈眶。它的嗓子里发出了娇弱的和柔弱的声音,那是自责了。是一份自我的检讨。它怎么可以对主人的意思领会得这么慢,领会得这么不彻底呢?都是它的错。一定要改正的。它把脑袋依偎在了吴蔓玲的怀里,还把自己的腮帮子贴到吴蔓玲的脸上,脑袋一伸一伸的,每伸一下,眼睛就要半闭一次。是迷途知返的幸福,是请求处分的愧疚。

吴蔓玲怎么可能处分无量呢,不会的。一旦认识了错误,那一定是好的。该奖励呢。吴蔓玲把无量搂在怀里,惯了半天,把铁链子从无量的脖子上取下来了。无量像一匹马,一蹦多高。它撒开了它的四条腿,撒腿狂奔。它高兴极了,开心极了。在这场改变主人和改变姓名的过程中,它失去的只是锁链,得到的却是整个世界。

吴蔓玲爱上了它。爱有瘾。吴蔓玲一刻也不能离开无量了。

最迷人的爱当然还是在床上。这和所有的爱是一样的。起初,吴蔓玲是不允许无量上床的,说到底无量还是有点脏。然而,苏北平原的冬天毕竟是太冷了,无量在夜深人静的时分爬到了吴蔓玲的床上。作为一个女性,吴蔓玲的睡眠有一个特点,她的被窝是冰冷的,一点热气也没有。尤其是脚底下。到了下半夜,无量上来了。它趴在吴蔓玲的脚底下,有时候,干脆就压在吴蔓玲的身上,这一来暖和了。是暖洋洋的那种暖和。在无量的体温的诱导下,同时,在无量的体重的暗示下,吴蔓玲的睡眠有了新的内容,她进入了花朵一样的梦乡。花朵一样的梦乡往往只涉及两个内容:一、体温;二、体重。都是令人向往的好东西。令人心潮涌动,叫人难于启齿。但体温和体重向来都不是抽象的,它标志着一个男人的身体。而这个男人反而又是抽象的,是谁呢?不知道了。他年轻,结实,一身的肌肉,赤条条的,"暖洋洋"的,压着她。吴蔓玲的腿慢慢地就叉开了,有了困厄的,同时又是诱人的扭动。这扭动起初还是左右摇晃的,渐渐地,变成了上与下。成了波浪,兀自起伏起来了。吴蔓玲一次又一次地把自己的胯部顶上去,一次又一次地把胯部放下来,重复的次数多了,那种说不出的快感就在身体的内部四处流淌,最终,高潮来临了,她的屁股下面是一大摊的湿。她的身体僵硬了,格外地努力,两条腿紧紧地顶在了床上,一动不动。而在她惊醒过来的时候,她发现了无量。心口顿时就是一个空洞的窟窿。不过,话要看怎么说了,由于有了无量,吴蔓玲好歹有了一个"对象",不寂寞了。她把无量拽过来,把无量的脖子搂紧了,闭着眼睛亲它。脸上是那种疲惫而又满足的笑容。吴蔓玲呢喃着,叫它乖乖,叫它心肝宝贝。无量是有足够的能力去体会吴蔓玲的亲昵的。它呼应了她。给了她热烈的响应。它就舔她。像为新娘洗脸那样,一遍又一遍地用自己的舌头打扫吴蔓玲的面庞。吴蔓玲用自己的舌头把无量的舌尖接住了,她的舌尖被触动了,一样古怪的东西一直钻到了她的心里。直颤。

过度的亲昵使得无量的胆子越来越大，它终于对吴蔓玲的小腿无限地痴迷了。无量总是围着吴蔓玲的小腿，一次又一次地打圈圈。先是嗅，后是闻，再是舔。到后来，它越发局促不安起来。无量对着吴蔓玲的小腿折腾了一些日子，终于有一天，它一跃而起。它把它的身子趴在了吴蔓玲的膝盖上了。吴蔓玲就亲它。可是，不对头，慢慢地，吴蔓玲就发现不对头了，无量的注意力不在嘴唇上，它的注意力在它的下面。它在下面全力以赴。它弯着它的两条后腿，已经用它的胯部顶着吴蔓玲的脚踝了。吴蔓玲感到了一样东西，很烫，很不讲理，塞进了吴蔓玲的裤管。尖尖的，硬硬的，毫无目标，十分慌乱地乱钻。感觉上急迫了，焦虑得很。吴蔓玲就把无量的脑袋拨开去，低下头，认真地看。这一看不要紧，一股黏稠的液体已经在吴蔓玲的脚背上汪了一大摊。是什么东西呢？腥了。吴蔓玲就开始推究。弄不明白。不是小便哪。但突然，只是一下子，吴蔓玲依靠出色的本能无师自通，明白了。吴蔓玲尖叫了一声，满脸都涨得绯红，又羞又恼又怒，气极了，一把就把无量推开了。无量万分地惭愧，却又很无辜，它望着她，目光像一个孩子，清澈而又凄惶。可怜了。太可怜了。吴蔓玲的心顿时就软了下来，一把把无量搂紧了。打它。一股磅礴的母性汹涌了上来。她是妈妈。吴蔓玲认定了怀里抱着的正是自己的孩子，还不只是孩子，比孩子更宽泛，不好说了。吴蔓玲一边打，一边骂："个狗东西，个狗东西！你知不知道，妈妈说你呢，个狗东西！"吴蔓玲搂着它，不知道怎样去疼爱它才好，表达不出来。就觉得这一辈子都离不开它。她是被需要的。它需要她。"我的小可怜。小可怜。"吴蔓玲伤心了，却又无比地甜蜜，"小可怜，我的小可怜。"他们终于有了秘密，不可告人的。无量是亲人了。

一闲下来的时候吴蔓玲便开始在村子里转悠，其实不是为了自己，说到底还是为了无量。她就是想带着无量，在村子里撒一次野。那是它的狂欢了。每一次出门无量都兴奋无比,它在吴蔓玲的前面打冲锋,冲出去一段,无量就要停下来,嗅一嗅,闻一闻,就好像前面总有一些危险,有人在吴蔓玲的道路上布设了地雷,它要为她报警,并最终为她排除。排除完了,它又要冲回来,看看吴蔓玲的这一边有没有什么特殊的情况,它可是要对吴蔓玲负全责的。它的表情是尽心尽力的,孝顺极了。因为有了无量的陪伴,吴蔓玲的心情就格外地开朗、轻松了,并不害怕遇上混世魔王,很随意地和乡亲们说一些闲话,有意识地把她的话题从无量的身上绕开去。她不再孤独了。有了依偎。有了寄托。有一个活蹦乱跳的生命正英勇、矫健地守护着她,环绕着她。这样的日子多好呢。吴蔓玲踏实了。安全,其实是幸福。整个王家庄的人都在争先恐后地夸赞吴支书的狗,"真帅呀","跑起来太像一匹马了"。吴蔓玲客客气气的,十分含蓄地微笑,心领了,很惊奇自己有了"妇女"的心态,不再是一个姑娘家了。

吴蔓玲带着无量在王家庄逛了那么多趟,有一个人却从来没有遇见过,那就是混世魔王,想来他还是回避了。无量的速度和块头在这儿,看起来对混世魔王还是起到了震慑的作用。混世魔王说:"我会再来的。"可他再也不敢来了。你"来来"看?你还想去当兵?休想!吴蔓玲就是要把他留在王家庄,慢慢地,一点一点地消化他。混世魔王,你就耐心地待着吧。你等着。你的好日子在后头呢。

混世魔王却还是来了,衣冠齐整地直接来到了大队部,吴蔓玲的房间。这些日子吴蔓玲再也没有见过混世魔王,猛地一见面,吴蔓玲发现,自己还是怕他的。心口立即收紧了,又恐惧,又害羞,还恶心。脸上顿时就失去了颜色。吴蔓玲的第一反应就是让无量即刻扑上去,把眼前的这个畜生给撕了,撕得一块一块的。吴蔓玲神经质地高叫了一声:"无量!"无量回过头,看了吴蔓玲一眼,十分乖巧地依偎在了吴蔓玲的身边,蹭她,撒娇了。混世魔王当然知道吴蔓玲的那一声"无量"是什么意思,却做出浑然不觉的样子,说:"叫'无量'是吧,挺好的名字。挺漂亮的一条狗。"

吴蔓玲失算了。她对混世魔王恨之入骨,咬死他的心思都有。她的脑海里一次又一次地闪现过这样的画面,一旦混世魔王出现在她的面前,无量会像风一样,会像闪电一样,英勇无比地扑到混世魔王的身上去,对准他的脖子就咬。惨烈了。可是,没有。这一切都没有发生。吴蔓玲终于控制不住了,她伸出了胳膊,对着混世魔王的鼻尖挺出了她的手指头,大声地对无量颁布了她的命令:"上去,咬他,咬死他!"而混世魔王已经蹲下来了,一只手搭在了无量的脑袋上,轻轻地抚摸。混世魔王慢声慢气地,自言自语了:"干什么呀,这是干什么呀?咱们是好朋友,咬我干什么?你说呢无量。不咬人。啊?咱们不咬人。咱们不听这个疯婆子的。"无量得到了混世魔王的抚摸,含情脉脉了。它居然把它的脑袋抬高了,呼应他的巴掌,眼睛也半闭了一下。

吴蔓玲被无量无耻的出卖激怒了,她飞起一脚,踢在了无量的腹部。无量受到了意外的一击,嗷叫一声,箭也似的蹿出了门外。远远地立住了,惊恐地回望着它的主人。它百思不得其解。混世魔王拖着长腔,抱怨说:"这是干什么呀?好好的,踢人家干什么呀。"吴蔓玲指着大门,小声地说:"出去!"混世魔王从地上站起来,说:"蔓玲,咱们的事情还没有谈完呢。"

"出去!"

混世魔王压根儿就不理她,自己说自己的。"蔓玲,"混世魔王说,"我可是听说了,今年的名额就只有一个,正好,王家庄的混世魔王也就那么一个。让他去了吧。你听我一句劝,让他去。他一去,你省心,我也省心。"混世魔王的口气是轻松的、亲和的,就好像他所谈论的不是自己的事,而是在替别人操心了。

吴蔓玲的声音不由自主地抖动了,却加倍地严厉了:

"你休想!"

"干吗呀?"混世魔王笑了,坐在了凳子上,说,"让他去吧。你把他放在这里,也是个麻烦。你不怕麻烦,我还怕呢。"

这么说着话,无量已经迈着它的步伐,犹犹豫豫地,进屋了。因为吴蔓玲刚才的一脚,无量没有走到吴蔓玲的那边去,相反,蹲在了混世魔王的旁边。混世魔王又把手伸出去,和无量亲热上了。混世魔王说:"照说呢,你养了一条狗,多多少少能够帮你一点忙,可也不一定的。我什么时候想来,一样能来。你想啊,一条狗,不就是一块肉嘛。只要我高兴,我红烧可以,水煮也可以。我正馋着呢。我呢,先把它处理了,然后,扒了皮,开了膛,破了肚,该扔的扔了,洗吧洗吧,肋骨这一块,当然是红烧好了。头呢,煨汤。"混世魔王把无量的后腿拎起来,给吴蔓玲看着,认认真真地说,"后腿我还是要送给你。后腿最好了,放在风口腊几天,香得很。"混世魔王想了想,说,"狗皮我也要送给你,让你铺在床上,夜里头暖和。"

吴蔓玲已经听不下去了,刚要发作,金龙家的却过来了,笑嘻嘻地和吴支书与混世魔王打完了招呼,歪在了门框上,嗑起了葵花子。吴蔓玲立即换上笑脸,说:"坐噻,坐。"金龙家的不坐,她就是喜欢歪在门框上,这样舒坦。金龙家的望着混世魔王,说:"混世魔王,还和我们支书是老乡呢,平时也不过来看看,有你这样的吗?"混世魔王十分迷人地笑了,说:"这不来了嘛。"金龙家的嗑葵花子嗑得麻利极了,手快,嘴快,一刻儿工夫,葵花子的壳就飞得到处都是。天女在散花了。天女矮矮的,胖胖的,少一窍的样子。混世魔王站了起来,把屁股底下的凳子让给了天女,自己却跑到了吴蔓玲的床边,一屁股坐下了。对金龙家的说:"你坐。"

吴蔓玲看了混世魔王一眼,严厉地说:"你起来!"

混世魔王嬉皮笑脸的,说:"干吗呀?弄脏了洗一洗不就干净了。看不出来的。金龙家的,你说是不是?"这句话疯狂了,却又不着痕迹。

因为有金龙家的在场,吴蔓玲既是有恃无恐的,又是有所顾忌的。吴蔓玲拉下了脸,说:"你起不起来?"金龙家的饶有兴致地望着他们。她哪里能知道这两个人之间的水有多深,是惊涛与骇浪。金龙家的只当他们是调笑了。

混世魔王却四两拨千斤。他笑着对金龙家的说:"嫂子,我和蔓玲说话呢,你能不能让我们两个人说会儿话?"

这句话在吴蔓玲的耳朵里几乎是五雷轰顶,金龙家的瞥了吴蔓玲一眼,眼神诡秘了,似乎是看出了什么美妙的门道,满脸是替吴支书高兴的样子。金龙家的脸上突然布满了少根筋的笑容,离开了。走了三四步,又回了一次头。吴蔓玲全看在眼里了。吴蔓玲掉过脑袋,一张脸已经脱色了,变形了。吴蔓玲她挥起了胳膊。混世魔王一把挡住了,架在了那里。混世魔王说:"蔓玲,动手的事,只能是我来。"

吴蔓玲崩溃了,软了。吴蔓玲说:"你究竟要怎样?"

混世魔王十分正式地站起来,拍了拍屁股,认认真真地说:"让他走。"

"你要是不让他走,你就麻烦大了。"混世魔王把他的嘴巴一直送到吴蔓玲的耳边,小声说,"我会让你在王家庄生出一个小支书来,你信不信?——我知道你想把唯一的名额给谁,我不管。我要走。必须走。我要是不走,鱼得死,网也得破。我豁出去了。"

吴蔓玲在撇嘴,在喘息。刚要说什么,混世魔王把她挡住了,兀自点了点头,说:"什么也别说。我知道你要说什么,还是我替你说吧。我自己也觉得自己像个流氓了。是你逼我逼得太狠了。我都这样了,我不能眼睁睁地看着自己烂在这里,是吧,你就让我做一回流氓吧,啊?"

混世魔王丢下这句话,慢悠悠地走了。刚走了一步,似乎想起了什么,又折回来了。混世魔王望着吴蔓玲,是欲言又止的样子。最终,混世魔王对着自己的脚尖,悄悄说:"蔓玲,你的皮肤好,真的。"口气是动了情的,倒不像是说谎的样子。

吴蔓玲难眠了。已经哭了三四回了。最主要的还是怕。无量卧在她的身边,一直在宽慰她,舔她的脸。她已经原谅它了,抚摸着它的皮毛。不该踢人家的。不该。人家只是一条狗,哪里能知道吴蔓玲的心思,哪里能知道混世魔王的用心是多么地险恶。混世魔王不是人。他是披着羊皮的狼。这么多年了,怎么就没有看出来呢。

怎么办呢?吴蔓玲在慢慢地哭,慢慢地想。前些日子吴蔓玲还是蛮有信心的,虽然被强奸了,修理他的机会毕竟还有。好歹手上掌握着印把子呢。那几天她都想好了,先让混世魔王的小队长整治整治他。把他的口粮扣了。没有了粮食,你就得来求我这个支部书记了吧。到时候再一点一点地扒你的皮。你到公社去告,好哇,告一次,给一点。再告一次,再给一点。你就两头跑吧,看你能跑到哪一天。你要是骨头硬,不求人,也行。那你就只有去偷。这一来就更好办了。派上两个民兵,日夜跟踪,抓你一个现行,那你混世魔王可就大发了。你混世魔王就进城了。到县城里的大牢里头慢慢地享福去吧。总之,你混世魔王是在我的手里,什么时候想捏,就捏一把,什么时候想松,就松一松。猫捉老鼠了。看姑奶奶我怎么调戏你美好的人生。吴蔓玲把一切可能性都想了,胜券在握的。但是,就是没想到混世魔王会有这一手。他成了滚刀肉了。他怎么就成了滚刀肉的呢?他要是真的什么都做得出,就算是把他整死,她吴蔓玲也就把自己赔进去了。声誉可保不住了。不能的。她的声誉是不能出一丁点问题的。她的声誉比混世魔王的性命还重要。洪大炮早就说了,她可是一个"前途无量"的人哪,不能有一点点的闪失。

吴蔓玲只有哭。这样的事也是不好找人商量的。吴蔓玲有了极其不好的预感,这一次自己可能会输。从小到大,吴蔓玲十分热衷于一件事情,那就是"与人斗"。正像毛主席所深刻揭示的那样,"与人斗"它"其乐无穷"。为什么有这样大的乐趣呢?因为她总是赢。她是胜利者。如果不是被混世魔王强奸了,被他抓住了把柄,吴蔓玲坚信,二十五个混世魔王也不是她吴蔓玲的对手。所以说,吴蔓玲越想越委屈。她自怜了,两只手一起用上了,捂紧了自己的乳房。吴蔓玲突然就想起来了,混世魔王说过的,"你的皮肤好"。真是这样的吗?吴蔓玲不放心了。这么多年了,还没有一个男人这样夸过自己呢。混世魔王再不是东西,想必他的这句话还是正确的。吴蔓玲坐起了身子,点上灯,拿过镜子,撩开衬衣,一看,可不是的吗。脸是黑了点,胳膊是黑了点,胸脯却还是一大片的雪白,一摸,粉嫩粉嫩的。奶头还颤动了一下。无量不知道自己的主人在干什么,它伸过脑袋,冷不丁的,对着吴蔓玲的奶头就舔了一口。这一口要了吴蔓玲的命。她再也没有想到自己的奶头里面隐藏了这样巨大的秘密。身体是多么地鲜活,保存了多少动人的感受,就差轻轻的一击。身体太神奇了,它其实一直都在等待,处在无休无止的企盼之中,只不过你太麻木罢了。吴蔓玲灭掉灯,不知道身体的内部究竟闹出了怎样的动静。是什么东西?到底是什么东西在身体的深处四面出击?吴蔓玲软绵绵地搂过了无量,"乖,"她闭上眼睛说,"乖呀。乖。"

得让混世魔王走。必须让他走。吴蔓玲在黑夜当中睁开了她的眼睛,下定了决心了。名声是不能坏的。一个女人的名声坏了,政治生命毁掉了不说,哪个男人还会要自己?不会要的。即使是端方都不会要。

第二十二章

日子慢的时候慢,快的时候也快。一旦你没有了牵挂,日子就不那么难熬,它会长翅膀的。那你就飞吧。想飞多快就飞多快,想飞到哪里就飞到哪里。端方不管的。端方自打知道自己给吴蔓玲下过跪之后,当兵的心就没了。不能有。还怎么和吴蔓玲见面呢?没法见。端方哪里也不去了,整天把自己关在养猪场的小茅棚里头。闷是闷了点,可有一点好,他不用担心遇上吴蔓玲了。

好大的雪啊,好大的雪。下雪的迹象其实在昨天下午就已经十分显著了,天很低,浑浊而又黏稠,仿佛涂抹了一层厚厚的糨糊。天黑之后雪就下下来了,谁也没有在意罢了。这是一夜的暴雪,特别地大。因为没有风,它就悄无声息了,不是飘,而是一朵一朵地往地面上坠。到了下半夜,大雪把里下河的平原就封死了。村庄没有了,冬麦也没有了,大地平整起来,光滑起来。草垛却浮肿了,低矮的茅草棚也浮肿了,圆溜溜的,有了厚实的、同时又饱满的轮廓。可爱了。只有那些树还是原来的样子,它们的枝丫光秃秃的,看上去更瘦,更尖锐,静止不动,却又是一副惹是生非的模样。

端方不是睡醒的,严格地说,他是被雪的反光刺醒的。雪的反光凶猛而又锐利,它们从门口冲了进来,比夏日里的阳光还要强烈。端方睁开眼,一开眼就看到了一个银光闪闪的世界。他起了床,老骆驼已经在那里烧猪食了,火光映红了他的面庞,他的脸上有了明和暗的关系,立体感增强了,宛如彩色电影里的一个画面。端方来到门口,一个崭新的世界出现在他的面前,一望无际。这世界是清冽的,反光的,陌生了。不知身处何时,也不知身处何地。端方眯起了眼睛,吸了一大口,凛冽的寒气一下子冲进了他的体内,砭人肌骨。

端方哈了一口,乳白色的气体立即就从他的嘴里飘荡出来了。端方注意到他的呼吸其实也是乳白色的,在鼻孔里分出了两股,一阵又一阵地漂浮在他的面前。有趣了。端方听到了猪的哼唧,回过头,注意到那头黑色的小母猪已经躺在他们的茅棚里了,就在灶的不远处。这头黑母猪早就不是新娘子了,它已经怀孕多时,肚子早就挺起来了。一定是老骆驼半夜里起床了,把它请到了屋里。这会儿它很幸福,十分祥和地在那里怀孕。小母猪带来了浓重的气味,是家畜的气味,再加上稻草,再加上煮烂了的猪食,茅棚里的空气就格外地复杂了,浑厚,污浊,可不算难闻,相反,其乐融融了。端方看了一眼老骆驼那一张彤红色的脸,小茅棚里的气氛美妙了,人像是被什么东西包裹住了,有一种富足的劲头,还有些温馨。是衣食不愁的样子,是热火朝天的样子。在这样的雪天里,格外地好了。

看见端方起床了,老骆驼拿来了两只老玉米棒子,放在锅膛里烤。只是一会儿,老玉米的芬芳洋溢出来,荡漾了,弥漫了小小的茅棚。老骆驼烤好了老玉米,瓮声瓮气地说:"端方,路不好走,别回家吃早饭了,吃两个棒头填填肚子吧。"端方听得出来,老骆驼这是巴结自己了,他担心端方把黑母猪轰出去。端方懂得他心思。这个老骆驼,为了猪,他放得下自己的脸的。端方把黑乎乎的老玉米棒头接过来,坐在门槛上,把老玉米放在门槛上敲敲,热烫烫地啃了起来。啃两口,有些渴,随手抓起一把雪,捂到了嘴里,就等于是喝上了。端方一边啃,一边喝,这顿早饭还就是不错呢。有滋有味了。黑母猪一定是受到了香气的召唤,来到端方的面前。它隔着它的大耳朵,可怜巴巴地守望着端方,还哼唧了一声。临了,端方掰了几颗玉米粒,放在掌心里,黑母猪就把它舔走了。黑母猪的肚子可真的不小了,已经到了不堪重负的程度,肚子都贴在地上了。奶头都在地上拖。端方眨巴了一通眼睛,想起来了,它配种已经有些日子了,想来没几天就要生了。该不会生下一大窝子小骆驼吧。应该不会的。

不远处的猪圈里所有的猪都在叫。它们一定是饿了,又冷,叫出来的声音和平时的就不太一样,有些瑟瑟抖抖的。老骆驼可是不紧不慢,他烧好了猪食和热水,拿过桶,开始配猪食了。配完了,再把手伸到猪食里去,用力搅拌,这一来冷和热就均匀了。端方回过头,看了看满地的积雪,站起来了。他接过老骆驼手上的大勺子,说:"地上滑,你歇着吧,今天我来。"老骆驼倒也没有客气,他的手上滴着水,只能用袖口擦了一把鼻涕,笑着说:"拿人家的手短,吃人家的嘴短。你吃了我的棒头,该你了。"

冰天雪地的,天却放晴了。太阳升起了,大地上的积雪分外地明亮,微微还有些酡红。千娇百媚了。还是毛主席说得好,这可叫"红装素裹"了吧。端方挑着两只大桶,嘴里头冒着热气,一个猪圈一个猪圈地跑。猪圈的这一侧他已经很长时间不来了,可以说,是在刻意回避。他在回避红旗吃屎的地方,其实,说到底还是在回避自己心头的痛。红旗吃屎的地方总是在提醒端方——你是给吴蔓玲下过跪、磕过头的人。端方的自尊心就是在那一天死掉的,别人不知道,端方自己是知道的,他的自尊心早就喂了狗了,他的自尊心早就吃了屎了。他的自尊心没了,一点都不剩。不堪回首。端方现在最怕的事情就是和吴蔓玲见面。不知道吴蔓玲在心里怎样地鄙视他。一想起这个端方的心就流血,这个怨不得别人,是端方自己给自己捅了一刀子。吴蔓玲不是别的,她现在是一面镜子。端方在镜子里只是一摊屎。是狗屎、猪屎、鸡屎。是眼屎、鼻屎、耳屎。你这样的人还想当兵去？算了吧,养猪吧。

远方突然传来了鞭炮的爆炸声,是双响的,在雪后晴朗而又湛蓝的天空里,"咚"的一声,有些闷,但随即,"嗒"的一声,清脆了。这只是开了一个头,接下来的爆炸声就此起彼伏,严寒的空气温暖起来,凭空就有了欢庆。端方放下桶,对着河东的方向眺望过去,鞭炮的声音应当是从大队部的那一边传送过来的。好好的放鞭炮做什么呢？端方纳闷了。鞭炮声还没有停当,锣鼓的声音却又接踵而至,响彻了云霄。端方想起来了,这么大的动静,看起来是欢送新兵了。是的,混世魔王今天走人,这是在欢送混世魔王了吧。端方的心口猛然就是一阵痛,往里头锥。端方放下桶,拔腿就要往村子里去,只走了两三步,停下了。端方侧过头,看了一眼远处,白茫茫的大地上闪耀出千丝万缕的光,雪光干干净净,剔透,晶莹,有一种凌厉的寒气。端方站在那里,扶着扁担,突然间就百感交集了。其实,他的心里头空无一物,心如止水了。这是一种矛盾的局面,不好说。不好说那就不说它了吧。

端方到底放下了手里的活,过去了。果然,大队部的门口挤的都是人,地上的积雪都已经被众人踩得混乱不堪了,看上去是一片的狼藉。混世魔王站在雪地里,正在给大伙儿敬烟。他的头发今天特别了,冒着热气,像一个开了锅的蒸笼。孩子们都围着混世魔王,他虽然还是身着便装,但是,在孩子们的心中,他已经"一颗红星头上戴,革命的红旗挂两边"了。端方远远地望着混世魔王,有些失措,不知道是走上去好,还是站在原地好。打不定主意了。端方想,还是得过去,和混世魔王也许就是最后的一面了,从今以后,天各一方,再见面其实是不可能了。这么一想端方就走了上去。因为村里的干部都在,吴蔓玲也在,端方硬着头皮,绕到混世魔王的背后,在他的肩膀上拍了一巴掌。混世魔王转过身。混世魔王只看了端方一眼,目光就让开了。掏出香烟,是最后的一根了。混世魔王敬上了,想给端方点。可手在抖,火柴怎么也划不着。端方从混世魔王的手上把火柴接过来,点好了,吸了一大口,慢慢地呼出去,有点像电影上的火车头了。端方把手里的香烟掉了一个个,递到混世魔王的手上。也算是敬他了。混世魔王接过来,同样吸了一大口,手在抖,烟在抖,嘴唇撇了一下,想说什么,眼圈却红了。端方立即伸出巴掌,在他的肩膀上又拍一巴掌,有些意犹未尽,就再拍了一巴掌,很重,一切尽在不言中了。两个人都没有话,就那么交换着手里的烟,你一口,我一口,旁若无人了。四周安静下来了,一起看着他们。他们在那里抽。

吸完了香烟,混世魔王把烟头丢在凌乱而又烂污的雪地上,十分多余地踩了一脚。上路了。吴蔓玲带头鼓起了掌。大伙儿就一起鼓掌了。大部分人都跟着混世魔王,慢慢地散开了。端方的两只手一起插在裤兜里,低着头,刚想走,吴蔓玲却把他叫住了。吴蔓玲说:"端方。"端方立住脚,不看她的眼睛。吴蔓玲小声说:"端方,不理我啦?"虽然旁边还有一些闲人,可注意力毕竟都在别处,端方和吴蔓玲站在稀稀拉拉的人群中,反而形成了一种可以密谈的格局。端方极不自然地笑笑,很短促,眨眼间就没了。端方的笑容吴蔓玲都看在眼里,她想说些什么,却又堵住了。最终就什么也没有说。吴蔓玲的心里突然就生了一分酸楚,不只是对端方,还有对自己,是那种格外潦草的酸楚。她不想绕弯子了,为了缓和一下两个人之间的气氛,吴蔓玲把她的巴掌搭在了端方的肩膀上,她要告诉他,只要她还是王家庄的支书,明年一定会成全他。可吴蔓玲还没有来得及说话,端方望着别处,已经把吴蔓玲的手腕拿住了。慢慢地,放了下来。这个动作太伤人了。幸亏没有人看他们,他们就在人群当中十分秘密地完成了这样的举动。

吴蔓玲一个人站在雪地上,眯起了眼睛。刚才还热热闹闹的,一眨眼,走光了,只留下她一个,当然,还有她的狗。吴蔓玲望着混世魔王走远了的那条道路,树枝都光秃秃的,格外地瘦,格外地乱,格外地硬。萧瑟得很。寂寥得很。是标准的、不忍多看的严冬的景象。吴蔓玲叹了一口气,混世魔王走了,她最为棘手的"问题"终于解决了,心绪却复杂起来了。一半是因为端方,另一半,却还是因为混世魔王。混世魔王昨天晚上来了一趟大队部,很晚了。他是向吴蔓玲告别来的。混世魔王的告别仪式相当地特别。他一直坐在凳子上,干坐着,一动都不动。吴蔓玲一见到他就恶心了,自然没给他好脸。当然,吴蔓玲倒也不害怕,这样的时候想必他也不会对吴蔓玲怎么样的。这样的情形理当是双方都有所顾忌才对。他们就这样坐着。吴蔓玲是知道的,只要把这会儿熬过去,她这一辈子就再也看不到这张脸了。熬一分钟就少一分钟。就这么枯坐了一个钟头,混世魔王终于耐不住了,站起了身子。他一步一步地往吴蔓玲的这边走。吴蔓玲的心口拎了一下,也站起来了。混世魔王一直走到吴蔓玲的跟前,把他的脸凑了上去。慢慢地,对着吴蔓玲的脸,凑了上去。吴蔓玲到底鼓足了勇气,深深地吸了一口气,咯出了一口痰,"咄"的一声,吐在了混世魔王的脸上。吴蔓玲的痰挂在混世魔王左眼的眉梢上,在往下淌。混世魔王没有躲,也没有擦,任凭那口痰沿着自己的鼻梁往下淌。混世魔王说:

"蔓玲,谢谢了。我一直在等着你啐我这一口。"

吴蔓玲站在雪地里,混世魔王已经无影无踪了。她抬起自己的手,望着它。她想起了端方刚才的举动。端方的举动比起她的那一口唾沫,实在也差不到哪里。

入了冬以来,沈翠珍总是头疼,偏在一侧,大部分都在左边。要说有多疼,那也说不上,可是,总也好不了。白天倒也就算了,沈翠珍最受不了的还是在夜间。夜间的疼痛剧烈了。这一来沈翠珍的觉就再也没法睡。偶尔睡着了,全是梦,老是梦见端方小的时候,老是梦见端方他爹活着的时候。活灵活现的。这样的梦不可以对王存粮说,再有肚量的男将也听不得这样的梦。怎么说呢?沈翠珍倒是去合作医疗找过兴隆,兴隆拨弄着她的脑袋,这里摁一下,那里敲一下,也没有看出什么头绪。兴隆就说了:"没事的。疼得厉害了就吃吃药,实在扛不住了,就打打针。"沈翠珍没有打针,药可是吃得不少,一点功效都没有。还是疼。

这一天的一大早一直刮着东北风,沈翠珍却把端方和端正喊上了,她要带着他们回一趟娘家,也就是大丰县白驹镇的东潭村。怎么突然来了这一番的举动的呢?沈翠珍做了一个极其不好的梦,她又梦见端方他爹了。端方他爹在沈翠珍的梦里很不高兴,说:"翠珍哪,你多少日子不回来了,你也回来看看我噻。"他这是抱怨了。沈翠珍惊出了一身的汗,在被窝里头掐了一番指头,有日子没回去了。是的,有日子了。沈翠珍到底不同于一般的女人,她哪里是不想回去?她是怕。这里头有不堪回首的一面。没有做过寡妇的女人怎么说也体会不到这一层。这里的冷暖,不说也罢了。沈翠珍惊醒了,躺在床上,再也睡不成了,就想好好地哭一回。一听到王存粮的呼噜,只好在枕头上悄悄地抹了几回眼泪。做过寡妇的女人就是这样,她们的枕头复杂了。当天夜里沈翠珍就十分清晰地找到了自己的病根,是端方他爹在念叨自己了。鬼一旦念叨谁,谁的头就疼。这个道理谁还不懂呢?一定要回一趟娘家,沈翠珍对自己说,说什么也不能拖了。附带到西潭村端方他爹的坟头上给死鬼回个话:你就别念叨了,我这不是都好好的吗。

兴化县中堡镇王家庄离大丰县白驹镇东潭村其实也就是五六十里的距离,并不远。但是,里下河的平原就是这样,它是一个水网地区,没有通直的大道。你要绕着走,过河,过桥,这一来实际要走的路就不下一百里了,需要一整天的。其实还是远。远了好,遥遥的距离最适合寡妇们的二嫁。端方起先是不肯回去的,他也怕。那一头虽说都是亲人,但亲人的见面也不一定都是温暖和愉悦的内容,对于一些特别的家庭来说,自有它刺骨的地方。这里头是非常矛盾的,一方面,他和东潭村亲,另外一方面,东潭村又让他别扭。端方从小到大都是在乡亲们的照应之中长大的,这一来满村子就都是他的恩人了。随便拉出一个,只要有一根鸡巴,就是他的亲爹,只要有两个奶子,就是他的亲妈。端方至死也不能忘记离开东潭村的那个上午,母亲一直逼着他磕头,见人就磕。小小的端方不知道自己亏欠了这个世界什么,这一笔债务要到哪一天才能还得清。对自己的故乡,端方的心情只能用一个词语来概括:敬而远之。

端方不想受这样的罪。母亲这一回却没有依他,连拽带拉,拉起来就上路了。沈翠珍因为走得匆忙,也没有带什么像样的礼物,只是到王家庄小学找了一回端正的老师。老师们每个月都拿现钱,手头上到底宽裕一些,就厚着脸皮借了五块,回门去了。

东潭村也无非就是这样,除了人们说话的口音有一些别致的地方,剩下来的,几乎就是王家庄的另一个翻版。几棵树,几间低矮的草房子,中间有一些人。来到东潭村的时候天已经擦黑了。沈翠珍走进自己的娘家,在小油灯的下面见到了自己的母亲。这么多年没见了,老母亲早已是风烛残年,老得都皱起来了,干瘪得只剩下一小把。能拎起来。沈翠珍只看了一眼,刹那间心如刀割,快步上去,跪在了母亲的脚边。老母亲吓了一大跳,没认出来。老母亲再也想不到自己的闺女能在这样的年底回来,多冷的天,多大的风,多远的路哇。老母亲一口一个"乖乖",一口一个苦命的孩子,把沈翠珍的心都喊碎了。"嫁出去的姑娘,泼出去的水",说说罢了。哪里能那样轻巧。母女总归是血肉相连的,有说不出口的温暖和苍凉。利用这样的空隙,端方和小舅舅小舅母打了一遍招呼,是久别重逢的热乎,却怎么也摆脱不了凄惶。一切都是和过去一样的,家里的摆设,还有人,都没变,却都旧了,怎么看都有点似是而非,说到底又还是似非而是。有了悲喜交加的复杂性。端方的心里一直有一样东西,滚烫地,却又是冰冷地,四处拱。沈翠珍跪在地上,一边流着眼泪,一边把端正拽过来了,让他跪。端方却一把拖住了,恭恭敬敬地尊了一声"婆奶奶"。端方不能让自己的亲弟弟下跪。对谁都不能。人一旦跪下了,那你就跪不完了。这是没完没了的,会成为习惯。他的弟弟不欠东潭村什么,端方说什么也不能让他在这个地方跪下去。

也就是一袋烟的工夫,翠珍和端方回来的消息传开了,三姑妈、六大爷、五大叔、八奶奶,都来了。一屋子都是人。在这里端方是晚辈,除了打打招呼,端方就不说话了,老老实实地待在一边。端方在听他们聊。聊的都是一些无聊的人,还有一些无聊的事,端方一点也不感兴趣。可他们却津津乐道。是的,津津乐道。端方像是在梦中了。却又不是梦,一切都实实在在,伸手就可以摸到。王家庄反而成了一个梦,它退去了,在一天的跋涉之后,它遥不可及。生活是一块豆腐,时光一巴掌把它拍碎了,白花花地四处飞溅。这些捡不回来的碎末才是生活应有的面貌,它们散了一锅,彼此毫无关联。等它们重新盛在一只碗里的时候,你最终认可了它的破碎的局面,反而想不起它原先的方方正正的样子了。它们是酸甜苦辣的。烫。尝一口就热泪盈眶。你能做到的只剩下追忆。仅此而已。端方以为自己把这里的一切都已经忘光了,到头来,它就在这里。只隔了一天的路。就是有那么一点恍若隔世。

这一夜端方睡得很不好。就在他儿时的那张床上,端方吃惊地发现,那床被窝竟然是他小时候用过的。这个发现惊人了。

多年之前的气味飘荡过来了,成了手的指头,摸着他了。生活突然续上了。是怎样的生活又被续上了呢?续在哪儿了呢?端方说不上来。但有一点是可以肯定的,反过来看,生活无疑是被切了一刀。砍断了。完完全全被替代了,被覆盖了,成了另外的一副样子。而原有的生活藏匿了起来,被封存了。其实也就是活埋。这些年自己究竟是在哪儿的呢,是怎么"过来"的呢?端方居然想不起来。是在哪儿呢?这个问题并不那么严峻,却有了催人泪下的成分。

客人毕竟是客人,哪怕是在自己的老家。第二天的一大早,端方就被沈翠珍叫起来了,还得上路。是啊,还得上路。端方想起来了,这里只是东潭村。他们还要向西,西潭村在等着他们呢。西潭村才是他端方真正的家,他出生和喝奶的地方。西行了三四里地,西潭村到了。陌生了。端方吃惊地发现,这个和自己血肉相连的地方其实和自己没有什么关系。他没有记忆。或者说,他所有的记忆都已经模糊了,蒙上了一层纸。恍恍惚惚的。刚刚来到"自己"的家,颤颤巍巍的爷爷和奶奶一把就把弟兄两个搂紧了。有些活受罪。端正想挣脱,又挣脱不开。端方则麻木着,他透过自己的泪眼,望着另外的泪眼。那泪眼是浑浊的,有了风和霜的内容,有了漫长的时光的内容。端方不停地点头,他的身边站着他的伯父、叔叔、堂哥和堂弟们。谁也没说什么。都在用手拍。无论是谁,一开口将不可收拾。

简单而又短暂的见面之后,最要紧的时刻终于来到了。沈翠珍带领着端方、端正来到了西潭村的乱葬岗。冬日的乱葬岗一派荒凉,树枝是光秃的,草是枯的,泥土是板结的,乌鸦在头顶上叫。这里没有死亡,死亡的气息却格外地浓郁,是鲜活的。许多坟头都已经坍塌了,象征性的,只是一个小小的土包。幸亏有端方的叔叔带路,要不然,他们会在乱葬岗里迷失了方向。最终,在一个低矮的土黄色的土丘的面前,沈翠珍停下了脚步。在她放开嗓子之前,她扭过了头来。沈翠珍望着她的长子,脸已经变形了。沈翠珍说:"你爹。"

端方怔了一下,似乎刚刚得到了噩耗。他是有备而来的,而这一刻,死亡的消息却反而突如其来,确凿了。端方悲从中来。只是一刹那,他已是五内俱焚。端方的双腿一软,不由自主,跪下了。他趴在冰冷的泥土上,用心地抚摸,最后又捏了一把。泥土都碎了,变成了沙,从他的指缝里流淌出去了。这就是说,端方什么都没有抓着,两手都空空的。端方他想忍着,终于没忍住。他的声音喷出来了。端方喷出来的声音吓坏了端正。端正跪在端方的旁边,使劲地摇晃他的哥哥。端正惊恐万分,不停地喊:"哥!哥!"

幼年丧父的人都是这样的,在他们的成长过程中,他"知道"自己的父亲死了,但同时,又是"不知道"的。一方面是出于大人们的善意,他们担心孩子们承受不了如此巨大的打击,总是对孩子们说,你爸爸在"睡觉",你爸爸他"出去了",去了"很远很远"的地方,等你长大了,他就"会回来的"。这样的承诺是虚空的,却根深蒂固,时不时会吐露出哀伤的花蕊。另外一方面,人在年幼的时候对父亲到底没有切肤的记忆,时间越长,对父亲的记忆就越是模糊,越发不相信死亡了。等他大了,懂得了,脑子里其实清清楚楚,却始终摆脱不了一个顽固的幻想:爹"会回来"。爹会在一个神奇的傍晚出现在布满夕阳的小巷,在一个拐角,突然把你叫住,满面都是春风。爹大声地喊出了你的名字,告诉你:"我是你爹,我回来了。"这样的幻想令人肝肠寸断。它是多么地顽固。多么地顽固。但是,只要你不去想它,你别碰它。别碰它,那就好了,和没事一个样。

可"它"终究是要碰你的。"碰"是生活的必需品,迟早要遇上。幼年时你的悲伤可以逃脱,等你长大了,到了你必须面对的时候,你的悲伤还是得补上。全部要还回去。端方趴在爹爹的坟头上,隐藏得极深的幻想破灭了。坟墓在这里作证。沈翠珍如果能体会到端方现在是怎样的万箭穿心,她当年一定会对着年幼的端方无情地告诉他:"你爹死了,他回不来了,永远也回不来了。"这样,今天的端方至少就不会这样。这是怎样的死去活来。

悲伤对体力的消耗是惊人的,端方想不到。哭完了,端方的体内居然再也没有了一丝的力气,整个人都软了,抽了筋一样,爬不起来,只能坐在地上。发呆。天寒地冻,屁股底下很冷,风也起来了,削得人的脸上疼。是端方的叔叔把端方从地上扶起来的。端方这才看见了,母亲还在一边呢。母亲也在发呆。她的目光散了,却聚精会神,是看什么的样子,是什么也没看的样子。是想什么的样子,是什么也没想的样子。母亲突然倒提了一口气,像抽风了。端方走上去,搀扶她。母亲似乎不想站起来,屁股在往地上赖。这一赖母亲又哭了,却哭不动,眼泪也没有了。端方搂着母亲的腰,使出吃奶的力气,几乎是把母亲拽了起来。沈翠珍没有站稳,一个踉跄,靠在了端方的身上。风把母亲的头发撩起来了,她的头发已经花白了。端方从来没有这样近距离地端详过母亲的头发,突然发现,母亲也老了。端方的胸口突然又滚过了一阵悲伤,脱口喊了一声"妈妈"。端方一把就把母亲抱紧了。这是他们这一对母子一生一世唯一的一次拥抱,其实也不是拥抱。是在生父的坟头。沈翠珍把她的脖子依在了端方的胸膛,无力了,软绵绵的。她用一声长长的叹息回答了端方。

端方在养猪场的小茅棚里躺了两天,两天之后他的体力恢复过来了。他的内脏让开水给煮了一遍。体力恢复了,端方却还是不愿意起来,主要还是太冷了。这么冷的天,起来干什么呢,还不如躺着。红旗、大路等那一干手下倒常常过来,向他做一些汇报,当然还有请示。因为个别的谈话多了,端方意外地发现,他的手下之间并不团结,相互之间总要说一些坏话,打打小报告什么的。在这样的问题上端方一般都不发表意见,免得有所偏袒。他谁也不偏袒,这就是说,他谁都可以收拾。闲得实在无聊了,他就拎出一个来,收拾收拾,解解闷。还是蛮好玩的。内部的斗争与教育永远都是必需的,它是长期的,必要的时候还可以更加残酷一点。残酷一点就更加好玩了。端方就喜欢看着他们人心惶惶的样子,这里头有说不出的快乐。闲着也是闲着。端方叨着他的烟锅,想,抽个空还是要把佩全拉出来一次,好生地修理一顿。前些日子佩全的表现可不好了,他以为端方能当兵,迟早会离开王家庄的。他看到了希望,有了蠢蠢欲动的苗头,他的身上滋生了复辟的危险性。这个人哪,怎么说呢,就是不老实,就是不甘心他失去的天堂。佩全最大的问题就是乱说、乱动。这个问题要解决。今年不行明年,明年不行后年,后年不行大后年。要找点苦头给他吃吃,让他吃够了。

端方没有能够立即解决佩全的问题。形势改变了,端方抽不出手来。黑母猪它下崽了。黑母猪的下崽是在深夜,端方睡得好好的,老骆驼提着马灯,一把就把端方的被窝掀开了。端方直起身,懵懵懂懂地问:"怎么回事?"老骆驼的脸上出格地振奋,是事态重大的样子。老骆驼说:"端方,起来,烧水。"端方其实还在做梦呢。在梦中,佩全被大路和国乐揪了出来,被吊在大队部门口的槐树上,所有的人都围绕在端方的周围,每个人的手上都拿着皮鞭。他们在等候端方的命令,准备抽。多好的一个梦,活生生地被老骆驼打断了。端方有些不高兴,追问了一句:"到底怎么回事?"老骆驼这一回没有说话,他把他的下巴指向了地上的黑母猪。端方顿时就明白了。

老骆驼把他的棉袄翻过来了,是黑色的,中间捆了一道绳子。袖口挽得极高。由于兴奋,他的鼻孔里都是鼻涕,来不及擤,只能用胳膊去擦。马灯早就挂好了,灯芯被老骆驼捻得特别地大,这一来满屋子都是马灯的光。昏黄的,暖洋洋的。老骆驼洗过手,把他的中指和食指并在一处,放到黑母猪的产门那边,量了一回,自言自语地说:"快了。你烧水去。"端方就坐在了灶门口,帮老骆驼烧水。炉膛里的火苗映照在端方的身上,端方一会儿就被烤热了,瞌睡也没了。端方想,来到养猪场这么长的时间了,还是第一次这样高高兴兴地做事呢。

水开了,蓬勃的热气沿着锅盖的边沿弥漫出来。端方并没有停下来,他还在向炉膛里添草。他打定了主意,要让茅草棚里布满了蒸汽。那样一来屋子里会更暖和一些。小猪仔们就要来到这个世界了,人家刚刚离开了母亲的肚皮,可不能让人家冻着。慢慢地,小茅棚里雾气腾腾的了,使端方联想起中堡镇的澡堂子。老骆驼离端方并不远,但是,由于有了雾气,他模糊了,显得遥远了。小茅棚里的气氛顿时就温暖起来,有了吉祥和喜庆的成分。虽然只有端方和老骆驼两个人,端方觉得今年的春节已经来临了。在上半夜,是两个人的春节,当然,还要再加上黑母猪。老骆驼把他的蒲团取了过来,放在黑母猪的尾部,很正地坐在那里,在静静地等。老骆驼的模样破坏了小茅棚里喜庆的气氛,稍稍有点肃穆,但总体上说,还是好的。端方就觉得他们现在是一家子了。这个感觉怪了,却是真实的,没有半点虚妄的成分。老骆驼坐在那里,甚至连旱烟都没有吸。马灯把他照亮了,马灯同样把躺在地上的黑母猪照亮了。都只是半面。这个静止的画面就在端方的面前,端方望着它们,是百年不遇的。屋子的外面寒风在呼啸,在屋檐和墙的拐角拉长了声音。听起来无比地凄厉。好在屋子里暖和,管它呢。不管它了。

老骆驼的耐心得到了回报。第一头小猪崽露出了它的小小的脑袋。不是黑色的,是白色的。黑母猪在用劲。当小猪崽的脑袋到了脖子那一把的时候,老骆驼伸出手,把小猪崽抓住了。

他的嘴巴张了开来,他眼角的鱼尾纹一根一根的,放出了毛茸茸的光芒。他在拽。他的手是有力的,但更是柔和的,有一种极度缓慢的节奏。他的手与黑母猪的努力之间有了悄然的配合,是事先商量好了的那种默契。现在,小猪崽的身子出来了,热气腾腾。老骆驼的嘴巴越张越大,已经到了吃人的地步。而老骆驼却浑然不觉。小猪崽的身子越来越大,老骆驼腾出一只手,托住了,最终,是两条并在一起的后腿。老骆驼轻轻地一拉,第一只小小的猪崽就诞生在老骆驼的掌心了。老骆驼悄悄地把这只头生的小白猪放在了稻草上,轻轻地剥开了它的胎衣,用稻草擦了又擦。老骆驼望着它,无声地笑了。他的目光是那样地和蔼,简直就是慈祥。老骆驼拨了一下小白猪的腹部,看见了,是一条小公猪。老骆驼说:"还是你有福气啊,是大哥哥。你有福气。水。端方,水。"端方掉过头,匆匆打好了热水,端给了老骆驼。老骆驼拿起抹布,把手伸进了水里。他要好好地给小猪崽擦一个热水澡呢。可老骆驼突然就是一声尖叫,端方吓了一跳,黑母猪也吓了一跳。再看老骆驼的手,他手上的皮肤变起了戏法,浮起来了,像一个气球,越吹越大。最终变成了一个巨大无比的水泡,半透明的,直晃。端方这才明白过来,他端过来的水是滚开的,还没有兑凉水呢。老骆驼疼得直哈气。端方惭愧已极,内疚得要命。老骆驼说:"没事的,给我送点凉水过来。"老骆驼把他的手浸在了凉水里,用凉水镇。老骆驼说:"端方哪,幸亏我没有莽撞,要不然,小哥哥的命可就没了。"老骆驼拧起了眉头,说:"疼。实在是太疼了。"端方只好把他扶到了一边,点了一袋烟,送到老骆驼的嘴里去了。老骆驼让开了。端方说:"实在是对不起。"老骆驼说:"没事。"就这么歇了一些工夫,老骆驼的那阵钻心的疼还没有过去呢,黑母猪的屁股上又有了新情况了。端方不好意思地说:"要不,我来吧。"老骆驼摇了摇头,也没有给端方面子,说:"不放心你。"

这个夜晚漫长了,可以说,是端方最为漫长的一个夜晚。可是,从某种意义上说,又是极为迅速的一个夜晚。黑母猪生一只,歇一下,再生一只,再歇一下。总共产下了十六头小猪。茅棚里生机盎然了。这一群小东西有意思了,是一窝杂种。端方数了一下,六只黑色的,七只白色的,剩下来的三只,则是黑白相间的,是花猪。最可爱的恰恰就是最后的这一只小花猪。它的个头比起前面的哥哥姐姐要小了一圈,也不那么精神,是那种奄奄一息的样子。老骆驼把它洗干净了,擦干净了,想把它搂在自己的怀里,终于不方便,就把它送到端方的怀里了。端方有点不情愿。可一看到老骆驼的手,不好意思了,还是接过来了。起初还有些别扭,后来也就好了。老骆驼说:"端方,你记住了,最后的这一只,十有八九都是死,弄不好老母猪就会把它吃了。"端方瞪大了眼睛,不相信。母猪怎么会吃自己的孩子呢?老骆驼说:"老天爷就是这么安排的,母猪刚刚下完了崽,它的身子亏,为了这一大群的孩子,它可要营养营养呢。"老骆驼说:"端方哪,能把最后的这一只小猪崽救活了,保存下来,你才能告诉别人,你会养猪。回头你熬一锅粥,我来喂它。"端方说:"还是让它吃奶吧,它哪里不会吃。"老骆驼笑了。老骆驼说:"它会吃。可它争不过人家。——你以为叨到一个奶头容易吗?不容易。得抢。"端方望着怀里的小花猪,它被老骆驼洗得干干净净的,满脸都是皱纹,凭空就有了苍老的气息。它紧闭着眼睛,瘦得只有一点点。不停地抖。可怜了,可爱了。端方对它充满了万般的怜惜。端方抬起头,这才发现老骆驼的手已经没有样子了。巨大的水泡吊在它的手上,眼看着就要掉下来,一阵风都可以吹破的。端方愈加不知道说什么好了。这时候天已经亮了,门缝里透过来一抹曙色,有四五条。端方出人意料地立下了保证。端方对老骆驼说:"老菜籽,你放心。"

第二十三章

端方找了一根小棍子,一天到晚握在手上。他现在什么都不做,只是盯着黑母猪和它的十六个小猪崽。小茅棚再也不是养猪场的宿舍了,现在,它是一个巨大的猪圈。端方就生活在猪圈里,挺好。因为老骆驼的手,端方一直在负疚。可端方准确地找到了一条补救的路径,那就是精心照顾好他们家的小十六子。老骆驼的受伤和小十六子之间其实没有任何关系,可是,端方认准了一条,既然老骆驼这样宝贝小十六子,只要把小十六子喂大了,他也就对得起老骆驼了。当然,这样做有它的代价,端方必须让十七头猪和他生活在一起。起初的几天还好,可是,慢慢地,气味不再是浓郁,简直就是壮烈了。小猪崽们到处拉,到处尿,端方勤快起来,手忙脚乱。小小的猪屎可不再是小小猪屎,它简直就是小小的钱包,什么时候掉下来,端方就什么时候把它们捡起来。要不然,你连下脚的地方都没有了。当然了,话虽然这么说,事实上,茅棚里还是没有下脚的地方。想想看,十六只小猪崽可是十六只小肉球哇,它们不停地动,嬉戏,追逐,都花眼了。出脚的时候你要格外地小心,一不小心小肉球可就成了小肉饼了。端方小心翼翼的,这倒不完全是为了老骆驼,怕碰了猪崽伤了老骆驼的心。主要还是端方自己不忍心,日夜相处了这么长的时间,端方对每一个小家伙都熟悉了,知道了它们的脾性,谁调皮,谁懒惰,谁大胆,谁胆怯,都能认得出来,伤了谁也不好。

端方的手上为什么总要拿着一根小棍子呢？有它的用处。唯一的用处就是保护小十六子。端方不允许别的猪崽们碰它，甚至，连它的妈妈都不允许。端方就担心它受了欺负。到了吃奶的时候，老骆驼说得可没有错，小猪崽们可是要抢奶头的。在这一点上黑母猪没心没肺了，它比不上女人。女人们喂奶端方见多了，她们总要把自己的上衣撩起来，然后，身子靠过去，再然后，把她们的奶头准确无误地送到孩子们的嘴里。你再看看黑母猪吧，它什么也不管，身子一侧，躺下了，拉倒了。你们就吃吧。别的呢，它不管了。两排奶子反正都在那儿，也飞不掉，你们就抢去吧。谁抢到了归谁。抢不到？抢不到活该。端方不能答应黑母猪的其实正是这一点。小十六子那么瘦，那么小，哪里抢得过它们。你这个做母亲的怎么能不偏心一点呢？你没事一样，一边哼唧，还一边咂嘴。有你这么做母亲的吗？你不偏心端方就替你偏心。端方有端方的办法。到了吃奶的时候，端方把所有的小猪崽都轰开了，圈了起来。这一来好了，两排奶头就全是小十六子的包场了。小十六子欢天喜地的，摇头晃脑，样子都有点像混世魔王吹口琴了。等小十六子吃饱了，喝足了，再叼着母亲的奶头玩上一番，端方把小十六子抱开，这才给别的十五个孩子开饭。谁不听？不听就用手上的小棍子打。端方一定要替老骆驼把小十六子养得棒棒的。端方都想好了，等小十六子长大了，一定要让它享尽荣华与富贵。就让它做种，一天一个新娘。只有这样，才能对得起老骆驼手上的那番疼，才能对得起老骆驼手上的那块疤。

　　自从有了小十六子，端方的心都在它的身上了，对自己，反而淡寡了。没有能去当兵，那就不当了吧。也死不了人的。端方不伤心了，相反，在小十六子的身上找到了乐趣。人哪，就是这样，心死了，倒就快乐了。整天和小猪崽们玩玩，不也蛮好的。老骆驼不就是这样过了几十年了吗。端方不允许自己想任何事情,日子是用来过的,又不是用来想的。别想它,日子自己就过去了。

在王家庄的另一头,在大队部,吴蔓玲却不太好了。可以说一天比一天糟糕。她开始后悔把混世魔王放走。如果不放走他的话,走的就一定是端方,她和端方说不定都"好"过了。现在呢,成全了混世魔王,她和端方呢,别说是"好",就连一般性的交往都成了问题。吴蔓玲痛心其实正是在这里。这件事太窝囊了。但吴蔓玲最痛心的还不是这个地方。吴蔓玲最痛心的是,经过这一番的折腾,吴蔓玲意外地发现,她真的爱上端方了。吴蔓玲到底年轻,她哪里能懂得这样的一个常识——男女之间是经不起折腾的。一折腾肯定坏。男人和女人说到底都不是人,是面疙瘩。越是年轻水分就越是充足,不能揉。一揉就并起来了,特别容易纠缠。再往外撕,那就难了。也撕不干净。爱这个东西它一点也不讲道理,就说吴蔓玲吧,最真实的情形其实只是她的歉疚,觉得自己欠了端方。歉疚过来,歉疚过去,端方的身影就挥之不去了。一旦挥之不去,它就要从脑海往下沉,最终降落到心海。到了心海,你就完了。这些日子吴蔓玲的脑海里一直盘旋着端方送别混世魔王的情景。他抽烟的样子,他克制的样子,他故作镇定的样子,当然,还有他拿起吴蔓玲的胳膊,慢慢地放下来的样子。这些动作是倔强的,却又是柔软的,是冰冷的,却又有他内在的分寸。端方这样的男将就是这样,越是落魄,越是无能为力,越是有他的魅力。吴蔓玲一点一点陷入了进去,叫天天不应。

日子都过去了这么久了,吴蔓玲一直盼望着端方来和自己吵。吴蔓玲真的盼望,这么一来吴蔓玲起码还有一个解释的机会,同时也就有一个承诺的机会。他们的关系就有了余地。端方就是不来。吴蔓玲也知道的,端方不会来的。这是端方可恶的地方、可恨的地方,也是端方令人着迷的地方。既然他不来,那还是自己去找他吧。可吴蔓玲也不太敢。万一谈不好,再捞回来就不容易了。吴蔓玲一点办法都没有。要是现在能有一个媒婆就好了,帮他们撮合一下,吴蔓玲扭捏几下,最终一定会答应的。可是,最好的日子早就被自己耽搁了,谁还有这个胆子给支部书记做媒呢?不会有的。人的一生真是被安顿好了的,哪一步都耽搁不起,真的耽搁了,这里头的冷暖就只有你自己知道了。吴蔓玲整天都把自己关在屋子里头,好像是在等待什么,其实什么也没有等,但骨子里头还是在等。

端方的行踪吴蔓玲大致上是知道的,大白天一般都在养猪场。到了晚上,和一帮小兄弟们在村子里混混,也不做什么。他的日子基本上就是这样打发了。就算吴蔓玲打定了主意去找他,他这样的行踪也是麻烦。一到了晚上他的身边就窝了一群人,见不到他的。看他呼风唤雨的派头,他倒成了村支书了。吴蔓玲不是没有想过办法,比方说,把扫盲夜校办起来,再比方说,把文艺宣传队组织起来,这一来就可以把端方叫过来,让端方帮帮忙了。可一想到端方胡子拉碴的,他是万念俱灰的样子,看起来是不会答应的。端方不来,那不就白办了,还折腾它什么?还是拉倒吧。

单相思苦海无边。吴蔓玲的日子越来越浓,却又越来越寡,这一浓一寡之间的意味,吴蔓玲体会得深了。谁能想得到偏偏在这样的时候又感冒了呢,病得不轻。说起病,王家庄的人们一直有一个固执的看法,只有见到血了那才是大事,一般性的头疼脑热,不要紧,扛几天就扛过去了。吴蔓玲就躺在床上,死扛。满脸都烧得绯红。大中午的,却来了稀客,是志英。这个志英,她嫁人的那一天吴蔓玲可是第一次醉了酒,难受了好几天。吴蔓玲哪里能想到志英会在这样的时候回娘家,下了床,高兴得什么似的。志英胖了,她的刚刚会走路的儿子更胖。两个胖子进了门,无量撒起了人来疯,比吴蔓玲还要热情。没想到志英的儿子却不怕狗,相互试探了几下,他们就热乎上了。吴蔓玲还是第一次看见志英的儿子,一定要抱过来,让自己"好好瞧一瞧"。小家伙说什么也不肯,他"不要"。吴蔓玲骂了一声粗话,亲热得要命。屋子里顿时就有了人气。想想也是,两个早年的闺房密友,又带了孩子,哪里能不亲热。蔓玲就回到了床上,钻进了被窝,拉起志英的手,两个人慢慢地聊开了。越聊越多,一五一十,十五二十,二十五三十,三十五四十。

一口气聊到了二百,志英这才注意到蔓玲脸色,摸了一把吴蔓玲的额头。志英吃了一惊,说:"姐,怎么烧成这样?"吴蔓玲愣了一下,这才想起来志英的"姐"并不是他人,可是自己呢。都已经好多年听不到这样的称呼了。很亲。贴心贴肺的。吴蔓玲抓住了志英的手,摁在了自己的腮帮上,慢慢地蹭,像一只撒娇的小狗了。志英说:"我带你去打针吧?"她的儿子突然在地上说:"不打!"吴蔓玲望着小侄子,笑了,摇了摇头。志英到底是哄孩子哄惯了,说:"乖,听话,我们打针去。"吴蔓玲还是摇头。就这么摇着,眼泪却出来了。这么多年了,人人都拿她当做了铁疙瘩,什么都扛得住。她关心着每一个人,却从来也没有一个人关心过她。自己也是个姑娘家呢。这么一想吴蔓玲委屈了,一把扑在了志英的怀里。志英让了一下,对准吴蔓玲的后脑勺就是轻轻地一巴掌,骂道:"个狗东西,也不看看!"吴蔓玲还没有明白过来,志英斜了一眼自己的腹部,肚子里又有了。吴蔓玲伸出手,撩起志英的衣服,直接把她的巴掌送到了志英的肚皮上去。她在摸。志英浑圆而又光滑的肚皮就在她的巴掌底下了。紧绷绷的,热乎得要命。她多幸福。志英是一个多么幸福的女人哪。什么都有了。吴蔓玲一阵伤怀,自己却是什么都没有的。这么一想吴蔓玲再也撑不住了,把她的脑袋埋进了志英的怀里。志英抚摸着她的头发,明白了,这个能呼风、能唤雨的铁姑娘,她的八字还是少了一撇,看起来还是一个女光棍。志英把吴蔓玲搂紧了,说:"谁都知道你的条件高,姐,你就别太挑了。"这正是吴蔓玲最为伤心的一句话了。也伤人,也委屈。吴蔓玲抬起头,泪汪汪地望着志英,说:"妹子,我没挑。我真的没有挑哇。"志英小声地说:"我不信。满世界都是人,总有你看得上的吧?"话题一到了这里吴蔓玲不说话了,目光也恍惚了。这又是她心中的一个痛。说不出口的。志英捅了吴蔓玲一下子,说:"有的吧?"吴蔓玲看了一眼门外,说:"有倒是有的。"志英挪动了一下屁股,说:"谁呀?"吴蔓玲沉默下来,只是愣神。志英说:"谁呀?告诉我,谁有福气做我的姐夫。"吴蔓玲最终吐出了两个字:"端方。"这一回轮到志英不说话了,好半天,志英还是说了:"我妈说,他和三丫好过的。"吴蔓玲说:"这个我倒不在乎。"志英说:"倒也是。他呢,端方呢,他知道吗?你们挑开了没有?"吴蔓玲又摇了摇头。吴蔓玲说:"我得罪他了。他不会原谅我的。我要是不当这个支书……"志英打断了吴蔓玲的话,急切地问:"你怎么会得罪他呢?八竿子也打不着哇。"话说到这里吴蔓玲没法往下说了,这里头牵扯到混世魔王,牵扯到她的噩梦。不要说是对志英,就是对自己的亲妈,吴蔓玲也要守口如瓶的。吴蔓玲一脸的怅然,说:"咱们不说这个了吧。"志英叹了一口气,说:"你呀,总是把什么都闷在心里,还是这样。这怎么行呢。你看上了人家,人家又不知道,这怎么行呢?——我去给端方说去!"吴蔓玲一把拉住了。吴蔓玲说:"听天由命吧。"

这句话不像是吴蔓玲说的了。志英虽说嫁出去了,可毕竟在王家庄待过那么多年。吴蔓玲最不喜欢的一句话就是"听天由命",不论是在会议上,还是在高音喇叭里,吴蔓玲说得最多的恰恰是"人定胜天"。志英把她的双手放在吴蔓玲的大腿上,说:"姐,你忘了你说过的话了?"

"我说过什么?"

"你说,人定胜天。"

"这要看什么事,要具体问题具体分析的。"

"什么具体问题具体分析?都是你放屁。是你抹不开面子。你这头母驴子我还不知道,又不肯下腰,又不肯弯后腿。那怎么行?不能什么事都得让人家来求你。这种事不能的。——要说呢,端方真的配不上你。可这要看你待在哪儿了。你要是愿意从树上爬下来,依我看,端方又配得上了。嗨,这种事呢,什么配得上配不上的。你心里头没他,他就配不上,你心里头有他,他就是我姐夫。"志英到底生过孩子了,是个过来的人了,说起话来和过去就是不一样。说话都没了门牙了。吴蔓玲爱听。吴蔓玲一把捏住了志英的嘴,说:"撕烂了你!"笑闹了一阵,志英又把话题扯回来了。志英认真地说:"姐,你可也不小了,还是找一个'好'上吧,早早嫁出去。你看看,烧成这样,连个递茶端水的都没有。可怜见的。"

志英想了想,轻声说:"嫁了人,晚上关了门,灯一熄,好的。"

吴蔓玲的心口突然就咯噔了一下。"嫁了人,晚上关了门,灯一熄,好的。"这句话诱人了,却又不是挑逗,有了扎扎实实的鼓动性。要是细说起来,从事实上来看,吴蔓玲"关了门,灯一熄",这种事也算是"有"过了。其实并没有。个中的滋味吴蔓玲既知道,又不知道。它们是两种性质了。是两码事。结了婚,"好"不"好"另说,吴蔓玲想,自己是不会讨厌的吧。吴蔓玲含含糊糊地把话题推回到志英的这边来,有些吞吐,说:"他,对你还好吧?"

志英当然知道蔓玲所说的"他"是谁,望了一眼地上的孩子,说:"不好!"

吴蔓玲到底是外行,哪里能听得懂已婚女人言谈里的奥妙,傻乎乎地说:"他向我保证过的,怎么又不好了?"

志英说:"个狗日的东西,看上去老实。憨脸刁。不能碰的。你一碰他,他就想要。你说,就一张床,怎么能不磕磕碰碰的?"志英摸着自己的肚子,说,"都这样了,都不肯放过呢。还发疯,到了关键的时候,就让我喊他爹。"

吴蔓玲不解地问:"怎么能让你喊他爹呢。"

"他那是疼我。稀罕我。我知道的。"

"这是什么话?你还真的喊了?"

志英的脸红了。自己却笑了。志英老老实实地说:"我喊的。我也是疼他的。"

"是吗?"吴蔓玲说。已经明白了八九分了。一明白过来反倒更不明白了。"那种事"到底是怎样的呢?怎么会这样的呢?它究竟是个什么东西呢?怎么都让志英"这样"了呢?吴蔓玲一抹黑了。志英给她打开了一扇小小的窗子,看起来生活不只在屋子的外头,它藏在屋子的里头呢。它自有它的奥秘。它自有它看不见的神采,还有它的乐趣。招人的。好叫人心旌荡漾的。吴蔓玲说:"是吗?"

志英说:"姐,别看你读的书比我多,见的世面比我广,这件事你要听我的。把架子放下来,去给端方说。端方又不傻,他哪里能不知道你的好?只怕是高攀不上呢。什么得罪不得罪的,只要好上了,男人没有那么小的心眼。听我的,没错的。"

吴蔓玲突然拉着志英的手,说:"志英,你喊我妈吧。"

志英愣了一下,明白了。突然就是一阵大笑。笑得肩膀直抖,腰也弯了,眼泪都溢出来了。志英说:"姐,我当你是个明白人,你是个大傻×呢。"

吴蔓玲跟着笑了。说:"你才是个大傻×!"某种意义上说,吴蔓玲的决心是志英替她下的。她决定了,只有她自己知道,她的心有多么地一往无前。她到底还是来到了养猪场,当然,是装作路过的样子。还没有进屋,一股子猪臊就把吴蔓玲堵在了门口。端方拿着一根小竹棍,他的头发很乱,胡子很长,邋遢得厉害。他正在和小猪崽们玩呢,似乎是在给小猪崽们军训,叫它们"立正","稍息","向前看齐"。小猪崽们并不理他,可端方依然是兴兴头头的。吴蔓玲就站在门外,看着他。看了一眼,掉过头,附带把头发捋向了耳后。端方到底还是看见吴支书了,他放下了手里的小棍子,出门,站在了吴蔓玲的面前。吴蔓玲的嘴里其实有一句话的,要是换了平时,吴蔓玲就说了:"端方,把胡子刮刮吧。"可吴蔓玲就是禁不住,要抖。这个毛病坏了。所以吴蔓玲就不能开口。还是端方说话了,端方蛮礼貌的,也是善解人意的样子。端方说:"吴支书,你想说什么,我其实都知道。我已经不恨你了。这里太冷,你还是回去吧。"

"你,知道,我想,说什么?"

端方又笑。这个人的笑坏了,太坏了。想用手摸一摸,却更想抽他一巴掌。他笑得那样地明白、那样地傻、那样地自信、那样地谦和。吊儿郎当。满不在乎。就让你觉得欠了他。端方说:"吴支书,回吧,这里太冷了。"客气了。吴蔓玲突然就想起混世魔王了。混世魔王做出了那样伤天害理的事,可终究给了吴蔓玲一次机会。可见端方连混世魔王都不如。这个人坏,太坏。他的心是铁打的。吴蔓玲的抖动已经传染到嘴唇了,她再也顾不得自己是王家庄的支部书记了,急了,一下子乱了方寸。"端方!"吴蔓玲说,"我知道你的心,你怎么就不知道我的心!"

因为是脱口而出,吴蔓玲的这句话其实把所有的底牌都亮出来了。话说到这里谈话的局势就已经结束了。谈话往往就是这样,一开头就达到了顶峰,往往意味着一开头就摔进了谷底。吴蔓玲的话把自己吓住了,同样把端方吓住了。两个人都不敢再说什么。端方不相信吴蔓玲能说出这样的话来,听懂了,似乎又没懂,想再听一遍,但归根结底还是听懂了。只是不相信。端方说:"你还是回去吧。"端方说,"这里的确太冷了。"

端方还是那样乱糟糟的,但是,胡子刮了,下巴干净了。男人这个东西就是奇怪,有时候,下巴就是他的全部。下巴干净了,人就被提升了一个档次,整个人都一起干净了。干净起来的端方坐在自己的床上,不停地抚摸自己的下巴。身边并没有人,可他局促得厉害。关键是找不到自信。吴蔓玲是谁?中国共产党王家庄支部的书记。他端方是谁?一个养猪的,一个身体合格却不能当兵的小混混。端方躺下了,心里头想,吴蔓玲好是好,但是,这是一个能娶回家的女人吗?不娶,可惜了。娶了,往后还有日子过吗?那可要实行无产阶级专政的。怎么突然冒出这么一档子事来的呢?太突然了。端方从来也没有动过这般的心思。这不是癞蛤蟆吃天鹅肉吗?端方不是越想越高兴,而是相反,越想越害怕,说如临大敌都不过分。不停地摸下巴。

端方做了一个梦。这个梦幸福了,恐惧了。他梦见了自己的婚礼,吴蔓玲到底把自己娶回去了。婚礼的场面是巨大的,整个王家庄都出动了。高音喇叭里头不停地播放革命歌曲,锣鼓敲打了起来,鞭炮声响彻了云霄。佩全、大路、国乐和红旗来到了养猪场,佩全不由分说,把红盖头放在了端方的头上。端方一把揪起佩全的领口,说:"这是干什么?拿掉!"佩全却不敢。佩全说:"不能啊,吴支书关照过了,她要给你披上红头盖呢。"端方想了想,只好同意了。红旗这时候说:"端方,往后你要多关心我们,说不定明年我还能去当兵呢。"端方惭愧得无地自容。沈翠珍却在一边插话了,说:"放心吧红旗,有吴蔓玲给端方撑腰,包在我们身上了。"端方害羞得直想往地下钻进去。没想到一转眼红旗就穿上军装了。红旗说:"全体起立,送端方!"大伙儿都站起来了,端方也站起来了。端方头顶红盖头,低着脑袋,往大队部那边去。端方突然发现自己是赤着脚的,每一步都要在大地上留下一个脚印。回头一看,脚印像一朵又一朵的梅花,原来是猪脚印。端方急了,说:"怎么回事?怎么回事?"佩全也不搭理他,用绳子把他的胳膊捆起来了,这一下端方就动不了手了。端方就这样被牵到了大队部。大队部坐满了人,所有的社员同志们都坐在台下,他们神情肃穆,穿的都是草绿色的军装。在端方被牵上主席台的时候,全体起立,奏响了《国歌》。主席台上只有吴蔓玲一个人,她昂首挺胸,站立在麦克风的后面。她的身边还有一把椅子,看起来是端方的了。吴蔓玲倒没有穿军服,是土黄色的中山装,四个口袋,领口能看见雪白的衬衫。节奏昂扬的《国歌》声刚刚结束,吴蔓玲做了一个"请坐"的手势,全体社员"哗啦"一声,都坐下了。大队部鸦雀无声,端方被人摁在了吴蔓玲的旁边,椅子上还放着一只枕头呢。吴蔓玲咳嗽了一声,扶住麦克风,调整了一下麦克风的角度,说:"今天,我和端方同志就结婚了。大伙儿同意不同意?同意的,请鼓掌通过!"大队部里回荡起麦克风雄浑的回声,台下响起了热烈的、经久不息的掌声。吴蔓玲说:"通过。谢谢大家。"吴蔓玲就把端方头顶上的红盖头掀起来了。端方害羞极了,他再也没有想到婚礼居然是这样的,想逃跑,红旗、国乐却把他的道路挡住了。端方暴怒,大声说:"红旗,你这是干什么?"红旗说:"端方哥,对不起了,我听吴支书的。"吴蔓玲看了端方一眼,对着麦克风说:"既然是结婚,就要生孩子,我的意见是生男孩,同意的请鼓掌通过!"台下再一次响起了热烈的、经久不息的、暴风雨般的掌声。端方忍无可忍,跳起来了。他跳到了台下,踩着一大堆的脑袋,拼了命地逃。台下的脑袋有极好的弹性,他们的脖子就好像是弹簧做的。每踩上一颗端方就蹦得老高。端方借助于脖子的弹性,越跳越高,两只胳膊一划,飞起来了。他的胳膊是双翅,是双桨,他既像是在天空飞,又像是在水中游。他先是变成了喜鹊,后来又变成了兔子,中途还变成了一回螳螂,最终,他变成了一条黄鳝。他的身体柔软了,光滑了,表面上布满了黏稠的分泌液。这一来好了,安全多了,别人抓不住他的。但是,有一点却非常地糟糕,不管端方变成了什么,他总是被别人认出来。兴隆就把他认出来了。兴隆把他赶出了合作医疗,给他出了一个主意,让他找混世魔王去!这不是废话吗,端方怎么知道混世魔王在哪里呢?端方只能躲到顾先生那边去。顾先生倒没有含糊,他说,唯物主义不反对结婚,彻底的唯物主义认为,结婚是人类的再生产的有效的形式,既然端方的精液是千千万万的中华儿女,端方就没有理由隐瞒这个事实,端方应当全部地、无私地实施精液的公有制,把自己的精液全部奉献给大队,也就是吴蔓玲。让吴蔓玲来保管端方的精液,他放心。端方只能再逃。相对来说,孔素贞却要客气一点,她非常遗憾地告诉端方,她已经不能阿弥陀佛了,别了,阿弥陀佛主义!别了,端方!孔雀东南飞,五里一徘徊。夕阳无限好,只是近黄昏。钟山风雨起苍黄,百万雄师过大江。端方无处藏身,在紧急之中,他纵身一跃,跳进了河里。他躲在了水草的中间。但是,高音喇叭还在响。高音喇叭就是在水下也是听得清清楚楚的。高音喇叭里传来了吴蔓玲的声音,吴蔓玲说:"端方,你跑不了的。不管你是在天上、地上、水里,你都跑不了。全体社员们请注意,全体社员们请注意,请你们带上弹弓、大锹、铁锹、鱼叉、渔网,迅速占领每一道路口、河口,立即将端方捉拿归来,立即将端方捉拿归来!"最终发现端方的还是佩全。他认出了端方这一条黄鳝。端方庆幸了,他变成黄鳝是多么地正确!佩全抓不住他。端方的身子一收,马上就从佩全的手指缝里逃脱了。然而,佩全这一次没有给端方留下半点的情面,他拿来了一张大渔网。就在端方的头顶上,渔网"呼啦"一下,撒开了,罩住了端方。渔网被收上来了,端方水淋淋的,和王八、泥鳅、水婆子、河蚌、青蛙、蛇搅和在了一起。端方怕极了,一条蛇已经把它的身子和端方纠缠在一起了。端方最后被佩全一扔,丢在了吴蔓玲的婚床上。因为身上缠着渔网,这一下端方逃不了了。吴蔓玲的手上拿了一只老虎钳。她用老虎钳夹住端方的尾巴,不高兴地说:"端方,好好的你跑什么呀?"高音喇叭再一次响起了革命歌曲的声音,锣鼓喧天,鞭炮轰鸣。端方一吓,醒了,浑身都是汗。天已经大亮了。

第二十四章

就在端方做梦的时候,王家庄被占领了。事实上,在凌晨三四点钟的时候,王家庄已经被中堡镇的基干民兵营成功地包围了。足足有一个营的兵力。基干民兵营不费吹灰之力就把王家庄"拿下"了,这会儿整个王家庄都在欢庆解放呢。人们在锣鼓声中跳起了秧歌。秧歌是一种标志,它意味着翻身,意味着庄稼人的当家做主,秧歌还意味着民主,意味着专政。人们在唱,解放区的天是明朗的天,解放区的人们好喜欢。是的,人们好喜欢,被占领了,被解放了,庄稼人没有理由不高兴。

用"占领"来回顾占领,用"解放"来纪念解放,说起来这也是中堡公社的传统了。作为中堡公社的革委会主任,洪大炮一直是一个狂热的战争迷。他参加过渡江战役。他伴随着百万雄师的铁流占领过南京。这是他一生当中唯一的一次战争。但是很不幸,他对战争刚一上瘾全国就解放了。敌人没有了,战争结束了。然而,这不要紧。没有敌人可以发明敌人。只要有雄心,有壮志,敌人完全可以创造出来。人民可以也应该有它的假想敌。为了对付这个敌人,洪大炮给了自己一个职务,他亲自兼任了中堡镇的民兵营长。严格地说,这是不可以的,这违反了组织与行政的基本原则。可是,洪大炮坚持。从某种意义上说,洪大炮兼任"民兵营长"有他的科学依据。就"全民皆兵"这一点来说,完全符合军事化的正常建制。国家是什么?国家首先是一支国家军队。然后呢,往下排,一个省等于一个军,一个地(区)

等于一个师，一个县呢，就等于一个团了。照这样计算，一个公社当然就是一个营。中堡镇作为一个营，在洪大炮当上营长之后成功发动了许多次有意义的战争，可以说，战功卓著了。最著名的当然是"模拟渡江"。每年的四月二十三号，也就是中国人民解放军占领南京的那一天，洪大炮都要把全公社的社员组织起来，同时，把全公社的农船、篙子、桨橹和风帆组织起来，为什么呢？洪大炮要指挥"渡江战役"。他要在蜈蚣湖的水面上带领"百万雄师过大江"。每一年的四月二十三号都是中堡公社的节日，那一夜谁也别想睡。那一夜，中堡镇蜈蚣湖的水面上波澜不惊，是黎明前的黑暗与战争前的寂静。突然，两颗红色信号弹把蜈蚣湖的水面照亮了，信号弹就是命令。蜈蚣湖一下子就杀声震天，潜伏在湖岸的大军哗啦一下出动了。密密麻麻的火把点亮起来，浩瀚的蜈蚣湖水面顿时就成了汪洋的火海。鲜红鲜红的。在火把的照耀下，蜈蚣湖万船齐发，千帆争流，所有的农船和所有的社员一起向"南京"发起了猛烈的进攻。向"南京"进攻的人数最多的时候能有两万多人。当然，它还是一个"营"，是一个"独立营"。天亮时分，"独立营"占领了南岸，也就是"南京"。事先预备好的二十个大草垛被点燃了，大火熊熊，火光冲天。大火把天都烧亮了，把初升的太阳都烧亮了。"南京"在熊熊烈火中变成了废墟。敌人又一次灭亡了，"我们"又一次胜利了。四月二十三号每年都有一次，这就是说，渡江战役同样是每年都有一次。胜利是天上的星星，数也数不清。

当然，"渡江战役"后来不搞了，主要是出现了伤亡，牺牲了两个人。两个本来就不会游泳的姑娘在极度混乱的战争中落到了水里，直到第二天的下午才漂了上来，被波浪退还给了中堡镇。"她们是烈士！"洪大炮说。县民政局却不批。没有追认。洪大炮受到了上级领导的批评。上级领导的批评历来都是这样，它要体现辩证法的精神，它是一分为二的。一方面，上级领导否定了洪大炮工作中的"失误",另一方面,上级领导也肯定了洪大炮所坚持的"大方向"。在"大方向"的指引下,洪大炮及时修正了他的战争思路,他把战争从水里拉到了陆地。当然,主题是不会改变的,那就是"解放"。

一九七六年的年底,利用冬日的农闲,洪大炮决定,"今年"解放王家庄。同时,把拉练、打靶等军事行动全部放在了这里。军事行动有军事行动的特点,那就是严格保密。王家庄在事先一点也不知情。吴蔓玲惨了,她是从被窝里被洪大炮揪出来的。吴蔓玲没洗脸,没梳头,没刷牙,被窝都裹在身上,样子十分地狼狈。好在吴蔓玲并不糊涂,她在第一时间向洪大炮做了检讨,是口头的。她承认自己放松了警惕,没有做好相应的、积极的防御。洪大炮却没有责怪她。虽然一夜没睡,洪大炮的精神头却格外地好。洪大炮一挥手,说:"不是你们无能,是共军太狡猾!"这是一句家喻户晓的电影台词,经洪大炮这么一引用,有了豪迈的气概,有了必胜的信念,还有了幽默的效果。大伙儿全笑了。洪大炮也宽宽地笑了。洪大炮一笑,吴蔓玲的口头检讨就算通过了。王家庄的气氛热烈起来,家家户户打开了大门。他们庆解放,迎亲人,烧开水,煮鸡蛋,放鞭炮,打起鼓来敲起锣。大清早的,炊烟袅袅,热火朝天。

高音喇叭响起来了,锣鼓声和鞭炮声响起来了,端方端坐在床上,远远的,却听得真真切切。这不是梦,是真的。

王家庄被占领了,作为一次成功的军事行动,洪大炮和他的军队把王家庄年底的气氛提前推向了高潮。虽然离过年还有一些日子,但是,在王家庄的年轻人看来,这样的气氛比过年好多了。过年哪里能有这样的紧张、这样的刺激!王家庄被民兵营全面管制了。他们是一支人民的铁军,一共有三大纪律与八项注意。他们是一支人民的军队。事实也说明了这一点,《战地快报》的总结上说,在王家庄被解放的这些日子里,王家庄没有一个妇女遭到调戏。《战地快报》还说,王家庄甚至都没有丢失一条狗与一只鸡。这是极其了不起的。《战地快报》进一步指出:相反,战士们为老百姓做好事却达到了一百三十六人次,比较起一九七五年解放李家庄来,提高了百分之五点七三。当然,《战地快报》绝对体现了辩证法的精神,它检讨了自己的不足。它说:"二连四排一班的战士章伟民,他骂了王家庄第三生产小队的一位贫农大爷,他说大爷是'狗日的'。一声大,一声小。章伟民受到了营部的通报批评。营部决定,在实弹演习的时候,扣发章伟民两粒子弹,以儆效尤。"

王家庄三步一个岗,五步一个哨,壁垒森严了,突然就有了咄咄逼人的紧张。小伙子和小姑娘们极度地兴奋,都快不行了。他们在走路的时候不约而同地放轻了脚步,还不停地回头。即使是到河边去淘米,即使是上一趟厕所,他们也觉得自己的怀里揣着一封鸡毛信。他们是在"工作",暗地里早就参加了革命,而且在地下。他们的一举一动凭空就有了意义,是在白色恐怖之中完成的。是机智勇敢和艰苦卓绝的。所以,他们每一个人都贼头贼脑的,眼珠子一刻儿在眼眶子的左边,一刻儿又蹿到了眼眶子的右边,就生怕暴露了目标。还要担心脚底下的地雷,以及老槐树后面的一声冷枪。鬼鬼祟祟太吸引人了,简直就是召唤。恨不得自己马上就被捕,在敌人的严刑拷打之后气息奄奄地被解救出来。但是,没有人逮捕他们,太遗憾了。他们在等。他们在走路的时候不停地回头。他们坚信,希望是有的。一定有。照这样下去,一定会有一支乌黑的枪口对准他们的小腰,低声地说:"不许动!"他们就被捕了。这是多么地荡气回肠。这样动人的假想其实是矛盾百出的,一方面,民兵营把王家庄假想成了敌人,是最后的一个"据点";可王家庄呢,反过来了,他们把民兵营当做了敌人。这又有什么关系呢?"人民"与"人民的军队"完全可以这么做。它不是一个人的游戏,是"国家"让这么干的。

　　吴蔓玲一点也不喜欢这样的游戏。不过,上级的指示她是不会抵抗的,她会不折不扣地严格执行。这一点上级领导完全可以放心了。在被占领的日子里,吴蔓玲的工作量一下子加大了。她把端方从养猪场"调上来了",和民兵营的三位战士一起,专门负责洪大炮的警卫工作。洪大炮的行军床架在大队部的主席台上,那里既是洪大炮的个人卧室,同时也是这一次军事活动的最高指挥部。端方他们呢?在空荡荡的大队部下面打了一个地铺。四个小伙子都挤在了一起。看起来洪大炮对端方的印象不错,一见面就给了端方的胸脯几拳头。端方特别地结实,胸脯被洪大炮的拳头捣得"嗡嗡"的。洪大炮高声地说:"小伙子不错!条件好!"吴蔓玲淡淡地说:"是不错的。"洪大炮又给了端方胸脯一拳头,说:

　　"前途无量!"

　　吴蔓玲的心口凛了一下。"前途无量",她太耳熟了。这是洪大炮对吴蔓玲的评语,在吴蔓玲的耳朵里一言九鼎的。这么多年过去了,吴蔓玲一直没有忘怀。她把这四个字印在了脑海里,对这四个字极其地珍惜。私下里,她把自己和这四个字捆在了一起,有了特殊的含义,是特定的,是专指的,是"吴蔓玲"的另一种说法。现在,洪大炮这么轻易地就把这四个字给了端方,吴蔓玲难免有了一些想法,即使是给了端方。当然,吴蔓玲没有表现出来,很得体地说:"他给洪主任做警卫,我放心。"说完了,吴蔓玲的内心突然就有了一个不太好的念头,是一股淡淡的失望,甚至,是绝望。洪大炮再不是把他说过的话给忘了吧?

　　但吴蔓玲还是有收获的,端方做了警卫,一到了夜里,他就睡在大队部了,和吴蔓玲"睡得"特别地近,就在一个屋檐的底下。这样的格局其实也说不上好,近在咫尺,却还是远在天涯。有些折磨人了。要不要过去查查房呢?电影上倒是这样的,在战争题材的电影上,女干部们时常提着马灯,来到熟睡的战士们的床边,帮他们掖一掖被子。吴蔓玲想象出端方熟睡的样子,特别想在端方的下巴那儿给他"掖一掖",这个想法和这个动作都招惹人了。有些欲罢不能。一想到洪大炮就躺在主席台上,吴蔓玲叹了一口气,又拉倒了。一个女干部,半夜三更地跑到领导的那边去,这算什么?传出去反而会给自己的未来造成不必要的麻烦。还当是他们怎么了呢。

第二天的下午吴蔓玲从外面刚刚回来,意外地发现大队部是空的,只留下了端方一个人。端方蹲在空空荡荡的大队部的正中央,就着脸盆洗衣裳呢。吴蔓玲进了大会堂的门,看了看四周,说:"人呢?"端方头也没抬,说:"练习刺杀去了。"吴蔓玲说:"你怎么不去?"端方说:"洪主任让我给他洗衣裳。"吴蔓玲并着步子走了上去,蹲下来,突然把她的手伸进了蓬勃的肥皂沫里去了。吴蔓玲说:"这个洪大炮,也是的,一个大男将洗什么衣裳。"再也想不到一把却把端方的手给抓住了。四只手同时吓了一大跳,都在泡沫里,一只也看不见。吴蔓玲的胸口突然就是一番颠簸。肥皂的泡沫实在是一个可爱了。但肥皂的泡沫并不可爱,它特别地滑,端方一惊,手就从吴蔓玲的掌心滑出去了。吴蔓玲没有再去抓,刚才是无意的,再去抓,那就故意了,不好。端方站了起来,两只手垂放在那里,十个指头都在滴水。但端方却没有走,就那么站着。吴蔓玲开始了她的紧张,大幅度地搓衣裳。乳白色的泡沫四处纷飞。吴蔓玲是知道的,端方一旦站起来肯定就要离开了。还没有来得及感叹,出乎吴蔓玲意料,端方慢慢地却又重新蹲下了。吴蔓玲的心脏一下子拉到了嗓子眼。不敢看,只能盯着他的膝盖,手还在机械地搓。吴蔓玲的心里头突然就是一阵感动。就这样吧,就这样吧,两个人一起蹲着,守着乳白色的泡沫,就这样吧。可吴蔓玲的呼吸跟不上了,坚持了半天,到底把嘴张开了,突然就是一声叹息。端方说:

"蔓玲。"

吴蔓玲停止了手上的动作。她的身子一点一点地直了,抬起来了。吴蔓玲斜着眼睛,就那么望着端方的手。他手背上的血管是突暴的。手指尖还在滴水。大队部的空间一下子就被放大,在晃,越来越虚,有些可怕;而大队部的安静却被收缩了,小到只有一滴水这般大,也蛮可怕的。吴蔓玲一直都没敢动。甚至连目光都不敢动。如果现在是黑夜,吴蔓玲想,自己会扑过去的吧,自己一定会把脑袋埋在端方怀里的吧。当然,这只是吴蔓玲一个壮胆的想法罢了。吴蔓玲自己也知道,如果现在是黑夜,自己还是不敢扑过去的。她担心端方客客气气地抓住她的两只胳膊,一只手放在她的左边,一只手放在她的右边。这样的事情不能有第二次。吴蔓玲终于支撑不住了,她的肩膀一松,整个人就软了。好在还蹲在那里。吴蔓玲说:

"端方,有些话,你还是要说出来的。"

一个警卫战士却十分冒失地冲进来了。枪托在他的身后拍打着屁股。吴蔓玲瞥了他一眼,分开绝对来不及了。看起来一切都还是给他看见了。吴蔓玲从脸盆里头提起了洪大炮的衣服,拉住领口,拽直了,送到端方的跟前,大声说:"主要是领子。洪主任多辛苦,出汗多,领子要用力地搓。还有袖口。看见了吧?笨死了你。"吴蔓玲在慌乱之中的镇定甚至把自己都感染了。她站了起来,打了一个趔趄。吴蔓玲笑着说:"小成,忙什么呢?"小成一个健步,跨上主席台,掀起洪大炮的枕头。他把一盒飞马牌香烟举过了头顶,还扬了扬,高声地喊道:"洪主任的香烟抽完了!"

小成跑步走了。枪托在他的身后拍打着他的屁股。大队部和原先的大队部一样大,大队部和原先的大队部一样安静。再也没有了刚才的漫无边际,再也没有了刚才的静谧。吴蔓玲相信了这样的一句话:可遇不可求。"那一刻"被她遇上了,"那一刻"却再也不可求了。肥皂的泡沫遇上了油渍、污渍,泡沫变成了黑乎乎的脏水。泡沫没有了,乳白色没有了,动人的开裂和破碎的声音没有了。端方在用力地搓,头都不抬。现在轮到吴蔓玲垂挂着两手了,十个指头在滴水。吴蔓玲的十个手指全哭了。

实弹射击当然是任何一次军事行动最为精彩的一个章节,因为精彩,所以要压在最后,也因为有用,所以,它格外适合于结尾。实弹演习的地点放在河西,为什么要选择河西呢?很简单,河西的养猪场以北是一块盐碱地。这一块盐碱地十分地突兀,在开阔的、绵延的、肥沃的、水草丰美的苏北大地上,它像头上的一块疤,斩钉截铁地拒绝了任何毛发。和周边的万顷粮田比较起来,它的地势要稍低一些。在每一年的汛期,盐碱地积满了水,看上去就像是一片湖。其实浅得很,水面都到不了膝盖,没有一条鱼、一只虾。汛期一过,它的本来面貌暴露出来了,在太阳的照耀下,水没了,"湖底"却白花花的,仿佛结了一层霜。地表上还布满了乌龟壳的花纹,那是开裂了,一块一块地翘了起来,像锅巴。王家庄的人们就把它叫做"鬼锅巴"。它们是"鬼"的粮食。盐碱地就是鬼的食堂。这个"鬼食堂"大了,它连接着王家庄、高家庄、李家庄。早些年人们曾改造过它,三个村庄的干部和社员为了把这个"鬼食堂"改造成"人食堂",苦头没少吃。可是没用。无论你怎样地改造,它还是它。一粒麦子都不给你。当然,三个村庄的庄稼人倒也没有白费力气,因为"改造",盐碱地被搞得坑坑洼洼的,高一块,低一块。他们在无意当中建成了一块上好的射击场。射击场有一个最为基本的要求,它需要一块高地,做一堵墙,好把子弹挡在墙内。要不然,枪声一响,你知道子弹会飞到高家庄还是李家庄?这样的"烈士"县民政局从来都是不批的。

经过严密的侦察,洪大炮在一块土丘的面前把他的民兵营安顿下来了。一共有十个靶位。换句话说,一共有十个射击点。在射击点的背后,挤满了王家庄的年轻人。王家庄的年轻人都来了,说倾巢出动都不为过。谁不想听一听真正的枪声呢。洪大炮想赶他们走,但是,赶不走。洪大炮急得脖子上的那块疤都发出了红光。洪大炮还是让步了,他命令他们"统统卧倒"。他们就卧倒了,盐碱地的土坑里露出了一颗又一颗脑袋。安顿好了,洪大炮把吴蔓玲从战士们当中拖出来了。吴蔓玲怎么到这里来的呢?其实是她的一句玩笑话。她说,她也想"放两枪",要不然,真的打起仗来,她"总不能去当炊事员吧"。洪大炮却表扬了她,当场特批了她十发子弹。这一来吴蔓玲还不能不去了,不去就成了违抗命令。吴蔓玲后悔得要命,来不及了。她站在洪大炮的旁边,紧张得像什么似的。吴蔓玲想,开枪之前的严峻与肃穆原来是这样的,右手的食指不停地抖,像提前上演的扣动。风平浪静,但这一切都是一个假象,马上就会电闪雷鸣,马上就会地动山摇。

　　标靶那边的旗语打过来了。这是旗帜的语言,一般的人是听不懂的。旗语庄严,它说话的方式没有回旋的余地。洪大炮命令身边的人同样用旗语做了答应。洪大炮趴下了。吴蔓玲也趴下了。洪大炮取过了弹匣子,"咔嚓"一声,子弹上膛了。吴蔓玲的脑子顿时就空了。无量一直都尾随着她,这会儿离她都不到一公尺,吴蔓玲就是看不见。无量原本是站着的,现在,它一定感受到了什么,蹲下了。后腿贴在了地上,前腿却撑得高高的,左边舔了一下,右边舔了一下,凝视着远方。

　　吴蔓玲端起了枪。她在瞄准。王家庄的年轻人发现,洪大炮一直把他的手放在枪管的上方。他这样做是必要的。只要枪管不向上,无论吴蔓玲把她的子弹打到哪里,只要不飞上天,起码是安全的。泥土永远也打不烂,炸不死。

　　"啪"的一声,吴蔓玲扣动了她的扳机。这一声太响了,超出了吴蔓玲和王家庄所有年轻人的想象。说起来他们对枪声并不陌生的,哪一部电影里没有?可是,亲耳听到了,近距离感受到了,不一样了。每一个人都觉得自己的耳朵被击中了,整个人都受到了巨大的撞击。枪声传到了天上,却又被天空反弹了回来,又把人吓了一大跳。枪声绝对不是"啪"的一声那样简单,而是"啪——嘭——",是两响。后面的一声更猛烈,更有说服力。所有的人都被这一声枪响震慑了,谁也没有留意吴蔓玲身边的狗。几乎就在枪响的同时,无量跳了起来。这一跳绝对超出了一条狗的限度,是不可思议的那种高。是癫狂的高,灵魂出窍的高。无量刚刚从空中落地,吴蔓玲可能是受到了第一声枪响的刺激,慌了,手指头不停地扣。54式半自动步枪的十发子弹就如同机枪的扫射一样,全给她搂出去了。无量忘记了逃跑,伴随着枪声,它就在原地不停地起跳,不停地下落。它的身影疯魔了。直到最后一颗子弹打出去,无量愣了一会儿,这才想起来广阔天地是大可逃跑的。无量像第十一颗子弹,飞向了养猪场。在撒腿狂奔的过程中,无量自己把自己绊倒了好几次,巨大的惯性撞翻了一大堆的鬼锅巴,尘土飞扬。

端方卧倒在射击点的后方。他的心情和别人的不一样,他毕竟和洪大炮相处了一些日子,存了一点小小的私心。他在等。等实弹射击结束之后,他想向洪主任要一颗子弹,他也想放一枪。端方为他洗了那么多的衣裳,还有臭袜子,这样的要求不过分的。当兵没当成,"弄一把步枪玩玩",总是可以的吧。令人感到意外的是老骆驼也来了。他俯卧在不远的地方,由于紧张,他已经将两只耳朵一起捂上了。吴蔓玲射击完毕,这时候对面的土坑里钻出了一个人来,是报靶员。他严肃认真地把手里的旗帜一通挥舞,洪大炮爬起来了,两只手叉在了腰间,大声地笑了。洪大炮对吴蔓玲说:"怎么搞的嘛,一环也没有,完全脱靶了嘛!"战士们都笑了。吴蔓玲没有笑,她的脸已经白了,还没有回过神来呢。直到第一组战士从地上爬起来,吴蔓玲这才想起了她的狗。吴蔓玲说:"无量呢?我的狗呢?"一位战士就和吴蔓玲开玩笑,说:"吴支书,你的狗去帮你找子弹去了,要找好半天呢!"大伙儿就又笑。洪大炮回过头,拉下脸来,命令说:

"肃静!"

一组是十个人,也可以说,一组是十支枪。和刚才吴蔓玲的射击比较起来,现在,盐碱地里的枪声则更像枪声了。好在人们的耳朵已经适应过来了,不再是一惊一乍的了。就枪声而言,吴蔓玲的枪声顶多也就是流寇的所为,是孤单的、零星的。这会儿,真正的战争开始了。是阻击战。敌人一次又一次地冲锋,他们想从这里逃出去。然而,这是妄想。一阵又一阵的枪声宣告了他们的失败,宣告了他们的死亡。端方都已经看见遍地的尸体了。他的想象力在向内看,他的心中有一部电影,这部电影的内容是"人在阵地在"。枪声大作,空气都香了。火药的气味越来越浓郁,这是战争的气味,它笼罩了盐碱地,笼罩了里下河的平原,笼罩了每一个年轻人的心。硝烟的气味令人沉醉。

漫长的、惊心动魄的阻击战取得了辉煌的胜利。战士们枪枪中靶。正如歌曲里所唱的那样,每一颗子弹消灭一个敌人。敌人死伤惨重。战士们收起了枪,把它们架在了一边。这一架就是一个信号,实弹射击结束了。战士们来到王家庄的年轻人中间,开始赶人。把他们往盐碱地的外面轰。端方站在那里,没动。怎么就这么结束了呢,他还有一枪没放呢。端方的心中涌起了无限的惆怅。这场战争能打上十天八天该多好哇!一个战士来到端方的身边,客客气气地说:"离开一些吧。"端方没好气地说:"反正结束了,你管我们站在哪里?"战士反问了一句,说:"谁说结束了?"战士说,"谁说结束了?还有手榴弹呢。你们趴在我们身后,万一有人脱手,多危险?"

端方的好心情突然就被调动起来了,是喜出望外和绝处逢生的喜悦,简直就是捞了一笔外快。还有手榴弹呢!端方立即帮助战士们清理场地了。端方带领着大伙儿爬上了远处的小土丘,在小土丘的背后,他们趴下了。远远地,他们看见洪大炮撬开了一只弹药箱,小心翼翼。那里头全是手榴弹。在傍晚的阳光下面,它们发出乌溜溜的光。吴蔓玲望着弹药箱,很害怕,不好意思地对洪大炮笑笑,说:"洪主任,看起来我要做逃兵了。"洪大炮紧紧握住了吴蔓玲的手,高声喊道:"战斗紧张,你也别送我,我也不送你。我还要指挥!你回去吧,回去!这里有我们!"

手榴弹的爆炸是真正的爆炸。伴随着一阵火光,大地都晃动了。然而,端方失望地发现,它的威力远不如电影上那样巨大。电影就是这样,在手榴弹爆炸的时候动用了特写镜头,整个画面都是纷飞的尸首和纷飞的泥土,具有一锤子定音的效果。其实不是这样的。手榴弹并没有那种大规模的、骇人听闻的杀伤空间。它惊人的只是声音,它炸飞的泥土却远远称不上遮天蔽日。端方渴望的是四海翻腾云水怒、五洲震荡风雷激。手榴弹让端方失望了。可是,不管怎么说,恢弘的、剧烈的爆炸声还是让端方的热血沸腾起来。他激动得不能自已。他要当兵。他还是要当兵。只有当上兵了他才能整天和射击、和爆炸在一起。端方趴在地上,暗自下定了决心。他对自己说:"对吴支书要好一点,对吴支书要好一点!从今天开始,对吴支书要真正地好一点。今年不行,还有明年。"

"放一枪"的愿望端方最终也没有能够实现。夕阳西下的时候,盐碱地的上空飘满了硝烟,硝烟堆积在半空,被夕阳染得通红。空气的味道全变了,不再是香,而是煳。大地突然安静了下来,有了惨烈的、难以接受的迹象。战士们在远处,像电影里的一个远景,安安静静地列队,安安静静地稍息,安安静静地立正,安安静静地向左转——走。端方站起来了,他望着远方,远方是一支"之"字形的队伍,他们已经开始撤退了。心里头突然就是一阵难过。他的心里响起了电影上的画外音:"同志们走了,革命转入了低潮。"端方都有些不放心了。他们为什么要走?他们走了,王家庄会发生什么呢?揪心了。天黯淡了下来,端方的心也一起黯淡了。他转过身,并没有和别人一起去争抢子弹壳,却盯住了自己的身影。他的身影很长,在一个下坡上。端方的身影有了流淌的危险,有了覆水难收的意味。夕阳同样把硝烟的阴影投放在了下坡上,端方在阴影中伤感而又彷徨。

老骆驼说:"回去吧。该喂它们了。"就在养猪场小茅棚的门口,端方意外地发现了一样东西,是小猪崽的猪蹄。白色的,在黄昏微弱的光芒中放射出白花花的光,一共是三个。端方愣了半天才把它们确认出来了,一确认就傻了,有了极其不好的预感。抬起头来再看屋子里,屋子里全是小猪蹄、小猪尾,还有小猪崽们的内脏。猪肠子细细长长的,拖得一地。剩下来的,全是小猪崽们的尸体了,小部分还在抽搐。它们横七竖八,躺在地上,可以说惨不忍睹了。端方跳进了屋子,黑母猪尖叫了一声,躲到老骆驼的床下面去了,只在外面留下了一颗脑袋。它的眼睛像两颗星星,对着端方亮晶晶地闪耀。黑母猪的嘴巴上全是血,嘴里还叼了一只小猪崽的肝,正在咀嚼。端方的头皮一阵发麻,随手捡起一具小猪崽的尸体。它的脖子早就断了,脑袋侧在了一边。这时候老骆驼进屋了,他立在那里,不停地打量地面。额头上都冒汗了。老骆驼到底是老骆驼,比端方镇定。他即刻就把门关上了,点起了马灯。马灯照亮了这个狼藉的场面。温馨的、橘黄色的灯光无限柔和地照亮了这个惨烈的场面。黑母猪在床底下,却把猪肝放下了。它似乎已经吃饱了,吃撑着了,对鲜嫩的猪肝再也不感兴趣了。它振奋得很,紧张得很,背脊上的猪鬃全竖了起来,像一个刺猬。黑母猪机警地望着端方,机警地望着老骆驼。它的眼睛在它的大耳朵的后面,虎视眈眈。它的瞳孔里发出强有力的光。而它的脖子早已经变成了一只风箱,发出低沉的呼噜。那是恐惧的声音,那更是警告的声音。一阵一阵的。端方突然就有一些怕,这样的场景他从来没见过,甚至都没有听说过。他不知道老骆驼床下的那头黑母猪究竟还是不是猪,它是不是披着猪皮的狼?或者,老虎?端方没有把握。端方怕了,后退了一步。老骆驼一把就把他揪住了,低声地说:"端方,别动,不要动。"

"怎么回事?"

老骆驼说:"我以后告诉你。你盯着它,不要走神。脚底下不要动。"

"我们该做什么?"

"我去把它赶出来。你把扁担拿好了,对准它的脑袋,是脑袋。要准,要快,要狠。最好一下就解决问题。别让它咬着了,记住了?"

"记住了。"

老骆驼捡起了地上的小棍子,那是端方主持正义的小棍子。他歪斜着身体,走到床的一端。端方却把扁担握紧了,预备好了。老骆驼用小棍子捅了一下黑母猪,黑母猪没动,嗓子里却是一声嚎叫,凄厉了。老骆驼就使劲。黑母猪还是不动。老骆驼就爬到床上去,把床板一块一块地拆了。这时的黑母猪却动了。它在往后退。屁股都顶在了墙上。端方一点一点地逼上去。老骆驼就听见耳边"呼"的一声,风在老骆驼的耳郭上晃了一下,一阵凉。端方的扁担已经抡下去了。端方的扁担在黑母猪的天灵盖上开了花,精确无误。几乎就在同时,许多黏稠的东西飞溅出来,溅在了墙上,溅在了端方和老骆驼的身上、脸上。很腥。端方抹了一把脸,一部分是红色的,另一部分则是乳白的,像胶水,更像糨糊。黑母猪的脑袋已经开了,它的身子却站立在原处,挺了片刻,坍塌下去了。它的嘴里吐出了一小块猪肝,后腿却蹬得直直的,顶在墙上。颤了几颤,在墙上留下了最后的一道划痕。屋子里再一次寂静下来。全是端方的呼吸。

红旗就是在这个时候冲进小茅棚的。"轰"的一声,门被撞开了。端方和老骆驼都吓得不轻,一脸的惊慌。红旗却同样是一脸的惊慌。他几乎没有看地上,他对这里的事情不感兴趣。他有更重要的事情要告诉端方。红旗说:"端方,吴支书叫你!"

"什么事?"

"不知道。她就是在叫你!"

端方不想让红旗在这里久留,拉起红旗就出去了。一出门红旗就迈开他的步伐,在昏暗的光线里飞奔。端方回了一次头,老骆驼已经在黑母猪的身边蹲下了。端方顾不上他了,转过身,对着红旗大声地喊:"你急什么?"红旗说:"快!端方你快一点!"端方跟上去,厉声问:"究竟是什么事?"红旗说:"你快点!我也不知道,吴支书就是喊你!"

端方和红旗还没有来到大队部,远远地就听见吴蔓玲尖锐的叫声了。红旗说得没错,她是在喊"端方"。从声音上听过去,似乎是和什么人打起来了。端方冲刺过去,大队部的门口已经聚集了不少的人。吴蔓玲的屋子里乱糟糟的,罩子灯的灯光直晃。端方拨开人,挤进屋内。广礼和金龙他们居然把吴蔓玲摁在了地上。吴蔓玲披头散发,她在地上剧烈地挣扎,狂野得很,泼辣得很。地上有一些血,不知道是哪里来的。端方愤怒了,伸出两只手,一把就把广礼和金龙他们拎开了。吴蔓玲尖声喊道:"端方!"端方蹲下来,说:"蔓玲,是我。"吴蔓玲当即就安静了。吴蔓玲的目光从满脸的乱发当中透视过来,说:"你是端方?"端方说:"我是端方。"吴蔓玲很委屈地告诉端方,说:"他咬我。"端方一时也听不明白,不知道这个"他"究竟是谁。这时的吴蔓玲定定地望着端方,目光既是柔和的,又是凶残的,既是含情脉脉的,又是虎视眈眈的。她笑了。她的笑失去了内容,是婴儿式的,是那种纯明的笑容。是傻笑。端方回过头,气急败坏地喊:"准备船!叫兴隆!送医院!"端方刚刚说完,还没有回过头来,吴蔓玲突然就颤抖起来,浑身都颤动,抖得像一面筛子,怎么摁都摁不住。都能听到她的牙齿的撞击声了。吴蔓玲突然跃起上身,两只胳膊一起搂住了端方的脖子,箍紧了,一口咬住了端方的脖子,不松口。她的牙齿全部塞到端方的肉里去了。"我逮住你了!"由于嘴唇被端方的皮肤阻隔住了,吴蔓玲含糊不清地说:"端方,我终于逮住你了!"